LA CITÉ DE L'OUBLI

SHARON CAMERON

LA CITÉ DE L'OUBLI

Texte français d'Alexandra Maillard

Éditions ■SCHOLASTIC

Catalogage avant publication de Bibliothèque et Archives Canada

Cameron, Sharon, 1970-
[Forgetting. Français]

La cité de l'Oubli / Sharon Cameron ; texte français d'Alexandra Maillard.

Traduction de: The forgetting.
ISBN 978-1-4431-6478-8 (couverture souple)

I. Titre. II. Titre: Forgetting. Français.

PZ23.C21375Ci 2017   j813'.6   C2017-903339-5

Édition publiée par les Éditions Scholastic, 604, rue King Ouest, Toronto (Ontario) M5V 1E1

5 4 3 2 1   Imprimé au Canada 139   17 18 19 20 21

À tous ceux
qui se souviennent
qu'ils peuvent changer leur monde

J'ai oublié.

Lorsque j'ai ouvert les yeux, j'ai trouvé une salle en pierre blanche et une lumière vive, beaucoup trop vive, qui pénétrait par deux hautes fenêtres. Je n'ai jamais eu aussi peur de toute ma vie. Je ne connais pas cet endroit. Je ne connais pas cette fille qui m'a réveillée, ni ces enfants en larmes aux visages zébrés de noir. Ils ont oublié, eux aussi. Mais un livre était attaché à mon poignet, et le livre prétend que j'ai une famille, et que ma famille sera marquée avec de la teinture pour que je la reconnaisse. J'ai l'impression que je dois croire le livre.

Il y a de la violence, dehors. La barre est mise sur la porte. J'ignore ce qu'il y a à l'extérieur de cette pièce. Sans doute d'autres personnes. Des gens qui se sont réveillés sans livres. Je voudrais crier comme ils le font. Pleurer comme les enfants. Griffer ma propre chair et découvrir ce qui se cache en dessous. Je veux savoir qui j'ai été.

Le livre dit que je savais que cet Oubli allait arriver. Que ça s'est déjà produit et que ça se produira encore. Nous devons tout écrire. Tout ce qui nous concerne, comme le livre me dit de le faire, dès à présent. Les enfants avec les marques sur les joues s'éloignent en courant à ma vue. Je dois être leur mère. Je vais leur lire ce livre. Je leur révélerai leur nom et je découvrirai le mien.

Nous sommes faits de nos souvenirs. Maintenant, nous ne sommes plus rien. C'est comme si nous étions morts.

Qu'avons-nous fait pour mériter cet enfer?

PREMIER LIVRE DE L'OUBLI
PAGE 41

CHAPITRE 1

Ils vont me fouetter. Je ne comprends pas que cela m'étonne. Personne ne peut prendre autant de risques sans finir par se faire attraper. Je ne veux pas me faire attraper. Je m'allonge sans bruit au sommet du mur à peine plus large que moi. Il y a du vide de part et d'autre. Je serre mon sac contre ma poitrine et plisse les yeux pour me protéger de la lumière. En réalité, j'ai toujours su que je me ferais prendre. Je ne pensais simplement pas que ce serait aujourd'hui.

J'ose un regard en contrebas. Deux silhouettes se tiennent dans l'allée sombre, côte à côte. Mon échelle en corde se balance juste au-dessus de leurs têtes. Je ne crois pas qu'elles aient vu ni moi ni l'échelle. Je ne suis pourtant pas très discrète. La cité fortifiée de Canaan s'étire telle une vaste cuvette peu profonde en verre et en pierre blanche. Et je suis étendue là, à dix mètres de hauteur, sur son mur d'enceinte.

Il suffirait d'un seul coup d'œil dans les rues pendant la cloche du repos, d'une seule personne réveillée — comme moi et les deux autres en dessous — d'une seule main tirant le rideau d'une fenêtre bien placée pour qu'ils me surprennent. Et ils viendront me chercher.

Mes doigts trouvent le cordage torsadé de l'échelle attachée à son anneau de métal brûlant. Je pourrais la faire basculer de l'autre côté du mur, redescendre et attendre qu'ils soient partis. Ou je pourrais sauter au-dessus de la ruelle et atterrir sur le toit des Archives, un mètre plus bas. Sauf qu'il est en chaume, en pente raide, et que ces deux individus remarqueraient forcément une fille bondissant au-dessus de leurs têtes. Ou l'échelle qui remonterait. C'est déjà un miracle qu'ils ne l'aient pas repérée quand je l'ai jetée par-dessus le mur tout à l'heure.

Je vais devoir rester immobile et prendre sur moi. En équilibre sous le dôme de ciel bleu-violet, la cité blanche d'un côté, une étendue de montagnes et de cascades de l'autre, sous la chaleur cuisante des pierres après huit semaines consécutives d'ensoleillement. Je ne suis pas d'une nature patiente. Le vent chaud souffle et tournoie. Je me demande s'il pourrait me faire tomber; je me demande de quel côté je préférerais tomber. Un mot monte jusqu'à moi depuis la ruelle ombragée :

— Combien?

Le genre de question que l'on pose lorsque l'on croit avoir mal entendu. Je connais la plupart des habitants de Canaan. Au moins de vue. Mais pas le sommet de leur crâne.

Je reconnais aussitôt le murmure qui rétorque, en revanche. Poli. Toujours agréable. Jonathan du Conseil, exécuteur des nombreuses lois de Canaan. Le trouver là, à braver ces règles est ma deuxième non-surprise de la journée. Jonathan me fera fouetter comme il se doit. Et il aimera ça. Je me demande à combien de coups de fouet l'on a droit quand on est passé par-dessus le mur.

— Onze, lance Jonathan.

J'ai besoin d'une seconde pour comprendre que ce n'est pas à moi qu'il répond.

L'autre voix réplique beaucoup plus fort :

— Et qu'est-ce que je suis censée dire aux gens qui réclament leurs livres? Quelle raison dois-je leur donner?

C'est Gretchen des Archives.

— La raison ne regarde que moi, Archiviste. Dis leur ce que tu veux.

Je serre mon sac plus fort contre moi. Mon livre est rangé à l'intérieur, sa lanière fixée à la ceinture autour de ma taille. Jonathan ne peut pas ordonner à Gretchen d'empêcher onze personnes de lire leurs livres archivés, c'est impossible. Ils sont nos souvenirs, ce que nous sommes. L'idée de me voir refuser l'accès à l'un de mes livres provoque un picotement familier dans mes jambes et mes doigts. J'écarte cette sensation. Je ne peux pas paniquer. Pas ici, au sommet du mur, juste au-dessus de la tête de Jonathan, et à la vue de tous. Soudain, je capte un mouvement dans mon champ de vision. L'une de mes tresses s'est dégagée de ses épingles et pend dans le vide, telle une bannière blonde.

La conversation s'est interrompue dans l'allée. Le silence est si long que je peux presque voir les deux cous tendus vers ma tresse et l'échelle se balançant dans le vide. Je repense aux cicatrices boursouflées que j'ai aperçues sur le dos d'Hedda, aux bains, et je prends une décision. S'ils viennent me chercher, je remonterai l'échelle, descendrai de l'autre côté du mur, et retournerai dans la montagne. Mais aussitôt, je change d'avis. Hedda a survécu. Ma mère et mes sœurs ont besoin de moi, même si elles ne le savent pas. Soixante-dix jours à peine nous séparent du prochain Oubli.

La voix agréable de Jonathan suspend le fil de mes pensées :

— Voilà ta liste.

La voix douce de Gretchen prononce un mot quand celle de Jonathan reprend le dessus, tranchante :

— Et que dirais-tu si ta ration de nourriture était calculée en fonction de ta capacité à faire ce qu'on te demande?

Je me mets à la place de Gretchen des Archives.

Eh bien, Jonathan du Conseil… Si ta propre ration était calculée en fonction du plaisir que tu éprouves chaque fois que tu punis un hors-la-loi, il n'y aurait vite plus rien à manger à Canaan. Et si tu levais les yeux, tu pourrais constater l'infraction à une règle essentielle en ce moment même…

Gretchen ne dit rien de tout ça, évidemment. Je ne dirais jamais des choses pareilles non plus. Mais je l'espérais presque. Il faut qu'elle mette un terme à cette conversation si je veux redescendre. J'épingle ma tresse rebelle à l'arrière de mon crâne tout en me demandant ce que Janis, la Chef du Conseil de Canaan et la grand-mère de Jonathan, penserait de cette petite réunion secrète au fond d'une ruelle pendant le repos. Je parierais qu'elle n'est pas au courant.

Gretchen bafouille une dernière fois, puis le silence retombe, seulement troublé par les stridulations des grillons de soleil. J'ose un autre coup d'œil au bas du mur. L'allée est vide. Aucun bruit de pas ne retentit sur les dalles, aucune fenêtre ne s'ouvre, aucun cri ne dénonce ma présence. Pour ce que j'en perçois, la cité dort.

Je décide de partir. Je mets mon sac sur mon dos, puis balance mes pieds par-dessus le mur en roulant sur le ventre. Une fois mes sandales calées sur l'échelle, je descends, mais seulement à mi-hauteur jusqu'à environ un mètre au-dessus du jardin de toit de Jin, le graveur de plaques. Face au mur, les pieds bien droits, je pousse de toutes mes forces et franchis d'un bond la courte distance qui me sépare du jardin en faisant un demi-tour sur moi-même. J'atterris à quatre pattes dans l'herbe sèche, la vue désormais obstruée par l'immense bâtiment sans fenêtres des Archives.

Je me précipite vers un parterre de ricins orange d'où je sors une perche en tiges de fougères, légère et fine, et crochetée à son extrémité. Je la brandis, j'attrape l'échelle, puis je la hisse jusqu'à ce que le dernier échelon la fasse basculer de l'autre côté du mur. Je la replace dans sa cachette avant de me redresser, l'oreille tendue.

Le soleil couchant étire les ombres qui privent le jardin de Jin de lumière, enveloppant les autres d'une lueur tamisée. La maison de Jin compte parmi les anciennes demeures de la cité. Et même si son jardin est sec et mal entretenu, il est ravissant avec ses arches blanches imitant les ondulations de la forêt de fougères que je viens de traverser. Nous avons oublié comment façonner des pierres de ce genre, aujourd'hui. Jin profite peu de son jardin, d'autant moins avec la chaleur harassante de ces derniers jours. Il est âgé, sans femme et sans enfant dont il puisse se souvenir. Ces considérations, sa proximité avec le mur, et l'intimité créée par le bâtiment des Archives font de ce toit le meilleur endroit où atterrir. Qui plus est, le vieil homme est pratiquement sourd.

Je pose à mes pieds mon sac, sa lanière enroulée autour de ma jambe. Et pour la première fois, mon pouls commence enfin à ralentir. Je ne me suis pas fait prendre. On ne va pas me fouetter. Du moins, pas aujourd'hui. J'attrape mes dernières tresses rebelles; sept ou huit d'entres elles se sont échappées et effleurent la peau nue de ma taille. J'ai coincé le bas de ma tunique dans mon col d'une façon que ma mère désapprouverait, mais mon allure est plus décontractée, et plus adaptée à la végétation dense. Le tissu qui dépasserait risquerait de s'accrocher. Je fixe mes cheveux à toute allure du mieux possible. Je dois absolument rentrer à la maison, sans quoi, Mère trouvera mon lit vide. Parfois, j'ai l'impression qu'elle sait que je suis sortie, mais je l'aide à jouer le jeu en me présentant devant elle dans une tenue à peu près convenable.

« Tu as passé un bon repos, Nadia? me demandera-t-elle malgré ma tunique froissée et mes genoux boueux. Tu as rapporté de l'eau? Merci… »

Je ne dirai rien, comme toujours, et elle ne dira rien à propos de la pomme jaune sur la table — une pomme qui ne provient pas de nos réserves, ce qu'elle comprendrait si elle prenait la peine de vérifier. Mais de temps à autre, son front se plisse comme si le doute la gagnait. Comme si elle était perdue. Peut-être qu'elle l'est. J'ignore combien d'Oublis ma mère a connus. Elle a beau porter son livre lourd autour de son cou, je sais qu'elle ne se souvient pas de moi. Pas vraiment.

— Tu as passé un bon repos, Nadia, fille de la teinturière?

J'attrape mon sac à dos, puis je ramasse ma dernière épingle à cheveux perdue dans l'herbe. Cette voix n'est pas celle de ma mère. Elle est profonde, masculine, et s'adresse à moi depuis la pénombre de la partie couverte du jardin de Jin. Je recule d'un pas tout en jetant un coup d'œil à ma perche cachée. Je n'aurai jamais le temps de redescendre l'échelle. Le toit est trop haut pour que j'en saute et la voix s'interpose entre moi et les marches qui mènent à la rue. Rectification : c'est bien aujourd'hui que je vais me faire prendre. Je sens la sueur perler dans mon cou, et ce n'est pas à cause du soleil.

L'ombre dans l'angle se déplace, se reconstruit et s'incarne en une personne. Puis, la personne pénètre dans la lumière. Ce n'est pas Jonathan ni un membre du Conseil. C'est Gray. Le fils du souffleur de verre. Parmi tous les habitants de cette cité, il fallait que je tombe sur lui. Il a grandi depuis qu'on a fini le Centre d'apprentissage. Les semaines de soleil ont distillé de l'or dans ses cheveux bruns. Mais son sourire est le même. Sa mère le qualifierait sûrement d'« insolent ». Je préfère *zopa*. Un terme que ma mère utilise parfois quand elle croit que je ne l'entends pas.

Gray passe un pouce dans la lanière de son livre, posé sur sa poitrine, attendant visiblement une réaction de ma part. Je réfléchis à ce que je dirais si j'étais quelqu'un de normal. *Salut!* ou *Ça fait longtemps que tu traînes sur ce toit?* ou *Qu'est-ce que tu fais, exactement? Quel chemin tu as pris pour venir jusqu'ici pendant le repos sans te faire remarquer? Est-ce que tes cheveux sont naturellement aussi emmêlés et bouclés?*

Mais il reste planté devant moi, tout sourire. J'aurais dû écouter Mère et éviter de remonter ma tunique. Mais je dois savoir ce que Gray le fils du souffleur de verre a vu. Je renonce à mes principes sur les conversations inintéressantes, et je lui demande :

— Qu'est-ce que tu fais ici?

Son sourire s'élargit.

— Mais c'est qu'elle parle! Très impressionnant. Qu'est-ce que tu as appris à faire d'autre, depuis l'école?

Zopa. Gray semble trouver ça drôle. Pas moi. Et il n'a pas répondu à ma question. Je décide de ne pas répondre à la sienne.

— Alors, Nadia? Tu montes souvent dans ce jardin? lance-t-il.

J'ignore s'il me taquine ou me menace. Le silence retombe jusqu'à ce que je reprenne la parole :

— Je suis venue passer une commande à Jin. On a besoin de plaques.

— Ah, oui! Avec l'Oubli qui arrive, nous pourrions tous

en faire fabriquer de nouvelles. Et ça vaut le coup de risquer de te faire fouetter pour t'en être préoccupée en pleine nuit, à dix semaines de l'Oubli. Je suis entièrement d'accord avec toi. Non, vraiment. C'est bien d'être prévoyant. Autant éviter la cohue de dernière minute.

Des sarcasmes. Parfait. Je repense à l'unique fois où j'ai adressé la parole au fils du souffleur de verre auparavant. Il faisait environ les deux tiers de sa taille actuelle. Nous nous trouvions au Centre d'apprentissage et nous étions censés étudier les semis à planter. Gray avait surtout cultivé l'art de me taquiner, ce jour-là. Je l'avais ignoré durant deux cloches — j'ignorais tout le monde, à l'époque —, jusqu'à ce qu'il tire très fort sur la lanière de mon livre qui pendait, usé, à ma ceinture. Je l'avais regardé droit dans les yeux et lui avais dit une seule chose : « Arrête ». Là-dessus, il s'était emparé de mon livre et avait osé l'ouvrir. Il aurait aussi bien pu m'espionner par la porte des latrines. Je l'avais giflé très fort une première fois, puis une deuxième. Gray ne m'avait plus jamais embêtée, après ça. Mais je porte mon livre dans un sac, depuis. Je n'arriverai pas à lever la main sur lui, cette fois. Mais ce souvenir m'a fait du bien. Il m'a rappelé mon caractère, ce qui m'aide toujours à m'exprimer. Je dois découvrir ce qu'il a vu. Je plante mon regard dans le sien.

— Tu dois avoir un besoin urgent de plaques, toi aussi, étant donné que tu prends les mêmes risques.

— Excellent, fille de la teinturière.

Il va s'asseoir de l'autre côté du jardin, sur le muret en pierre, puis croise les chevilles avant de se pencher en arrière malgré le vide de deux étages derrière lui.

— Mais je suis venu directement ici, alors que toi, tu as pris un long chemin jusqu'à chez Jin. Un très long chemin.

J'ai ma réponse. Il a tout vu. Peu importe en quoi ce jeu consiste, je n'ai plus aucune envie d'y participer.

— Je serai partie bien avant que tu ne puisses ramener Jonathan ici.

Sans compter qu'il aurait du mal à le trouver, puisque ce dernier traîne dans les rues.

— Je suis sûr que ça intéressera quelqu'un.

— Je nierai tout. Ce sera ta parole contre la mienne.

— Et il n'y a rien dans ce sac ou chez toi qui provienne de l'autre côté du mur, bien sûr…

Les pommes. Elles sont là, juste à côté de mon livre. Et les boutures de plantes. Il va falloir m'en débarrasser. Vite. Ainsi que des cristaux dans ma pièce de repos. Sauf que je n'en aurai jamais le temps. Mon estomac se noue. Je n'ai vraiment aucune envie de me faire prendre aujourd'hui. Gray se lève et traverse la pelouse, sans arborer son légendaire rictus, pour une fois. Il se plante au-dessus de moi.

— Dis-moi combien de fois tu as été de l'autre côté du mur.

Je regarde le ciel par-delà son épaule.

— Dis-le-moi ou je les fais venir.

Je pose mes yeux sur lui.

— Une fois.

— Menteuse…

Cette dernière réplique me fait l'effet d'une claque dans

16

le dos. Une cloche se met à sonner au-dessus de la cité. La première du jour, celle de l'éveil. Mère ira bientôt jeter un coup d'œil à mon lit. Je dois absolument partir. Et Gray aussi.

— Qu'est-ce que tu veux?

— Je suis content que tu me poses la question. Je veux que tu m'emmènes.

Où ça? Je comprends soudain qu'il parle de l'autre côté du mur. Il veut que moi, Nadia, je l'emmène lui, Gray, de l'autre côté du mur. Je n'ai rien entendu de plus idiot de toute ma vie.

— Non.

— Si.

Je le dévisage.

— Je t'accompagne ou j'informe le Conseil, déclare-t-il. C'est à prendre ou à laisser.

Je ne suis plus folle de rage. Je suis effrayée. Oserait-il vraiment me dénoncer? Regarderait-il mon dos se faire lacérer comme celui d'Hedda? Je n'en ai aucune idée. Je suis coincée. Gray me toise. Il a des cils étonnamment longs. Je baisse la tête avant de me résigner.

— Quand? demande-t-il.

— Dans trois jours.

— Le soleil se couchera, à ce moment-là.

— C'est à prendre ou à laisser, dis-je en soutenant son regard.

— Alors, je prends, répond-il, visiblement satisfait. Je te retrouverai ici à la première cloche du repos.

— La quatrième.

— Non. Tu viendras à la première, comme tu le fais

17

d'habitude. À dans trois jours, Nadia, fille de la teinturière.

Il se recule dans la pénombre en souriant toujours. Juste avant de disparaître dans l'escalier, il me lance :

— N'oublie pas.

Je reste plantée là jusqu'à ce que le bruit de ses pas s'estompe, avant de m'élancer au bord du toit pour l'observer se frayer un chemin dans les rues. Je ne le vois pas. Il a dû emprunter un autre parcours. Je m'éloigne vers la partie couverte depuis laquelle Gray m'a observée m'étendre sur le mur, sauter dans le jardin de Jin, me débarrasser de l'échelle, et renouer mes cheveux. Maintenant que je suis seule et que la chaleur est tombée, je sens la panique me gagner. On ne me fouettera pas. Pas aujourd'hui. Mais je me suis fait prendre. « N'oublie pas », m'a dit Gray.

Je calme ma respiration, sors mon livre de son sac et caresse l'épaisse couverture de cuir, puis la longue lanière qui le rattache à ma ceinture. On m'a appris à écrire la vérité dès que j'ai été en âge de tenir une plume. Nos livres sont notre identité, le fil qui nous relie à ceux que nous étions avant l'Oubli. La seule et unique chose dont nous ne devrions jamais être séparés. « N'oublie pas. » Ces mots résonnent dans ma tête, mais prononcés par une voix d'enfant, cette fois. Gray l'ignore, mais il me les a déjà dits.

Je tremble de tout mon corps — mes jambes, mes bras, mes doigts, mon crâne. La panique que j'avais réussi à refouler pèse soudain sur ma poitrine et en vide tout l'air. J'entends les cris de ma mère. Ses poings martelant la porte fermée de sa pièce de repos. La voix de ma sœur aînée mêlée à la sienne, suppliant mon père. Le bébé pleure dans son berceau. Je me recule contre le mur sous les boutures alignées le long du rebord de la fenêtre. J'étais Nadia, la fille du planteur, quand j'avais six ans. Mon père m'avait laissé planter ces semis verts et orange. Je croyais qu'il m'aimait.

Mon père me prend la main, m'écarte de la fenêtre, et me fait asseoir sur une chaise. Mes pieds ne touchent pas le sol. La lumière du lever du soleil nimbe les cloisons de rose et d'or. Il attrape notre couteau et coupe la lanière de mon livre. Je vois le livre glisser de mon corps, puis s'éloigner de moi entre les mains de mon père.

— Ne pleure pas, Nadia, me dit-il en pleurant lui-même. Il sera bientôt temps d'oublier.

Cet homme est un étranger. Mon père est devenu un étranger qui vient de faire l'inverse de ce qu'il m'a toujours appris. Il m'a ôté une partie de moi-même et l'a emportée. Je bondis de la chaise pour m'élancer dans la rue. Le son de sa voix qui m'appelle se perd bientôt. La douleur et la confusion que j'éprouve semblent s'être déversées dans la cité. Tout n'est que bruit et fumée, verre brisé et éclats de rire — des rires plus effrayants que les cris de ma mère. Je ne sais pas où je suis. Des rubans pendent des arbres. Tout a l'air différent. Mon livre ne rebondit pas contre ma jambe. Le trottoir en pierre est glissant. Je tombe et quelqu'un tente de me rattraper, alors, je cours et cours encore, et c'est là que j'aperçois le garçon aux cheveux bruns, là où ils fabriquent le verre.

Le four luit. Le garçon se débat et donne des coups

de pied. Un homme lui tient le bras. Il lui a pris son livre. Le souffleur de verre crie après l'homme et secoue la tête. Je suis en colère, tellement en colère qu'on ait coupé la lanière du livre de quelqu'un d'autre. Puis l'homme lance le livre dans la bouche béante et orange vif du four.

Je bondis à l'intérieur de l'atelier et je frappe l'homme encore et encore. Je reçois en retour un coup qui m'envoie au sol tandis que de lourds outils tombent sur mes jambes. L'homme et le souffleur de verre se battent. La chaleur du four me brûle le visage. La couverture du livre a pris feu. Les flammes dévorent ses pages. Le garçon attrape son livre et le jette à terre avant d'étouffer les flammes avec ses mains en criant de douleur. Les hommes continuent de se battre. Quand le feu est éteint, le garçon brandit de ses mains rouges son livre fumant et me dit : « N'oublie pas ».

Je me relève et m'échappe dans les rues de pierre blanche, entre les maisons blanches. De la lumière pointe derrière les montagnes, par-delà le mur d'enceinte, bientôt suivie de l'éclat doré du soleil. Puis une lumière vive, radieuse, dont les éclats éblouissants percent le ciel d'or et explosent comme du verre brisé. Les arbres se mettent à fleurir exactement comme mon père l'avait promis. Les bourgeons blancs s'épanouissent, tandis que les rubans volettent de part et d'autre de la rue. L'air est doux. Mais il y a trop de lumière. Je m'accroupis et me protège les yeux.

Quand je les rouvre, j'aperçois un homme appuyé contre une porte close. Ses mains caressent doucement son livre posé à côté de lui. Je regarde son visage impassible, comme celui de ma mère quand elle verse de l'eau du pichet. Une fois que plus aucune expression ne demeure sur son visage, l'homme s'éloigne, dépassant un bébé étendu dans sa couverture, par terre au beau milieu de la rue. Je n'arrive pas à voir si cet enfant a un livre, mais j'entends une femme pleurer. Et même si le monde qui m'entoure est incompréhensible, je sens bien que ce son est différent. La femme ne sanglote pas parce qu'elle a peur de mourir, mais parce qu'elle a perdu sa vie. Elle a oublié. Tout le monde a oublié. Et le bruit de cet Oubli est assourdissant.

Je m'oblige à me relever pour rentrer à la maison en trébuchant sur les pierres. Où irais-je, de toute manière? Je suis couverte de bleus, fatiguée, blessée. Je veux ma mère. Mon père n'est pas là à mon arrivée. La maison elle-même semble étrangère dans cette lumière. Le bébé s'est endormi dans son berceau. Les boutures ont disparu du rebord de la fenêtre. Mais un livre, ouvert à la première page, trône sur la table. *Nadia la fille de la teinturière*. Sauf que ce n'est pas le mien. Je vais aussitôt soulever la barre de la porte qui donne sur la pièce de repos de ma mère.

— Mère?

Elle est bien là, à sa place habituelle, et ma sœur est blottie dans un coin. Ma mère cligne une fois, puis une deuxième fois des yeux avant de reculer d'un bond. Elle me fuit.

— Qui êtes-vous? crie-t-elle. Laissez-moi tranquille!

Je bats en retraite. Je vais m'asseoir sous la table, puis, les genoux repliés contre moi, je commence à me balancer. Je comprends alors pourquoi j'ai glissé et je suis tombée dans la rue : je suis couverte de sang.

À l'heure qu'il est, je me balance à l'ombre du jardin de Jin, sous ses magnifiques arches, mes genoux tremblants serrés contre ma poitrine, mon livre plaqué contre mon cœur. Nous sommes censés écrire uniquement la vérité et ne laisser personne la lire. Mais elle se déforme si facilement. Transformer ici, omettre là, pour faire de soi la personne que l'on veut être au lieu de celle que l'on est vraiment. Qu'il est aisé de l'escamoter, de la mettre au feu, puis d'ouvrir les yeux et de se retrouver dans un monde qui a oublié qui vous étiez et ce que vous avez fait. Et vous ne vous rappelez plus qui vous étiez ni ce que vous avez fait. Mon père vit de l'autre côté de Canaan avec Lydia la tisserande, à présent. Il a deux petites filles et passe devant moi dans la rue sans me jeter un regard. Il a eu ce qu'il voulait, et s'est débarrassé du reste. Un crime sans victime. En toute innocence. Oublié. Sauf si l'on se souvient.

« N'oublie pas », m'a dit Gray, le fils du souffleur de verre. Deux fois.

Et il l'a dit à la seule personne de Canaan qui n'a jamais oublié.

Voici deux jours, j'ai été trouver Arthur des métaux pour faire aiguiser le couteau de ma mère. Je le cacherai hors de sa portée dès mon retour à la maison. Je ne l'ai pas noté parce que ça n'en vaut pas la peine. Mais pendant qu'Arthur parlait technique, j'ai observé sa pierre à aiguiser. Elle présente une rainure lisse et peu profonde à l'endroit où les lames passent au fil. Lorsque l'on affûte une lame, de petits bouts de métal s'en détachent, ainsi que des éclats de la pierre.

J'ai traversé Canaan en caressant les murs des bâtiments anciens, aujourd'hui. Ceux que nous ne savons plus construire. Je n'ai trouvé que des angles aigus. Aucun n'est élimé. Ni le moindre sillon dans les pavés sur lesquels les roues à bandes métalliques des charrettes des moissonneurs passent et repassent. Même le bord des feuilles sur les colonnes et les arches est net au lieu d'être rogné. Rien à voir avec la pierre à aiguiser d'Arthur.

Je ne vois qu'une raison à cela : nous ne vivons pas à Canaan depuis suffisamment longtemps pour en avoir usé les pierres. Et si nous ne vivons pas là depuis longtemps, c'est que nous venons d'ailleurs. Et cet ailleurs ne peut se trouver qu'à un seul endroit : de l'autre côté du mur…

NADIA LA FILLE DE LA TEINTURIÈRE
LIVRE 11, PAGE 14, 10 ANS APRÈS L'OUBLI

CHAPITRE 2

J'attends que la cloche du départ sonne avant de rentrer chez moi. Je ne le fais jamais, d'habitude. Ce n'est pas très loin si je coupe par les ruelles, saute par-dessus trois murets et plonge sous certaines fenêtres. Mais aujourd'hui, Jonathan du Conseil arpente la cité. Et je me suis fait attraper. J'ai encore besoin de temps pour calmer mes tremblements. Ma mère ne pourra pas faire comme si j'étais dans mon lit à mon réveil.

J'ai réfléchi. Je n'emmènerai pas le fils du souffleur de verre de l'autre côté du mur. Gray a l'habitude d'obtenir tout ce qu'il veut : des filles éperdument amoureuses, des garçons troublés, des professeurs agacés, tous prêts à l'adorer, à être exaspérés, à pardonner, puis à l'adorer de nouveau. Mais il a commis une erreur en me laissant seule chez Jin, et en me donnant le temps de cacher ma contrebande. Ce sera vraiment sa parole contre la mienne. Et pour mes explorations, je n'ai pas besoin de son aide. Ni d'obstacles. Il n'a qu'à jouer les rebelles, chercher le grand frisson ou chasser son ennui sans moi.

Je descends l'escalier du jardin de Jin à toute allure et j'emprunte le chemin de la maison, les cheveux relativement bien coiffés et ma tunique en place. J'ai deux bras, deux jambes, un livre, et pourtant, je ne ressemble à aucune des personnes que je croise. Les habitants de Canaan circulent dans un but précis, mais sans se presser, bien en sécurité à l'intérieur du mur. Ils découpent les jours en une succession logique de pas, sans se poser de questions. Ils sont bien trop nombreux, même dans cette voie latérale. Je rase les murs et heurte des épaules, évitant livres et regards jusqu'à un angle donnant sur la bruyante rue du Méridien.

De l'eau scintillante coule au centre de cette rue. Elle dévale un canal de pierre blanche coupant Canaan et les champs en deux depuis sa source, dans les hauteurs, jusqu'à l'extérieur du mur. Les voies publiques de part et d'autre du canal sont engorgées par le va-et-vient incessant : des enfants dans des vêtements rouges, violets et jaunes qui charrient en courant des brocs remplis d'eau et des artisans allant chercher leurs provisions. Un ou deux jeunes de mon âge traînent sous les longues branches des arbres de l'Oubli, sur lesquels apparaissent des bourgeons, comme un rappel de ce qui approche. Je les contourne et ressors sur le Premier Pont, une arche délicate faite dans la même pierre pâle que tout le reste, avant de m'arrêter au milieu pour jeter un coup d'œil alentour.

Jonathan du Conseil est dans l'amphithéâtre, au pied des gradins, debout sur la tribune dressée devant la haute tour de pierre treillagée, le point central de la cité. Elle abrite notre horloge à eau, que le canal cascadant des terrasses alimente en continu. Chacune des faces de l'horloge présente trois cadrans visibles de partout. Le premier indique que c'est la deuxième cloche d'éveil. Le deuxième, que c'est le cinquante-sixième jour de lumière et que demain débuteront les sept jours de crépuscule suivis de cinquante-six jours sombres, puis sept d'aube. Le troisième cadran marque les deux saisons de lumière et les deux d'obscurité qui forment une année, et les douze années séparant chaque Oubli.

Ces explications sont gravées sur une plaque apposée sur la tour et marquée d'un « Horloge à eau de Canaan ». Pour que nous n'oubliions pas. Une seconde plaque, plus simple, dit : « Je suis fait de mes souvenirs ». C'est là que Jonathan du Conseil a fouetté Hedda parce qu'elle avait pris plus de céréales que sa part. Sa famille venait d'accueillir deux couples de jumeaux, à l'époque, mais n'avait pas reçu la moindre ration supplémentaire. Je n'ai pas oublié ça non plus.

L'horloge à eau de Canaan me rappelle trois choses : que nous serons en plein cœur des jours de crépuscule lorsque je romprai ma promesse d'emmener Gray de l'autre côté du mur; que dans exactement soixante-dix jours, la cité entière sombrera dans le chaos; et, le plus important, que ma mère doit être très contrariée à l'heure qu'il est.

— Maman est contrariée, lance une petite voix au niveau

de ma taille.

Genivie, ma plus jeune sœur, se t
le pont. Elle porte une robe orange, s
le dos et deux fleurs jaunes dans les che
seules personnes au monde à pouvoir
Alors, je souris.

— Contrariée comment?

— Contrariée effrayée.

Soudain, je ne souris plus. Mes sœurs sont parfaitement au fait de mes excursions pendant le repos, mais elles ne savent pas que celles-ci m'entraînent de l'autre côté du mur. Voici une cloche encore, j'aurais pu prétendre que personne n'était au courant. Liliya, la plus âgée, ne s'intéresse pas à mes activités. Principalement parce que ma seule existence l'insupporte. Genivie, en revanche, s'y intéresse toujours, parce qu'elle m'aime. Mais ce dont notre mère a besoin, c'est de mensonges. Et mes deux sœurs et moi avons une sorte d'accord tacite consistant à lui en fournir. Je n'ai pas rempli ma part du marché, aujourd'hui.

— Je vais courir à la maison pour dire à Mère que je t'ai vue au canal, que tu es partie aux bains juste avant la cloche et que tu es vraiment désolée de ne pas l'avoir réveillée, déclare-t-elle en me dévisageant. Et ensuite, je lui expliquerai que tu as proposé de rester à la maison et de terminer de faire le pain pour que Liliya puisse l'accompagner à la teinturerie.

Je regarde les yeux sombres et innocents de ma petite sœur. Elle me sauve la mise en décidant de ma punition dans le même temps.

u es cruelle, dis-je.

le sourit à pleines dents. Un cliquetis attire soudain tre attention. Les charrettes des récoltes redescendent des champs par la rue de l'Équateur. Elles traversent la rue du Méridien pour rejoindre le Grenier, tirées par un groupe de femmes et d'enfants Perdus. Genivie fait la moue. Elle trouve injuste que les Perdus aient des vêtements non teints et le travail le plus difficile simplement parce qu'ils n'avaient pas de livres après l'Oubli. Simplement parce qu'ils ne savent pas qui ils sont. Je trouve cela plus qu'injuste. Si on perd son livre et qu'on devient un Perdu, on est doublement victime.

Un superviseur marche à leurs côtés, vociférant pour qu'ils avancent plus vite, et derrière les charrettes vient un groupe de cultivateurs et de planteurs qui chapeautent la fin des moissons et la préparation des champs avant le coucher du soleil. Une tête pointe au-dessus de la mêlée, blonde parsemée de gris, Anson le planteur, notre père. Je fais comme si j'étais quelqu'un d'autre, quelqu'un qui aurait le courage de lui parler.

Bonjour, Anson. Tu ne te souviens pas de moi. À l'époque où je t'ai connu, tu ne t'appelais pas Anson, mais Raynor. Moi, je t'appelais simplement Père. Mais tu ne te rappelles pas ça non plus. Tu m'as pris mon livre. Et si je l'avais oublié, je n'aurais jamais retrouvé le chemin de la maison, ni le livre contrefait que tu avais laissé pour moi, n'est-ce pas? J'aurais erré dans les rues et certainement compté parmi ces filles Perdues à la suite desquelles tu marches aujourd'hui. Sans nom, sans âge, sans famille, parquée derrière des clôtures jusqu'à ce

qu'il faille incinérer les morts, vider les latrines ou tirer les charrettes
des moissons. Mais tu ne verrais pas la différence, de toute manière. Et
moi non plus…

J'entends mon père rire par-dessus le vacarme des roues. Ce son m'est toujours familier, malgré les années. Si je pouvais les convaincre de me croire, alors, l'homme qui s'appelle désormais Anson serait condamné. Son livre serait détruit, et il irait vivre avec les Perdus, séparé de sa famille actuelle avec la conscience qu'à l'Oubli, il n'en n'aurait plus aucun souvenir. Alors, je garde mon secret pour moi, et ça me met en colère. Mais j'aurais trop peur de le révéler.

— Nadia, murmure Genivie. Tu recommences.

Elle sous-entend que je dévisage les gens comme si je voulais fertiliser les champs avec leurs entrailles. Je détourne le regard vers Jonathan du Conseil. Dans sa longue robe noire de membre du Conseil, les cheveux bruns impeccablement attachés, il passe les citoyens en revue depuis sa petite tribune de pouvoir. Cet Oubli ne sera pas comme le précédent. Je ne le permettrai pas. Personne ne prendra mon livre, ni celui de Mère, ni ceux de mes sœurs. Personne ne nous séparera. Je m'en suis assurée. Je me faufile vers l'amphithéâtre derrière les charrettes en prenant soin de ne pas croiser mon père.

— Tu devrais aller aux bains pour m'éviter d'avoir à mentir à Mère, me lance Genivie qui m'a suivie.

Elle me tapote la main à ces mots. Un autre de ses privilèges.

— Et n'oublie pas le pain!

Je regarde les fleurs jaunes dans ses cheveux rebondir,

tandis qu'elle s'éloigne en sautillant. Genivie peut bien me dire de ne pas oublier. Elle est trop jeune pour se souvenir de l'ironie de ces mots. Et bientôt, elle ne me reconnaîtra même plus.

Les habitants de Canaan ont progressé lentement, mais régulièrement vers la partie ombragée de l'amphithéâtre. Janis, qui préside le Conseil d'aussi loin qu'on puisse s'en souvenir, est assise sur l'estrade, le dos bien droit, ses élégants cheveux blancs étalés sur sa robe noire, l'air aimable. Une mère qui contemplerait ses enfants. Reese et Li, deux membres du Conseil visiblement choisis pour leur taille, se tiennent juste derrière elle. L'impression est subtile, mais claire. Janis va prendre la parole, mais c'est Jonathan, et pas sa grand-mère, qui contrôle la cité.

Je me tourne et remonte la file en direction du pont. Dans soixante-dix jours, Jonathan du Conseil oubliera. Janis, la Chef du Conseil, oubliera. Et toutes ces personnes se retourneront les unes contre les autres.

J'accède aux bains par l'entrée des femmes. C'est un bâtiment ancien, avec un cercle de colonnes blanches dont les arches sculptées évoquent du blé fleuri au bord de champs moissonnés et des vignes vert bleuté entrelacées retombant d'un jardin de toit. Une jeune Perdue attend dans le vestiaire. Sa peau est olive et son visage ressemble à un masque. Je la connais de vue, mais je ne sais pas comment elle s'appelle. Je ne lui ai jamais demandé. Mieux vaut tenir les gens à distance, de toute manière, Perdus ou non.

Je pose mon sac par terre et j'en défais la lanière. La jeune fille Perdue attrape ma tunique sale, mes collants, ma ceinture, mes sandales, puis, toujours aussi impassible, elle me tend en échange une grande étoffe que j'enroule autour de mon corps. Je me demande si elle se sent seule. Ma mère m'a expliqué un jour que les Perdus restent toujours seuls. Qui pourrait vouloir former une entente avec eux? Ils pourraient être n'importe qui. Des cousins, des sœurs, des frères. De nombreuses personnes disparaissent après les Oublis. Du coup, les Perdus n'ont pas de descendance. Du moins, ils ne sont pas censés en avoir. Mais j'ai l'impression que cette fille cache un petit ventre sous sa tunique.

— Non merci, dis-je, alors qu'elle tente de prendre mon sac.

Les bains sont dotés de petits casiers fermés par des clés numérotées accrochées au bout d'une cordelette que l'on porte autour du cou une fois le livre déposé. Mais, au risque de le mouiller, je garde mon livre avec moi. D'autant plus que mon sac est rempli de contrebande.

— Serait-il possible d'avoir une salle privée et chauffée?

La fille opine. Mes vêtements sales sur un bras, elle m'invite à la suivre dans la pièce froide. Nous dépassons l'immense bassin alimenté par une déviation du canal principal. L'endroit résonne de voix féminines, en ce dernier jour de chaleur et de lumière. La plupart des jeunes femmes présentes et âgées d'un an ou deux de moins que moi auront la malchance de terminer leur apprentissage juste avant un

Oubli. Elles n'auront pas le temps de développer de réelles aptitudes et se retrouveront sans compétence particulière à leur réveil.

Le bruit des conversations s'estompe curieusement au moment où nous passons du côté chaud et calme. La piscine est vide, l'air est épais et humide.

La fille à la peau olive me remet aux mains d'une Perdue petite et replète, aussi fripée et ordinaire que ma tunique sale. Je la suis jusqu'à un alignement de portes, à l'autre bout de la pièce. Mon accompagnatrice en ouvre une avant de reculer pour me laisser entrer la première. La porte donne sur une sorte de grand bassin profond creusé à même le sol et bordé de tuiles vernissées du même vert que notre vaisselle. Il est installé contre un mur courbe et nimbé d'une lumière bleutée qui filtre par une fenêtre de toit couverte de vigne. La femme referme la porte avant d'aller actionner une vanne dans la cloison. Un jet d'eau vaporeux retombe aussitôt en arc dans le bassin.

Je retire l'étoffe et descends la marche; je tressaille au contact de la chaleur. Je m'assieds sur le banc placé à l'intérieur, enveloppée d'un nuage brumeux, attendant que l'eau me recouvre.

— Souhaitez-vous un broc d'eau froide? me lance la Perdue.

Je secoue la tête. J'adore avoir l'impression de bouillir.

Un petit sourire apparaît sur son visage.

— Je me demande pourquoi je vous ai posé la question. Vous n'en voulez jamais.

Je lève les yeux, surprise. C'est drôle qu'elle se souvienne de ce détail, alors que toutes les femmes de Canaan fréquentent cet endroit. Je la regarde ramasser le tissu au sol, quand l'image du fils du souffleur de verre s'avançant dans le jardin de Jin me revient en mémoire. Sommes-nous tous observés malgré nous? Les Perdus sont si souvent ignorés pendant que les femmes ragotent dans ces bains. Et elles ragotent beaucoup. Je mettrais ma main à couper que cette Perdue sait tout de nous.

Je me penche vers elle en faisant des ronds dans l'eau d'une main avant d'entamer la conversation pour la seconde fois de la journée.

— Est-ce que je peux…, je commence avant de m'interrompre. Avez-vous un nom?

La femme plisse d'abord le front, mais elle se contente de poser le tissu de séchage soigneusement plié sur le banc sans toucher mon sac.

— Je m'appelle Rose, Nadia, fille de la teinturière.

Elle sait qui je suis. Comme je le soupçonnais. Je poursuis en chuchotant pratiquement :

— Connaissez-vous le fils du souffleur de verre, Rose?

Je défais mes tresses comme si de rien n'était. Rose s'avance pour vérifier la température de l'eau.

— Le fils du souffleur de verre? répète-t-elle à voix basse malgré le clapotis. Vous devriez plutôt questionner votre sœur à son sujet.

— Ma sœur? Laquelle?

— Liliya.

Je fronce les sourcils à cette réponse. Pourquoi interrogerais-je Liliya à propos de Gray? Je mets un point d'honneur à ne jamais rien demander à Liliya, de toute manière.

Rose reprend la parole :

— Ils ont conclu une entente ou disons plutôt qu'ils sont en train d'en conclure une. Enfin, d'après la femme du potier. Elle vit de l'autre côté de la rue, juste en face de l'atelier du souffleur de verre.

Je me faufile dans l'eau, sidérée. Je n'ai aucun mal à croire que Liliya s'intéresse à Gray. Elle ne doit pas être la seule, d'ailleurs. Mais je ne peux imaginer Gray choisissant ma sœur. Définitivement, ce garçon n'est qu'un *zopa*.

— Pourquoi conclure une entente si près de l'Oubli?

Elle sera rompue dans soixante-dix jours. À moins qu'ils renouvellent leur accord après.

Rose me regarde attentivement.

— Ce n'est peut-être qu'une passade.

Je suis sous le choc. Liliya accepterait-elle vraiment une chose pareille? Ce serait facile pour elle de conclure une entente avec Gray. Il lui suffirait d'aller au Conseil et de montrer qu'ils ont tous deux mentionné leur relation dans leurs livres respectifs. Et s'ils ne réitéraient pas leur engagement après l'Oubli, ils retourneraient devant le Conseil et feraient rayer cette entente. C'est ce que les gens font s'ils décident de ne pas rester ensemble pour donner naissance à des enfants ou de fuir comme les lâches du genre de mon père. Mais une entente de raison ou une amourette non écrits, c'est honteux. Et stupide. Une fille pourrait découvrir qu'elle est enceinte sans avoir aucune idée de la façon dont ce bébé a atterri dans son ventre, trois mois après un Oubli. Et, son nom n'étant pas inscrit dans les livres de ses parents, ce bébé lui serait retiré et irait rejoindre la cohorte des Perdus. Je défais une autre natte. Liliya n'est qu'une *zopa*, elle aussi.

— Ce n'est peut-être qu'une rumeur, ajoute la Perdue ridée de sa voix douce. Il ne faut pas croire tout ce qu'on entend aux…

Un courant d'air froid fait soudain danser la vapeur qui m'entoure. Je redresse la tête d'un coup. Rose se tourne aussitôt. Là, plantée dans l'encadrement de la porte, Liliya est enroulée dans un linge de séchage. Je la dévisage, tiraillée entre énervement et inquiétude. J'ignore ce qu'elle a entendu. Ma sœur adresse un regard noir à la Perdue.

— Laissez-nous.

La vieille femme s'éloigne d'un pas traînant, les yeux baissés. Liliya ferme la porte derrière elle. Nous nous retrouvons seules, elle et moi, le clapotis du jet en fond sonore. Je m'enfonce dans l'eau. Si Liliya vient me chercher, ça ne présage rien de bon. Elle s'assoit délicatement sur le banc et ajuste le tissu autour de son corps tout en croisant les jambes. Je l'observe à travers mes paupières plissées. Ma sœur est jolie. Du genre beauté aux cheveux bouclés, yeux immenses, courbes voluptueuses. *Très* voluptueuses. Alors que tout est long et fin, chez moi. Nous pourrions presque appartenir à deux espèces différentes. C'est peut-être d'ailleurs le cas.

— Mère était contrariée, ce matin, fait-elle doucement.

J'écarte les bras et je les pose nonchalamment sur le rebord du bassin, comme si la présence de ma sœur ne m'affectait pas.

— Elle sait que je suis partie tôt aux bains.

Liliya ronchonne :

— Genivie n'est qu'une sale petite menteuse.

Je plisse les paupières. Liliya n'a pas intérêt à insulter Genivie.

— J'étais inquiète quand je t'ai vue sortir, ose Liliya. Quitter la maison durant le temps du repos pour partir traîner je ne sais où. Tellement que j'ai abandonné Mère pour venir ici. Je ne suis même pas allée au Grenier, du coup.

Ce qui signifie juste qu'elle n'avait pas l'obligation d'y aller aujourd'hui. Le Grenier est l'apprentissage parfait pour Liliya. Apprendre à décider à quelle ration de nourriture les habitants de Canaan ont droit… Ma sœur comptera sûrement parmi ceux et celles qui n'auront pas perdu leur savoir-faire après l'Oubli. Dire aux autres comment ils doivent régir leur vie semble être devenu une seconde nature, chez ma sœur. Elle sourit toujours.

— Alors, où étais-tu, Nadia?

Je ne bouge pas, mais je sens mon corps se crisper dans la chaleur. Les propos de la Perdue concernant ma sœur et le fils du souffleur de verre, et la subite apparition de ce dernier dans le jardin de Jin me reviennent en mémoire. Liliya ne m'aime pas; je l'ai toujours su. Mais l'idée qu'elle puisse me détester au point de chercher à comprendre ce que je fabrique pour me dénoncer ne m'avait jamais traversé l'esprit. J'observe son expression hautaine à travers la vapeur.

— Rien à dire?

Ma sœur éprouverait-elle une sorte de satisfaction perverse si on me fouettait? De toute façon, la culpabilité qu'elle pourrait ressentir disparaîtrait dans soixante-dix jours.

— Tu es bien silencieuse, Nadia.

Elle jette un coup d'œil à mon sac, l'attrape d'un geste vif, et le pose sur ses genoux.

— Liliya…

Elle tourne le fermoir et soulève le rabat. Je sais qu'elle voit mon livre et je me sens plus exposée par ça que par mon corps nu dans le bassin.

— Arrête, Liliya. Arrête ça tout de suite.

Si elle touche à mon livre, je hurlerai à en faire tomber les murs des bains.

— Des pommes! crie-t-elle. On n'en trouve plus, en ce moment. Et ça… Qu'est-ce que c'est?

Elle extirpe un petit ballot de tissu, puis en défait les pans, qui dévoilent une branche violette chargée de fruits aussi ronds et pâles que les lunes des jours sombres.

— Ce sont des baies argentées? demande-t-elle.

Elle en fourre deux entre ses lèvres avant même d'avoir terminé sa phrase.

Je la regarde déglutir, pétrifiée. Ce ne sont pas des baies argentées. Je n'ai aucune idée de ce que c'est. J'ai rapporté cette branche de l'autre côté du mur. Pour montrer ses fruits à Mère et lui demander si elle en a déjà vu à la teinturerie. Elle s'y connaît en plantes. Un savoir qu'elle doit en partie tenir de mon père. Mais même ma folle de mère ne mettrait jamais quelque chose dans sa bouche en ignorant ce que c'est. Liliya, *zopa*. Elle grimace.

— Ça manque de sève sucrée, soupire-t-elle. Tu as conscience que quelque chose ne va pas, Nadia, n'est-ce pas?

Beaucoup de choses ne vont pas. Je m'attends à ce que ma sœur convulse ou à voir de la mousse s'échapper de ses lèvres.

— Tu sais très bien que tu as décidé de faire ton apprentissage à la teinturerie uniquement pour te rapprocher de Mère, poursuit-elle. Mais ça n'a pas marché, n'est-ce pas? Pourquoi, d'après toi?

Ces propos ravivent une plaie récente, ce que ma sœur sait pertinemment. J'ai bien fait mon apprentissage durant un temps à la teinturerie pour être avec notre mère, et effectivement, cela n'a fait aucune différence. Mais elle m'a aimée un jour. Je m'en souviens très bien.

Liliya se penche en avant, écrasant mon sac contre sa généreuse poitrine.

— Tu n'étais pas avec Mère et moi lorsque nous nous sommes réveillées de l'Oubli. Tu dois probablement penser que j'étais trop confuse, mais je me souviens très bien que le ciel scintillait quand la porte s'est ouverte. Genivie était dans son berceau, il y avait des boutures sur le rebord de la fenêtre, et toi, tu regardais ton livre posé sur la table. Tu sais ce que tu as dit ensuite, n'est-ce pas? Tu as dit qu'il n'était pas à toi.

J'avais également dit qu'elle se prénommait Lisbeth parce que c'était son nom avant que Père lui écrive un nouveau livre, mais elle ne s'en souvient pas. Mon corps est rougi par l'eau bouillonnante. J'ai trop chaud.

— Tu comprends bien que ce n'est pas toi qu'elle veut retrouver dans ce lit. Toi ou quelqu'un d'autre, ce serait pareil. En plus, tu ne nous ressembles pas. Et tu ne te comportes pas comme nous.

Je suis la seule à avoir les traits de notre père.

— Mon nom est inscrit dans le livre de Mère.

Liliya s'adosse contre le mur, les bras confortablement posés sur mon sac.

— Oh, nous avions bien une Nadia, avant la mort de Père. Mais nous avons dû la perdre et t'avoir toi à la place. Nous savons toutes que c'est vrai. Il serait simplement temps de l'admettre.

Voilà donc ce que Liliya pense. Ce qu'elle pense vraiment, alors que j'ai pris des risques insensés pour que l'Oubli ne sépare plus jamais notre famille. La tête me tourne. Ma sœur maintient mon sac en équilibre sur ses genoux tout en jouant avec la lanière de mon livre.

— Je pourrais le balancer à l'eau là, maintenant. Le détruire. Et tu ne moufterais pas, si je le faisais, n'est-ce pas? Parce que je parlerais peut-être de tes petites excursions durant les repos, sinon.

Je regarde ses mains.

— Mais je ne vais pas le faire. Parce que je pense que ce

serait mieux que tu le fasses *toi-même*. C'est pour ça que je suis venue : pour te dire que je veux que tu ailles faire ton apprentissage aux Archives. Réfléchis-y. Tu aurais accès à tous tes anciens livres, là-bas. Tu pourrais les corriger.

J'ai beaucoup trop chaud. Un voile borde mon champ de vision.

— Modifie tes livres. Laisse Nadia se perdre dans l'Oubli, comme la dernière fois. Retrouve ta vraie famille et arrête de rendre Mère malheureuse. Nous oublierons tous bientôt. Et tout rentrera alors dans l'ordre. Sauf si tu es encore là à notre réveil.

Ma sœur balance mon sac par terre avant de se lever en rajustant son drap de séchage.

— Comment fais-tu pour supporter cette chaleur? demande-t-elle.

Je la regarde gagner la porte d'un pas assuré, convaincue d'avoir fait quelque chose d'important. Elle se retourne avant de l'ouvrir.

— Fais-le, Nadia, ou je m'en chargerai moi-même. Tu sais que je le ferai. Préviens-moi quand tu t'en seras occupée. C'est la première et la dernière fois que nous avons cette conversation.

Liliya attend ma réaction. Devant mon silence, elle poursuit :

— Tu es malheureuse, toi aussi.

Là-dessus, la porte se referme.

Il faut absolument que je sorte. Mes genoux sont déjà sur la marche et mes coudes sur le rebord du bassin quand un sanglot m'oblige à plaquer une main sur ma bouche. Je n'aurais jamais pensé que Liliya pourrait me déchirer les entrailles comme elle vient de le faire. Et pourtant. Elle s'est montrée impitoyable et précise, tel le moissonneur armé d'une faux. La tête me tourne et mon cœur bat la chamade. J'inspire, mais plus d'eau que d'air.

Le choc du froid dans mon dos me force à ouvrir les paupières. La vanne est fermée et Rose pose un broc vide à ses pieds.

— Asseyez-vous sur le rebord, ordonne-t-elle. Et baissez la tête.

Je m'exécute. Rose agite une fronde de fougère devant moi. L'air me rafraîchit instantanément, même si mon cœur tambourine toujours. Une fois le vertige passé, Rose défait adroitement mes dernières nattes et applique du savon sur mes cheveux. Je ne me rebelle pas, pour une fois. Personne ne peut me toucher à part Genivie, normalement. Je me laisse laver, gardant les yeux clos au moment où Rose verse de l'eau pour me rincer. J'attrape le drap de séchage près de moi et je m'enroule dedans.

— Venez sur le banc, me lance Rose.

Je m'assois sur la pierre en titubant. Je ne pleure plus. Je ne pleure jamais, sauf aujourd'hui. Mais cette journée est exceptionnelle à tous points de vue.

— Ça va mieux? me demande Rose.

Je reste prostrée, incapable de regarder son visage ridé.

— Vous aimeriez pouvoir vous souvenir, vous? Parce que moi, je n'en ai aucune envie.

De la vapeur se déplace autour de moi. Rose doit acquiescer.

— J'aurais aimé, avant. Mais plus maintenant.

— Pourquoi?

— Parce que les jeunes Perdues ont besoin de moi. Elles n'ont personne.

Je ferme les yeux. Je suis perdue moi aussi, à ma façon. Les paroles de Liliya me reviennent en mémoire. Elles ont laissé une traînée sombre et visqueuse derrière elles.

Tu n'étais pas avec Mère et moi lorsque nous nous sommes réveillées de l'Oubli. Tu dois probablement penser que j'étais trop confuse, mais je me souviens très bien que le ciel scintillait quand la porte s'est ouverte. Genivie était dans son berceau, il y avait des boutures sur le rebord de la fenêtre, et toi, tu regardais ton livre posé sur la table. Tu sais ce que tu as dit ensuite, n'est-ce pas? Tu as dit qu'il n'était pas…

Mes yeux se rouvrent d'un coup. Liliya a parlé de *boutures à la fenêtre*. Il n'y en avait plus après l'Oubli parce que notre père les avait toutes emportées. Je m'en souviens parfaitement. Il n'y a jamais plus eu de plantes à la maison après ce jour-là. « Mettez-les sur le toit », ordonnait chaque fois Mère, comme si elle les rejetait inconsciemment. Je prends une profonde inspiration, puis une deuxième.

— Vous allez bien? me demande Rose.

Soudain, prise de panique, je cherche mon sac du regard. Mais Rose l'a rangé sur le banc loin de l'eau répandue par terre. Mes vêtements propres encore légèrement humides sont posés à côté de moi. Je bondis et j'enfile ma tunique, puis je remonte tant bien que mal mes collants sur mes jambes mouillées avant de glisser les pieds dans mes sandales. Je mets le sac sur mon dos, j'attache la lanière à ma ceinture, après avoir fourré le ballot avec la pousse violette sans fruits que j'ai rapportée de l'autre côté du mur. Je me rue vers la porte, quand je fais brusquement volte-face pour balancer mon sac sur le banc et fouiller à l'intérieur. J'en sors une pomme jaune, que je fourre dans les mains de Rose.

— Merci, je lui murmure.

Là-dessus, je me précipite vers la pièce principale des bains et je longe les bassins à toute allure. Mes cheveux humides volettent et mes semelles claquent sur le sol. Je sors dans les rues bondées, en pleine lumière.

Des boutures sur le rebord de la fenêtre. C'est ce que Liliya a dit.

Elle s'est souvenue de quelque chose.

Je suis Nadia, la fille du planteur. Le livre dans lequel j'écris parle de la fille de la teinturière parce que Père est parti et parce que Mère affirme que c'est celle que je suis. Elle ne se rappelle pas avant. Personne ne se rappelle. À part moi. À présent, je vais noter tout ce que notre professeur nous a fait répéter.

Au premier lever de soleil de la douzième année, ils oublieront. Ils perdront la mémoire. Sans souvenir, ils sont perdus. Leurs livres seront leur mémoire, leur individualité passée. Ils écriront dans leurs livres personnels. Ils les conserveront. Ils coucheront par écrit la vérité, et les livres leur diront qui ils ont été. Si un livre se perd, alors, eux aussi sont Perdus. Sans eux, ils ne sont rien. Je suis fait de mes souvenirs.

1. Les livres devront être écrits chaque jour. Seule la vérité sera consignée.

2. La vérité n'est ni bonne ni mauvaise. Quand nous écrivons la vérité, nous écrivons ceux que nous sommes.

3. Les livres seront obligatoirement attachés à nos corps. Quand nous gardons nos livres sur nous, nous nous souvenons de qui nous sommes.

4. Les livres remplis seront emportés aux Archives. Quand nous y déposons nos livres, nous apprenons notre vérité.

5. Quand nous oublions, lisons nos livres. Quand nous lisons nos livres, nous nous remémorons notre vérité.

6. Lorsqu'un livre est modifié, la vérité est modifiée. Quand un livre est détruit, nous sommes détruits.

J'ai obtenu une bonne note pour avoir écrit tout ça et bien orthographié chaque mot. Maintenant, je vais réfléchir au nombre de ces mots qui sont faux.

NADIA LA FILLE DE LA TEINTURIÈRE
LIVRE I, PAGE 65, 2 SAISONS APRÈS L'OUBLI

CHAPITRE 3

Je continue de courir dans la rue du Méridien en longeant l'amphithéâtre. Janis a pris la parole. Sa voix est amplifiée par l'architecture du bâtiment. Jonathan est debout juste derrière elle, flanqué de Reese et de Li. Je contourne les gradins par le haut pour l'éviter. Mais lorsque je jette un regard de côté, je vois ses yeux rivés sur moi, qui suivent ma progression. Je m'esquive par-delà un groupe de gens pour échapper à son attention et à d'autres mines intriguées, avant de sauter par-dessus des pots de fleurs et de traverser le Deuxième Pont pour m'engouffrer dans la rue Hubble. Je dépasse les échoppes du potier et du souffleur de verre. Gray est dans la partie à ciel ouvert de l'atelier. Exactement au même endroit qu'au dernier Oubli. Ses cheveux mouillés sont bouclés, sa chemise assombrie par la transpiration à cause de la chaleur du four à l'intérieur duquel son livre a failli brûler. Il lève les yeux et se redresse à ma vue. Je n'ai pas de temps à lui consacrer. Je dois rentrer.

Je tourne deux rues avant celle de la Fauconnerie, dans la ruelle qui sépare notre maison de celle des voisins, avant d'entrer chez moi en trombe. Le salon sent le vent chaud, le pain et les herbes séchées. Je le traverse à toute allure et vais pointer une tête dans la réserve. Les miches enveloppées en prévision des jours sombres sont empilées sur des rangées de bocaux de légumes et de fruits de notre jardin, tandis que des pommes et des nattes de piments séchées pendent du plafond. Il n'y a personne dans la réserve, ni dans les salles de repos. Je ressors et grimpe deux à deux les marches de l'escalier extérieur jusqu'à notre jardin de toit, identique à celui de Jin, à ceci près que le nôtre est bien entretenu et au premier étage au lieu du deuxième. Genivie a installé le four à pain au soleil pendant que j'étais aux bains. Là non plus, il n'y a personne.

Je redescends dans le salon, ferme la porte, puis pose mon sac sur le plateau en métal rutilant de la longue table. Seule la brise entre par la fenêtre ouverte. Les bruits de pas et le tumulte de la cité sont à peine étouffés au loin. J'extirpe le ballot de tissu avec la pousse désormais délestée de ses fruits avant de caresser la peau lisse de ses feuilles. J'ai l'impression que Liliya s'est rappelé quelque chose, lorsqu'elle en a mangé les fruits. Les jeunes boutures sur le rebord de la fenêtre. Un petit détail insignifiant, une pensée facilement écartée, et pourtant, le sol se dérobe pratiquement sous mes pieds à sa seule évocation. Je porte la bouture à mon nez. Son odeur fraîche et vive me fait frissonner. Et si l'Oubli n'effaçait pas nos souvenirs à jamais, comme Rose lorsqu'elle retire la bonde d'un bassin pour en vider l'eau, mais les enfermait simplement, comme on dépose un livre dans un placard aux bains publics? Pourrions-nous libérer ce que notre esprit emprisonne? Une voix me fait soudain sursauter :

— Ma mère m'a demandé de passer voir comment tu allais.

C'est Imogène, la fille du fabricant d'encre. Elle est dans notre ruelle. Sa fine tête brune passe par la fenêtre ouverte. Et, juste derrière elle, se trouve son jumeau Eshan, les bras croisés. Je me retourne aussitôt pour cacher la bouture derrière moi.

— Elle dit que tu as déboulé dans la rue comme une folle.

Je ne sais que dire. Je devais paraître folle. Et le suis probablement.

Mon silence me vaut un soupir.

— Je vais rentrer la rassurer et lui dire que tout va bien, n'est-ce pas?

Je connais Imogène et Eshan depuis toujours. Leur mère, Hedda, les yeux bleus et les cheveux châtain foncé comme tous ceux de sa famille, est adorable. Mais les gens les plus gentils font souvent le plus de tort. Eshan a pris la place d'Imogène à la fenêtre, lorsque je jette un regard par-dessus mon épaule.

— Tu vas vraiment bien? insiste-t-il.

Eshan m'avait surprise un jour en train de laisser de la contrebande dans leur jardin. Rien qu'ils n'auraient pu faire pousser eux-mêmes ou trouver dans leur ration, et juste assez pour qu'Hedda ne soit pas tentée de voler des céréales, au Grenier. Je ne sais pas si Eshan l'a raconté à Imogène. Nous n'en avons jamais parlé. Je lui adresse un signe de la tête pour le congédier, mais il ne part pas.

— Je peux entrer?

La porte s'ouvre avant même que j'aie pu manifester la moindre désapprobation. J'attrape le tissu qui enveloppait la bouture violette et le jette dessus. Mes mains agrippent la table derrière moi. Eshan referme la porte. Sa présence semble étrange, dans ce salon qui n'accueille plus d'homme. Il va droit au but :

— Ça ne peut pas continuer comme ça. Les champs sont déjà trop petits pour nous nourrir tous. Nous serons bientôt obligés d'aller de l'autre côté du mur. Ils affirment qu'on ne sait pas ce qu'il y a là-bas, que le mur a forcément été construit pour une bonne raison et que nous n'avons aucune idée de ce que nous avons oublié. Janis et le Conseil devraient envoyer des volontaires, dans ce cas. Ou alors, s'ils savent pourquoi il ne faut pas y aller, nous le dire carrément.

J'étudie le tapis à mes pieds d'un air fasciné, même si je suis tout ouïe et que je partage entièrement ce point de vue.

— Janis a été une excellente dirigeante, mais elle vieillit. Le Conseil prend d'ailleurs certaines mesures qu'elle n'aurait jamais autorisées…

Comme la flagellation de sa mère. J'ignorais qu'une corde pouvait suffir à taillader la peau.

— … et tu sais que c'est Jonathan. Si nous ne faisons pas attention, nous nous réveillerons de l'Oubli pour découvrir qu'il tient les rênes. Tu as écouté sa déclaration tout à l'heure?

Je secoue la tête.

— Ils vont nous compter. Tous autant que nous sommes, au coucher du soleil, pour voir combien de gens vivent dans la cité exactement. Ils offrent aussi des récompenses : un hors-la-loi dénoncé, une ration supplémentaire. Tu trouves ça normal, toi, alors que nous ne sommes même pas sûrs d'avoir assez de céréales pour toute la durée des jours sombres?

C'est complètement absurde.

— Et tu ne trouves pas ça idiot de rester assis les bras ballants à attendre de savoir quelle moitié d'entre nous crèvera de faim? Certains se réunissent aujourd'hui, à la dixième cloche, sur mon jardin de toit pour discuter de la possibilité de partir explorer l'autre côté du mur. J'ai pensé que ça t'intéresserait.

Je lève enfin les yeux.

— On peut savoir d'où tu sors cette idée?

Le son inattendu de ma voix fait sursauter Eshan.

— Je… De nulle part. Je me suis simplement dit ça, c'est tout. Sincèrement.

Il tripote la lanière de son livre. Je n'avais pas remarqué à quel point il était nerveux.

— Quand nous saurons combien nous sommes, nous aurons une vraie vision de la situation. Et si nous nous apercevons que la prochaine récolte ne suffira pas, nous pourrons aller trouver le Conseil. Je n'ai pas cité ton nom. Je ne voulais pas… je voulais juste te remercier… pour ce que tu as fait.

Il fait référence à la contrebande dans son jardin. Eshan et Imogène ne peuvent pas vraiment savoir d'où ces produits provenaient. Ils doivent penser que c'étaient nos propres réserves. Hier, je n'aurais pas hésité; aujourd'hui, je doute de tout. Le bord effiloché du tissu qui cache la bouture effleure mes doigts. Je n'aime pas cette discussion à propos de hors-la-loi et de récompenses.

— Tu devrais passer, ajoute-t-il. Réfléchis-y.

Dans quel monde, Eshan, le fils du fabricant d'encre, vit-il pour s'imaginer que je pourrais venir parler d'injustice sur son toit avec nos anciens camarades d'apprentissage? Peu importe si je partage son point de vue. Je me contente d'opiner. Au bout d'un moment, il imite mon geste, hésite, puis hoche de nouveau la tête avant de se faufiler par la porte.

Je le regarde s'éloigner par la fenêtre. Il a les mains sur la nuque. Il est frustré. Je ne lui reproche rien, pas plus qu'à sa sœur. Mais je me demande si ce qu'il a dit au sujet des champs est vrai. Si les habitants de la cité devront vraiment migrer à l'extérieur des murs. On nous a appris à redouter l'inconnu qui s'y cachait. Et s'il n'y avait rien à redouter? Et si quelqu'un d'autre que moi pouvait également se souvenir?

Je retourne vers la table et retire le tissu. La senteur qui s'élève m'éclaircit aussitôt les idées. En supposant que Liliya ne soit pas abrutie par le repos, je pourrai l'interroger pour voir si d'autres réminiscences ne se tapiraient pas dans un coin de sa tête. Mais quelque chose me dit qu'elle ne coopérera pas. Genivie n'a aucun souvenir d'avant l'Oubli, et Mère… Difficile de savoir ce qui serait vrai, avec elle, peu importe ce que je lui donnerais à manger. Non pas que j'aurais des baies à lui donner. Et à cause de la gourmandise de Liliya ou parce qu'elle a sauté le déjeuner, je vais devoir franchir le mur de nouveau avant de faire quoi que ce soit. Et pas question de me faire attraper. Pas encore. Et surtout pas maintenant.

Je fends l'extrémité de la bouture et la plonge dans un pot rempli d'eau. Puis, une fois sûre que personne ne m'observe de dehors, je grimpe l'escalier à toute allure pour aller la cacher au milieu des arbres à pain moribonds. Je retourne ensuite à l'intérieur, ferme la porte et gagne la salle de repos que Genivie et moi partageons. La lumière qui pénètre par une fenêtre ouverte en hauteur dessine une tache éclatante et chaude sur la natte vert pâle. Je m'agenouille, repousse le matelas et mes couvertures, puis soulève avec une charnière en métal dérobée pour l'occasion une dalle du sol. La dalle dissimule un trou.

Il m'a fallu plusieurs semaines pour le creuser : sortir chaque jour en douce des pots remplis de terre jusqu'au jardin, agir seulement lorsque j'étais seule, et sans laisser la moindre trace pour le regard perçant de Genivie. Je fourre la main dedans et repousse délicatement l'encre, la plume, et le ballot de toile épaisse qui renferme le livre. Un vrai livre pour nous quatre, cousu une page volée après l'autre, et qui, une fois terminé, consignera tout ce que notre famille a vécu depuis le dernier Oubli. Tout, sauf Anson le planteur. Ce souvenir ne leur ferait que du mal.

J'ai également mis un pot de teinture dans le trou. Résistant à l'eau, fabriqué à partir d'huile et des coques des noyers du bas du bosquet. Je l'ai testé sur mes propres genoux. Ce qui, maintenant que j'y pense, a dû être un casse-tête à nettoyer pour cette pauvre Rose, aux bains. Mais lorsque l'Oubli surviendra, ma mère et mes sœurs seront marquées, puis enfermées avec moi dans cette pièce, avec nos livres respectifs. Et si quelque chose arrivait à l'un de nos livres, ou si le moindre doute survenait concernant la vérité, je sortirais ce livre dissimulé sous une pierre peinte avec le même symbole que celui qui sera tracé sur leur peau. Plus personne ne séparera jamais notre famille.

Je retire mon sac de mes épaules. Tout ceci est également noté dans mon livre, en détail. Je ne peux pas miser sur le fait que je n'oublierai pas simplement parce que ça ne m'est pas arrivé la première fois. Même si une part de moi l'espère. Je m'assois sur les talons, une main toujours appuyée sur la pierre qui recouvre ma cachette. Liliya ne coopérera jamais. Plus maintenant. Elle ferait tout pour se débarrasser de moi, de cette sœur qui n'en est pas une à ses yeux. Cette pensée douloureuse me blesse.

Je glisse dans le trou des échantillons de terre, des feuilles séchées et des pommes rapportés de l'autre côté du mur. J'y fourre également des cailloux trouvés sur le flanc de la montagne, des cristaux scintillants bleu profond que j'avais alignés sur une étagère — mon unique tentative de décoration à ce jour. Puis je replace la dalle, mon matelas et les couvertures. Mon côté de la pièce est parfaitement rangé et impersonnel comparé à celui de Genivie, qui est un vrai bric-à-brac.

Je dégage mes cheveux de mon sac à dos et les natte sommairement, puis regagne le salon, perdue dans mes réflexions. Fidèle à elle-même, Genivie a laissé sur la table à mon intention de la farine, de l'huile, une cuillère, un bol et un tablier. Je mesure, verse et mélange, concentrée sur un tout autre sujet que le pain. Je pense aux maladies.

Je n'ai jamais été souffrante ni rencontré de malade, du moins pas physiquement. Nous avions évoqué le sujet au Centre d'apprentissage, un jour qu'un médecin était venu nous parler de son métier. La mort, avait expliqué cette femme, peut survenir à cause de l'âge, ou d'un accident. Il y a aussi la mort du nourrisson, le poison, et, dans certains cas, des malformations internes. Apparemment, on ne peut rien faire dans cette dernière éventualité. Mais certaines particules chimiques des feuilles et des fruits soulageraient la douleur ou, plus rarement, corrigeraient le fameux dysfonctionnement, guérissant même le malade. Ma cuillère ralentit.

Et si l'Oubli n'était pas inéluctable, comme le vieillissement de Jin, mais une sorte de trouble, de maladie? Liliya, lorsqu'elle a fait sa *zopa* aux bains, a très bien pu ingurgiter malgré elle une substance qui l'a changée? Si nos souvenirs n'avaient pas disparu, s'ils étaient toujours dans un coin de nos têtes, pourrions-nous les faire resurgir? Il n'y aurait plus à convaincre Liliya que nous sommes de la même famille. Dans ce cas… Mère et elle se rappelleraient peut-être avoir vu mon visage jadis… Et si personne n'avait jamais oublié?

Je pétris la pâte si fermement que mes bras me font mal. Il faut que je sache si c'est possible. Mais pour ça, je dois retourner cueillir ces baies sur la montagne et en donner à Liliya. Pour comparer ses souvenirs aux miens. Mon ardeur décroît brusquement : ma sœur n'est pas la seule à qui je pourrais faire manger de cette plante. Quelqu'un d'autre partage une réminiscence avec moi. Quelqu'un qui sait que j'ai franchi le mur.

J'enlève mon tablier, je laisse la pâte dans le bol, et je sors précipitamment, mais sans courir, pour ne pas alerter Hedda. Je coupe entre les maisons et dépasse le Centre d'apprentissage où les enfants récitent : « Si un livre est perdu, alors, ils sont Perdus. Je suis fait de mes souvenirs… ». Je traverse les rues Newton, puis Sagan, et me retrouve dans la ruelle de l'atelier du potier, juste en face de celui du souffleur de verre. C'est là que je m'arrête.

Gray et son père — prénommé Nash, me semble-t-il — confectionnent une grosse bouteille orange vif. Son père écarte sa canne de verrier de sa bouche tout en continuant de la faire tourner, puis la fait rapidement rouler d'avant en arrière sur une plaque de métal. Gray donne alors un coup sur l'extrémité de la canne. Le verre s'en détache. Le fils du souffleur le coupe aussitôt avec des ciseaux. Des étincelles s'élèvent lorsque la pâte en fusion s'étale sur la plaque. Le carreau long et fin qui se dessine à mesure que le matériau refroidit pourrait pratiquement être apposé à une fenêtre.

Le père de Gray soulève la pâte et la glisse dans un autre four. Gray s'éponge le front avec le bras d'un geste identique au mien quand je fais du pain. Sauf que lui sourit. D'amusement, de plaisir, de bonheur, je ne saurais le dire. Ce qu'ils font là m'est inconnu. Cette beauté me saisit. Pourtant, je n'ai jamais autant rêvé d'être ailleurs qu'à ce moment-là. Je n'ai rien à faire ici, ou rien d'avouable. Mais Gray tourne la tête et m'aperçoit de l'autre côté de la rue.

Il s'essuie les joues en marmonnant quelque chose à son père. Ce dernier lui tapote l'épaule, visiblement pour le taquiner, avant de disparaître dans leur maison. Gray me regarde toujours, expectatif. Je m'approche, le pouls aussi rapide que la fois où il m'a attrapée près du mur. Je me demande si la femme du potier racontera ça demain, aux bains.

La chaleur cuisante du four est un obstacle que je franchis. Gray commence à nettoyer des outils, tandis que je m'avance à l'intérieur de son lieu de travail. Le fils du souffleur de verre est beaucoup plus grand que son père. Il porte un tablier noir sur une chemise bleu clair tachée de sueur. Des traînées de suie et une barbe de trois jours assombrissent sa mâchoire. Un sourire discret se dessine sur ses lèvres.

— La fille de la teinturière me cherche. On va…

— Aujourd'hui.

— Pourquoi?

Je ne réponds pas. Gray plonge une sorte de grosse cuillère dans un seau d'eau tout en m'observant de biais.

— Ça a un rapport avec ta course folle dans la rue, tout

à l'heure?

Je secoue la tête. Je n'ai pas envie d'en parler. Gray est interloqué. Une petite ligne fine s'est creusée entre ses sourcils. Une fois encore, le halo sombre de ses cils attire mon attention malgré moi. Je comprends pourquoi Liliya s'intéresse à lui… Mais pourquoi Gray souhaite-t-il aller de l'autre côté du mur? Et le veut-il vraiment?

— Quoi qu'il se passe avec ma sœur, ça ne me regarde pas. Et ce que je fais ne la concerne pas non plus. Jure-moi que tu ne l'aides pas à me coincer.

Le sillon entre ses sourcils se creuse un peu plus. Gray affiche toujours un petit sourire narquois, d'habitude.

— Je…

— Peu importe, dis-je aussitôt.

Je n'en reviens pas d'avoir dit ça. Toute personne qui fréquente Liliya est indigne de confiance.

— Sur le toit de Jin, à la première cloche du repos.

— D'accord. Mais…

— Parfait, je conclus.

Mon plan dans son ensemble est idiot. Et j'ai horreur de me comporter comme une idiote. D'abord, présumer que Gray ne me dénoncera pas pour obtenir des rations supplémentaires ou l'admiration de ma sœur. Ensuite, lui faire franchir le mur d'enceinte, marcher à flanc de colline, lui faire ingurgiter une baie inconnue afin de le pousser à me raconter des choses dont il ne se souvient probablement plus. Pour finir, regagner la cité sains et saufs, et rentrer chez nous ni vu ni connu… La perspective de tout ce qui pourrait mal se passer me fait regretter le lit dans lequel je ne me coucherai pas, ce soir encore. Mais celle des bénéfices que nous pourrions en retirer si Gray retrouvait la mémoire me convainc de mettre mon plan, idiot ou pas, à exécution. Celle de me retrouver seule de l'autre côté du mur avec le fils du souffleur de verre me fait tourner les talons.

— Nadia, dit-il.

Le sourire narquois est revenu. Je lui lance un regard furieux.

— Tu as de la farine sur le nez, me dit-il.

Je m'éloigne pour de bon, et à peine hors de vue, me frotte le visage avec le bas de ma tunique.

Je rejoins ma place autour de la longue table pour manger avec ma mère et mes sœurs. Le poids de chaque seconde du dernier repos manqué pèse sur mes épaules. Mère fait courir sa main sur son livre, encore énervée d'avoir trouvé mon lit vide à son réveil. Elle est petite et fine, et son teint est identique à celui de Liliya et Genivie. Seules les mèches grises mêlées à ses cheveux sombres la distinguent vraiment de mes sœurs. Liliya lui ressemble énormément. Genivie arrive en deuxième. On dirait des jumelles, avec leurs charmantes têtes bouclées. Même si ce qu'elles contiennent diffère totalement. Mais moi, je ne leur ressemble en rien.

— Tu as entendu parler du comptage? me demande Liliya.

Elle coupe des tranches du pain que j'ai préparé pour tout

le monde, sauf pour moi.

— Les membres du Conseil vont passer dans chaque maison de notre quartier, demain. Après la cloche du départ.

Je me penche vers le couteau pour l'attraper et me servir moi-même. Comme la plupart des outils en métal de la cité, la lame présente les lettres ESNM entremêlées. Un autre des nombreux mystères de Canaan. Mère secoue la tête avant d'éloigner ma main.

— C'est au tour de Liliya de couper le pain.

Un petit air amusé traverse le visage de ma sœur avant qu'elle s'adresse de nouveau à Mère.

— Tu comprends, Mère, que nous ne pourrons pas quitter la maison de la matinée?

— Nous n'irons pas à la teinturerie?

Mère remue machinalement sa nourriture avec sa cuillère.

— Ne t'inquiète pas, ce ne sera pas long. Juste le temps que le Conseil passe, ajoute Genivie. Je resterai ici, moi aussi. Ensuite, lorsque le Conseil nous autorisera à partir, nous sortirons. Il n'y a pas de quoi s'inquiéter.

Je fixe le mélange de légumes verts sur mon assiette sans pain.

— Nous devrions exploiter certaines semences du jardin, dis-je abruptement. Nous pourrions avoir des plants pour le lever du soleil et récolter plus tôt. Voire deux fois.

Un silence choqué retombe autour de la table. Il y a des jours comme ça. Je baisse les yeux; mes sœurs et ma mère sont dans l'angle de mon champ de vision.

— Nous pourrions mettre les pousses dans des pots et les placer ensuite sur les rebords des fenêtres.

Genivie me lance un regard étonné. Comme je m'en doutais, Mère paraît mécontente. Mais c'est l'expression de Liliya qui m'intéresse : un discret froncement de sourcils, un trouble rapidement écarté.

— Je n'aime pas les plantes, déclare Mère en effleurant d'un air absent le livre à son cou. Ça fait désordre.

Elle taquinait toujours notre père à propos des boutures qu'il rapportait sans arrêt pendant les jours sombres. La maison en était remplie.

— Tu devrais demander à Liliya où elle va avant le repos, Mère. Elle sort avec un garçon, dit Genivie.

— Genivie! proteste Liliya, même si elle et notre mère adorent ce petit jeu.

Cette intervention sort d'ailleurs notre mère de sa torpeur.

Je remercie Genivie du regard, tout en guettant la réplique de notre sœur aînée.

— Est-ce qu'il est beau? lance Mère, comme si l'Oubli n'était pas sur le point d'arriver.

— À ce qu'il paraît, répond Genivie en gloussant. Liliya dit qu'il se retrouvera à la tête de son commerce, un jour.

Tu parles d'un exploit, me dis-je. *Il n'y a que lui et son père.*

J'attrape ma coupe d'eau. *Et au fait, Liliya, dès que tu auras terminé de sortir avec ce fameux garçon, sache que je l'emmène de l'autre côté du mur. Et sans vouloir m'occuper de ce qui ne me concerne pas, tu n'es qu'une idiote si tu n'arrives pas à lui faire écrire ce qui se passe entre vous.*

Liliya fait semblant d'être gênée.

— Tu ne devrais pas parler comme ça, Genivie, lance-t-elle avec une raideur feinte.

— C'est bien, commente notre mère d'un ton rêveur. C'est bien que des enfants aient un père. N'oubliez jamais que vous en avez eu un vous aussi, les filles, un jour.

Mère ne me regarde pas en disant ça.

Genivie me scrute durant le temps d'écriture. Son livre est sur ses genoux. Kenny le scarabée, un cadeau que je lui ai rapporté de l'autre côté du mur, coule désormais des jours heureux dans un pot posé à côté de son matelas. On croirait une pomme jaune vif à plusieurs jambes tandis qu'il mange des restes de légumes dans la paume de sa main. Genivie m'observe parce que je n'écris pas et que je ne me prépare pas à dormir. Au contraire, je tresse mes cheveux bien serré et je retire l'attache de mon livre, attendant que Mère vienne et trouve deux lits occupés.

— Elle est jalouse, tu sais. Liliya…

Je lâche ma lanière, étonnée.

— Pourquoi?

— Parce qu'elle est jolie et pas toi.

— Ce que tu dis n'a aucun sens, Genivie.

Je recommence à natter mes cheveux.

— Elle est jolie, mais c'est toi que les gens regardent, quand tu passes dans la rue.

Parce qu'ils me considèrent comme une curiosité. Ou comme une folle.

— Tu es celle qu'elle aimerait être et tu es naturelle. Tu ne t'en rends même pas compte, et c'est vraiment énervant, Nadia.

Je ne peux pas m'empêcher de sourire. Genivie sait se montrer très perspicace. Mais je pense qu'elle n'a pas tout à fait conscience du projet de notre sœur aînée visant à se débarrasser de moi.

— Tu devrais l'interroger à propos de ce garçon. Elle se sentira mieux, vu que tu n'en as pas.

Quelque chose me dit que cette conversation risquerait d'être assez déplaisante.

Genivie poursuit tout en laissant Kenny remonter le long de son bras :

— Pourquoi tu dois aller de l'autre côté du mur?

Je me fige. Genivie est vraiment perspicace. Je ne sais pas comment elle est au courant de ma petite expédition, mais elle l'est. C'est à se demander si tout le monde ne le serait pas. Plusieurs réponses me passent par la tête, mais aucune ne vaut pour ma sœur. L'idée de découvrir d'où nous venons m'obnubilait, avant. Nous, les gens comme moi. Ceux qui n'ont jamais perdu la mémoire. Je voulais savoir s'il y en avait d'autres, à l'extérieur. Mais ce n'est plus le cas, aujourd'hui. Parce que j'ai peut-être trouvé le moyen de mettre un terme définitif à l'Oubli.

— Pourquoi je fais une chose pareille, d'après toi, Genivie?

— Parce que cette cité est trop petite pour toi.

Elle a l'air d'avoir trente-cinq ans au lieu de douze.

— Ne dis rien à Liliya, d'accord?

Genivie se contente de me regarder en levant les sourcils.

Voilà une autre raison de me rendre de l'autre côté du mur : je serais incapable de supporter que Genivie m'oublie.

Le repos approche. Les rues se vident. Le soleil est un éclat doré derrière les montagnes qui se découpent sur le ciel zébré de bandes roses légèrement voilées. Il se couchera demain. Je ne verrai plus la lumière jusqu'à l'Oubli. Je retourne chez Jin et m'engage discrètement dans l'escalier qui mène à son jardin bien avant la cloche. Je veux y arriver la première pour vérifier si Gray s'y trouve et m'assurer qu'il n'a pas emmené Jonathan ou l'un de ses acolytes. Mais le fils du souffleur de verre m'attend dans son coin sombre habituel.

— Impatiente? Non, ne dis rien. Jin ne doit pas être encore couché et nous savons quelle bavarde tu peux être.

Je gagne le bord du jardin pour m'assurer que la ruelle est vide, sans relever son sarcasme. Je sens pratiquement le regard de Gray dans mon dos.

— Si je ne te connaissais pas, je penserais que tu ne me fais pas confiance.

— Je ne te fais pas confiance.

Il se contente de sourire.

— Bon, dis-moi : comment veux-tu qu'on procède?

— Comme la dernière fois.

— Très bien. Ce sera plutôt simple, dans ce cas. Le soleil va nous aider.

Je me détends un peu.

— Il est bas, poursuit-il, et nous allons droit vers lui. Même si des gens gardent leurs rideaux ouverts ou traînent dehors alors qu'ils devraient être chez eux, ils auront la lumière dans les yeux.

Je ne l'avais pas envisagé, et n'apprécie pas que Gray, le fils du souffleur de verre, ait ce genre d'idée avant moi. Je m'assois dos contre une colonne, l'adrénaline balayant toute sensation de fatigue. Nous attendons que l'horloge à eau sonne et que la première cloche du repos résonne à travers la cité. Un profond silence retombe sur le jardin. Je me demande bien de quoi Liliya et lui peuvent parler. Nous patientons encore un peu, puis Gray lance le signal du départ.

Je l'oblige à passer devant, brandissant ma longue perche pour chercher l'échelle de corde à tâtons. Une fois trouvée, je la tire vers nous et la tends au-dessus du vide pour permettre à Gray de poser un pied sur l'échelon du bas. Il parcourt le cordage en suspens bien mieux que je ne l'aurais cru, même s'il se cogne à l'épaule. Gray monte à toute allure avant de s'asseoir à califourchon sur le mur, et de s'étendre à plat ventre.

La nervosité me saisit soudain. Mais à moins qu'il y ait quelqu'un dans la ruelle ou dans le jardin, personne ne peut nous voir… jusqu'au moment où nous nous retrouverons là-haut, Gray et moi. J'ai dû penser qu'il se passerait quelque chose. Que Jonathan arriverait pour me prendre sur le fait avant de dire à Gray qu'il a bien mérité sa récompense.

Je grimpe à mon tour, puis fais rebasculer l'échelle de l'autre côté. À peine les pieds de Gray ont-ils heurté l'herbe que je me lance à sa suite, parcourant la courte distance jusqu'au sol d'un bond. La terre est plus haute de ce côté-ci de l'enceinte. La pente inférieure de la face rocheuse de la montagne scintille de bleu gris. Des herbes dorées dansent dans le vent. Les senteurs de la forêt me parviennent déjà et je suis en compagnie du fils du souffleur de verre.

Gray me sourit, et part en courant.

Je suis allée de l'autre côté du mur.

Un jour, alors que nous étions jeunes pendant le temps d'apprentissage, Eshan avait demandé pourquoi une enceinte entourait Canaan. Notre professeur avait répondu que nous avions oublié ce qui se trouvait à l'extérieur de Canaan, et que c'était pour cette raison que nous avions besoin d'être protégés. Nous aurions pu nous faire piquer par des insectes, tomber d'une falaise ou dans un trou profond, mourir de faim… Ou, avait ajouté le professeur, être du mauvais côté du mur au moment de l'Oubli. Nous nous retrouverions à errer seuls pour toujours, incapables de rentrer chez nous. En bref, nous restions à l'intérieur de la cité parce que nous y étions en sécurité.

Ce qui me pousse à me poser la question suivante : le mur nous protège-t-il ou nous enferme-t-il?

Aujourd'hui, j'ai découvert que je n'ai pas peur de l'inconnu. Aujourd'hui, j'ai découvert que l'inconnu m'aime, et que je l'aime en retour.

NADIA LA FILLE DE LA TEINTURIÈRE
LIVRE 13, PAGE 64, 11 ANS APRÈS L'OUBLI

CHAPITRE 4

Je regarde Gray bondir dans les hautes herbes et partir en diagonale afin de contourner la falaise pour attaquer son versant escarpé. C'est le Gray que j'ai connu au temps de l'apprentissage. Un peu sauvage et débordant d'énergie. Une part de moi voudrait le laisser courir. Je n'ai pas besoin de lui sur cet éboulis venteux et rocheux. Mais j'ai besoin de lui à la cascade, où les branches de baies s'entortillent aux fougères arborescentes. Mais je m'élance dans son sillage.

Il est plus rapide que je ne l'aurais cru. Ses jambes sont beaucoup plus longues que les miennes. En moins d'une minute, il n'est déjà plus en vue, mais les grillons de soleil et les mouches bleues qui stridulent et vrombissent, et les nuages de petits papillons blancs s'élevant des feuilles me signalent son passage. Je suis les bruits et les phalènes tout en haut de la falaise.

Gray est là, debout au bord du vide, parfaitement

immobile, les orteils en surplomb des rochers. Rien ne bouge hormis sa chemise, dont le tissu se tend et se relâche au rythme de sa respiration haletante. Il contemple au loin Canaan et son cercle de pierre immaculée balayé de lumière dorée. Je le rejoins. J'avais presque oublié comme cette cité est belle. Ce Gray-là, avec son visage sérieux et impassible, est complètement différent du Gray que j'ai connu jusqu'à présent.

— Gray… Ne restons pas là. On va nous repérer.

J'ignore si c'est le cas. Je pense que nous sommes trop haut. Mais j'ai besoin de l'entraîner ailleurs. Ses manches retroussées laissent voir les cicatrices à l'intérieur de son poignet et de son avant-bras droit, là où la peau a comme fondu. Les brûlures du jour de l'Oubli. Évidemment. Voilà pourquoi il porte en permanence des manches longues. Il tourne la tête et me sourit.

— Allons-y.

Nous contournons la montagne, puis en descendons le flanc par un sentier naturel serpentant au milieu du feuillage épais. La lumière est déjà plus faible que lors de mon dernier passage. Deux vers luisants ont parsemé les arbres de brins de soie iridescents. Au commencement des jours sombres, plusieurs milliers d'entre eux éclaireront cette partie de la montagne. Gray ne court plus, ou plus aussi vite, parce qu'il dévie de sa trajectoire dès qu'il aperçoit quelque chose d'intéressant. Et c'est souvent le cas. Je dois chaque fois le remettre sur le droit chemin.

Il me pose des questions. Qu'est-ce que j'ai vu? Où est-ce que j'ai été exactement? Je hausse les épaules, j'opine, je secoue la tête au moment opportun en guise de réponse. La vérité, c'est que je me suis rendue à un temps du repos de distance à pied de mon échelle dans chaque direction, et que je n'ai jamais surpris personne ni quoi que ce soit de redoutable de l'autre côté du mur. Je n'ai vu que des rochers, de l'eau, des insectes et des plantes, pas le moindre humain pour compliquer les choses. Ce qui explique en partie pourquoi j'adore aller sur ma montagne. D'ailleurs, je trouve assez étrange de voir l'un de mes congénères ici. Gray semble tellement apprécier cette balade, son enthousiasme est communicatif. Je lui montre dans un rocher un trou en apparence inoffensif et observe sa surprise quand l'orifice se met à cracher de l'eau à dix mètres de hauteur au-dessus de nos têtes. Mais quelque part dans Canaan, l'horloge à eau égrène les minutes et je dois absolument emmener Gray aux vignes.

Je le guide jusqu'aux deux immenses fougères qui me servent de repère et lui fais longer la colline bordée d'arbres de l'Oubli sauvages. Nous arrivons bientôt à un canyon peu profond entre les falaises. Un peu plus haut sur notre gauche, une cascade bouillonnante retombe cinq mètres plus bas dans un bassin naturel.

— C'est là? me demande Gray.

Je l'entraîne et je commence à gravir la pente à toute allure jusqu'à ce que nous nous retrouvions au-dessus des chutes, au niveau d'un ruisseau clapotant autour d'un tas de pierres. Le feuillage est si dense que la lumière filtre à peine. On dirait une petite pièce avec un cours d'eau et une vue spectaculaire sur la vallée. La présence de Gray dans cet endroit m'est difficile à supporter; un peu comme lorsqu'il avait ouvert mon livre. Mais il y a les baies blanches et argentées, dont il reste seulement trois grappes. Et nous avons environ une cloche encore avant de devoir rebrousser chemin. Gray s'accroupit à côté de l'eau, en boit dans sa main avant de s'en asperger la tête et la nuque. Les pointes de ses cheveux forment aussitôt des boucles lâches et sombres. Je vais errer du côté des vignes et des baies.

— Tu te baignes ici, parfois? demande Gray.

Il est encore au bord des rochers, penché en avant, à contempler le bassin naturel au pied de la cascade. Gray le fils du souffleur de verre a visiblement omis de développer certains talents de survie de base. Je n'ai pas particulièrement le vertige, mais cet à-pic pourrait nous tuer. Il jette un coup d'œil par-dessus son épaule.

— Allez. Raconte.

— Oui, fais-je d'un ton circonspect.

Le sourire de Gray s'élargit alors qu'il commence à défaire la lanière de son livre.

— On y va?

— Nous n'aurons pas le temps de descendre et de remonter si nous voulons être à Canaan avant la fin du repos.

C'est un mensonge. Mais Gray doit rester près d'ici. Je remarque qu'il sourit de plus belle. Il semble considérer comme un triomphe personnel chaque phrase entière qui sort de ma bouche.

— Qui te parle de descendre à pied?

Je comprends alors qu'il veut sauter. De la falaise. Et que nous nagions. Sans nos livres. Je recule d'un pas. Il pose son livre sur une grosse pierre loin de la rive.

— Tu viens?

Je secoue la tête. Il plisse le front.

— L'eau n'est pas assez profonde? demande-t-il.

— Si, sûrement. Je n'ai jamais trouvé le fond.

— Parfait. Bon…

Je refuse de nouveau, mais plus fermement, cette fois. Gray se fige. Le petit sourire sarcastique est de retour.

— C'est de sauter ou de moi que tu as peur? lance-t-il.

J'agrippe les bretelles de mon sac. Il est parfaitement hors de question que je bondisse par-dessus une cascade alors que je peux nager avec mon livre en vue, seule dans une nature immense. Je ne m'en séparerais jamais en présence de quelqu'un d'autre.

— Je vois, dit-il.

Il ramasse son livre et commence à en rattacher lentement la lanière.

Je me sens coupable. Et énervée. Je me retourne en faisant mine de m'intéresser de près à la vigne et aux baies. Le silence qui s'installe devient pesant.

— Tu as faim? dis-je en cassant une jeune pousse chargée de fruits ronds et blancs sans vraiment regarder Gray.

Mais je distingue ses pieds qui approchent. Il s'avance

pour la prendre, puis va s'asseoir dans un coin, le dos contre un rocher, avant de faire courir ses doigts le long de la branche.

— Faisons un jeu, fille de la teinturière. Une réponse pour deux. Tu réponds à ma question, et moi à deux des tiennes, quel que soit le sujet.

Je réfléchis à son offre. Comme je doute que Gray attende de moi des réponses qui nécessiteront simplement de remuer la tête, je vais devoir parler. Mais obliger Gray à se soumettre aux miennes… Je ne demanderais pas mieux. Dès qu'il aura mangé les baies qu'il tient dans sa main.

Il me gratifie d'un énième rictus sarcastique.

— Tu ne peux pas refuser une proposition pareille.

Je pivote sur moi-même et trouve une petite pierre plate à côté du ruisseau sur laquelle m'asseoir.

— D'accord.

Gray plante les coudes sur ses genoux, la branche de baies pendant au bout de ses doigts. Je suis tellement tendue que j'en ai mal aux épaules.

— Voici ma première question. Dis-moi, Nadia, fille de la teinturière : pourquoi vas-tu de l'autre côté du mur ?

Les motifs défilent dans ma tête comme lorsque Genivie me l'a demandé, il y a quelques cloches de cela. Sauf que j'ai besoin d'une réponse qui fasse taire Gray. Je décide de lui confier une partie de la vérité. Je me baisse vers la rive et j'attrape un caillou affleurant dans le courant. Il est du même bleu gris que la face de la falaise, ronde et lisse, et légèrement scintillante.

— Elle devait être biscornue, autrefois. Elle a dû tomber d'un gros rocher. Mais l'eau l'a polie, comme la pierre à aiguiser chez Arthur. Les années en ont rongé les bords.

Gray se penche en avant. Il me fixe si intensément que j'en perds mes mots. Livrer à voix haute des réflexions que je n'ai jamais partagées avec aucun être humain est insoutenable.

— Mais les pierres de la cité… Elles ne sont pas usées. Elles ont même l'air neuf.

— Tu penses que nous vivons là depuis peu?

Je secoue la tête.

— Tu crois qu'on vient d'ailleurs, de ce côté du mur?

J'opine.

— Donc, la question que tu te poses, c'est : où étions-nous avant Canaan?

Gray est concentré. Inutile de répondre. Il comprend vite. C'est parfait, parce que je ne suis pas sûre de pouvoir poursuivre. Alors, comme pour me remercier pour le sacrifice que j'ai consenti en parlant, il mange une baie.

— Qu'est-ce qu'on cherche exactement?

J'inspire.

— Des routes, des chemins. Un outil abandonné. N'importe quoi.

— Et qu'est-ce que tu as découvert?

— Un puits, dont nous avons extrait le minerai de fer, et un second d'où provient notre glaise. Je ne sais pas d'où vient le sable pour le verre, en revanche.

— On a des tonnes de sable. Mais j'ignore complètement

où on le trouve, c'est vrai. Et à part ça?

Je secoue la tête. Il mange une pleine poignée de baies. Je prends note du nombre exact.

— Et rien concernant la pierre?

Je le scrute en fronçant les sourcils, puis l'onde.

— Est-ce que tu sais où ils extraient et taillent la pierre, Nadia?

J'avais toujours pris l'existence de cette pierre pour acquise. Une cité entière de pierres neuves. D'où proviennent-elles? Le trou dont on l'a extirpée doit être absolument gigantesque, et les incisions incroyablement nettes. Je bondis sur mes pieds. Une seconde plus tard, je suis plantée au bord de la falaise, près de la cascade. Pile à l'endroit où se tenait Gray quand il contemplait le canyon, ce vaste creux au milieu d'un paysage de collines. Je m'allonge à plat ventre et pose le menton sur le rocher avant d'écarter le feuillage humide. Aucune trace de pierre blanche ni la moindre entaille faite de main d'homme. Je jette un coup d'œil par-dessus mon épaule. Gray me dévisage. Je me relève en secouant la tête.

— Ce puits a très bien pu être inondé, dit-il. Tu devrais l'envisager.

Je l'observe avec méfiance tout en frottant la boue de mes vêtements. Lorsque Gray reste immobile comme ça, je revois pratiquement le petit garçon d'avant l'Oubli au lieu de celui de la salle d'apprentissage. Est-il si différent ou ne l'ai-je jamais vraiment connu? En tout cas, il est beaucoup plus intelligent qu'il n'en a l'air.

— Tu devrais peut-être venir nager avec moi. On

pourrait chercher des traces d'outils. Tu n'as pas peur de mouiller tes vêtements, si? Tu pourrais même ne pas les mouiller du tout. Qu'en penses-tu, fille de la teinturière?

Il sous-entend que je pourrais les retirer. Non… Il n'a pas changé. Mais je remarque qu'il a jeté la pousse que je lui ai donnée. Et qu'il ne reste aucun fruit dessus. C'est le bon moment. Je retourne m'asseoir sur mon rocher.

— Ce que j'en pense, lui dis-je, les yeux dans les yeux, c'est que tu m'as posé neuf questions. Ce qui me donne donc droit à dix-huit réponses, n'est-ce pas, fils du souffleur de verre?

— Je ne t'en ai pas posé neuf. On discutait!

— Ce n'est pas ma faute si tu n'as pas précisé!

Il semble prêt à argumenter. Mais il se remet à sourire en penchant la tête comme pour reconnaître ma victoire. Puis il bascule légèrement en arrière, les mains sur la nuque.

— Vas-y.

Les questions se bousculent dans mon esprit comme les phalènes. Il y en a tant. *Est-ce que Jonathan du Conseil viendra m'arrêter sur le toit de Jin? Quelle relation entretiens-tu avec ma sœur? Pourquoi voulais-tu passer de l'autre côté du mur avec moi?* Mais je ne lui en pose qu'une, celle qui me tient le plus à cœur :

— Quel est ton plus ancien souvenir?

Il affiche une expression inhabituelle. J'attends sa réponse, le cœur battant. Gray finit par reprendre la parole :

— Le même que toi, j'imagine. Quand je me suis réveillé après l'Oubli. Pourquoi tu me demandes ça?

— Pas de questions. Que des réponses, et celle-là n'en

était pas une.

Sers-toi de ta tête, Gray. Rappelle-toi quand je suis venue à l'atelier juste avant l'Oubli.

— Je ne veux pas parler de ça, Nadia.

Il ne se moque pas. Il ne plaisante pas non plus.

— OK, fais-je en réfléchissant. Explique-moi comment tu t'es fait ces cicatrices, dans ce cas.

Gray ramène les bras devant lui.

— Ce jeu est beaucoup moins drôle que prévu.

J'attends. Le vent soulève les fougères arborescentes.

— Très bien. Je ne sais pas comment je me les suis faites.

— Comment ça, tu ne sais pas?

Il me regarde avec un air confus, voire légèrement énervé.

— Tu vois très bien ce que je veux dire.

— Pas du tout.

Réfléchis. Essaie de repenser à avant l'Oubli. S'il te plaît, Gray, souviens-toi.

— Je suis en train de t'expliquer que j'étais brûlé à mon réveil.

— Qui t'a soigné? Ta mère?

— Non.

— Est-ce que tu as trouvé quelque chose à ce sujet dans ton livre?

— Non.

Gray paraît calme, mais je sens bien qu'il bouillonne. Il est fou de rage. Je ne crois pas avoir jamais vu le fils du souffleur de verre en colère. Je n'avais pas prévu de me retrouver seule avec quelqu'un de plus grand et plus rapide que moi, et hors de contrôle. L'énerver ne l'aidera pas à se souvenir.

— Je suis désolée si… si tu as l'impression que…

Je m'interromps. Je suis vraiment nulle à ce petit jeu. Je décide de lui offrir une autre vérité :

— Je cherche simplement à comprendre certaines choses à propos de l'Oubli.

— Lesquelles?

La voix de Gray a changé.

— Pas de questions, dis-je. Et si tu essayais de te rappeler comment tu t'es fait ces cicatrices? Est-ce que tu te souviens de ce que tu as éprouvé?

— Je t'ai expliqué qu'elles étaient là à mon réveil. Mais oui. Ça faisait mal. Très mal.

J'ai l'impression de secouer un arbre dans le but d'en faire tomber une noix en particulier.

— Remonte en arrière. Tu te rends compte que tes mains et tes bras sont brûlés. Est-ce que ça été d'abord tes mains et tes bras ensuite, ou les deux en même temps?

— Comme je te l'ai dit, je me suis juste réveillé. La douleur est une chose qu'on remarque tout de suite, généralement.

Il est de nouveau en colère, et moi, inquiète. Et s'il ne jouait pas le jeu?

— Et à propos de…

— Attends une seconde, m'interrompt-il. Pourquoi tu parles de mes mains?

Je le dévisage, perplexe. Il se décolle du rocher contre lequel il est appuyé et vient se planter devant moi avant que j'aie pu cligner des yeux. Il veut que je le regarde. Je n'en ai aucune envie. Il tend vers moi ses poignets tournés vers le ciel.

Ma respiration s'accélère. Les doigts et les jambes me picotent. Comment ai-je pu commettre une erreur pareille? Aussi stupide? Son poignet et son bras droits sont striés de balafres grossières. Mais son bras gauche est lisse. Une bande pâle entourée de peau hâlée. Sa main ne présente aucune cicatrice, en revanche. Quelque part au fond de mon esprit, je l'entends crier, tandis qu'il plonge les mains dans les flammes.

— Comment sais-tu que j'étais marqué sur les deux bras et sur les deux mains?

Déroutée, je me tais. C'était juste une supposition. Quelle idiote…

— Tu m'as demandé si je m'étais brûlé les bras et les mains en même temps. Comment sais-tu que mes mains étaient brûlées aussi, Nadia?

Je n'arrive pas à le regarder.

— J'ai dû te croiser après l'Oubli. Avec des bandages. Je suis sûre de t'avoir vu.

— Menteuse.

Comme la première fois, ce mot me donne l'impression de recevoir une gifle. Mais là, je l'ai fait exprès. Enfin, il me semble. Et ça me met en rage. La colère a au moins le mérite de détourner la panique qui pourrait pointer.

— Tu ne m'as pas vu.

— Ah bon? Et pourquoi?

— Parce que c'est impossible.

— Et moi, je te dis que si.

Le ton de Gray est incroyablement sérieux. Et sa voix, très proche.

— Si tu sais quelque chose à propos de moi, j'ai besoin que tu m'en fasses part. Maintenant. Pendant que nous sommes ici, rien que tous les deux. Explique-moi quand tu m'as vu avec ces brûlures.

Il faut qu'il le formule lui-même. Qu'il s'en souvienne. J'aimerais tant que ces baies l'aident à retrouver la mémoire que j'en ai pratiquement mal.

— Parle-moi! crie-t-il.

Les stridulations des grillons s'élèvent avant de se taire aussitôt.

— S'il te plaît, Nadia.

Je ne peux pas lui répondre. Il bondit sur ses pieds. Je l'entends marcher de long en large pour se calmer. Je serre les genoux contre moi, refoulant ma propre colère. C'est ma faute. Je me suis montrée négligente, irresponsable. Trop confiante. Je dois absolument trouver le moyen de me sortir de ce guêpier, un argument valable. Mais ce n'est pas si facile.

Gray contient de plus en plus difficilement sa colère.

— Alors, explique-moi juste comment tu es au courant. Pourquoi tu étais là quand c'est arrivé.

Je lève doucement les yeux. Je sens mon pouls battre dans mes veines. Gray a les mains en l'air, quand je remarque soudain qu'il n'est pas en colère, mais qu'il a peur. Il a posé sa dernière question comme s'il avait compris exactement ce que ça voudrait dire. Comme une réminiscence…

— Tu te souviens que j'étais là? je lui demande.

— Non, murmure-t-il. Tu ne pouvais pas être là, c'est absurde.

— Raconte-moi ce dont tu te souviens.

Avant de céder, il va s'asseoir, dos au rocher, la tête en arrière, les paupières closes.

— J'étais désorienté. Je ne comprenais pas où j'étais ni pourquoi on m'avait emmené. Je ne connaissais personne parmi les gens parqués avec moi. Et…

Il grimace. Peut-être se souvient-il de la douleur.

— Tout le monde avait oublié ce qu'il fallait faire en cas de brûlures. Sauf Rose. Elle a trouvé de l'huile pour mes bras et elle a préparé une tisane pour calmer la douleur et me faire dormir. Elle a pris soin de tout le monde, des hommes comme des femmes. Je pense qu'elle devait être médecin, avant. Elle…

— Rose… Celle des bains?

Gray tourne les yeux vers moi. Son regard me confirme qu'il s'agit bien d'elle. Je ne comprends pas de quoi il parle. Je ne comprends plus rien.

— Mais… Rose est une Perdue.

Gray se raidit à ces mots.

— C'est bien de ça qu'on parle.

— Mais…

Je repense à ses propos, la vérité m'apparaissant peu à peu, comme une feuille tombant d'une haute branche.

— Est-ce que tu étais… Perdu?

Cette fois encore, son visage répond pour lui. Il l'était.

Je me lève et me tourne pour respirer un peu et me

donner le temps de la réflexion. Comment pouvait-il être Perdu? Il a retiré son livre du feu… Il a éteint les flammes de ses propres mains. La couverture était brûlée, mais les pages étaient presque toutes intactes. Je l'ai vu de mes propres yeux.

— C'est impossible.

— Mais, Nadia… comment est-ce que tu pourrais le savoir?

— Tu habites chez le souffleur de verre!

Je perds mon sang-froid. Exactement comme à l'époque. Mon intervention dans l'atelier du souffleur de verre est la seule bonne chose que j'aie faite lors de ce fameux lever de soleil. Ainsi que frapper ce type pour que Gray puisse sauver son livre des flammes. Je ne peux pas croire que ça se soit mal passé.

— Non. Tu n'étais pas Perdu.

Gray jure à voix basse. Il a dû se lever et faire quelques pas, parce qu'il me semble l'entendre flanquer des coups de pied dans des buissons. Puis mon petit endroit couvert de vigne redevient calme, hormis la mélodie des grillons et du courant. Gray est parfaitement stoïque lorsqu'il reprend la parole. Du moins, en apparence.

— Qu'est-ce que tu sais sur moi?

Je ferme les yeux.

— Est-ce qu'il y a quelque chose dans ton livre à ce sujet? me demande-t-il.

Devant mon silence persistant, il ajoute :

— Dis-le-moi.

J'ignore quoi faire. La situation est cruelle. Pour lui

comme pour moi.

— Est-ce que tu veux bien revenir t'asseoir, au moins?

Je m'exécute. Je n'aurais pas pu rester debout encore très longtemps, de toute manière. Je frémis. Gray s'installe par terre devant moi, son livre sur les genoux, toujours attaché à sa lanière.

— Je vais te dire quelque chose. Mais seulement si tu me promets que tu ne l'écriras pas.

Je lève lentement les yeux. Son regard est noir.

— Tu le jures?

J'acquiesce en appuyant sur mes jambes pour les empêcher de trembler.

— Quand je me suis réveillé après l'Oubli, j'étais brûlé et dans la rue, sans livre. J'avais peur. Je me suis caché. Au bout d'une journée environ, deux membres du Conseil m'ont trouvé sur un jardin de toit. Ils débusquaient les gens comme moi. Ils m'ont enfermé avec les Perdus. Je suis resté là pratiquement jusqu'au coucher du soleil. Mes mains et mon bras gauche avaient guéri. Et puis, le souffleur de verre est arrivé. Il avait perdu son fils pendant l'Oubli. Il se souvenait surtout de son métier. Il avait besoin d'aide, mais il ne cherchait pas d'apprenti. Il voulait retrouver son fils, et… C'était n'importe quoi. On avait à peine de quoi manger. J'ignore pourquoi il est entré dans cet endroit. Il m'a choisi, moi, parmi tous les autres garçons, il m'a ramené chez lui, et il m'a donné un livre. Il avait remarqué mes cicatrices. Nous nous sommes assis — ma mère était là, elle aussi —, et nous l'avons regardé tourner les pages de son livre et écrire : « Gray s'est brûlé avec le four, aujourd'hui ». Cet homme a été un père pour moi depuis ce jour, exactement comme s'il l'était vraiment…

Je laisse retomber ma tête entre mes mains. Il avait égaré son livre. Il était Perdu. Et ensuite, son père était venu le chercher. Pour le choisir, lui, parmi tant d'autres. Le souvenir de son fils était-il si profondément ancré en lui qu'il l'a conduit d'instinct vers Gray? Cet homme a-t-il senti l'attrait de sa propre chair? Et, dans ce cas, pourquoi personne dans ma famille n'a eu ce genre de réaction à mon égard? Qu'est-ce qui n'allait pas chez moi? Qu'est-ce qui ne va pas chez moi? Gray me scrute lorsque je lève de nouveau les yeux.

— Tu sais ce qu'on nous fera à mon père, ma mère et moi si jamais ça se sait? Je te fais confiance, mais je t'en prie… Si tu sais quoi que ce soit…

Il pose une main sur mon bras. Je tressaille comme si j'étais moi-même brûlée. Gray recule aussitôt. Je serre un peu plus mes genoux contre moi. Il doit penser que je réagis de cette façon parce qu'il était Perdu. Je suis incapable d'expliquer ma réaction… Que faire? Me lever et m'enfuir? Hurler… J'envisage même de tout dire au fils du souffleur de verre, pendant une seconde. Je n'arrive plus à respirer.

— Mon petit jeu ne s'est pas déroulé comme prévu, commente Gray.

Je manque d'éclater de rire. Sauf que ce n'est pas drôle. Gray, lui, ne rit pas. Il prend son visage dans ses mains.

— Je ne comprends pas. Tu n'étais pas avec les Perdus et je ne t'ai pas vue dans la rue après l'Oubli. Je me serais souvenu de toi. J'en suis certain… Mais comment sais-tu que je m'étais brûlé les deux bras?

Je me contente de secouer la tête.

— Nadia!

Je continue à remuer la tête sans très bien savoir à qui je dis non. C'est tellement différent d'avec ma mère. Mes souvenirs la concernant lui feraient profondément mal. Et elle est trop fragile pour supporter la moindre souffrance. Mais mes souvenirs concernant Gray arrangeraient les choses. Des choses que, de mon point de vue d'enfant, je pensais avoir déjà arrangées.

Gray, écoute-moi. Tu es le fils du souffleur de verre. Il t'a choisi parmi les Perdus parce qu'il a reconnu son fils. Tu t'es brûlé les mains dans ton four, pour sauver ton livre. Je croyais t'avoir aidé. Je pensais que tu l'avais récupéré. Mais ce n'était pas le cas.

— S'il te plaît, murmure-t-il. Sais-tu qui je suis?

J'ai l'impression que je vais pleurer. Je ne pleure jamais, d'habitude. J'entends dans ma tête la voix du garçon au visage couvert de suie qui me demande de ne pas oublier.

— Tu es le fils du souffleur de verre. Et tu vas devoir me faire confiance, parce que je ne peux pas te dire d'où je tiens ces informations.

Seul le bruit du courant se fait encore entendre. J'essaie d'inspirer. La voix de Gray est douce comme la brise quand il reprend la parole :

— Tu en es sûre?

— Oui.

Il garde les yeux clos. Il se prépare à me questionner.

Et moi, à répondre. Mais il se contente de me fixer lorsqu'il rouvre les paupières. Son expression est très différente de celle du garçon aux mains brûlées ou du Gray du Centre d'apprentissage. Son regard tranchant m'interdit d'ajouter le moindre mensonge.

— Tu ignorais que j'étais avec les Perdus et tu ne m'as pas croisé après l'Oubli. Je sais que tu ne m'as pas vu. J'étais caché. Et je m'en souviendrais. Mais tu sais où je me suis brûlé. Et tu connais mon identité…

J'ai peur. Au plus profond de moi. L'esprit vif de Gray retourne le problème dans tous les sens.

— Je m'étais blessé *avant* l'Oubli, et pourtant, tu le sais.

À ces mots, il se fige tel un arbre sans le moindre souffle de vent, et prononce les trois petits mots suivants :

— Tu te souviens.

Non, bien sûr que non.

Mais aucun son ne sort de ma bouche.

— C'est ça, n'est-ce pas?

Je me raccroche à mes derniers fragments d'espoir et lui demande, tremblante :

— Tu te souviens de moi?

— Non. Pas du tout.

Les larmes me montent aussitôt aux yeux. Au loin, l'écho de la première cloche de l'éveil retentit par-delà la montagne.

Hedda a été fouettée, aujourd'hui. Et aujourd'hui, pour la première fois, je suis soulagée que l'Oubli existe.

NADIA LA FILLE DE LA TEINTURIÈRE
LIVRE 14, PAGE 12, 3 SAISONS AVANT L'OUBLI

CHAPITRE 5

Nous courons à travers les fougères en contournant la montagne. Des zébrures d'un rose profond s'étirent dans le ciel violet. Gray m'attend ensuite près du mur, sous l'échelle, sa chemise assombrie par la sueur. Il fait un pas vers moi, sans doute pour m'aider à me hisser, mais il hésite. Moi pas. Je bondis.

J'attrape le cordage du premier coup, et je grimpe assez haut pour poser une sandale sur l'échelon inférieur. Je monte et me mets à cheval sur le sommet du mur, m'étends à plat ventre, et jette un coup d'œil de l'autre côté. Les pierres sont plus fraîches qu'hier, la cité silencieuse, la ruelle en contrebas aussi vide que le jardin de Jin. Mais je n'ai pas le temps de m'inquiéter des curieux. Si nous arrivons chez Jin avant la deuxième cloche — celle du départ —, nous pourrons nous mêler à la foule. Je serai en retard, Mère sera contrariée, et qui sait ce que Gray devra affronter. Mais on échappera encore au fouet aujourd'hui. Gray me rejoint.

À peine arrivé en haut, il s'étale à plat ventre pendant que je remets l'échelle du côté de la cité, saute sur le jardin de toit, puis pivote sur moi-même pour regarder Gray. Il bondit à son tour avant d'atterrir plus maladroitement. Il aura de nouvelles contusions. Nous attrapons la perche avec laquelle nous faisons basculer l'échelle par-dessus le mur, puis la cachons. Gray s'étend de tout son long dans l'herbe sèche, les bras tendus, le visage face au ciel zébré.

— Tu penses qu'on nous a vus? me demande-t-il, essoufflé.

Je n'en ai aucune idée. Je me pose chaque fois la question. Je n'en reviens déjà pas que nous soyons arrivés jusqu'ici avant la cloche.

Il tourne la tête.

— Tu sais que nous devons parler de ce qui s'est passé.

J'ai plus parlé en une seule journée que depuis le dernier Oubli. La cloche sonne. Je me lève et gagne le fond du jardin pour surveiller l'allée. Dès que les gens arpenteront les rues, je me précipiterai à la maison. Peut-être Genivie dira-t-elle comme hier à Mère que je suis partie tôt pour les bains? Elle fera sûrement cela pour moi. Je préparerai le pain jusqu'aux jours sombres, si elle accepte.

Je guette l'affairement habituel, le bruit de portes qui s'ouvrent, de pas sur le pavé. J'entends un enfant pleurer, un son étouffé derrière les murs et les fenêtres aux rideaux tirés. La brise tourbillonne au milieu des tiges desséchées. Le calme du repos… Soudain, je sursaute.

— Ils sont en train de nous compter!

— Ils viennent dans ton quartier, aujourd'hui, non?

Gray s'est relevé avant que j'aie pu répondre. Je suis dans mon quartier, mais dans la mauvaise maison. Quant à Gray, il n'a absolument rien à faire ici.

— Ils commencent par où?

Je n'en ai aucune idée. Nous nous précipitons vers l'escalier.

— Prends le chemin le plus rapide. Je vais essayer d'être à la maison avant leur arrivée.

— Non. Je reste avec toi. Le chemin le plus rapide passe devant ta maison. S'ils nous voient, on court dans deux directions différentes.

Il a raison. Les rideaux sont tirés, chez Jin. Gray me suit déjà dans la ruelle qui longe l'arrière des Archives jusqu'au mur d'enceinte. Nous contournons les latrines, nous nous glissons sous des fenêtres, et sautons par-dessus le petit cours d'eau dévié du canal. Nous approchons ma maison par le côté. Des robes noires sortent de chez Hedda, sur le trottoir d'en face. Trois silhouettes de dos groupées autour de sa porte s'adressent à quelqu'un à l'intérieur. Jonathan, Tessa du Grenier et… mon père.

Je reste plantée là. La vue sur la demeure d'Hedda est parfaitement dégagée. Anson fait partie du Conseil. Va-t-il vraiment venir chez nous? Chez lui? La porte d'Hedda se referme doucement, puis les silhouettes s'écartent. Gray m'attrape le bras pour m'entraîner au coin de la rue.

— Tu es folle? murmure-t-il.

Je me penche en avant, les mains sur les genoux. Il a

appris à ne pas attendre de réponse de ma part.

— Où vont-ils?

— Chez le tailleur.

— Combien de personnes vivent chez lui?

Je lève cinq doigts.

— Elles sont là?

Je tends le cou et aperçois la porte du tailleur se refermer. J'en profite pour longer le mur de ma maison côté rue. Gray marche juste derrière moi. Je lui adresse un regard interrogateur par-dessus mon épaule.

— Je te retrouve devant chez toi! me siffle-t-il.

Le fils du souffleur de verre développe une mystérieuse capacité lui permettant de répondre à des questions que je n'ai pas posées. Avec une pointe de sarcasme, bien sûr.

Nous empruntons la ruelle entre les maisons, celle du tailleur bien en vue depuis le seuil de la mienne. Je soulève le loquet. Je sens ma gorge se serrer. Je réessaie; un goût amer remonte au fond de ma gorge au point de me faire suffoquer. C'est fermé… Qui a verrouillé notre porte? Je sais très bien qui. Celle du tailleur s'ouvre soudain. Des gens en sortent.

— Là-haut, lance Gray.

Nous nous glissons jusqu'à l'escalier qui conduit au jardin, et filons nous cacher sur le toit. Ma bouture est invisible au milieu des feuilles mortes. Mais Gray et moi ne pourrons pas nous cacher aussi bien. Nous nous tenons en silence dans la partie cultivée. Gray me contemple et hausse les épaules. Mon jour semble arrivé. Le sien également. Pourquoi n'avons-nous pas couru dans l'autre sens? Mon estomac se noue.

J'entends frapper à la porte, puis la voix de Liliya inviter les membres du Conseil à entrer. Je me précipite sur le côté du jardin pour regarder en contrebas. Une fois assise là, sur le muret bas, je balance une jambe par-dessus le parapet tout en regardant Gray.

— Attrape mes bras, lui dis-je.

Il s'exécute sans broncher. Je remercie Genivie intérieurement d'avoir laissé notre fenêtre ouverte. Je dévisage Gray, qui me donne son accord de la tête. Je passe sur le côté et m'étire jusqu'à ce que mes pieds trouvent le rebord de la fenêtre.

Gray fait glisser entre ses mains l'un de mes bras, puis l'autre, jusqu'à ce qu'il ne me tienne plus que par un poignet. J'ai désormais deux pieds sur le rebord et une main sur l'encadrement. Il me lâche. Je pose un genou, me retourne précautionneusement et me faufile à l'intérieur de la pièce.

Je pivote ensuite doucement sur moi-même. Des voix résonnent dans le couloir. Genivie est sur son matelas et Kenny le scarabée dans son bocal sur ses genoux. Ma sœur me fixe avec des yeux écarquillés.

— Tu as passé un bon repos? me demande-t-elle, l'air totalement sidéré.

Mon regard suit le sien. Deux pieds arrivent dans notre pièce de repos par la fenêtre. J'entends la porte de la pièce de repos de Liliya s'ouvrir, puis ma sœur donner son nom d'un ton trop enjoué. Gray glisse ses jambes à l'intérieur. La porte de Liliya se referme. Je voudrais crier à Gray de faire demi-tour et de retourner dans le jardin. Mais la lanière de son livre se prend soudain dans l'encadrement de la fenêtre. Gray se tourne pour le décoincer avant de sauter par terre. Il adresse un large sourire à Genivie tout en allant se cacher derrière la porte, quand le loquet se soulève. Le fils du souffleur de verre se recule aussitôt dans l'angle de la porte, qui s'ouvre grand. Je me laisse tomber sur mon matelas.

Jonathan du Conseil se tient à l'entrée de ma pièce de repos, un immense livre à la main. Le sien pend à sa taille dans un sac brodé de coutures de fantaisie. Une clé est nouée à une cordelette autour de son cou. Liliya est avec lui. Je vois à sa mine sidérée qu'elle ne s'attendait pas à me trouver là. La porte ouverte dissimule parfaitement Gray, dont je distingue les pieds, de là où je suis. Je tourne aussitôt le regard vers Jonathan, qui nous adresse un sourire béat. C'est un sourire agréable sur un joli visage, mais aucun éclat n'anime ses yeux noisette. Pas la moindre lumière. Une satisfaction soudaine s'empare de moi à l'idée de la contrebande cachée dans le sol sous mes pieds. Je ne sais que penser de ce qui se dissimule derrière la porte, en revanche.

Liliya s'avance en invitant Jonathan à la suivre, puis Anson le planteur surgit à son tour. Ses yeux balaient froidement la pièce, Genivie, puis moi. Je ne bouge pas. Jonathan lui passe le grand livre. Une plume à la main, mon père l'ouvre lentement jusqu'à la bonne page. Un geste que je l'ai déjà vu faire. Le manque d'air me brûle les poumons.

—Vos noms? demande Anson.

Genivie bondit de son matelas comme une jeune bouture

pointant soudainement de sa cosse. Elle marche au-devant des deux hommes, leur sourit, et tend vers eux son scarabée pour le leur montrer. Elle ne semble pas avoir trente-cinq ans, cette fois. Pas plus que douze, d'ailleurs. Mais elle a toute leur attention. Les autres tournent tous le dos à Gray.

— Quel est ton nom? demande Anson.

— Je suis Genivie, répond-elle. La fille de la teinturière. Vous voulez que je vous l'épelle? G, E, N, I...

— Genivie, grogne Liliya.

— V, I et E, finit-elle.

Les pieds de Gray bougent discrètement. Genivie regarde Jonathan et lance :

— Il y a combien de noms dans votre livre?

Jonathan lève les yeux de la longue manche pendante qu'il était en train de lisser. Il ne paraît pas habitué à ce que des enfants s'adressent à lui.

— Je ne sais pas. Je...

— Vingt? Plus de cinquante?

— Je suis sûr que je ne...

— Genivie! gronde Liliya. Les membres du Conseil sont pressés.

Je tourne aussitôt la tête vers la plus âgée de mes sœurs. Liliya reconduit déjà nos hôtes à la porte.

— Ils ont certainement d'autres maisons à...

— Vous oubliez quelqu'un, il me semble, lance Anson en me désignant.

Cette petite scène me fait l'effet d'un coup de poing. Je vois le sourire de Liliya se fissurer : elle avait espéré qu'ils repartent sans inscrire mon nom dans leur registre. Un petit triomphe bien mesquin. Mon sang ne fait qu'un tour. Une colère s'empare de moi. Mais ce n'est pas contre Liliya que je suis en colère. Toute cette situation est la faute d'une seule personne : Anson le planteur.

— Je suis Nadia, la fille de la teinturière. Voulez-vous que je vous l'épelle?

La plume d'Anson ralentit. Mon père me dévisage.

Jonathan hausse le menton.

— Très bien… Tout le monde y est, cette fois, il me semble.

Mon père détourne le regard, puis finit de noter mon nom.

— Eh bien, merci…

Là-dessus, Jonathan jette un coup d'œil au livre qu'Anson tient avant de faire courir un doigt jusqu'au bas de la page pour vérifier la liste de noms avec ostentation…

— Liliya… Merci beaucoup, Liliya.

Son rictus me dégoûte.

— Passez un bon éveil.

Un bruit de pas traînant s'élève dans le couloir avant que la porte d'entrée s'ouvre. Gray est toujours dans son coin. Il passe une main sur son visage tout en se laissant glisser le long du mur pour s'asseoir par terre. Son sourire est de retour. Genivie observe la scène avec un air concentré, attendant que les voix à l'autre bout de la maison se taisent.

— As-tu passé un bon repos? lance-t-elle à Gray.

— Très bon, répond-il. Et toi?

— Je préfère être éveillée.

Genivie tourne la tête vers moi avant de glousser.

— Liliya doit être folle de rage.

Je ferme les paupières. Pas aujourd'hui. Ce n'est pas aujourd'hui que je me ferai prendre. L'adrénaline et la colère qui me quittent me laissent démunie.

— Pourquoi tu es rentré par la fenêtre? lance Genivie à Gray, qui rétorque aussitôt en singeant son ton sérieux :

— J'ai mes raisons.

— Et on pourrait savoir lesquelles?

— Je les ai entendus ordonner à Tessa du Grenier de monter dans le jardin.

— Mmm… Ça semble être une bonne raison.

Je me roule en boule avec bonheur sur mon matelas. Un vrai délice.

— Tu vas rester, n'est-ce pas? Jusqu'à ce qu'ils aient fini de compter? demande Genivie.

— Je crois que ce serait mieux. Mais ça te dérangerait si je discutais en tête à tête avec ta sœur un petit moment?

— Laquelle? fait Genivie.

— Nadia.

— Oh… Nadia te parle?

— Parfois.

Je lève les yeux à temps pour voir Genivie taper dans la main de Gray sur le chemin de la sortie. À peine hors de la pièce, elle repasse une tête à l'intérieur.

— Soyez discrets. Je me charge des autres.

Gray s'adoucit à ces mots.

— Elle est gentille.

Puis il tourne la tête vers moi avant de me refaire le coup du regard intense. Mais son sourire a disparu. Le Gray de la cascade. J'enroule mes couvertures autour de mes épaules. Une protection bien légère.

— Donc, tu te souviens, dit-il.

Et pas toi, me dis-je.

Je ferme les paupières. Les baies n'ont rien donné. Je n'en ai même pas emporté d'autres au cas où l'occasion se présenterait de nouveau. Et j'ai révélé le seul secret que j'aurais cru préserver à jamais. J'ai échoué. À tous les niveaux.

— Allez, Nadia, murmure Gray. Genivie dira que je suis un menteur si tu ne me parles pas.

Je sais pourquoi il veut que je parle. Il veut que je lui raconte ce qui s'est passé avant l'Oubli. Il veut retrouver sa vie. Je comprends. Je ne le lui reproche pas. Mais c'est tellement agréable d'être couchée.

— Quand est-ce que tu as dormi pour la dernière fois?

Il y a deux repos.

Je crois que j'ai oublié de le dire à voix haute.

— Alors, réponds-moi juste par oui ou par non. Ce que tu m'as dit à propos de mon père, c'est vrai?

Malgré la fatigue, je sens qu'il a besoin de savoir.

— Oui.

— Et à propos de ma mère aussi?

— Oui.

Le temps s'arrête soudain. Le sommeil me gagne.

— Ils vont s'inquiéter… de ne pas te voir, dis-je.

Je l'entends expirer.

— Oui…

Ça semble lui faire plaisir. Pas que ses parents soient inquiets, mais que les gens qui le sont soient ses vrais parents.

— Tu as posé deux questions. J'ai donc droit à… quatre réponses supplémentaires.

Je me laisse un peu plus bercer par cette torpeur réconfortante quand il se met à rire doucement.

— Dors bien, fille de la teinturière.

J'ai effectivement dû dormir, parce que les bruits d'une cité en pleine activité me parviennent de dehors à mon réveil. Je me sens perdue, durant une minute. Ma tête est remplie de pensées vagues et de rêves qui m'ont agitée. Bouleversée. Je ne sais pas quelle cloche il peut être. J'ai dû faire des cauchemars. Le visage d'Anson le planteur me demandant mon nom me revient en mémoire. Puis les sandales de Gray pointant par la fenêtre. Et cet échange de secrets sur le rocher au-dessus de la cascade, les genoux serrés contre moi. J'ouvre les yeux. La lumière, qui a baissé, s'est teintée d'un glacis rouge et la brise s'est rafraîchie. Mais ma pièce de repos est vide. Personne ne se tient dans l'angle. L'impression de solitude qui m'assaille soudain me surprend.

Je me redresse lorsque quelque chose crisse sous ma main. Un petit bout de papier couvert d'une écriture en pattes de mouche. « Rendez-vous au bosquet de noyers à la neuvième cloche. » Gray l'aurait-il déchiré de son livre? A-t-il rédigé ce mot pendant que je dormais? Je passe une main fébrile dans mes mèches en bataille. L'idée du fils du souffleur de verre me contemplant en train de dormir ne me plaît pas du tout. Ni celle de le recroiser. Mais je sais qu'il n'en restera pas là. Je regarde par terre. J'ai toujours mes sandales aux pieds et mon sac fermé sur le dos.

Je déambule dans le couloir mal éclairé. Des voix s'élèvent dans la pièce de repos de ma mère. Je vois Liliya se coiffer par l'entrebâillement de la porte. Allongée au bord du matelas, Genivie griffonne quelque chose dans la marge de son livre. J'observe cette scène comme une intruse par une fenêtre. Mère ressemble à celle que je connaissais avant l'Oubli. Les yeux clos, elle sourit, heureuse. Liliya dit quelque chose que je n'entends pas, mais qui fait rire Genivie.

Je pourrais les rejoindre. Je pourrais entrer et proposer à Genivie de lui brosser les cheveux et rire avec elles lorsqu'elles trouveront une feuille dans les miens. Je pourrais demander à Liliya de me montrer comment elle boucle les siens ou les laisser entre elles, avec tout ce dont elles ont besoin là, à portée de main. Sans rien pour les embêter ni les déranger. Peut-être Liliya a-t-elle raison? Peut-être que Nadia devrait se perdre dans l'Oubli? Pour le bien de tous.

Je dépasse la porte de ma mère sur la pointe des pieds, remonte le couloir, traverse le salon et pénètre dans la réserve. Elles ont déjà pris le dernier repas de la journée. Le pain est encore posé sur le comptoir. Je m'en coupe une grosse tranche tout en réfléchissant aux propos d'Eshan

— au trop grand nombre d'habitants par rapport à la taille des champs. Je mange debout, observant la pièce et le rebord de la fenêtre vide, puis la longue table lustrée où nous étions assises toutes les quatre avant que j'emmène Gray de l'autre côté du mur. Gray, qui était Perdu et qui a réussi à ne plus l'être. Qui se cache sur des toits et dans ma pièce de repos, qui me fait du chantage pour que je passe un repos avec lui, et qui me laisse des petits mots. Et tout cela à l'insu de ma sœur. Et même si ma petite expérience avec Gray a échoué, Liliya s'est quand même souvenue.

Après m'être servi de l'eau et l'avoir bue, j'essuie ma coupe et je la range avec mon assiette et mon bol entre ceux de mes sœurs. J'irai trouver Gray pour lui dire ma façon de penser concernant Liliya. Et si, malgré cela, il n'écrit toujours pas son nom, je mettrai un terme à cette situation. Je veillerai sur ma sœur, qu'elle le mérite ou non. Ensuite, il restera soixante-neuf jours. Les souvenirs qui se cachent dans nos têtes peuvent encore être découverts à temps.

Le rire lointain et doux de Genivie me parvient depuis la pièce voisine. Ou alors, tout sera plus simple si, dans soixante-neuf jours, il n'y a plus de Nadia ici.

Le soleil a commencé à se coucher pendant que je dormais. L'air s'est rafraîchi et le ciel s'est teinté de rouge. Des tuniques à manches longues ont remplacé celles à manches courtes des jours de lumière. Les signes de l'Oubli sont partout : les bourgeons mûrs sur les arbres, Karl des livres travaillant tard pour répondre aux commandes de dernière minute, le fabricant de sandales accrochant une enseigne neuve. Pas pour ses clients, mais pour sa propre famille, afin qu'elle puisse retrouver sa maison. Frances la doctoresse déambule avec un homme qui n'est pas son mari. Envisage-t-elle d'en changer après l'Oubli? C'est tellement facile. Je crois que certains prennent un nouveau partenaire simplement parce qu'il est possible de le faire.

Je dépasse l'horloge à eau et les bains. La foule commence à se raréfier. Un groupe s'avance bon an mal an vers les chemins près du mur afin de faire l'exercice physique obligatoire maintenant que l'air est plus frais. Je me demande si Jonathan envisage de nous fouetter si nous manquons un entraînement, également. La route entre les champs se transforme en un chemin boueux, désertique. Une lande dégagée s'étire, longue et nue, de part et d'autre, immense étendue prête pour les jours sombres et pluvieux jusqu'au prochain lever du soleil. Il y a une odeur de terre retournée. Au loin sur ma gauche se dresse la Maison du Conseil, où Janis et Jonathan vivent, vaste, blanche, isolée, et au pied du mur. Et sur ma droite, le bâtiment clôturé des Perdus, tout aussi vaste, blanc et isolé. Ces deux bâtiments ne sauraient pourtant être plus différents.

Les noyers poussent dans l'espace entre les champs et le mur. Je suis en avance pour la neuvième cloche. Je m'arrête afin de m'appuyer contre un tronc. Des branches rugueuses ploient au-dessus de ma tête, leurs nœuds nus et difformes paraissent sombres sous le ciel rougissant. J'essaie de dompter des mèches rebelles voletant autour de mon visage quand j'entends :

— Tu es venue.

Je scrute l'obscurité, sur mes gardes. Ce n'est pas Gray. C'est Eshan. Il se fraie un chemin parmi les arbres, un grand sac sur l'épaule.

— Je ne m'attendais pas à te voir, déclare-t-il en se plantant à mes côtés. Mais… je suis content que tu sois là.

À ces mots, il m'adresse un étrange sourire. Étant moi-même experte en matière de bizarrerie, je ne m'en étonne pas. La peau hâlée d'Eshan rend ses yeux particulièrement bleus, d'autant plus sous cette lumière. Ma peau reste pâle, quel que soit l'ensoleillement.

— C'est ici qu'on se retrouve, maintenant, m'apprend Eshan.

Je n'ai aucune idée de ce dont il me parle, mais je le suis sans poser de question. Tandis que nous gagnons le centre du bosquet, Imogène arrive d'un pas tranquille, accompagnée de Veronika, Michael, Chi, Ilsa, Elijah… Une vingtaine de personnes que j'ai soigneusement évitées au cours des douze dernières années. Certaines filles portent des robes presque aussi luxueuses que pour la Fête des jours sombres, des rubans colorés entortillés dans les cheveux, et des livres fatigués à leurs ceintures. On dirait que Gray m'a invitée à une… fête? Cérémonie? Réunion? Il n'est pas là, en tout cas. En ce qui me concerne, mes nattes sont à moitié défaites et mes collants couverts de boue. Je dois même en avoir des traces sur le visage. Et on me lance des regards contenant tout un éventail d'expressions, de l'indifférence à la haine.

— Assieds-toi, me dit Eshan.

Lui-même est accroupi devant un petit tas de combustible qu'il a sorti de son sac. Il souffle dessus et agite une main pour qu'il prenne feu.

Je m'installe en essayant d'ignorer les autres. Est-ce le genre de chose que font les gens pendant que j'escalade le mur, couds de nouveaux livres ou fabrique de la teinture pour marquer ma propre famille?

À part Eshan, je ne communique avec personne. Je suis dans ma bulle, et je ne saurais comment la quitter sans me faire remarquer davantage. Il faut absolument que je parle de Liliya à Gray. Peut-être va-t-il venir avec elle? Elle se coiffait, tout à l'heure. La plupart des filles présentes donneraient tout pour être à la place de ma sœur. Ce qui doit la ravir. La voix de Veronika s'élève soudain, tout près de moi :

— Comment s'est-elle retrouvée Chef du Conseil? Et qui l'a écrit? Vous ne trouvez pas que cette question mérite d'être posée avant l'Oubli?

Cette petite réunion serait donc une extension de celles qui se tiennent sur le toit d'Eshan. Certaines relations sont toutefois un peu plus poussées. Un couple se lève et s'éclipse, main dans la main, un peu plus loin à l'intérieur du bosquet. Je ramène les genoux contre moi. Eshan a sorti une bouteille. La plupart de ceux qui m'entourent ont apparemment reçu l'ordre d'apporter des coupes. Si c'est de l'alcool de contrebande, ce qui me semble être le cas, à en croire l'odeur, Eshan est plus sournois que je ne le pensais;

et plus courageux. On en fabrique exclusivement au lever de Lunes, en prévision de la Fête des jours sombres. Il devient plus fort chaque jour qui passe. Cette bouteille doit dater de plusieurs semaines. Mais aucune des personnes présentes ne dénoncerait Eshan… n'est-ce pas? Pourvu que l'offre d'une ration supplémentaire ne leur en donne pas l'idée.

Veronika continue de parler du Conseil, alors qu'elle devrait plutôt se demander qui ferait le travail à la place des Perdus si nous ne les punissions plus d'avoir égaré leurs livres. Eshan tend les mains devant le feu. Je suis toujours dans ma bulle, qui se rompt quand une épaule vient frôler la mienne. Le fils du souffleur de verre… Propre, reposé et les cheveux attachés sur la nuque.

— Salut, Eshan! lance-t-il d'un ton joyeux.

— Salut, répond l'autre, sinistre.

Des saluts fusent des petits groupes et se transforment en murmures sitôt que l'on voit près de qui Gray s'est assis, et de quelle manière. Cette proximité est une sorte de déclaration, mûrement réfléchie. En tout cas, tous l'interprètent visiblement de cette façon. Au risque de blesser ma sœur, ce qui me déplaît fortement. Je me redresse pour fuir discrètement cet embarrassant rapprochement. Gray prend appui sur ses bras, dont l'un passe ostensiblement derrière moi. Maintenant, on dirait qu'il me tient par la taille. Il contemple le bosquet alentour.

— Chouette fête, commente-t-il. Est-ce que…

— Où est Liliya? dis-je d'un ton féroce.

Eshan paraît légèrement choqué. Par l'identité de celle

qui vient de prononcer cette question ou la colère qui gronde derrière, je ne saurais dire. Gray se contente de hausser un sourcil avec son rictus habituel.

— Pardon? dit-il.

J'avais décidé de lui parler, comme à la chute d'eau, pour lui faire part de certains événements d'avant l'Oubli qu'il aurait besoin de connaître. Mais le Gray assis près de moi n'est plus celui de la cascade. C'est celui que j'ai fréquenté à l'école, celui qui arrive toujours à ses fins et, d'une façon ou d'une autre, à se faire aimer de tous. Il est en train d'humilier publiquement ma sœur. Une nouvelle dont Imogène, Veronika et toutes les filles de Canaan discuteront aux bains. Liliya est peut-être stupide et fourbe, et elle a beau parsemer mon chemin d'embûches, elle n'en reste pas moins ma sœur. Il est hors de question que j'aide quelqu'un qui se moque d'elle. Je regarde Gray droit dans les yeux.

— Tu n'es vraiment qu'un *zopa*.

Là-dessus, je me lève et m'éloigne du feu à grandes enjambées; je traverse la foule sans relever les commentaires. Gray m'appelle. J'accélère le pas, dépassant le couple surpris pour rejoindre le sentier longeant les remparts. Puis je m'élance à toutes jambes vers le jardin de Jin pour grimper sur le mur et filer à la montagne où je ne connais pas la solitude. J'ignore pourquoi je suis à ce point en colère, mais personne ne mérite d'être traité de cette façon, pas même Liliya.

Un bruit de pas retentit sur le chemin derrière moi. J'accélère le pas, suivant le mur jusqu'à une clôture branlante et le bric-à-brac d'une nouvelle bâtisse au-delà. La Maison des Perdus. Je la contourne, mais mes jambes ralentissent avant de s'arrêter malgré moi. Une femme est debout de l'autre côté de la clôture, dont elle tient un pan défait dans les mains comme si elle venait d'ouvrir sa porte d'entrée.

— Nadia, fille de la teinturière. Je pensais justement à vous.

C'est Rose, avec sa blouse en tissu non teint et ses grosses joues fripées.

Le bruit de pas sur le sentier arrive à ma hauteur avant de se taire. Pourquoi Gray ne me laisse-t-il pas tranquille? Rose le regarde par-delà mon épaule.

— Oh, fait-elle, c'est toi! J'aurais dû m'en douter.

Elle entrebâille un peu plus le grillage.

— Entre, que je te donne la correction que tu mérites.

Je me demande si elle a besoin d'un coup de main.

Un jour, quand j'étais très jeune, mon père m'a emmenée aux champs. J'avais profité d'un moment où il était occupé pour filer discrètement jusqu'à la clôture et observer la Maison des Perdus. Il y avait de la boue ainsi qu'une plaque au-dessus d'une porte que je n'avais pas pu lire. Un superviseur frappait une fille. Ce spectacle m'avait fait pleurer. Père était venu et m'avait soulevée dans ses bras en m'expliquant que je ne devrais jamais passer cette clôture, même si on me le demandait gentiment, parce que des mauvaises choses se produisaient là-bas.

Cette scène m'est revenue en mémoire, aujourd'hui, lorsque j'ai vu Tessa du Grenier, membre du Conseil, se rendre dans une maison voisine avec Reese afin de prendre le bébé non inscrit de Roberta. Je sais ce que la plaque dit, à présent : « Sans leurs souvenirs, ils sont perdus ».

Je me demande bien qui protège ceux qui se trouvent à l'intérieur de la clôture.

NADIA LA FILLE DE LA TEINTURIÈRE
LIVRE 14, PAGE 52, 1 SAISON AVANT L'OUBLI

CHAPITRE 6

Rose m'indique un matelas élimé étendu à même le sol de terre battue, dans une pièce plongée dans l'obscurité. Elle invite Gray à s'asseoir à son tour avant d'aller chercher un petit pot rempli de vers luisants. J'aperçois des étagères avec des rangées de bouteilles, de gerbes d'herbes et de feuilles séchées, puis une couverture fine soigneusement repliée posée par terre. Il doit s'agir de sa pièce de repos.

Rose revient vers nous et place le pot lumineux entre nous. La Maison des Perdus a été construite sans fenêtre et sans verre. Nous sommes arrivés là à travers un dédale de salles bondées de filles et de femmes peu dérangées par notre passage. Je ne sais pas exactement comment je me suis retrouvée ici. Hormis que j'étais trop furieuse pour trouver la moindre excuse pour ne pas entrer. Et que je ne me suis pas interrogée une seule seconde sur les conséquences de notre présence ici. J'ignore quels problèmes nous pourrions rencontrer si cela venait à s'ébruiter. Mais Rose doit estimer que nous ne craignons rien. Elle va se planter à côté de Gray avant de lui donner une petite tape sur la tête et de l'embrasser au même endroit.

— Tu m'as négligée, déclare-t-elle en lui ébouriffant les cheveux.

— Je sais.

Il est contrit, et moi énervée. D'abord, parce que j'ai failli me demander ce que cela ferait de passer la main dans les cheveux de Gray comme ça. Une pensée idiote, puisque ce garçon m'horripile en tous points, jusqu'à ses immenses cils. Ensuite, parce que Gray, le fils du souffleur de verre, semble attirer l'affection comme les fruits des noyers les abeilles. Quoi qu'il ait fait, Rose lui a déjà pardonné.

— Je reviens, lance-t-elle.

Elle gagne la porte, visiblement peu gênée par l'obscurité. Je me débrouillerais beaucoup moins bien, je crois. J'ai l'impression d'étouffer. L'odeur d'êtres humains et d'herbes séchées qui règne, ainsi que ma colère muette, mais latente, rendent l'air irrespirable.

Gray finit par rompre le silence :

— C'est quoi, ton problème, fille de la teinturière ?

Cette question me donne juste envie de rire. Il peut toujours courir, s'il pense que je vais lui répondre.

— Très bien. Je vais donc te rafraîchir la mémoire. Je m'assois, tu me demandes où est ta sœur, je ne sais pas de quoi tu parles, tu m'insultes et tu pars, furieuse. C'est ça ?

Non. Mon problème, c'est que tu n'es qu'un zopa arrogant qui colle une sœur d'un peu trop près alors qu'il batifole avec l'autre.

Je me contente d'observer les vers luisants en silence.

— Très bien, dit-il d'une voix traînante. À présent que nous avons cette conversation, deux, trois commentaires de choix formulés par la fille de la teinturière me reviennent. Commentaires qui, sur le moment, semblaient faire partie du mystère de son charme. Mais j'y vois un peu plus clair, à présent. Tu penses vraiment que je pourrais conclure une entente avec ta sœur?

Je plisse les yeux. Le ton de Gray est incrédule. Exactement ce que je redoutais.

— Oh, je vois. Ce n'est même pas ça. C'est pire! Tu crois que je sors avec elle. Alors que je vais me promener de l'autre côté du mur avec toi et que je m'assois à côté de toi à la fête d'Eshan ou je ne sais quoi d'autre.

Je ne le quitte pas des yeux. Il retire l'élastique qui retient ses cheveux avant de passer une main dedans pour les ébouriffer.

— Nadia, poursuit-il, qui a bien pu te mettre des idées aussi stupides en tête?

J'ouvre la bouche, mais aucun son n'en sort. Je réessaie :

— La femme du potier…

Gray hausse les yeux au ciel.

— Liliya est effectivement venue me voir plusieurs fois à l'atelier, mais je lui ai dit non, OK? Fin de l'histoire. Et c'était il y a longtemps. Tu devrais suggérer à la femme du potier de se trouver une autre maison à espionner.

Je me recroqueville. Je ne sais pas si je peux le croire. Il me semble que oui. Je me sens soulagée, et complètement idiote. Mais qui sort avec Liliya, dans ce cas ?

— Donc, nouvelle règle : la prochaine fois que tu auras besoin de me demander quelque chose, dis « question gratuite » ou « temps mort ». Si tu ne te sauves pas, je ne les décompterai pas de notre petit jeu. Ça m'évitera des courbatures.

Je me tourne vers lui.

— Je ne m'enfuirais pas si tu ne t'asseyais pas aussi près.

— Tu ne me le reprocherais pas si tu avais vu la façon dont Eshan te regardait.

Rose revient. Gray et moi sommes mutiques. Il se tourne vers elle.

— C'est ta faute tout ça, Rose. Et en plus, tu m'as frappé le crâne.

Rose me décoche une œillade dans la lueur bleue-blanche avant de nous passer une tasse à l'un, puis à l'autre.

— Goûte avant de la remercier, déclare Gray.

Rose se contente de lui ébouriffer les cheveux une nouvelle fois. Le thé est fort, si fort qu'il lui donne la chair de poule.

— Ce sont des feuilles de ricin. Vous allez vous y faire, m'explique Rose, tout sourire.

Je lui souris en retour, ce qu'elle ne voit peut-être pas. Elle s'éclipse encore. Un bébé pleure quelque part dans le dédale de la bâtisse.

— Je ne savais pas qu'ils se retrouvaient là-bas. Je pensais qu'ils se réunissaient toujours sur le toit d'Eshan, histoire de te mettre au courant. Et tu devrais te méfier d'Eshan, dit Gray, qui a pourtant menacé de me dénoncer au Conseil si je ne l'emmenais pas de l'autre côté du mur.

— Je croyais qu'Eshan et toi étiez amis.

— C'est le cas. C'est pour ça que je sais de quoi je parle.

Je souffle sur mon thé.

— C'est encore ton tour, il me semble, fait-il.

Je contemple le bord ébréché de ma tasse. Gray s'adosse au mur. Ses yeux sont deux ombres profondes.

— Notre jeu, poursuit-il. Il te restait une quinzaine de questions, en plus des quatre pendant que tu t'endormais.

C'est très généreux de sa part. Je sais qu'il a envie de poser la sienne. Mais j'accepte malgré tout. J'imagine que nous nous sommes pardonnés l'un l'autre.

— Tu viens souvent voir Rose?

— Moins que je le devrais, mais oui.

— Toujours du côté des femmes?

Il rit sans joie.

— Beaucoup d'hommes fréquentent le côté des femmes. Les superviseurs se moquent pas mal de ce que font les Perdus, sauf à l'heure du travail. Mais pour éviter toute confusion, je viens uniquement voir Rose.

Je souris tout en avalant une nouvelle gorgée de cet horrible thé.

— Mais ce n'est qu'une petite aventure.

Je manque de recracher mon thé avant de me rendre compte que je ris en m'étranglant à moitié. Gray est hilare.

Je ne me rappelle pas de quand date mon dernier fou rire. Je m'essuie la bouche du dos de la main en reprenant ma respiration. Je ne sais plus quoi dire, quand un son inattendu s'élève soudain. Une flûte, quelque part dans la Maison des Perdus.

Gray reste silencieux, pour une fois, il écoute. Puis quelqu'un se met à chanter. Le chant est repris par une voix, puis une autre, avant de se répandre de pièce en pièce. Cet air n'est pas triste. Il y a quelque chose de charmant, de libre à ne pas savoir d'où il provient, à entendre certaines notes près de nous et d'autres au bout de couloirs ou de l'autre côté des parois. C'est comme si cette musique possédait une existence propre. Je regarde les vers luisants se tordre dans leur pot, leur existence n'ayant aucun autre but que produire cette étrange lumière. Il me reste soixante-neuf jours pour transformer ma vie ou pour la laisser derrière moi.

Je me mets à parler comme un vase trop plein. Du souvenir de Liliya, des baies que je cherchais à la cascade, de ce que cela pourrait induire concernant l'Oubli. Gray se lève pour aller fermer la porte avant de revenir s'asseoir plus près pour m'écouter, mais à bonne distance pour ne pas m'oppresser. Je ne parle pas d'Anson le planteur ni des choses que j'ai vues avant et après le dernier Oubli. Ni de ce que je pourrais décider de faire avant le prochain. Mais je lui parle de la façon dont il s'est brûlé les mains, de l'homme qui voulait lui prendre son livre, et de la demande qu'il m'avait faite de ne pas oublier. Je lui confie également l'incident avec ma mère. Gray m'écoute aussi attentivement que sur la montagne. Il me pose quelques questions, mais demeure silencieux la plupart du temps, me dévorant du regard. Lorsque je me tais enfin, nos tasses sont vides, la musique est retombée, et ma voix est rauque. Gray reste assis sans bouger, pensif.

— L'homme qui a essayé de brûler mon livre, tu le reconnaîtrais? me demande-t-il doucement.

Je secoue la tête. Mes souvenirs sont diffus.

— Il voulait faire de moi un Perdu. C'était son but.

Cette idée me donne la nausée. Peut-être certains Perdus se sont-ils fait voler leur livre et ont-ils été envoyés ici sciemment? Peut-être est-ce le cas de Rose?

— Pourquoi tu n'informes pas le Conseil? m'interroge Gray. Pourquoi tu ne dis pas à Janis que tu te souviens? Elle saurait sûrement quoi faire.

J'y ai souvent songé.

— Je ne peux rien prouver, pas sans faire du tort à quelqu'un. Et toi non plus.

Son père a recueilli un Perdu et falsifié son livre. Mon père en a falsifié, voire détruit plusieurs. Je serais capable d'aller très loin pour protéger des gens qui ne me rendraient certainement pas la pareille. Ma vie prouve au moins ça.

— Tu sais que tu ne peux pas en parler à tes parents, n'est-ce pas? dis-je.

Gray rit doucement; un simple souffle.

— Je sais. Tu te retrouverais impliquée. Et je ne suis pas sûr qu'ils me croiraient, de toute manière.

La vérité peut paraître tellement mince, tellement fragile,

par moments. C'est l'une des choses que je lui reproche, d'ailleurs.

— Ce qui me sidère, c'est moins que Liliya ait pu se souvenir de quelque chose, que le fait que tu n'aies jamais oublié. Pourquoi? Pour quelle raison, d'après toi?

Je hausse les épaules.

— Aucun moyen de le savoir.

— Cette phrase revient un peu trop souvent, ces derniers temps, tu ne trouves pas? Toutes ces réponses que nous considérons comme acquises et à propos desquelles il n'y aurait «aucun moyen de savoir». Qui a écrit le Premier Livre de l'Oubli? Aucun moyen de le savoir. Qui a bâti la cité? Aucun moyen de le savoir. Depuis combien de temps avons-nous oublié? Quel âge a Rose? Aucun moyen de savoir quoi que ce soit. Ce qu'il faudrait, ajoute-t-il, c'est lire les livres de tous les habitants de Canaan pour les comparer et dérouler le fil de l'histoire.

Il me regarde du coin de l'œil.

— On les lirait à voix haute. Depuis la tribune, sous l'horloge à eau. À tour de rôle. Tout le monde viendrait, j'en suis certain.

L'absurdité de sa proposition me fait sourire, et la possibilité que quelqu'un lise mon livre m'horrifie. Qui écrirait la vérité si quelqu'un d'autre pouvait la lire? Pratiquement personne. Et si un livre est mensonger, son propriétaire finit Perdu, après l'Oubli. C'est ce que mon père m'a appris. Gray se penche en avant; il est agité.

— La bande d'Eshan n'a pas tort sur tous les points.

Le Conseil nous lit les règles du Premier Livre de l'Oubli deux fois par an. Ça nous gâche presque la Fête des jours sombres. Mais on ne le lit jamais en entier. Comment savoir ce qu'il contient vraiment? Comment découvrir ce qui s'est passé avant? Pour ce que nous en savons, ce livre fait peut-être mention de tas de gens qui n'ont pas oublié, ou alors… Ou alors, personne n'a jamais vécu ce que tu vis : ne jamais oublier.

La dernière alternative me paraît la plus plausible. Je regarde Gray, qui me dévisage. Ses cheveux sont en bataille et son menton est assombri par une barbe naissante.

Temps mort. Cette question ne compte pas. Si tu n'étais pas dans le jardin de Jin à cause de Liliya, que faisais-tu là-bas? Et pourquoi voulais-tu passer de l'autre côté du mur avec moi?

Gray ne répond pas à la question que je n'ai pas posée, cette fois. Je prends soudain conscience de l'espace dans lequel nous nous trouvons. Du calme qui y règne, du cercle de lumière blanc bleuté auquel le monde semble se résumer depuis un moment. Je regarde autour de nous. Gray sourit.

— La première cloche du repos a sonné depuis longtemps. Tu vas devoir rester ici avec moi jusqu'à l'éveil. À moins que tu décides de partir.

Je m'adosse au mur. Je ne suis pas rentrée à la maison. Mère trouvera encore un lit vide. Je dévisage Gray.

— Quand viennent-ils dans ton quartier pour vous compter?

— Pas à cet éveil, mais au prochain. J'ai vérifié.

— Tu vas avoir des problèmes?

— Des tas. Mais je ne regrette rien. Tu as beaucoup moins peur de moi, maintenant. Regarde.

Gray lève les mains pour me montrer qu'elles sont inoffensives, puis il les tend très lentement avant d'attraper mon poignet pour poser ma main dans sa paume. Les boursouflures de ses cicatrices se dessinent sous mes phalanges. Il referme ses doigts sur les miens.

— Tu vois? Tu n'as plus peur.

Sa peau est chaude et sa paume rugueuse.

Non, Gray, fils du souffleur de verre. Tu te trompes. J'ai beaucoup plus peur de toi, maintenant.

— Allez, viens, me lance-t-il, tout en m'agrippant pour m'aider à me relever.

Il a gardé ma main dans la sienne. Il ramasse le pot lumineux et recule de cinq pas avant de m'entraîner dans la pièce d'à côté.

— Prends le lit. Si on peut appeler ça un lit.

— Et Rose? fais-je en hésitant.

— Elle doit dormir dans une autre pièce depuis un bon bout de temps. Je vais rester là. Pas pour me reposer, mais pour réfléchir.

Il doit sentir mes doutes, parce qu'il serre un peu plus mes doigts encore blottis dans les siens.

— Tu n'as rien à craindre, d'accord?

Gray ne me lâche que lorsque je suis assise à côté de la couverture pliée, avec laquelle je me fais un oreiller pendant qu'il pose la lanterne. Il paraît tout ankylosé. Et il doit avoir des contusions sous sa chemise. Il a percuté le mur quand il a sauté dans le jardin de Jin. Je le regarde défaire la lanière de son livre, puis le laisser s'ouvrir librement. Cette vision me culpabilise aussitôt; je n'aurais pas dû regarder.

— Ça te dérange si j'écris? me demande-t-il alors.

Je secoue la tête. Il est assis face à moi dans l'angle près du mur et des étagères. Une fois ses jambes croisées l'une sur l'autre, il choisit une page vierge, puis sort la plume et l'encrier de leurs niches dans l'épaisse couverture intérieure. J'entends le crissement de la plume sur le papier. Cela fait deux repos consécutifs que je n'ai rien écrit dans mes deux livres. Mais c'est moins grave, puisque je me souviens. Et je ne crois pas que je pourrais écrire ici, pas devant Gray. La plume arrive à l'intérieur du petit cercle de lumière quand elle se fige.

— Tu peux retirer ton sac, tu sais, me lance Gray.

Je glisse une main jusqu'à la lanière à mon épaule et l'agrippe davantage. Mon geste arrache un froncement de sourcils à Gray.

— Quoi? Tu penses que je vais te sauter dessus et t'arracher ton sac pour lire ce que tu as écrit?

— Je t'ai déjà giflé une fois à cause de ça, je te rappelle.

Ces propos sont sortis malgré moi. Mais Gray s'était vraiment comporté comme un idiot, au Centre d'apprentissage. Il l'avait mérité. Soudain, ce souvenir me paraît drôle. Un large sourire illumine le visage de Gray.

— Je crois que Nadia la fille de la teinturière vient de me taquiner. C'est un événement exceptionnel que je vais noter de ce pas.

— N'importe quoi.

Il trempe ostensiblement sa plume dans l'encre.

— Nadia, articule-t-il lentement tout en écrivant, est une petite taquine… qui maltraitait ses camarades… d'apprentissage…

— Arrête!

— … et… qui peut garder… rancune… pendant des siècles… envers des gens autrement charmants… intelligents… et émerveillés par sa lumineuse… beauté…

Lumineuse beauté? Je suis sale, mal coiffée et allongée sur un sol de terre battue. Je fais semblant de vouloir dormir pour montrer que je sais très bien qu'il n'en écrit rien, légèrement nerveuse à l'idée qu'il le fasse, peut-être. Sa plume gratte le papier quelques minutes encore avant de se figer. J'ouvre les yeux.

— Tu as rêvé. Quand j'étais dans ta pièce de repos.

Je referme les paupières. Il est hors de question qu'on parle de ça.

— Avant l'Oubli. Ce que tu as vu. C'était affreux à ce point?

Je n'étais pas préparée, pas armée pour aborder ce sujet. Mais mes souvenirs affluent aussitôt malgré moi. L'éclat d'un rire, une odeur de fumée. Je me recroqueville sur la couverture, puis m'assois en respirant à fond avant de m'étirer. La réponse que je ne formulerai pas est parfaitement claire dans mon esprit.

Ils savent tous très bien ce qui les attend, Gray. Un peu comme s'ils sentaient la mort approcher et que, quoi qu'ils fassent, ils seront pardonnés, même par eux-mêmes. Il n'y aura pas de conséquences.

Aucune culpabilité. Du coup, ils se laissent aller. Ils prendront tout ce qu'ils voudront, feront ce qui leur a toujours été interdit. Et ils se vengeront. Je crois que certains goûtent au mal comme ils essaieraient une nouvelle chemise juste pour voir comment elle leur va, pour tester la sensation du tissu sur leur peau. J'ai vu des choses que je n'ai pas comprises, à l'époque, mais que je cerne beaucoup mieux, aujourd'hui. Et je les retrouve, en ce moment. Ils recommencent, encore et encore…

À cet instant, je sais très bien où je suis. Dans la Maison des Perdus. Malgré tout, mes muscles sont crispés, prêts à courir. Quelque part au fond de ma mémoire, une femme crie et des gens rient en l'entendant.

— Oui, je murmure. C'était vraiment affreux.

Le cri de la femme s'élève de nouveau.

— Je suis désolé.

J'ouvre les yeux. Ces paroles me bouleversent, parce que personne ne les a jamais prononcées. Et parce que Gray était sincère. Une minute plus tard, Gray ajoute :

— Je pense que tu as raison quand tu dis que l'Oubli est une sorte de maladie. Tu ne le comprendras sûrement pas, mais oublier est tellement… étrange. Je ne crois pas que nous soyons censés perdre nos souvenirs. Nous ne sommes pas faits pour ça. Du coup, la question que je me pose, fille de la teinturière, c'est : as-tu guéri ou n'as-tu jamais été malade ?

Je suis incapable de répondre. Mais les maladies ont des causes et des traitements. Si nous les découvrions, l'horreur de l'Oubli ne nous frapperait plus. Je parviens difficilement à contenir mes tremblements.

— Réfléchis, me suggère Gray. Est-ce que tu fais quelque

chose de différent des autres membres de ta famille? Ou font-ils, eux, quelque chose que tu ne fais pas toi?

J'ai déjà envisagé ces hypothèses, mais aucune n'est concluante.

— Quelque chose que tu mangerais? As-tu ingéré un aliment inhabituel juste avant l'Oubli?

Je ne crois pas.

— Attends! Je sais ce que c'est, lance Gray brusquement.

Les battements de mon cœur s'accélèrent malgré moi.

— Le silence, la taquine-t-il. Oui, voilà! Le silence guérit!

— N'importe quoi, fais-je en refermant les yeux.

Malgré mon ton, Gray doit percevoir mon sourire.

— Tu te rends compte? Ça veut dire que tout ce qu'on nous enseigne est faux.

Oui. C'est pour ça que nous devons remettre ces assertions en question. Toutes autant qu'elles sont. Et réfléchir aux passages que l'on nous a appris à chanter à l'école.

Au premier lever de soleil de la douzième année, ils oublieront. Ils perdront la mémoire. Sans souvenirs, ils sont Perdus. Leurs livres seront leur mémoire, leur individualité passée. Ils écriront dans leurs livres personnels. Ils les conserveront. Ils coucheront par écrit la vérité, et les livres leur diront qui ils ont été. Si un livre se perd, alors, eux aussi sont Perdus. Sans eux, ils ne sont rien. Je suis fait de mes souvenirs.

— Qui que soit l'auteur du Premier Livre de l'Oubli, comment savait-il qu'il allait survenir tous les douze ans?

Gray pose sa plume dans le creux entre les pages, avant de répondre :

— Il aura gardé des traces, je suppose. Des sortes de repères entre un Oubli et le suivant. Comme nous le faisons.

— Donc, l'auteur du Premier Livre n'aurait pas simplement rédigé des règles et des lois, il aurait également tenu des comptes. Et au moins pendant vingt-quatre ans, pour repérer que l'événement se produisait tous les douze ans.

— Sûrement… Sans Premier Livre pour le dire, comment deviner que les Oublis reviennent tous les douze ans? Surtout sans aucun souvenir des années précédentes. Il faudrait donc plutôt trois Oublis pour comprendre tout ça. Trente-six ans, peut-être?

— J'ai vu le Premier Livre de l'Oubli. Pendant les Sermons des Jours sombres. Il n'est pas épais. Pas plus que les nôtres. Non… Il ne peut pas contenir trente-six, ou même vingt-quatre années de notes. C'est impossible. À moins de ne pas tout écrire.

— En tout cas, on nous a appris à le faire. Ou alors, il y a un autre livre.

Je pose le menton sur mes genoux, dubitative. Gray plaisantait, tout à l'heure, quand il a lancé que le Premier Livre pourrait citer tout un tas de gens qui n'ont jamais oublié, ou du moins, j'avais cru qu'il plaisantait. Comme lorsqu'il avait suggéré de comparer nos livres. *Je suis fait de mes souvenirs. Sans souvenirs, ils ne sont rien*… Les pensées se bousculent dans ma tête.

— Dans ce passage, l'auteur parle de « ils » et « d'eux ». Pourquoi revient-il au « je » ensuite? Ça devrait être « nous », logiquement.

Gray met les mains derrière la tête, pensif.

— Si tu veux parler de tout le monde, tu écris « nous ». C'est comme si l'auteur, ou l'auteure du Premier Livre faisait une différence entre lui, ou elle, et ceux qui n'ont pas de souvenirs.

— Qu'est-ce que tu veux dire?

— Que c'est peut-être pour ça que le Livre n'est pas gros. Parce que celui ou celle qui l'a rédigé…

— N'a pas oublié? termine Gray à ma place.

Il se penche vers moi, plongé dans ses réflexions, les doigts posés à la racine du nez.

— C'est plausible. Si, comme toi, quelqu'un d'autre se souvenait, alors, cette personne sait tout ce qu'il s'est passé au cours du premier et du second Oubli. Et elle aurait pu tout comprendre en seulement douze années.

— Et si cette fameuse personne avait noté certains repères dans le Premier Livre, je pourrais les comparer avec mes souvenirs.

— Tu es la seule à Canaan à pouvoir le faire.

À ces mots, Gray et moi nous dévisageons. La pièce de repos de Rose est silencieuse et sombre.

— Je pourrais me tromper.

— Tu pourrais avoir raison, corrige Gray.

Si jamais nous trouvions quelque chose, une cause et un remède à l'Oubli, pourrais-je y mettre un terme pour autant? J'ai l'impression de me retrouver au pied d'une montagne à escalader.

— Mais tu ne peux pas aller aux Archives et consulter ce livre. On ne te le permettra pas.

Évidemment. Mais on ne m'avait pas permis de me rendre de l'autre côté du mur non plus. Gray reste impassible, hormis les commissures de ses lèvres légèrement haussées.

— Tu vas le lire quand même.

C'est vrai.

— Tu comptes le voler.

Si je le peux.

— Tu te feras fouetter.

Peut-être.

— Non, dit Gray.

— Si.

— Je veux dire non, pas toi. Nous. Toi et moi. Nous allons voler le Premier Livre de l'Oubli ensemble, lance Gray.

Mon regard se pose sur l'espace mal éclairé qui nous sépare. C'est exactement comme au moment où il m'a imposé de l'emmener de l'autre côté du mur, mais sans les menaces. Je ne comprenais pas ce qu'il manigançait à ce moment-là, et je ne le comprends pas plus aujourd'hui.

— Pourquoi? je lui demande.

— Parce que quelqu'un a cherché à me perdre, voilà pourquoi. Pour nous punir moi ou mes parents, qui sait. Et à cause de Rose : tu crois qu'elle traînait dans le coin sans livre, peut-être? Quelque chose ne va pas, Nadia. Je pense même que rien ne va, en fait.

Il lève une main. Ses sourcils se froncent brusquement.

— Réponds juste à une question. Je répondrai à quatre

des tiennes si tu le fais. Dis juste oui ou non. Est-ce que ton père est vraiment mort?

Je sens la terre battue sous mes doigts, l'odeur des herbes posées sur les étagères, ma poitrine se soulever au rythme de ma respiration.

— Non.

Gray se recule. Je détourne les yeux. Je sais que c'est une erreur. J'ai déjà enfreint mes propres règles en me confiant à Genivie. Et pourtant, je suis sur le point de recommencer. Je paierai pour tout ça. Mais peu m'importe. J'accepte sa proposition.

— D'accord. Volons le Livre ensemble.

Au dernier repos, j'ai été dormir dans le jardin après que Mère est venue vérifier mon lit. Le bébé de la tailleuse de vêtements est né en avance et Pratim a amené leur plus jeune fils dormir chez nous. Je lui ai laissé mon matelas, j'ai emporté une couverture sur le toit et je me suis fabriqué une sorte de tente pour me protéger du soleil. À mon réveil, Mère était près de moi, en train de bêcher les pieds de tomates. Je ne sais pas depuis combien de temps, ni si Liliya a pu cacher le couteau. Mère ne m'a pas paru blessée, mais je lui ai dit que j'étais désolée qu'elle ne m'ait pas trouvée dans mon lit. Elle m'a simplement répondu : « Ne sois pas bête. Il n'y avait pas de lit vide ».

Maintenant, je comprends que c'est du vide qu'elle se souvient, pas de moi.

NADIA LA FILLE DE LA TEINTURIÈRE
LIVRE 5, PAGE 8, 6 ANS APRÈS L'OUBLI

CHAPITRE 7

— Nadia!

— C'est ta sœur? me demande Gray.

Nous sommes dans la rue du Méridien, pile à l'endroit où elle se divise et contourne l'amphithéâtre. Je plie deux pans de tissu non teints que Rose nous a apportés pour camoufler nos vêtements colorés lorsque nous avons quitté la Maison des Perdus. La brume du coucher du soleil était tombée sans qu'aucun superviseur ne vienne, les portillons n'étaient pas fermés et les clôtures étaient en mauvais état. Nous avons pu nous éclipser facilement. Où des Perdus iraient-ils, de toute manière? Tout le monde connaît leurs visages. Gray a longuement serré Rose dans ses bras avant notre départ. C'est ce que les gens font, quand ils aiment et qu'ils sont aimés en retour. Comme Genivie avec moi.

Je dois me montrer prudente.

— Nadia!

D'épaisses traînées de brouillard surplombent le sol. Le Grenier nous domine, haut et pâle à notre droite. Je pivote sur moi-même. Genivie s'avance dans la brume. Elle est hors d'haleine. Aucune fleur ne décore plus ses cheveux.

Quelque chose dans sa posture et la façon dont ses lèvres se crispent me noue aussitôt le ventre. Je m'accroupis pour la regarder droit dans les yeux.

— C'est Mère?

Elle opine, à bout de souffle.

— Le couteau?

Ma sœur confirme.

Cela faisait longtemps que Mère n'avait pas fait ce genre de chose. Mais je sais pourquoi elle l'a fait aujourd'hui. Elle a découvert un lit vide. Deux fois de suite. Je me doutais, chez Rose, que le temps d'assumer mes choix viendrait. Mais à vrai dire, je m'étais déjà décidée bien avant que les Perdus commencent à chanter. J'aurais pu demander que l'on me reconduise dehors et rentrer à temps pour la cloche. Sauf que je me trouvais exactement là où je le souhaitais.

— Liliya dit qu'on ne peut pas aller chercher le médecin. C'est pour ça que je suis venue, explique Genivie.

— Nadia…

Je me retourne. J'avais totalement oublié Gray. Il a passé tout le temps du repos assis par terre à improviser des plans absurdes qui m'ont fait rire aux larmes. Il a à peine parlé depuis que nous avons quitté la Maison des Perdus. Je serais incapable de décrire son expression.

— La tour de l'horloge. À la septième cloche, lâche-t-il

en glissant un pouce dans la lanière de son livre.

J'accepte. Ma sœur et moi filons aussitôt chez nous. Je tourne sur la rue de la Fauconnerie avec Genivie, lorsque je trouve le mot parfait pour décrire le sentiment qui se dessinait sur le visage de Gray : du regret.

À peine la porte d'entrée franchie, je mets la barre sur la porte, puis tire les rideaux. Il y a du sang partout. Sur les dalles du sol et sur la table, ainsi qu'une traînée dans le couloir. La culpabilité a un goût bien plus amer que le thé de Rose. Je m'élance vers la pièce de repos de Mère tout en m'adressant à Genivie :

— Si jamais Mère a besoin d'un médecin, j'irai en chercher un. Tu peux venir avec moi, si tu veux, mais tu n'es pas obligée.

Genivie s'essuie le visage, réfléchit à ma proposition, puis tourne à gauche vers notre pièce de repos.

Je me plante sur le seuil de celle de Mère et balance par terre les vêtements non teints avant d'ouvrir la porte.

Il fait chaud, de l'autre côté. La lumière écarlate qui filtre par la fenêtre fermée donne l'impression que Liliya et Mère rougissent. Ce n'est certainement pas le cas de Mère. Ses paupières sont closes et son avant-bras gauche est enveloppé dans un tissu maculé de sang. Je voudrais regarder la plaie. Liliya est assise à côté du matelas. Elle tient la main de Mère dans la sienne. Les boucles de ses cheveux rebondissent lorsqu'elle se tourne vers moi. Mère ne bouge pas.

— Elle se repose.

C'est un avertissement. Mère ne dort pas, alors, ne dis rien qu'elle ne devrait entendre.

Je désigne le couloir du menton. Liliya hésite avant de lâcher Mère et de me suivre en refermant la porte derrière nous.

Elle prend la parole sans me laisser le temps de réagir :

— Personne ne doit l'apprendre. Même pas les voisins. Personne ne doit savoir qu'elle s'est fait ça. Si jamais quelqu'un s'en aperçoit, nous expliquerons que c'était un accident. Ne me contredis pas…

Je n'avais pas prévu de le faire. Nous avons déjà connu ce genre de situation. Sauf que nous avions appelé un médecin.

— Où est le couteau? je demande.

— Quoi?

— Le couteau, Liliya!

— Toujours dans la réserve.

Je me précipite dans le couloir en contournant le sang, traverse le salon, et pénètre dans la réserve, Liliya sur les talons. L'arme est posée sur le comptoir. Les lettres ESNM gravées dans la lame sont écarlates. Cela faisait deux ans que Mère n'avait plus retourné le couteau contre elle. Nous avions baissé la garde. Je serre les poings, haletante. Pourquoi n'est-elle pas comme les autres mères? Juste folle de rage que j'enfreigne les règles ou que je traîne dehors avec un garçon? Pourquoi s'inflige-t-elle ça?

— Jure-moi que tu ne diras rien, Nadia. Le docteur pourrait soupçonner quelque chose.

Je me tourne pour dévisager ma sœur.

— Et alors? Quel est le problème avec le docteur?

— Il n'y en a aucun.

Liliya ment. Je ne me contenterai pas de cette réponse. Ses yeux sombres se posent sur le bazar derrière moi. De la peur pointe sous son assurance coutumière.

— Il pourrait y avoir une… erreur, concernant Mère. C'est tout. Promets-moi de rester discrète.

— Quel genre d'erreur?

— Jure-le, Nadia!

— Est-ce qu'elle a besoin de voir un médecin?

— Je ne crois pas.

Ses arguments ne me satisfont pas. Je me dirige vers le comptoir, me lave les mains dans le bol d'eau, prends des feuilles d'ail, attrape le couteau avec un tissu, puis emporte le tout dans la pièce de repos de Mère.

— Qu'est-ce que tu fais? me demande Liliya dans mon dos.

Je m'agenouille à côté du matelas avant de rapprocher la lampe à huile et de défaire le bandage.

— Mère… c'est Nadia. Je veux juste regarder…

Je retiens un haut-le-cœur en découvrant la blessure. Elle est placée en plein milieu de son avant-bras. Pas très grande, mais elle saigne toujours. Mère a planté la lame tout droit. Je la saisis, lance un coup d'œil réprobateur à Liliya qui s'apprête à protester, et commence à en étudier la pointe. Pour obtenir une entaille de ce genre, il faudrait enfoncer la lame de la largeur d'un index jusqu'à la première articulation. J'observe la plaie. L'os est peut-être touché.

— Est-ce qu'elle peut bouger les doigts?

Liliya n'en sait rien.

— Peux-tu bouger les doigts, Mère?

Elle s'exécute. Ma sœur avait raison. Elle est éveillée. Je dépose les feuilles d'ail sur son bras avant de réenrouler le bandage en le serrant un peu plus. Le médecin n'aurait sans doute pas fait mieux. Je me lève et j'emporte le couteau. J'attends qu'elle ait fermé la porte pour m'adresser à Liliya :

— Je te le promets.

Ma sœur passe une main dans ses cheveux, visiblement soulagée. L'un de ses doigts est couvert de sang. Elle penche légèrement la tête sur le côté tout en me scrutant.

— J'espère que tu as réfléchi à notre conversation.

Elle parle de celle des bains. De ma disparition après l'Oubli.

— Ce qui vient de se passer pourrait t'aider à te décider, poursuit-elle. Imagine si Mère n'avait plus jamais à s'inquiéter de ce troisième lit vide…

Ce que j'imagine très bien, Liliya, c'est trouver le moyen de t'obliger à te souvenir et à ravaler tes paroles.

— Tu serais libre d'aller et venir, et Mère n'aurait plus besoin de se faire du mal. Elle pourrait retourner à la…

— Et si tu la fermais, Liliya?

— Oh…

Ma sœur paraît d'abord déstabilisée, puis amusée.

— Eh bien, dans ce cas, écoute un peu les nouvelles que j'ai pour toi. C'est ton premier jour aux Archives, aujourd'hui.

C'est à mon tour d'être déstabilisée. Mais, bien vite, ma sœur et sa mignonne petite tête bouclée m'arrachent un sourire. Liliya avait promis de prendre les choses en main si je ne le faisais pas. Je n'aurais simplement pas cru qu'elle agirait aussi vite. Ni que ses manigances tomberaient si bien. Le Premier Livre de l'Oubli est conservé aux Archives.

— Parfait.

— Ah oui?

— Oui.

— Tu es très… raisonnable, Nadia. Et bavarde.

Nous nous dévisageons. Liliya s'imagine avoir gagné. Elle pense que je m'en vais.

— J'ai entendu dire que tu es partie de chez Eshan avec Gray et qu'il n'est pas rentré pour le temps du repos, lui non plus.

Je ne formulerais pas les choses de cette façon, vu que j'ai fui et que Gray s'est lancé à ma poursuite.

Mais les conséquences de nos absences respectives me frappent soudain. Je suis là, devant la pièce de Mère, échevelée, dans les vêtements que je portais de l'autre côté du mur, deux ballots de tissu non teint à mes pieds… L'image même de quelqu'un qui a dormi dehors. Et pas seul. Un picotement remonte le long de ma nuque. Je regarde ma sœur. Elle est coiffée, mais toujours en robe de repos.

— Comment se fait-il que tu sois au courant? Tu es sortie?

— J'étais dans le jardin. Et Roberta se trouvait dans le sien, juste à côté. Les gens parlent, tu sais, Nadia.

Je me demande ce qu'elle a dit à Roberta. Probablement que c'est vrai. Et ça l'est. Enfin, en quelque sorte.

— Tu devrais l'obliger à l'écrire dans son livre, déclare Liliya.

Ma bouche s'ouvre, puis se referme. Les paroles de ma sœur sont d'une telle ironie que j'en reste sans voix.

— Et assure-toi qu'il utilise ton nouveau prénom, quoi que tu décides à propos de cette relation, ajoute-t-elle en me prenant le couteau des mains. Au fait, tu devrais déjà être aux Archives à l'heure qu'il est.

Je regarde ma sœur s'éloigner d'un pas léger, convaincue de sa capacité à remettre tous et tout à leur juste place. Mais j'ai perçu la peur sur son visage. Si ce n'est pas Gray la marionnette qu'elle fait danser au bout de ses fils, alors qui?

À la cloche suivante, je me dirige lentement vers les Archives par la rue Copernic, après avoir croisé une Genivie à peu près rassurée, mais en retard pour le Centre d'apprentissage, et laissé à Liliya le soin de veiller sur Mère et de tout nettoyer. Deux plaques sont fixées de part et d'autre des portes de l'énorme bâtiment des Archives. Elles disent : « Écrivez notre vérité », et « Souvenez-vous de notre vérité ». Ces phrases me font horreur.

La maison de Jin, le graveur de plaques, se découpe au loin dans la lumière du soleil couchant. Je préférerais porter autre chose que la robe bleu foncé de Liliya. Mes collants tachés et ma ceinture, par exemple. Pour me glisser discrètement sur le toit de Jin et escalader le mur. Je me demande comment s'est passé le retour de Gray. S'il est au courant des ragots. Et si son expression désolée signifiait qu'il regrettait de me voir partir, ou que tout ceci soit arrivé. Quels que soient les regrets du fils du souffleur de verre, je volerai ce livre. À moins que je puisse simplement le consulter. Je gravis les marches entre les deux portes.

La salle d'attente est bondée. Plus encore que je ne l'aurais soupçonné. Il y a un fabricant de plumes, un tisserand, un rémouleur, un fabricant de combustible et d'autres personnes auxquelles je ne prête pas attention, toutes alignées sur les bancs. Pourquoi ces gens veulent-ils tous consulter leurs vieux livres aujourd'hui, si près de l'Oubli ? C'est après qu'il faut venir. Pour comparer son nouveau livre à ceux qui sont archivés et savoir qui l'on est. La pièce résonne de conversations chuchotées.

Une porte se dresse au fond de la salle d'attente. Debout chacun d'un côté, le visage sinistre et les bras croisés, Reese et Li veillent, encadrant le chemin qui mène aux livres comme ils encadraient Janis le jour où elle a annoncé le comptage. Sauf que ce n'est pas à Janis que Reese et Li obéissent. Ces deux-là sont les marionnettes de Jonathan. Imogène, les cheveux fins coiffés en chignon, a l'air crispé. Elle est assise à une table juste devant. J'ignorais qu'elle faisait son apprentissage ici. Elle a déjà inscrit mon nom sur une feuille avant que j'aie fait trois pas dans sa direction. J'hésite un instant, une fois à sa hauteur. Elle penche la tête en signe d'impatience.

— Je suis venue pour mon apprentissage.

J'ai l'impression d'avoir crié.

Imogène hausse les sourcils. Gretchen des Archives sort alors en trombe par la porte gardée par Reese et Li, un livre à la main en appelant un nom. Un superviseur des Perdus se lève avant de la suivre dans une salle de lecture. La conversation entre Gretchen et Jonathan dans la ruelle me revient soudain. Cet homme ne figurait apparemment pas sur la liste des gens qui n'ont plus le droit de consulter leurs livres. Deming du Conseil le fouille. Imogène en profite pour faire signe à Gretchen de nous rejoindre.

— C'est Nadia, la fille de la teinturière. Elle dit qu'elle vient faire son apprentissage.

Gretchen m'inspecte des pieds à la tête. Elle a une peau plus pâle que la mienne et des cheveux mêlés de gris. Son livre est soigneusement posé sur son ventre. Elle adresse un discret hochement de tête à Imogène.

— Sors ta plume et ton encrier, s'il te plaît, me lance la jeune fille d'un ton formel.

Je pose mon sac sur la table, j'y prends mon livre, je l'ouvre, et je le tourne pour retirer la plume et l'encrier de la couverture intérieure. Imogène les fourre aussitôt dans une boîte sous son bureau.

— Je dois inspecter ta couverture, dit-elle ensuite.

Je lui présente les rabats vides. Heureusement, je laisse toujours une page vierge au début de chacun de mes livres. Reese fouille mes affaires, sortant même les morceaux de pomme séchée que j'ai apportés. Puis, sans crier gare,

Reese fait courir ses mains de haut en bas sur mon corps, à la recherche d'une plume ou d'un encrier cachés. Je prends sur moi pour garder mon calme. Cette inspection terminée, Gretchen me demande de la suivre.

Je remets mon sac sur le dos et gagne la porte sans un regard pour Imogène. Nous nous retrouvons dans une sorte de vestibule qui semble seulement là pour abriter d'autres portes. Elles sont au nombre de trois, en comptant celle que je viens de franchir. Gretchen me conduit vers celle à notre droite, qui donne sur son espace de travail : une table, deux chaises, des documents soigneusement empilés, un petit pot de peinture bleue et un jeu de pinceaux. J'aperçois un matelas, également. Quelqu'un a visiblement dormi là. Gretchen s'assoit. Elle me fait signe de prendre place avant de croiser les mains.

— Pourquoi veux-tu faire ton apprentissage ici? me demande-t-elle.

Parce que j'aimerais lire ce que je ne suis pas censée lire, et voler le livre le plus important de votre collection.

— Parce que… je souhaiterais être archiviste.

— Tu ne te souviendras de rien, comme tu le sais.

Je ne réponds pas, jusqu'à ce que je comprenne qu'elle attend une réaction de ma part.

— Je pourrai écrire ce que j'apprends.

Elle soupire.

— Bon, nous aurions effectivement besoin d'aide. Un de nos apprentis ne s'est pas présenté aujourd'hui et tu étais en retard.

Elle me dévisage. Je reste coite.

— Tous les habitants de cette cité ou presque cherchent à consulter leurs livres ou à rendre ceux qu'ils ont terminés pour les mettre en sécurité. Et cela empire chaque jour. Bientôt, cette situation sera intenable. Donc, plus nous avons de mains, mieux c'est. Sais-tu pourquoi autant de personnes viennent consulter leurs livres en ce moment, Nadia, fille de la teinturière?

Je n'en ai aucune idée.

— Parce qu'ils veulent les corriger.

Je cligne des yeux.

— Ils espèrent glisser une plume dans leurs sandales, un encrier sous leur chemise et pénétrer dans la salle de lecture pour changer la vérité, dit-elle.

Elle soupire de nouveau, comme si son propre livre était lourd. À moins que ce ne soit le poids des Archives qui pèse sur ses épaules.

— Personne ne modifie son livre sous ma surveillance, c'est compris? ajoute-t-elle.

Compris. Gretchen se redresse légèrement.

— On te fouillera à chacune de tes arrivées et à chacun de tes départs. Imogène te fera signer le registre. Les plumes et les encriers sont formellement interdits dans les rayons, ainsi que tout élément inflammable, bien sûr…

Je lève les yeux. Des vers luisants brillent dans des pots suspendus au plafond. Il y en a cent fois plus que chez Rose.

— Il est strictement interdit d'ouvrir des livres dans la grande salle, poursuit Gretchen. Même les nôtres. Si tu veux lire un de tes livres, tu dois le demander et te rendre dans une salle de lecture, comme tout le monde. Toute consultation est systématiquement rapportée au Conseil. Il ne peut y avoir plus de deux archivistes à la fois dans les allées. Les livres sont retirés et remis en rayon par l'archiviste en chef et par elle uniquement, c'est-à-dire moi. Personne d'autre n'y touche. Des questions?

Je secoue la tête. Je me demande si Liliya était consciente de toutes ces règles lorsqu'elle a décrété que je n'aurais qu'à faire irruption dans cet endroit pour réécrire mon histoire. Je ne l'étais clairement pas au moment où j'ai décidé d'en voler un.

— Nous faisons l'inventaire deux fois par semaine, et plus régulièrement quand on a des apprentis. C'est sûrement par ça que tu vas commencer aujourd'hui… si je t'y autorise, ajoute-t-elle. Je vais être franche avec toi; j'ai du mal à croire que tu puisses avoir subitement envie de devenir archiviste, à quelques semaines de l'Oubli. Tu sais pourquoi quelqu'un pourrait vouloir faire son apprentissage ici juste avant un Oubli?

Je secoue de nouveau la tête.

— Pour la même raison qui explique que la salle d'attente est pleine : pour modifier ses livres. Mais je te le redis : une telle chose n'est pas près d'arriver. Est-ce que je me fais bien comprendre?

Je fais «oui» de la tête. Gretchen m'observe en silence.

— Bien. J'ai l'impression que les bavardages ne seront pas un problème avec toi.

Je remarque qu'elle n'a pas évoqué le cas de quelqu'un qui repartirait avec un autre livre que le sien.

Gretchen me reconduit dans le vestibule, puis me fait franchir la dernière porte que nous avons laissée fermée. Je saisis alors aussitôt pourquoi les Archives bloquent la vue depuis le jardin de toit de Jin. L'endroit est gigantesque. Même les bains sont moins grands. Des rangées d'étagères s'étirent à perte de vue dans la lueur bleutée des vers luisants. Ils doivent être des milliers, suspendus au plafond, baignant l'immense salle d'une lumière étrange.

— Une Perdue vient nourrir les vers et nettoyer les lanternes une fois par semaine, m'explique Gretchen, suivant mon regard. Cette tâche n'incombe heureusement pas aux archivistes.

Elle m'entraîne ensuite dans un coin de la pièce où un imposant livre ouvert trône sur une table équipée de roulettes. Sur les étagères, chaque livre possède un code composé de lettres et de numéros peints sur le dos avec la même peinture azur que celle qui est posée sur le bureau de Gretchen. Les livres devant moi commencent par la lettre A. Je tourne les yeux vers l'autre bout de la salle, prise de vertiges. Si le Premier Livre est ici, comment le débusquer, et surtout, comment l'en faire sortir ?

— Le jeu complet de chaque citoyen possède un code fait de lettres et de chiffres. Tu trouveras ici une page — elle désigne le livre sur la table roulante — répertoriant tous les codes. Tu t'assureras que la liste corresponde bien aux livres sur les étagères. N'interviens pas si jamais tu découvres une anomalie. Préviens-moi directement, dans ce cas. Il va sans dire que tu n'en trouveras aucune. Je viendrai te chercher pour tes pauses. Inutile de quitter ton poste pour ça.

J'attends. Gretchen attend. Je comprends alors qu'elle veut que je m'y mette. Elle m'observe pendant quelques minutes avant de retourner à ses affaires. C'est devant les A51-3 que l'envie de hurler me prend. Mais je ne crie pas. Li arrive et remonte la rangée dans laquelle je travaille d'un pas tranquille. Reese passe un peu plus tard. Il s'arrête pendant quelques secondes et me scrute en silence. Ce petit manège me donne la désagréable impression d'être surveillée. J'ai également l'impression qu'une fois le Z atteint, je devrai simplement recommencer mon inventaire à partir de la lettre A.

J'en suis aux B, un véritable accomplissement, lorsque je vais trouver Gretchen pour lui signaler un livre manquant. Elle m'apprend qu'il est en cours de consultation puis, au bout d'une minute, vient le remettre sur l'étagère. Elle me sourit avec une satisfaction me révélant que le livre n'était pas en consultation. C'était une sorte de test.

Après une éternité — quelques minutes, cloches, jours, enfin je l'ignore —, je me frotte les paupières au bout d'une rangée en me préparant à affronter la suivante. C'est alors que j'aperçois une porte dont Gretchen a oublié de me parler. Et elle est visible uniquement depuis l'endroit où je me tiens. Je jette un coup d'œil aux rayons autour de moi. Le silence règne.

Je me faufile discrètement vers la porte, contente de rompre un peu avec la monotonie, et j'actionne la poignée. Fermée à clé. Je fais courir mes doigts sur la porte. Elle est lourde, en métal et ancienne, comme celles de nos maisons, et non légère, neuve et en tige de fougère comme partout ailleurs dans les Archives. Je m'aperçois alors que ce mur est en pierre, et non en plâtre. Il est recouvert d'une peinture en trompe-l'œil, couleur plâtre. Les Archives ont été construites autour de cette pièce plus ancienne. Soudain, j'entends la porte du vestibule grincer.

Je m'élance d'un pas léger et tourne à l'angle du rang B pour rejoindre la table à roulettes juste au moment où Gretchen s'avance, un livre à la main. Je suis accroupie, comme si je lisais les chiffres de l'étagère du bas, et j'essaie de reprendre mon souffle.

Je me lève pour vérifier le livre suivant.

— Où mène cette porte? dis-je en désignant de la tête le mur du fond, tandis que Gretchen passe devant moi.

— Cet endroit est réservé aux membres du Conseil.

— C'est là qu'ils gardent leurs livres?

— Ça ne te concerne pas. Tu n'y travailleras pas.

— Et vous?

Elle me scrute comme dans sa pièce de travail, tout à l'heure.

— La curiosité n'est pas une qualité très prisée aux Archives, me prévient-elle. Mais la réponse est non. L'accès est exclusivement réservé aux membres du Conseil.

Elle s'éloigne à ces mots. Je l'imite, mais dans la direction opposée. Si les membres du Conseil sont les seuls à lire le Premier Livre, alors, il est sûrement conservé dans une salle seulement accessible par eux. Gretchen en a-t-elle la clé? Si j'en avais une, je serais curieuse, ce qui serait mal vu. Gretchen ne doit pas l'être. L'ennui a dû lui retirer toute forme d'intérêt. Cette pièce est certainement le premier endroit où nous devrons regarder.

Je me fige. « Nous » me vient rarement. Le prononcer dans ma tête me procure un sentiment agréable. J'ai hâte de parler de ma journée à Gray. J'en ai eu envie dès l'instant où j'ai franchi les portes des Archives, mémorisant chaque détail pour notre rendez-vous à l'horloge. Exactement ce contre quoi je m'étais prémunie en quittant la Maison des Perdus. Si nous échouons, si nous ne guérissons pas l'Oubli, Gray ouvrira les yeux et ne me reconnaîtra pas. Je sais ce que ça fait. Ma cicatrice intérieure le prouve. Moins je suis seule maintenant, plus je le serai plus tard. Je ne dois pas oublier cela.

Je me concentre sur mon travail, au sein duquel le fils du souffleur de verre n'a pas de place. Je parcours quelques pages du grand livre, observant les noms correspondant aux numéros peints sur le dos des livres. Il n'y a pas d'ordre. Gretchen doit avoir une autre liste organisée par noms plutôt que par codes, sans quoi, elle ne s'y retrouverait pas. Je tombe sur *Eshan, fils du fabricant d'encre*. Il a quatorze livres référencés, dont deux datant d'avant le dernier Oubli, sur une étagère à ma droite. Je me souviens alors de ce que Gray a dit au sujet de ses regards. Il pense que je devrais me méfier de lui. Sauf qu'Eshan n'est pas celui que je dois redouter, me semble-t-il.

Là, au beau milieu des rayons silencieux, la véritable tentation des Archives me saisit. Les livres de Gray sont ici. Ceux de ma mère. De Liliya. Et de mon père. La curiosité m'aiguillonne, me brûle, me supplie. Gray a dit que nous pourrions en apprendre beaucoup en comparant les livres. Combien parmi ceux entreposés évoquent l'Oubli? Difficile d'écrire en plein chaos, particulièrement quand on a une famille… Mais il y a forcément des gens qui auront cherché à tout consigner jusqu'au moment où la plume leur aura glissé des mains.

Je fais courir mes doigts jusqu'au livre le plus proche, son dos rugueux sous mes phalanges. Je revois soudain Gray toucher le mien et Liliya le contempler après avoir ouvert mon sac. Je ressens la panique qui m'avait prise à l'idée que quelqu'un parcoure mes mots, me vole mon âme. Je laisse retomber mon bras, recule et pousse la table un peu plus loin dans le rayon. Oh, non… La curiosité n'est pas une qualité aux Archives.

La porte grince. Gretchen vient me dire de faire une pause. Je gagne le vestibule et le traverse afin de rejoindre Imogène, qui note ma sortie. Reese me fouille avant et après ma visite aux latrines. Puis Gretchen revient plus tard dans la journée pour m'annoncer une autre pause. Mais cette fois, je lui apprends qu'un livre manque.

Elle fronce les sourcils et ralentit son allure. Je me trouve dans la section F. Gretchen se plante à côté de moi. Elle lit le numéro près de mon doigt avant de parcourir l'étagère du regard. Et de recommencer.

— Oui, finit-elle par dire. Merci, Nadia. Je vais m'en occuper. Tu as terminé pour aujourd'hui. Essaie d'arriver le plus tôt possible après la cloche du départ, demain.

J'attrape mon sac. Gretchen ne bouge pas. Elle cache négligemment d'une main le nom sur la page du registre. Mais c'est trop tard. Je sais à qui appartient ce livre manquant. C'est le sien. Et elle n'était visiblement pas au courant de cet emprunt.

Liliya sort avec le fils du fabricant de livres depuis peu. L'autre jour, elle a tout raconté à Mère en revenant à la maison. Mère l'a écoutée avec concentration, puis elle l'a aidée à boucler ses cheveux et à noircir le contour de ses yeux. Elle s'est même souvenue de la cloche à laquelle ma sœur était censée rentrer. Je n'ai pas compris pourquoi cet événement retenait l'attention de Mère, et pourtant, c'était le cas. Je me suis demandé si cela valait la peine de prendre le risque de parler aux gens finalement. Mais Liliya était en larmes à son retour. Elle a pleuré pendant deux jours. Ça, j'ai compris pourquoi.

Je trouve qu'une fois votre coupe remplie, la douleur ne devrait plus pouvoir se déverser du broc.

NADIA LA FILLE DE LA TEINTURIÈRE
LIVRE 11, PAGE 31, 10 ANS APRÈS L'OUBLI

CHAPITRE 8

Je sors en trombe à la fin de cette première journée de travail aux Archives, dans le même état que du Centre d'apprentissage lors du dernier jour de formation.

— Tu es au courant qu'il sortait avec Veronika il y a à peine trois semaines?

Je me tourne.

Imogène se tient au bas des marches. Appuyée contre le mur des Archives, elle sourit comme quelqu'un qui voudrait se montrer amical vis-à-vis d'une personne qu'elle n'apprécierait pas particulièrement. Je m'arrête et j'attends, comme si j'ignorais de quoi elle parle. Sauf que je le sais très bien. Enfin, sauf pour Veronika.

— Gray est sorti avec pas mal de filles.

Rien de neuf là non plus.

— Mais il a rejeté froidement Veronika. Et il s'est comporté de façon plutôt bizarre, récemment. Il disparaît souvent. Et je ne sais pas pourquoi, mais il a dormi sur notre toit durant le dernier repos. Il serait capable de te convaincre de le laisser prendre ton livre, mais il cache plus de choses qu'il n'en a l'air. Et il aime les défis. Tu devrais faire attention. L'Oubli arrive.

Tes mises en garde sont inutiles, Imogène. Je sais déjà tout ça. Et c'est drôle, mais Gray m'a raconté exactement les mêmes choses à propos de ton frère.

Imogène ne me comprend pas et elle m'évite la plupart du temps. Je ne lui reproche pas. Et je ne l'ai jamais vue faire du mal à quelqu'un. J'inspire profondément.

— C'est… Ce n'est pas ce que tu crois. Mais tu sais comment c'est. Les gens ne peuvent pas s'empêcher de parler.

Imogène ressemble à Eshan. Encore plus à cet instant. Elle rit.

— N'est-ce pas? Les gens semblent n'avoir que ça à faire, dans cette cité. Des rumeurs circulent sur ta mère également. Les gens s'inquiètent de ce qu'elle… pourrait faire.

Moi aussi.

— Demande à Deming d'enquêter pour toi, quand l'occasion se présentera. En cas de besoin. Il se laisse facilement acheter.

— Merci, Imogène.

Elle a toujours l'air un peu surprise alors que je la regarde s'éloigner, puis se fondre parmi les autres passants dans la rue de plus en plus sombre. Ce qu'elle m'a dit à propos de ma mère m'inquiète. Ni Liliya ni Genivie n'avaient pensé à fermer les rideaux du salon avant que je le fasse. À peine Imogène hors de vue, j'emprunte la rue Copernic et je me faufile entre deux bâtiments, d'où j'aperçois les cadrans de l'horloge. C'est pratiquement la sixième cloche. Plus qu'une avant mon rendez-vous avec Gray. Juste le temps d'aller parler à Rose.

Les bains sont bondés quand j'y entre. Mais la plupart des femmes sont dans le grand bassin et discutent en cette fin de journée. La fille à la peau olive me conduit à la dernière salle privée libre. Sitôt à l'intérieur, je défais mes tresses et mets ma tête sous le jet d'eau chaude. Je m'essore les cheveux lorsque Rose arrive avec un tissu de séchage à la main. Je doute qu'il soit le motif réel de sa présence. Je ne suis pas vraiment là pour me laver non plus.

Je me laisse submerger par la chaleur et me rapproche de Rose tout en essuyant les gouttes dans mes yeux. Rose place un doigt sous le flot qui sort de la vanne comme pour en tester la température. Son tour de passe-passe préféré, j'imagine.

— Avez-vous passé un bon repos, Nadia, fille de la teinturière?

Sûrement meilleur que le vôtre, me dis-je à moi-même.

— Désolée. Nous sommes restés longtemps dans votre pièce de repos. Nous avons… discuté.

Elle balaie mes excuses d'un geste de la main, comme si elle abandonnait sa pièce de repos à d'anciens Perdus tous les jours. Mon ventre se noue. Gray y emmènerait-il une fille différente chaque semaine?

— Les langues se sont déliées, aujourd'hui, aux bains.

Je me crispe de nouveau.

— À propos de vous, Nadia, comme vous devez vous en douter.

Elle sourit tout en s'accroupissant pour attraper les bouteilles de savon et d'huile avant de les inspecter tour à tour.

— Mais ce n'est pas de ce genre de ragot dont je veux te parler. Je pense à une conversation que j'ai surprise entre Lydia la tisserande et Essie la fabricante de roues.

Lydia, la femme de mon père. Je pose les coudes de part et d'autre du bassin. Le clapotis de l'eau couvre légèrement la voix de Rose.

— Elle raconte que Jonathan du Conseil aurait formé une entente en secret parce que Janis la désapprouverait. Le mari de Lydia est au Conseil depuis peu, et il aurait vu…

Je m'affaisse légèrement. Je m'attendais à ce que Rose vienne me parler, mais pas de ce genre de chose. Encore des ragots. Que veut-elle que cela me fasse? Même si je suis désolée pour la pauvre fille sur qui Jonathan a jeté son dévolu.

— Cette entente, poursuit-elle, a été passée avec Liliya.

J'ai l'impression de rester là à dévisager Rose pendant une demi-cloche avant de sortir de l'eau, et de commencer à me frotter les jambes et le dos très fort avec le tissu. Je dois partir si je ne veux pas être en retard. Mais je dois aussi me calmer parce que je suis folle de rage.

— Je crois que vous devriez faire attention.

Je cerne très bien ce qu'elle sous-entend. On n'arrête pas de me mettre en garde, aujourd'hui, moi la première. J'enfile ma robe bleue. Jonathan est plus âgé que Liliya.

Beaucoup plus. Il ne peut pas être sérieux. Et il est cruel. Mes inquiétudes étaient donc fondées. Et leurs conséquences, un peu plus graves, peut-être. Je repense à la peur que j'ai vue sur le visage de Liliya, à son angoisse nouvelle concernant notre mère. Je m'assois sur le banc tout en continuant de me sécher les jambes.

— Rose… Avez-vous entendu dire quoi que ce soit à propos de…

Je m'interromps pour reformuler ma question :

— Si quelqu'un avait une déficience. Une déficience qui se situerait plutôt… dans la tête. Cette personne devrait-elle se faire du souci?

Je ne sais même pas quels mots utiliser.

Rose plisse le front tout en réfléchissant.

— Vous parlez de votre mère? Oh, je vous en prie. Rose sait tout. Mais la réponse est non. Même si vous avez eu raison de me le demander.

— Pourriez-vous écouter ce qui se raconte pour moi? Et si vous entendez dire quelque chose d'important concernant quelqu'un… ma mère, par exemple, m'en tenir informée?

Rose me sourit sans mot dire.

— Si je peux me permettre, et sans vouloir vous offenser…

Je me fige tandis que j'enfile mes sandales. Rose est assise sur le banc près de moi, à présent, à replier le linge de séchage.

— Je suis contente de m'être trompée au sujet de votre

sœur et Gray, déclare-t-elle. Gray m'est très cher. Je suis ravie qu'il ait fait un autre choix.

Je rougis aussitôt. Rose a dépassé les bornes, comme d'autres aujourd'hui. Mais son avis m'importe beaucoup plus que celui d'Imogène. Dire qu'elle préfère que Gray m'ait choisie me fait douter de sa clairvoyance. Si bien que le seul mot qui me vient à l'esprit est :

— Pourquoi?

L'étonnement de Rose se transforme en hilarité. Se moquerait-elle de moi?

— Parce qu'il fallait que vous posiez la question et que vous l'avez fait. Voilà pourquoi. Maintenant, vous devriez vous dépêcher. Vous allez être en retard. Venez par là, que Rose vous coiffe.

Je n'ai pas le temps d'approcher qu'elle me frotte déjà la tête et fait courir ses doigts dans mes cheveux. Une scène à la fois drôle, étrange et remarquable. La semaine dernière encore, je ne l'y aurais pas autorisée. Là, je ferme les yeux et me laisse réconforter. J'ignore si c'est une faiblesse ou une force.

Avant que j'aie pu en décider, Rose a tressé et épinglé mes cheveux. Elle sort ensuite un long ruban de sa blouse, l'entrecroise sur mes épaules et ma poitrine, puis le rentre, le plie et l'attache. La robe bleue trop grande est totalement différente, lorsque je baisse la tête. Rose me tend ma ceinture afin que j'y fixe ma lanière. Avant de quitter les bains, j'embrasse Rose sur la joue, et je ne suis plus très sûre de savoir qui je suis.

J'attends Gray près de l'horloge à eau, du côté opposé à la tribune. Le fracas métallique de la septième cloche s'est tu depuis un bon moment. Le ciel est magnifique. D'un rouge profond qui, en regardant attentivement, change par vagues, de rose pâle à sang séché. La plupart des gens souffrent du manque de lumière, mais j'aime le coucher du soleil presque autant que les lunes des jours sombres. J'ai horreur d'attendre. Surtout quand tout le monde voit très bien que j'attends avec des cheveux aussi bien coiffés.

Je me souviens de l'histoire que nous nous racontions, enfants, au Centre d'apprentissage, à propos d'un lieu secret où Janis se cachait tout en haut de l'horloge. Un endroit où on ne pouvait pas l'apercevoir, mais d'où elle pouvait tous nous surveiller. Respectez les règles, ou Janis le verra. J'ai toujours pensé que cette légende sortait tout droit de l'imagination de mes camarades de classe, voire de la peur de notre professeur de montrer nos résultats d'examens à Janis. Mais j'ai soudain le sentiment inconfortable que la Chef du Conseil de Canaan pourrait bien être quelque part juste au-dessus de moi, à me regarder poireauter.

Deux femmes traversent la pelouse au bout de l'amphithéâtre : Essie la fabricante de roues avec son bébé dans le dos qui frappe ses omoplates avec les poings, un petit livre pendant à son pull. La deuxième me jette un coup d'œil en passant, puis toutes deux se mettent à murmurer. Je me souviens de l'expression pleine de regret de Gray lorsque Genivie est venue me chercher. Le moment que nous avons vécu dans la pièce de Rose semble appartenir à une réalité parallèle. Maintenant que nous avons réintégré notre monde, Gray a peut-être décidé de laisser cette réalité chez les Perdus. Peut-être vais-je devoir voler le Livre sans son aide? Cette perspective me blesse. Mes sentiments m'agacent et m'effraient à la fois.

Je commence à m'éloigner. Je devrais déjà être à la maison, de toute manière, pour m'occuper de Mère et de Genivie. Et pour tenter de comprendre pourquoi Liliya choisirait la position sociale et le pouvoir de Jonathan du Conseil. Pense-t-elle qu'il oubliera et qu'elle pourra ensuite l'envoyer dans d'autres bras? Cet homme a aimé voir Hedda fouettée. Et la cruauté est un trait de caractère qui ne s'efface pas avec l'Oubli.

Je suis à mi-chemin, tête baissée sous les bourgeons des arbres de l'Oubli de la rue du Méridien, lorsque je vois le fils du souffleur de verre traverser le Troisième Pont à vive allure. Je le suis du regard. Je bouillonne. J'ai des choses à lui dire. J'ai accepté un travail assommant. J'ai peut-être trouvé le Premier Livre. J'ai frayé avec des rapporteuses de ragots. Et j'ai les cheveux coiffés. J'accélère le pas et je m'élance à sa suite.

Je le vois lever la main pour saluer quelqu'un, tourner à gauche dans la rue Einstein, puis s'éclipser dans une allée entre deux maisons. Je me mets à courir, sautant par-dessus des fleurs de lune en pots près des portes. Il passe par le raccourci qui conduit chez Jin. Au mur. Une fois au niveau des Archives, je ralentis pour le laisser prendre de l'avance, puis m'arrête et le regarde traverser la rue Copernic. Sauf qu'au lieu d'emprunter l'escalier qui mène au jardin de Jin, Gray frappe à la porte d'entrée. Une lumière jaune l'éclaire lorsque la porte s'ouvre. Gray entre.

Je reste en face, dans la rue, les bras ballants. Ce coin de Canaan est plutôt désert, même aux cloches d'éveil. Je m'appuie contre un mur et fais semblant de fouiller dans mon sac, parfaitement placée pour voir Gray s'asseoir à la table de Jin par la fenêtre. Le vieil homme est installé à côté de lui. Ses cheveux blancs, plus clairsemés que la dernière fois que je l'ai aperçu, brillent pratiquement sous la lampe à huile suspendue au-dessus de leurs têtes. Gray ouvre un livre et plonge une plume dans l'encre.

Il avait un livre à la couverture marron, chez Rose. J'en suis certaine. Il le porte même à la vue de tous, en travers de la poitrine. Celui-là est du même rouge profond que le ciel. Gray écrirait-il pour Jin? Le vieil homme est-il désormais trop faible pour le faire lui-même? Qui grave les plaques dans ce cas? Je pense avoir la réponse à cette question, et aussi savoir comment mes petites expéditions ont été découvertes… Jin parle avec les mains. Gray a les cheveux attachés, le visage bien dégagé. Il interrompt son interlocuteur pour poser une question. Jin se lève avant de boitiller jusqu'à la fenêtre.

Je m'éloigne dans la rue, puis je pivote sur mes talons et vois que Jin a tiré le rideau. Je m'arrête. Je ne veux pas rentrer à la maison, gérer, soutenir, supporter. Pas encore. Et qu'est-ce qui a empêché Gray de se rendre à l'horloge? De m'expliquer qu'il avait autre chose à faire? Je suis fatiguée de m'entendre dire que je dois rester prudente. Je retourne chez Jin et frappe à la porte avant de changer d'avis. Quelques secondes s'écoulent, puis Gray vient ouvrir.

— Salut.

La table a été réorganisée. Le livre rouge, l'encre et la plume sont devant Jin, à présent. Il est interdit d'écrire pour quelqu'un d'autre, même si on vous le demande. Je regarde Jin afin de vérifier si ma présence l'importune, mais il me fait signe d'entrer. Je passe devant Gray et vais m'asseoir à la table. Jin me tend la main pour la serrer. Gray ferme la porte.

— Bienvenue! lance le vieil homme, beaucoup trop fort. Vous êtes la fille de la teinturière. C'est…

— Nadia, dis-je à voix basse.

Gray se laisse tomber sur la chaise à côté de notre hôte. Ce dernier lui lance un regard en coin, le front plissé, ma main toujours dans la sienne.

— C'est Nadia, reprend Gray d'une voix plus sonore.

Il me dévisage.

— Oui! Je vais vous chercher de l'eau ou du thé, plutôt. Vous aimez le thé? Je vais mettre l'eau à chauffer dans ce cas! crie Jin.

Il s'éloigne en traînant les pieds vers sa réserve, si content que je me sens coupable de ne pas avoir frappé chez lui plus tôt. J'examine le salon de Jin. La plupart des maisons de Canaan sont agencées de manière identique, à un ou deux réaménagements près. Jin a accroché des pans de tissu rouges et dorés un peu partout sur les murs pour adoucir l'atmosphère. Gray croise les bras et s'adosse sur sa chaise, son petit rictus aux lèvres.

— Tu m'as suivi.

— Tu n'es pas venu.

— Tu es jolie.

— C'est Rose qui m'a coiffée.

Gray pousse un soupir.

— C'est fou tout ce qui peut se passer de votre côté, aux bains. Les hommes se contentent de se laver.

— Et de chahuter et de sauter dans les bassins.

— Tu y as déjà été?

Son sourire est franc, à présent.

— Tu n'es pas venu à l'horloge.

Il s'assombrit.

— Du sucre? crie Jin depuis le seuil de la réserve.

Je sursaute avant de répondre. Le vieil homme sourit en agitant les mains d'une manière incompréhensible, du moins pour moi, puis regagne l'autre pièce. Je tourne le regard vers Gray.

— Alors? L'horloge?

Gray se penche vers moi comme si Jin risquait de nous entendre.

— J'allais passer chez toi en sortant d'ici, pour t'expliquer. Le truc, c'est qu'on m'a demandé de… d'arrêter de te voir.

J'ai un léger mouvement de recul.

— Oh…

— Non pas que ça change quoi que ce soit, bien sûr.

— Ah bon?

— Ça fait deux repos de suite que je ne suis pas rentré et tous les habitants de cette cité pensent savoir ce que je faisais et avec qui.

— J'ai eu le même problème.

— Vraiment? Quelle coïncidence… Ta mère a dit quelque chose?

Pas vraiment. Elle s'est simplement planté un couteau dans le bras.

— La mienne a fait plein de commentaires : tu serais bizarre, et ta mère aussi. Je ne serais plus moi-même depuis que la femme du potier t'a vue venir à l'atelier. Et tu aurais une mauvaise influence sur moi. Enfin, d'après Delia la planteuse.

Je lève les yeux.

— Ça n'a pas trop l'air de te gêner, ajoute-t-il, visiblement amusé. J'ai mes deux parents sur le dos, en ce moment. Des gens dont j'ai récemment découvert qu'ils étaient mes parents biologiques. J'aime être sous une mauvaise influence. Même si c'est plutôt l'inverse, habituellement.

Jin revient avec une tasse de thé fumante qu'il me tend à deux mains comme un gâteau de Fête du lever de soleil. Je la lui prends, souffle sur le liquide brûlant, et j'avale une petite gorgée avant de sourire mollement. Le thé a exactement le goût d'un gâteau de lever de soleil.

— Jin, fait Gray d'une voix forte. Est-ce que Nadia pourrait attendre sur votre toit le temps que nous terminions notre conversation?

Gray me fait un clin d'œil que je lui rends. Si Gray écrit dans le livre du vieil homme à sa place, ils ont besoin d'intimité.

— Oui, oui, acquiesce Jin en me chassant de la main avec

un air béat.

J'attrape ma tasse et je grimpe les marches jusqu'au jardin, avant de me poster du côté donnant sur la rue. La cité tout entière est rose crépuscule. J'observe un Perdu nettoyer les lampes suspendues à l'extérieur des Archives en perspective des jours sombres. Au bout d'un long moment, Gray vient se planter à côté de moi.

— À quoi tu penses?

Je n'ai aucune envie de lui parler.

— Allez, fille de la teinturière…

Je continue de regarder droit devant moi.

— Si je le fais, tu me devras trente-sept réponses.

— Tu m'en dois combien, déjà?

— Quatre.

Nous savons tous les deux que ce n'est pas vrai.

— D'accord.

Je désigne les Archives du menton.

— J'envisageais de passer par le toit. Ce serait assez facile de grimper. Il suffirait de se laisser tomber depuis ce mur. Pieds nus plutôt qu'en sandales, peut-être. Je ne sais pas si c'est glissant. Et il me faudrait un couteau et une source de lumière transportable. Il y a un plafond, sous ce chaume, sans doute en pierre. Mais c'est impossible de le savoir parce que tout est peint à l'intérieur. Donc même si je parvenais à me faufiler, j'ignore si ce plan fonctionnerait. Sans compter qu'il faudrait ressortir…

Je me retourne. Gray me regarde aussi intensément qu'à la cascade.

— J'aurais dû te faire parler depuis longtemps. Tu dis des choses vraiment très intéressantes, quand tu t'y mets.

Gênée, je prends une gorgée de thé froid et contemple de nouveau la rue.

— Alors, tu étais aux Archives aujourd'hui.

— Je travaille là-bas, maintenant. Grâce à ma sœur…

Ou grâce à Jonathan?

— Et il se pourrait que j'aie découvert l'endroit où ils conservent le Livre.

Je lui parle de Gretchen, de la porte fermée à clé et de la pièce où les membres du Conseil protègent leurs livres.

— Donc, même si je pouvais ouvrir cette porte, je ne sais pas si je pourrais ressortir avec le Livre de l'Oubli. Il faudrait certainement le consulter sur place.

— Tu n'auras jamais le temps.

— Et si nous arrivions à le sortir, il faudrait soit le rapporter avant la Fête des jours sombres pour que Janis puisse le lire, soit patienter et le voler après. Je pense qu'il vaut mieux que personne ne découvre qu'il a disparu.

Gray se masse les tempes.

— Donc, si je me fais prendre, ce sera en flagrant délit. Mais, dans tous les cas, on saura que c'est moi. Gretchen et moi sommes les deux seules à nous rendre dans la grande salle en dehors de Reese et de Li, qui viennent me surveiller. Deming dort dans la salle d'attente et Gretchen dans sa pièce de travail a priori. Tout ça pour dire que tes parents ont raison, Gray. Tu devrais arrêter de me fréquenter.

— C'est ce que tu penses?

— Je n'ai pas dit que tu ne devais plus me voir, juste te montrer plus discret.

Il sourit. Je me demande si tout ceci aiguise son goût du défi.

— Voilà ce que je pense, déclare Gray. Nous allons à la Fête des jours sombres, et nous laissons Janis lire le Livre. Ensuite, je la bouscule, tu attrapes le Livre et tu te sauves à toutes jambes. Janis n'est pas très rapide.

— Oh, mais en voilà, une idée!

— Tu devrais venir pour une fois, suggère Gray.

— À la Fête? Pourquoi?

Qu'il sache que je n'y assiste jamais me sidère.

— Tu dois être la seule habitante de Canaan à te poser la question. Parce que c'est sympa, Nadia. Ça te plairait. Et pense à toutes ces merveilleuses opportunités de commettre des délits! Regarde, ajoute-t-il à voix basse.

Il me montre Jonathan du doigt dans la rue. Sa robe noire paraît encore plus sombre dans la lumière rouge. Reese, Li et Rachel la superviseuse se tiennent à ses côtés.

Gray m'attrape le bras et m'entraîne hors de vue. Je m'accroupis derrière le muret tandis qu'il s'assoit dessus. Nous continuons d'observer Jonathan et son groupe qui remontent la rue Copernic dans la direction opposée à la maison de Jin. Ils s'arrêtent devant une porte située cinq bâtisses plus bas. Jonathan frappe. On lui ouvre, puis on les laisse entrer. Gray ne m'a toujours pas lâchée. Je retire ma main doucement, mais le regrette aussitôt. Il ne dit rien. Il fixe du regard la demeure dans laquelle les membres du Conseil viennent de pénétrer.

Un cri s'élève soudain. Des portes s'ouvrent les unes après les autres et des têtes sortent des fenêtres. Reese et Li ressortent en traînant un homme derrière eux. Il a les poings liés. Je me penche vers Gray et murmure :

— Qui c'est?

— Rhaman le fabricant de combustible.

— Ils l'emmènent? Qu'est-ce qu'il a fait?

Les protestations de Rhaman résonnent autour de nous. J'entends Jin ouvrir sa porte.

— Je l'ai aperçu aujourd'hui, déclare Gray, juste avant la cloche du départ, à la Maison des Perdus.

— Du côté des femmes?

— Oui, mais… Ce n'est pas ce que tu crois. C'est… c'est réciproque.

Que se passerait-il si Jonathan découvrait que Gray se rend chez les Perdus? Même si c'est simplement pour voir Rose?

— Est-ce que Rhaman t'a vu?

— Oui.

— Tu crois qu'il va parler?

— Je n'en sais rien.

Rhaman s'est calmé. Les gens réunis autour de Jonathan chuchotent, tandis qu'il traîne le pauvre homme dans la rue. Je me demande si ses délateurs réclameront leur récompense. Cette seule pensée me dégoûte.

— Mais pourquoi aujourd'hui? murmure Gray, le regard acéré, rempli de colère. Ça fait des années que Rhaman va là-bas. Personne ne s'en est jamais mêlé jusqu'à présent. Jonathan essaie de nous faire peur…

J'attends que le groupe ait disparu au coin de la rue Copernic pour réagir :

— Rose m'a dit tout à l'heure que Liliya sortait avec Jonathan du Conseil.

Gray me regarde aussitôt.

— Ils auraient formé une entente secrète parce que Janis désapprouve leur relation, dis-je.

— Est-ce que Liliya sait que tu vas de l'autre côté du mur ?

— Non. Enfin, je ne crois pas.

Je l'entends jurer à voix basse.

— Est-ce que tu peux sortir de ta pièce de repos par la fenêtre ?

Je fronce les sourcils. Il poursuit sans attendre ma réponse :

— Place quelque chose en dessous pour grimper. Si jamais ils viennent te chercher, tu pourras sortir par là, courir chez Jin et passer de l'autre côté du mur. Promets-moi de le faire, Nadia.

— Seulement si tu me promets de le faire aussi.

Nous nous dévisageons. Je peine encore à décrypter les émotions de Gray. Je me demande pourquoi il reste ici avec moi au lieu de passer du temps avec Veronika, Imogène ou je ne sais quelle autre fille.

— Rendez-vous ici, demain. Viens quand personne ne pourra te voir. Viens, répète-t-il, et nous volerons ce livre. Ensuite, nous trouverons le moyen de leur faire retrouver la mémoire, à tous.

J'ai soudain une révélation. Liliya ne me dénoncera pas auprès de Jonathan. Elle ne le fera pas, même si elle en rêvait, même s'il y avait une récompense, parce que je possède quelque chose qu'elle désire : l'accès aux Archives et la possibilité de disparaître. Mais Liliya a accès, elle aussi, à une chose dont j'ai besoin.

La clé pendue autour du cou de Jonathan.

J'ai vu Lydia la tisserande au canal avec mes deux demi-sœurs. La plus jeune s'appelle Kari. Elle expliquait à sa mère comment on écrit la vérité dans un livre : il suffit de noter ses erreurs et toutes les bonnes et mauvaises choses que l'on a faites et dont on souhaite se souvenir. De cette façon, on sait toujours qui on est vraiment. C'est un enseignement de mon père. Je m'en souviens parfaitement.

J'ai décidé d'aller consulter mon premier livre aux Archives. Le faux que mon père m'avait fait juste avant l'Oubli. Pour découvrir ce dont il voulait que je me souvienne concernant celle que je suis. J'y apprends que j'ai de jolis yeux, que je suis bavarde et que je joue avec mes sœurs. J'apprends aussi que mon père est mort. Je n'ai jamais lu autant de mensonges.

NADIA LA FILLE DE LA TEINTURIÈRE
LIVRE 7, PAGE 14, 8 ANS APRÈS L'OUBLI

CHAPITRE 9

J e travaille, mais j'ai l'esprit totalement ailleurs durant les deux premières cloches. Rhaman le fabricant de combustible a été fouetté juste après la cloche du départ, sept jours après son arrestation pour avoir côtoyé des Perdus. Je n'y ai pas assisté et Genivie non plus. Je me suis assurée que tout le monde soit toujours bien dans son lit à la cloche de l'éveil et du repos. Mère reste alitée pour le moment. Liliya l'a veillée pendant les cloches d'éveil et moi durant celles du repos. Ma sœur est dans son lit, exactement quand elle doit y être, aux moments où Mère risque de vérifier que tout le monde est bien là. Entre-temps, j'ignore ce qu'elle fait.

— Je sais avec qui tu sors, ai-je dit à ma sœur voici trois repos, après l'avoir coincée dans la réserve.

Liliya a reposé l'assiette qu'elle essuyait comme si elle était fragile.

— Et comment tu sais ça?

Là, j'ai compris que c'était vrai. Pour Jonathan du Conseil. Une partie de moi ne pouvait y croire.

— Qu'est-ce que tu comptes faire? m'a-t-elle demandé sans sa bravache habituelle.

— Rien. Je ne veux rien avoir à faire avec ton… copain?

Cela m'a fait plaisir de voir ma petite pique atteindre sa cible.

— Mais si tu veux que je fasse ce dont nous avons parlé à propos des Archives, et si tu veux que j'oublie certaines informations, alors, je vais avoir besoin… d'aide.

Liliya a plissé les yeux.

— Quel genre d'aide?

Soudain, au milieu des rayons silencieux des Archives, l'image de Jonathan du Conseil dans notre maison me revient en mémoire. Celle de cette clé pendue à son cou, et cette façon outrancière qu'il a eue de vérifier le nom de Liliya. Janis désapprouve notre famille — comme tout le monde, visiblement. Je parierais une semaine de rations que ma sœur va tout faire pour convaincre Jonathan d'écrire son nom juste avant l'Oubli. Et pour que Janis oublie ses objections.

L'idée de Jonathan dirigeant le Conseil un jour avec Liliya à ses côtés me terrifie. Mais j'ignore si les plans de cet homme correspondent à ceux de ma sœur. J'ai bien peur que non. Je crains que Liliya se monte la tête et que la responsabilité retombe entièrement sur elle, si jamais Gray et moi parvenons à voler le Premier Livre grâce à une clé subtilisée à Jonathan. J'étais en colère lorsque je lui ai demandé de le faire. À cause de Mère, de Jonathan, de notre famille et de la pression qu'elle a exercée pour que je modifie mes livres aux Archives. Je ne le ferai pas. Une fois à la maison, j'irai lui parler et je lui dirai d'oublier tout ça. Cette clé n'est sans doute pas celle que j'espère. Mais à quoi servirait-elle alors? Non. C'est forcément la bonne.

— Nadia!

La voix de Gretchen me fait sursauter.

— Serais-tu en train de dormir?

— Désolée. Je vais rattraper le temps perdu.

Elle marmonne, prend le livre qu'elle est venue chercher et s'éclipse. Je trouve mon livre, grâce à mon nom référencé dans le grand livre sur la table roulante, pense au nombre de pages qu'il reste et au nombre de livres présents. Et, comme au premier jour, l'envie de hurler me prend. Mais je m'abstiens cette fois encore. Je parcours les entrées suivantes quand je m'interromps dans ma lecture, figée, le doigt sous un code.

R382-1 Nadia, la fille du planteur

Mon nom. Celui d'avant. C'est impossible. Père a détruit mon livre. Celui de Mère, de Liliya, de la petite Genivie et certainement aussi le sien. Il a changé les prénoms de tout le monde, sauf le mien. Il doit s'agir d'une autre Nadia, de la fille d'un autre planteur, décédé ou perdu. Je regarde la date du premier livre : enregistré voici pratiquement douze ans. Juste après l'Oubli…

166

Je tends l'oreille. Les allées sont silencieuses, mais j'ignore combien de temps s'est écoulé depuis le dernier passage de Gretchen. Je dois consulter ce livre pour vérifier s'il s'agit du mien. Je pousse la table vers le rayon suivant dans un grincement de roues, puis me baisse jusqu'au fameux livre pour donner l'impression que j'ai avancé. Si jamais un livre était mal rangé, Gretchen s'en chargera, de toute manière. Ce livre archivé sous mon véritable nom me préoccupe beaucoup plus que tous les autres ici.

La porte s'ouvre. Je prends un air concentré. C'est Reese. Il vient se planter au bout de l'allée avant de s'appuyer contre une étagère. Je crois qu'il essaie de m'intimider, avec ses cheveux plaqués en arrière et ses gros bras croisés. Je ne lève pas le nez. Il cesse son petit manège au bout de quelques minutes. À peine la porte refermée, je me précipite sur le numéro R382-1, que j'attrape d'un coup sec avant de l'ouvrir à la première page.

NADIA, FILLE DE RENATA, PLANTEUSE,
ET DE RAYNOR, PLANTEUR
4ᴱ JOUR SOMBRE, 2ᴱ SAISON
6 ANNÉES APRÈS L'OUBLI

Je referme le livre sans bruit et le range. La tête me tourne, comme quand il fait trop chaud aux bains. Raynor est l'ancien prénom de mon père. Mais j'ignorais que ma mère avait été planteuse. Cette écriture m'est aussi familière que mon propre visage. Il s'agit bien de mon livre. Celui que mon père m'a pris.

Je retourne vers la table roulante et m'appuie dessus comme si le sol se dérobait sous mes pieds. Nous avons discuté de nos plans chaque jour, Gray et moi, dans la fraîcheur du jardin de Jin, parlant bas, dissimulés aux regards du monde. Je m'exprime en sa présence comme je ne l'ai jamais fait avec Genivie. J'aurais cru devoir attendre des jours, voire des semaines, avant de trouver une stratégie intelligente, infaillible. Sauf qu'il n'y en aura pas parce que je vais voler un livre dès aujourd'hui.

La porte grince de nouveau. Gretchen vient me dire de faire une pause. Je me fais fouiller par Li et passe aux latrines avant de prendre un peu l'air. Gretchen appelle le nom d'un professeur, à mon retour. Je ne pense pas qu'elle m'ait remarquée. Imogène me note dans le registre tandis que Gretchen confie le professeur à Deming. Je pose mes affaires sur la table pour permettre à Li de les examiner lorsque du raffut s'élève à l'autre bout de la salle. Deming a visiblement découvert une plume. Je referme aussitôt mon sac.

— Tu es bien pressée d'aller travailler, me lance Imogène.

Je gagne le vestibule sans prendre la peine de lui répondre. Sitôt la porte close, je fonce vers la pièce de travail de Gretchen. La porte est entrebâillée. Je passe de l'autre côté sans toucher à la porte. Le bureau de Gretchen est toujours aussi bien rangé, la peinture bleue dans son petit pot et les pinceaux à côté. Je sors mon livre de mon sac, plonge un pinceau dans la peinture, me penche au-dessus du bureau, et trace de minutieux R, 3, puis 8 sur le dos.

Quelqu'un arrive dans le vestibule. Je bondis, pinceau et livre à la main, hors de vue. Des sandales claquent sur les dalles. Espérons que Gretchen se rendra directement dans les rayons et en repartira sans passer par son bureau et sans savoir que je suis revenue de ma pause. Les pas s'éloignent, puis disparaissent, couverts par le grincement de la porte de la grande salle.

Je rejoins le bureau à toute allure et dessine un 2 puis un 1 un peu moins fin avant de souffler dessus. La porte de la salle principale s'ouvre encore. Je retourne me cacher en frottant le pinceau humide à l'intérieur de mon ourlet pendant que quelqu'un traverse le vestibule. La personne s'arrête. La porte se referme, puis le claquement de sandales reprend, plus rapide.

— Imogène! crie Gretchen. Où est…

Le silence retombe. Gretchen me cherche. Je remets le pinceau à sa place et mon livre dans mon sac, puis me précipite dans le vestibule. Je me glisse de l'autre côté de la porte qui grince juste au moment où celle de la salle d'attente s'ouvre. Je fonce droit vers les étagères des R jusqu'à la table du registre. Je compare attentivement des numéros lorsque Gretchen surgit dans mon rayon. Elle s'arrête et me fixe. Je l'interroge du regard.

Étais-tu ici, il y a une minute?

Je regarde autour de moi, puis par-delà mon épaule en faisant mine de ne pas comprendre.

— Oui, dis-je. À l'instant? Quand vous êtes passée dans les rayons?

Gretchen fronce les sourcils.

— Je devais être en train de vérifier la rangée du bas.

Mon sac ouvert traîne à mes pieds juste derrière la table. Pourvu que Gretchen ne remarque pas que je reprends mon souffle. Elle me dévisage encore un moment, la tête penchée sur le côté, avant de renoncer.

— Continue.

Je m'exécute. À peine Gretchen hors de vue, je me baisse et détache mon livre de sa lanière, avant de foncer droit vers le numéro R382-1. Le livre perdu de Nadia la fille du planteur me domine depuis son étagère. Je le remplace par celui avec les nouvelles lettres bleues, que je fourre tant bien que mal dans l'espace exigu. Mon vieux livre était plus petit, taille enfant. Je le fixe à ma lanière, puis le glisse dans mon sac.

Les cloches suivantes défilent avec une lenteur mortelle. Mais, alors que j'arpente des rayons que je n'ai jamais vérifiés, Gretchen vient me complimenter pour mon travail et me libère. J'abandonne la table roulante au niveau des W, bien que toutes mes pensées soient concentrées sur les R. Je prends des risques en laissant mon livre ici. Mais je ne risque pas d'oublier où il est rangé. Ni ce qui y est écrit, j'imagine.

Je traverse le vestibule et m'approche de la salle d'attente, le cœur battant. J'ouvre la porte et vais poser mon sac devant Imogène. Reese ou Li verront un simple livre. Mais il est légèrement trop petit avec des chiffres bleus sur le dos, une référence qui ne devrait pas s'y trouver.

Li me fouille tandis que Reese s'occupe de mon sac. Il l'inspecte à la va-vite, regardant à peine à l'intérieur en effleurant juste les objets qu'il contient. Imogène me rend mon encre et ma plume, puis je me retrouve dehors, dans la pénombre d'un coucher de soleil tardif, avec un livre que je pensais brûlé, en lambeaux, enterré, détruit.

Je me tourne vers la maison de Jin, j'attends que les rues se vident, puis je grimpe à toute allure jusqu'au jardin de toit, où je m'installe dans l'herbe avec mes affaires sur les genoux et le dos contre une colonne. J'ai chaud malgré l'air frais. Mon cœur bat comme si j'avais couru. Je sors mon livre, puis j'en caresse le cuir bleu sombre et une tache noire le long du bord. Je l'avais oubliée. Je l'ouvre. Il y a juste assez de lumière pour lire. Les premières pages sont de la main de mes parents.

> *Nadia est un bébé robuste. C'est la première qui tienne de moi…*
> *Nadia a découvert ses orteils, aujourd'hui.*
> *Nadia a mangé un insecte dans le jardin. Elle a visiblement beaucoup aimé; sa mère beaucoup moins.*
> *Nadia est allée commander de nouveaux vêtements avec sa mère, aujourd'hui. Lisbeth a demandé si les teinturiers pourraient redonner leur vraie couleur aux cheveux de Nadia…*

Lisbeth. L'ancien nom de Liliya.

> *Nadia a fait quatre pas à la suite. Elle courra bientôt. Ses yeux ont pris le bleu de ceux de sa grand-mère…*

Ma grand-mère? Qui était-elle? Des passages notés de ma main d'enfant commencent à émailler les pages. Mais ils restent majoritairement écrits par mon père :

> *Nadia s'est rendue dans les champs avec son père, aujourd'hui. En chemin, elle s'est arrêtée sur un pont pour poser des questions à propos du canal. Elle a écouté son père lui parler de la source à partir de laquelle l'eau propre coule avant de parcourir la cité pour que tout le monde y ait accès. Nadia a ensuite demandé à son père ce qui arriverait si elle jetait une feuille dedans. Il a mis un moment à comprendre qu'elle l'interrogeait sur la destination de cette feuille après sa traversée de la cité. Elle voulait savoir ce qu'il y a de l'autre côté du mur. Nadia a une petite tête bien faite et une nature curieuse…*

Je me souviens de cette anecdote. J'avais à peu près trois ans. Pour la première fois, mon père n'avait pas eu réponse à tout. Après l'Oubli, je m'étais demandé ce qui se produirait si je me jetais dans le canal. Si j'allais flotter à l'extérieur de Canaan avant de me retrouver dans un nouvel endroit. Je tourne la page. Lire ces textes est merveilleux. Et délicieusement douloureux. J'adorais mon père. Le passage suivant est de la main de ma mère :

> *Nadia n'aime pas le jeu du temps du repos. Lisbeth veut faire la course pour voir qui gagnera et se mettra au*

lit la première. Mais Nadia estime que se reposer n'est pas une récompense. Elle veut bien qu'Anna la couche, en revanche. Parce que si Anna dit que c'est l'heure de dormir, elle a forcément raison. Parce qu'Anna connaît « beaucoup, beaucoup de choses ». Nadia sera exactement comme elle quand elle sera grande.

Je fixe ce paragraphe des yeux. Qui est Anna ? Ce nom résonne dans mon esprit. Anna… Je l'entends pratiquement. Prononcé par la voix de ma mère, il me semble. À la fois sinistre et familier. Je commence à parcourir les textes en scrutant chaque mot. Ils ne présentent bientôt plus que mon écriture, sans qu'aucune Anna n'apparaisse. Je feuillette des pages désormais vierges, sans rien y trouver.

Sauf à la fin. Calé dans la rainure entre la couverture et la dernière page. Caché depuis si longtemps que le papier en a pris la forme : un discret morceau de métal, des maillons délicats formant une sorte de cordelette attachée aux extrémités. Je fais levier pour l'extraire avant de le brandir devant moi dans la pénombre. Au centre, une petite plaque lisse et fine miroite. Un groupe de symboles en caractères gras y est gravé. потому что я смею.

Qu'est-ce que c'est ? Pourquoi cet objet se trouve-t-il dans mon livre ? Et pourquoi mon livre n'a-t-il pas été détruit ? Si Raynor avait voulu se débarrasser de sa femme et de ses responsabilités de père, il s'en serait séparé. Pourquoi ne l'a-t-il pas fait ? L'Oubli serait-il survenu trop tôt ? Mais comment mon livre s'est-il retrouvé aux Archives, dans ce cas ? Et cette Anna… Ces questions me laissent dans une certaine confusion, et une profonde frustration. Est-ce ce que l'on ressent quand on a oublié?

Je regarde la petite plaque de plus près. Le verso présente une série de chiffres grossièrement gravés : 39413958467871x2. Est-ce que c'est une série aléatoire ou très précise? Difficile à dire. Un maillon différent pend à un bout de la cordelette de métal, une sorte de bosse que je sens parfaitement lorsque je fais courir mon doigt. J'appuie dessus. L'autre bout de la cordelette se retire. Mes yeux s'écarquillent malgré moi. Je n'ai jamais vu de pièce de métal si finement ouvragée. Peut-être n'avons-nous pas seulement oublié comment construire de gigantesques bâtiments…

J'attrape l'autre extrémité de la cordelette, forme une boucle avec, appuie sur le petit levier et glisse la partie bombée dans l'ouverture. Le tout forme un cercle, à présent. Un bracelet, me semble-t-il, comme certaines filles en confectionnent avec des bandelettes de tissu tressé. Même s'il est beaucoup trop grand pour mon poignet. Je défais l'attache, passe l'objet de métal autour de ma cheville, puis la referme. Il est froid et lourd contre ma peau. Et dire qu'il était caché dans mon livre, mon vrai livre, celui d'avant. J'effleure la couverture. J'ai l'impression de toucher une plaie douloureuse dont l'état empirerait chaque fois qu'on la frôlerait. Pourquoi mon père a-t-il agi ainsi? Pourquoi nous a-t-il quittées, et pourquoi a-t-il emporté mon livre et cet objet aux Archives?

Je plaque mon dos contre la colonne. J'entends frapper à

la porte de Jin, puis la voix de Gray s'élever depuis la rue. La porte la fait taire en se refermant. Je me lève et fourre mon livre dans mon sac. Je dois rentrer chez moi afin d'empêcher Liliya de faire n'importe quoi. Même si c'est moi qui le lui ai demandé. Et pour m'assurer que la blessure de Mère guérit bien. Je descends l'escalier sans bruit. Les rideaux sont tirés, chez Jin. Je passe furtivement devant sa porte lorsqu'elle s'ouvre. Je tombe nez à nez avec Gray. Il est négligé. Il arrive directement de l'atelier. Mais pas uniquement pour voir Jin, visiblement.

— Tu as changé d'avis? me demande-t-il.

À court d'arguments, je reste coite.

— Tu ne parles pas, aujourd'hui, c'est ça?

Exactement. Gray ne doit pas découvrir que mon père m'avait pris mon livre ou que Liliya pense que je ne suis pas sa sœur. Je ne veux pas qu'il sache à quel point il est simple de m'oublier.

Je me tourne et m'éloigne. La porte qui claque en se refermant me fait sursauter.

J'arrive chez moi, hors d'haleine. Genivie est assise à côté d'une lampe dont l'éclat se reflète sur le plateau en métal de notre table. Planté dans l'encadrement de la porte de la réserve, Reese se tient les bras croisés comme s'il gardait les Archives. Du bruit retentit du côté de nos pièces de repos. La voix de Liliya et deux autres se font entendre. Tessa du Grenier s'avance dans le couloir. Je croise le regard de Genivie.

— Ils sont venus fouiller la maison.

Je pense aussitôt à mon sac et au livre que Reese n'a pas trouvé, à ma cachette dans le sol, et à la bouture dans le jardin. Mon jour est-il arrivé? Ou bien Liliya, avec son efficacité coutumière, aurait-elle déjà mis son plan en action? Les conseils de Gray — sortir par la fenêtre, aller chez Jin, et passer par-dessus le mur — me traversent l'esprit.

— Pourquoi?

Cette question s'adresse à Reese, qui se contente de garder les mains dans le dos, prêt à se mettre en chasse au premier signe. Savait-il tout à l'heure, alors qu'il était planté au bout de mon rayon, qu'il viendrait chez moi plus tard?

— C'est une fouille de routine. Ne vous inquiétez pas, lance Tessa depuis le couloir.

Sauf qu'il y a vraiment de quoi s'inquiéter. Il n'y a pas de fouille de routine à Canaan. Ou disons qu'il n'y en avait pas, hier encore.

— Qui l'a ordonnée? je demande.

— Le Conseil l'a votée. Nous…

Une voix familière s'élève au bout du corridor, dans la pièce de repos de ma mère. J'aurais dû l'anticiper. Je me précipite dans sa direction.

— Attendez!

J'écarte Tessa, qui n'essaie pas vraiment de m'arrêter.

La voix de Liliya me parvient par la porte ouverte de la pièce de ma mère. Elle explique aux uns et aux autres ce qu'ils peuvent faire ou non. Mais ses directives ne trouvent pas beaucoup d'écho. Arthur des métaux fouille ses vêtements pendant qu'Anson le planteur est penché au-dessus d'elle.

Elle semble dormir.

— Ne la touchez pas!

Je ne m'attendais pas à crier. Liliya se tait et Anson lève les yeux, surpris.

— Je n'allais pas lui faire de mal.

Son ton n'a pas changé depuis toutes ces années. Il est toujours aussi calme, raisonnable. Il l'était même le jour où il a coupé la lanière de mon livre.

Je m'assois par terre à côté de Mère. Anson ne m'oppose pas plus de résistance que Tessa. Il part aider Arthur. Mère dort profondément. Il n'y a aucune tache sur sa manche. À moins d'inspecter ses bras, on ne voit pas sa blessure. Je me demande si Liliya lui a fait boire l'une des boissons de sommeil que nous avons gardée depuis le dernier passage du médecin.

J'attrape les doigts de Mère, nerveuse. J'aurais dû rester dans le jardin de Jin. Ces gens ne peuvent pas fouiller mon sac. Et l'idée qu'Anson touche ma mère m'est tout aussi insupportable. Cet homme pourrait être à l'origine de son état.

Liliya vient s'appuyer contre le mur au pied du matelas, les mains dans le dos et silencieuse, pour une fois. Arthur commence à inspecter à tâtons le haut de la penderie pendant qu'Anson secoue une tunique. C'est horrible. Intrusif. Cet homme m'a-t-il vraiment expliqué le parcours de l'eau sur le pont? Et que cherchent-ils, à la fin?

Quelque chose me frôle soudain la jambe. Mère… Elle étire son bras valide vers moi de sous la couverture. Elle a les yeux ouverts et semble souriante. Elle murmure quelque chose. Pas des mots, mais des sons. Des borborygmes effrayants. Arthur se retourne.

Ma mère continue de marmonner. Liliya parle aussitôt très fort.

— Combien de temps cela va-t-il durer encore?

Les mains plantées sur les hanches, ma sœur s'avance vers Anson et Arthur pour détourner leur attention. Je comprends mieux d'où Genivie tient cette tactique.

— Je pourrais vous aider si vous me dites ce que vous cherchez. Parce que vous mettez une sacrée pagaille…

Mère s'est tournée vers moi. Elle débite son charabia, l'air toujours béat en faisant courir ses doigts sur la lanière de métal autour de ma cheville. Quelle quantité de boisson de sommeil Liliya lui a-t-elle fait ingurgiter?

— Ne t'inquiète pas, Mère, je chuchote pour tenter de la calmer. Ils s'en iront bientôt, je vous le promets.

— Nous avons terminé ici, déclare Arthur.

Liliya revient vers nous. Anson me salue de la tête, puis lui et Arthur sortent l'un derrière l'autre. Je reste là avec Liliya.

— Ils sont partis inspecter ta pièce de repos, murmure-t-elle. Qu'est-ce qu'ils risquent de trouver?

— Rien.

J'espère ne pas me tromper. Il faudrait se montrer extrêmement méthodique pour découvrir ma cachette. J'ignore à quel point ils le sont. Mère effleure de nouveau ma cheville.

— Est-ce qu'ils vont nous fouiller? Au corps, je veux dire?

— Pas pour le moment.

— Je ne me laisserai pas faire.

— Moi non plus.

Ma sœur et moi nous dévisageons l'une l'autre avant de détourner le regard.

— Mais qu'est-ce qu'ils cherchent?

— Je ne pense pas qu'ils cherchent quoi que ce soit, répond Liliya. Je crois qu'ils sont venus voir Mère. Tu as parlé de son bras à quelqu'un?

À personne. Pas même à Gray.

— N'importe quel passant aurait pu la surprendre. Vous n'aviez pas tiré les rideaux.

— Oh, mince, c'est vrai! Excuse-nous, mais on était occupées à essayer d'empêcher Mère de se suicider pendant que tu étais partie te balader!

Mère marmonne toujours.

— Parce que j'ose, marmonne-t-elle en souriant.

Je dévisage ma sœur.

— Ses propos n'ont aucun sens. Quelle quantité de boisson de sommeil tu lui as donnée?

— Ne commence pas, Nadia. La journée a été assez difficile comme ça.

— Est-ce que tu aurais pu l'empêcher?

Je parle de l'inspection.

— Et comment aurais-je pu faire ça?

— Je croyais que tu avais des relations!

Liliya ne répond pas. Elle fixe le sol. Je me demande si elle a assisté au supplice de Rhaman, et ce qu'elle a pensé de son entente avec Jonathan, après ça. Mon père et Arthur discutent avec Tessa et Genivie. Ils doivent en avoir terminé avec ma pièce de repos. L'angoisse s'atténue. Tout va bien. Tant qu'ils ne font pas l'inventaire de nos réserves.

— Nadia.

Je tourne la tête vers Liliya. Son ton est inhabituel. Elle murmure :

— Si tu n'avais pas le choix, emmènerais-tu Mère de l'autre côté du mur?

Je cligne des yeux.

— Qu'est-ce qui te fait croire que je pourrais faire une chose pareille?

— Rien. Oublie ce que je viens de dire.

La peur déforme de nouveau ses traits. Qu'est-ce qui peut bien inquiéter Liliya à ce point? Et qu'est-ce qui lui laisse imaginer que je quitte la cité? Je ne l'ai plus fait depuis la dernière fois, avec Gray. Je contemple le visage rêveur de Mère. Je ne pense pas que j'arriverais à lui faire grimper l'échelle et sauter de l'autre côté. Pas assez vite, en tout cas. Mais que Liliya m'en fasse la demande m'effraie mille fois plus que cette idée.

Nous entendons la porte d'entrée s'ouvrir et Genivie parler à tort et à travers.

— Tiens, fait Liliya en glissant rapidement les doigts entre ses seins avant d'exhiber un petit ballot de tissu.

Si je voulais cacher quelque chose à cet endroit, ça tomberait par terre.

Elle fourre le paquet dans ma main.

— Prends ça et ne l'écrase pas. Ce n'est pas encore tout à fait sec et je ne pourrai pas t'en fournir d'autres.

Je trouve une pièce d'argile en forme de pierre très intrigante, qui se compose de deux morceaux. Je l'ouvre comme un livre avant de découvrir une empreinte de clé. Je préfère ne pas savoir ce que Liliya a dû faire pour l'obtenir, mais une chose semble aussi claire que du verre poli : ma sœur est prête à risquer gros pour se débarrasser de moi.

— Je vais dans la réserve, m'annonce-t-elle.

Je la regarde s'éloigner. Durant un moment au cours de la fouille, c'est comme si Liliya et moi avions été du même côté. Comme avant l'Oubli. Comme dans les descriptions de mon premier vrai livre, à l'époque où nous formions une famille. La douleur de tout ce que j'ai perdu m'assaille.

Je me baisse pour m'asseoir à côté de Mère. Elle a les paupières fermées. Ses cheveux étalés sur son oreiller ressemblent à un nuage zébré de fumée noire.

— Mère… Qui est Anna?

Elle sourit, les yeux toujours clos, et recommence à marmonner. Que croit-elle me dire? Je lui prends la main et la pose sur la pièce de métal autour de ma cheville.

— As-tu déjà vu ce bracelet?

Je ne sais vraiment pas pourquoi je lui demande ça. Elle ne peut pas se souvenir.

— Nadia, articule-t-elle très doucement.

Je me penche vers elle, aux aguets. Son expression se transforme soudain. Ses traits sont crispés comme si elle souffrait.

— Elle est partie. Le lit est vide, dit-elle.

— Qui, Mère?

— Nadia, répète-t-elle. Son livre n'est pas le bon. Ce n'est pas le livre de Nadia.

Oui, Mère. C'est le livre qui n'est pas le bon. Pas la fille. Ça n'a jamais été la fille qui n'était pas la bonne.

Après la fouille, je suis retournée en courant chez Jin avec l'empreinte de la clé. Lorsque Gray a ouvert, j'ai compris une chose très importante, avant même que nous ayons dit quoi que ce soit. Une chose que je n'aurais jamais soupçonnée : j'étais la personne qu'il voulait trouver de l'autre côté de la porte.

NADIA LA FILLE DE LA TEINTURIÈRE
DANS LES PAGES VIERGES DE NADIA LA FILLE DU PLANTEUR
LIVRE 1

CHAPITRE 10

J e m'engage dans la ruelle à l'arrière de la maison du fabricant de roues et j'entre dans l'atelier du souffleur de verre. Cela fait dix jours que je me suis rendue chez Jin avec les deux morceaux d'argile portant l'empreinte de la clé de Jonathan. Gray a écouté mes explications pendant que Jin préparait du thé. C'était malin, de la part de ma sœur. Une façon de voler une clé sans la voler vraiment. Gray avait pris les pièces de terre dans ses mains pour les étudier. Canaan connaissant une pénurie de métal, il n'y a aucun moyen de reproduire une clé à partir d'une autre, en supposant que l'un d'entre nous sache comment faire. Mais Gray avait simplement souri en haussant une épaule et dit :

— Je vais la fabriquer en verre.

Nous nous retrouvons chez Jin tous les jours depuis. Nous n'avons même pas eu besoin d'en discuter. J'ai remplacé les réserves de thé de Jin. Le soleil étant désormais couché, il est très facile d'éviter les lampadaires et de grimper discrètement dans le jardin. Là, Gray et moi discutons de tout et de rien — sauf des secrets que je tiens à préserver. Souvent enroulés dans des couvertures, et ces derniers temps autour d'un feu. Il me fait rire. Il insiste pour que j'aille à la Fête, mais il n'en est pas question. Lorsque je m'en sens capable, nous parlons de l'Oubli pour essayer de découvrir des caractéristiques, des circonstances, un fait caché. Mais nous nous ignorons quand nous nous croisons dans la rue. J'ai vu Gray se promener deux fois en compagnie de Veronika.

Les ragots nous concernant se sont tus. Gray a encore une nouvelle conquête, et tout un tas d'autres sujets continuent de captiver nos voisins : Karl des livres a failli arrêter de travailler avant l'Oubli; Frances la docteresse risque de rayer le nom de son mari; ou encore la raison latente du conflit opposant le potier à Nathan le fabricant de plumes, et si cela explique la raison pour laquelle ce dernier a posé des planches sur toutes les fenêtres du rez-de-chaussée. Il y a aussi des rumeurs à propos des récoltes qui seraient trop maigres, de taches de sang laissées par deux hors-la-loi sur la plaque de l'horloge à eau et du superviseur condamné pour avoir arraché des pages de ses livres aux Archives. Je me demande comment il vivra le fait de se retrouver Perdu au milieu de gens qu'il a lui-même opprimés. Si le but de Jonathan était de nous faire peur, c'est réussi. Je dors avec une chaise sous la fenêtre de ma pièce de repos. Cela dit, il en faudrait peu pour que la femme du potier et les autres dames des bains ne recommencent à ragoter. Par exemple, à propos de moi, qui me rends chez Gray lorsque ses parents ne sont pas là juste pour le regarder fabriquer la clé. Cela ferait jaser, c'est certain. Je ne sais vraiment pas comment Gray a pu me convaincre de me lancer dans cette aventure. Bon. Si, je le sais très bien.

Je guette le bon moment. La rue Hubble est noire de monde. La moitié des habitants de la cité ayant atteint l'âge requis sont en route pour le Grenier où l'on presse les fruits de miel pour fabriquer de l'alcool de contrebande. On le boit traditionnellement deux fois l'an, au lever des lunes. Ou tout au moins, à chaque lever dont nous nous souvenons. Cet alcool, épais et doux au départ, devient un peu plus fort chaque jour. On le fabrique une semaine avant la célébration, et cette préparation donne généralement elle-même lieu à une pré-fête. Je me rappelle l'époque où Mère s'y rendait. Les parents de Gray y sont, à cet instant. Mais je ne sais pas si la Fête battra son plein, cette année. Les bourgeons ont mûri sur les arbres de l'Oubli, et j'ai vu Roberta, notre voisine, tenter de dessiner les visages de ses enfants dans son livre, hier. Encore trente-sept jours avant l'Oubli. Huit avant que Gray et moi volions le Livre.

La rue se dégage. J'attends le moment opportun pour me faufiler jusque chez lui. Ses rideaux sont tirés. Une lampe luit faiblement au fond de la maison. J'ai à peine eu le temps de poser mes doigts sur la poignée que la porte s'ouvre et que Gray m'entraîne à l'intérieur.

— Désolé, me lance-t-il en la refermant très vite. La femme du potier… Tu es venue sans problème?

Il veut savoir si je suis arrivée sans me faire voir, et la réponse est oui. Ses manches sont retroussées. Il travaille déjà. Je contemple les cicatrices sur son bras droit, soudain apparentes tandis qu'il allume une autre lampe. La maison de Gray ressemble plus à celle de Jin qu'à la nôtre; deux étages au lieu d'un avec le jardin tout en haut, au troisième niveau. Mais elles sont identiques, à part ça : des murs blancs à la table et au plateau métallique étincelant. Sauf les plantes des jours sombres que la mère de Gray a disposées sur le rebord des fenêtres et qui attendent la lumière de la lune pour éclore. Certaines chaises ont été placées en demi-cercle près d'un mur. Visiblement pour s'asseoir et discuter.

— Viens, me dit Gray en me faisant signe de le suivre. Il faut que je mange quelque chose. Tu as faim?

Nous pénétrons dans la réserve. Une casserole chauffe sur le plan de travail. Du pain et un bocal rempli de poivrons sont posés à côté. Cette pièce est quasiment identique à la nôtre avec ses tresses de fruits pendues au plafond, ses rangées de pots en verre et ses miches emballées. Même si cela sent davantage les épices. La mère de Gray doit faire sécher des herbes différentes. Je ne me permettrais jamais de consommer les provisions de quelqu'un en période de jours sombres.

— Nadia, tu as encore perdu ta langue.

— Oui, je suis venue ici sans problème et oui, j'ai mangé.

Gray sourit tout en coupant des tranches de pain. Parfois, il donne l'impression de redouter de ne plus jamais entendre le son de ma voix. Je me penche au-dessus de la casserole.

— Qu'est-ce qu'il y a là-dedans?

— Des pommes de terre.

— Et quoi d'autre?

— Des pommes de terre.

Je pose mon sac par terre entre mes pieds et commence à farfouiller dans ses étagères. Gray s'assoit sur le comptoir à côté du pain, les pieds dans le vide. Si quelqu'un m'avait dit que je me retrouverais aux jours sombres dans la réserve du fils du souffleur de verre à assaisonner sa soupe, j'aurais hurlé au mensonge.

— Tu es au courant pour la fouille chez Anson le planteur?

J'attrape le petit pot de sel. Heureusement, Gray est derrière moi et ne voit pas ma tête. Ça n'a aucun sens. Anson est au Conseil.

— Et chez Karl des livres, Nathan le fabricant de plumes et Gretchen des Archives?

Je remue le potage tout en le saupoudrant de feuilles d'ail. J'attends un nouveau livre de Karl. Le finira-t-il à temps? Je compte tracer dessus des chiffres à la peinture bleue et l'échanger ensuite contre celui qui est rangé sur l'étagère des Archives. J'ai bien l'intention de garder mon vieux livre. Mais je me fournis en plumes chez Nathan. Quant à Gretchen… Non. Ces descentes n'ont rien à voir avec moi. Et personne n'est au courant pour Anson. Mais cette annonce me trouble malgré tout. Comme si l'explication était là, à portée de main, mais invisible. De quoi peut-il bien s'agir? Est-ce Liliya? Anna? L'Oubli? Le livre volé ou mes escapades de l'autre côté du mur?

— C'est prêt, dis-je à Gray.

— Déjà? C'est tout ce que tu as à dire?

Je l'entends sauter du comptoir. Il tend une cuillère en bois et goûte. Gray veille à me laisser de l'espace et à ne pas me toucher, en général, de peur que je prenne mes jambes à mon cou. Mais là, il ne fait pas attention et son corps est collé au mien, son visage juste au-dessus de mon épaule, au point que je distingue la barbe naissante sur sa mâchoire, ses longs cils, et son odeur de savon et de four.

— C'est délicieux! Es-tu aussi douée en tout?

Non, fils du souffleur de verre. Je ne dois vraiment pas être si maligne, puisque je reste là, si près de toi.

— Tiens, fait-il en reposant la cuillère. Laisse-moi m'occuper de ça avant que tu prennes feu.

Il remonte l'une de mes nattes et la tourne autour de multiples autres nouées en chignon, à la recherche d'un endroit où la coincer.

— Quelle chevelure! déclare-t-il avant que je tressaille.

La porte de devant vient de claquer en se refermant.

— Salut Gray! Je suis passé voir si tu voulais…

Eshan se fige sur le seuil de la réserve. Gray continue très posément à jouer avec mes mèches.

— Salut, Eshan. Qu'est-ce que tu disais?

Le nouveau venu nous regarde tour à tour.

— Juste que… si tu avais envie d'aller courir le long du mur. Je dois y aller… dans pas longtemps.

— Je souffle du verre, aujourd'hui, répond Gray, désolé.

Tu veux y aller quand même, ou ça peut attendre demain?

Eshan hésite. Gray lâche mes nattes. J'en profite pour me détourner légèrement. Un étrange silence retombe.

— N'en parle pas, s'il te plaît, Eshan, lance alors Gray. Tu connais ma mère.

Je ne sais pas comment interpréter l'expression d'Eshan. Son visage est un masque de pierre sous l'éclat de la lampe.

— Pas de problème. On se voit demain.

La porte se referme doucement derrière lui. Gray va aussitôt y mettre la barre.

— Il va m'en coller une! s'exclame Gray, de retour dans la réserve.

— Je croyais que vous étiez amis?

— Nous le sommes. C'est justement pour ça qu'il va le faire, fille de la teinturière.

Gray éteint le feu et retourne s'installer sur le comptoir, casserole et cuillère en mains. Je parie qu'il ne fait pas ça quand sa mère est là. Je saute à mon tour sur le comptoir opposé, et cale mes pieds à côté de ses cuisses. Nos collants forment une sorte de pont bleu et noir.

— Ne fais pas cette tête. Je lui en collerais une, moi aussi.

— Parce que vous êtes amis?

— Exactement. Et il ne compte pas s'enfuir. Il veut juste boire. Il doit avoir une bouteille planquée quelque part. Ça fait partie des avantages de travailler au Grenier. Bon, alors? Quand est-ce que tu vas te décider à m'en parler? m'interroge-t-il en posant sa cuillère pour passer un doigt sous le bracelet désormais visible autour de ma cheville.

Je frémis. Pas parce que Gray m'a touchée, mais parce que je ne veux pas répondre à cette question.

— Qu'est-ce que tu veux dire?

— Je te demande où tu l'as eu. C'est quelqu'un qui te l'a donné?

Je secoue la tête. Il recommence à manger tout en me regardant.

— Je l'ai trouvé.

— Tu l'as trouvé? Si j'étais tombé par hasard sur un morceau de métal de ce genre, je pense que j'en aurais parlé.

Je grimace. Mais mon cœur se met à battre plus vite. Pas question de lui confier d'où il vient. Je ne devrais même pas le porter. Mais il était dans mon livre. Mon tout premier. Et il dégage quelque chose. C'est comme s'il prouvait que Nadia la fille du planteur a bien existé. Que je suis cette fille.

— Ne t'inquiète pas, dit Gray. Je ne trahirai pas ton petit secret. Je peux regarder?

Il descend du comptoir pour étudier le bracelet de plus près.

— Il est vraiment très joli. Tu sais ce que ces symboles et ces chiffres signifient?

Je n'en sais rien. Gray se redresse.

— Je crois que tu devrais l'enlever. Des gens pourraient le voir.

— Et alors?

Mes vêtements le cachent quand je marche ou quand je suis debout.

Gray contemple ma jambe tendue.

— Si tu ne veux pas qu'on te pose des questions, montre-toi discrète. Je te trouverai une cordelette pour que tu puisses le porter sous ta tunique. Ça te va?

Gray me sourit.

— Allez, viens. Allons nous occuper de cette clé.

Une porte se dresse à l'autre bout de la réserve. Elle conduit dehors, à l'atelier abrité. Là, Gray m'installe un tabouret derrière une étagère pour que l'on ne me repère pas depuis la rue, mais d'où j'ai une vue dégagée sur le four orange flamboyant, puis il allume les lampes. Il me fourre ensuite un bol rempli de verre brisé sur les genoux; un bocal sacrifié à titre d'alibi à ma présence, au cas où ses parents rentreraient, étant donné que nous apportons chez eux nos objets en verre brisé.

Je jette un coup d'œil autour de moi depuis mon petit coin. J'aperçois un matelas de fortune et la chemise verte que Gray portait hier. Dort-il à l'atelier? Les pièces de repos se trouvant au second étage, il ne pourrait pas s'enfuir si le Conseil l'envoyait chercher. Ce serait beaucoup plus facile d'ici.

L'empreinte en terre est sèche, désormais. Gray l'a surveillée durant plusieurs jours pour s'assurer qu'elle ne rétrécissait pas. Il a fabriqué une clé en résine, lorsque l'argile était encore tendre. Par précaution. Elle ne serait pas assez solide pour actionner une serrure, mais elle permettrait d'en faire un autre, au cas où il faudrait recommencer. Ça pourrait s'avérer utile. Le verre risque d'éclater en refroidissant ou de se casser. Heureusement, la clé est petite et large, et Gray a rempli l'empreinte avec des bris que son père nomme le « truc fort », alors que mon père utilisait cette même expression pour parler de l'alcool de contrebande. Gray a déjà glissé le moule dans le four, l'a ressorti pour y rajouter du verre, puis remis dans les flammes avant mon arrivée. Il le trempe rapidement dans l'eau avec une paire de pinces fines, puis le pose délicatement sur une plaque en métal pour le laisser refroidir.

Gray attrape alors un long tube en verre sombre, le pose dans le feu, puis le fait tourner jusqu'à ce qu'une boule lumineuse en fusion apparaisse au bout. La chaleur du foyer est presque agréable de ma place, mais elle doit être insoutenable, juste devant. Le verre semble vivant, comme éclairé de l'intérieur. Gray attrape un deuxième tube pour travailler le premier, jouant avec comme un enfant. Mais ce jeu nécessite calme et concentration. Je n'ai pas la moindre idée de ce qu'il fait. Il ressort la boule en fusion et en incline le sommet avec les pinces avant de former une boucle, comme si le verre était une corde chaude et collante.

Il sépare alors la pièce terminée du reste du tube, et la pose quelque part près du four, puis commence à souffler des bouteilles pour remplacer celles que son père a remplies d'alcool. Ce spectacle est fascinant. Je contemple Gray manipuler les boules brûlantes et les sculpter tandis qu'il les fait tourner en soufflant dans le tube. Il y a une minute, ces boules paraissaient fragiles. Maintenant, elles rougeoient, lumineuses et malléables, et se transforment. J'ai l'impression de me voir.

— Tu es une drôle de compagnie, commente Gray.

Près de seize bouteilles sont alignées dans le four de refroidissement.

— Plus qu'une simple présence, en fait.

Je me retiens de sourire.

— Je ne voudrais pas te distraire.

— Ça me distrait beaucoup plus de devoir regarder régulièrement ce que tu fabriques.

Je suis contente qu'il s'intéresse à ce que je fais. Quelle idiote.

— Je… réfléchis.

— Je sais. Comment veux-tu que je me concentre dans ces conditions?

Il pose la canne en travers d'un porte-outil, le bout chaud pointé vers le mur, attrape les pinces fines et ramasse un petit morceau de verre. Il l'observe, puis vient vers moi, couvert de sueur et de suie, les cheveux détachés, humides et tout frisés. Je me demande comment il s'y prend pour être aussi beau. Il s'agenouille devant moi. Une pièce de verre pend au bout des pinces. Elle ressemble à une goutte avec une boucle au sommet, bleu profond et chatoyante. Un cristal blanc est enchâssé au centre. On dirait une lune dans un ciel de jour sombre.

— Qu'est-ce que c'est?

— Des restes d'objets cassés. Tu aimes?

Je n'ai jamais rien vu de semblable.

— Tu le veux?

Je lève les yeux.

— Eh bien, tu ne l'auras pas.

Gray referme ses doigts en m'adressant un sourire éclatant. Je hausse les sourcils.

— À moins, poursuit-il, que tu m'accompagnes à la Fête. Danse avec moi, juste une fois, pour prouver que tu es venue, et il est à toi. C'est aussi simple que ça.

Je fais la moue.

— Je rêve ou tu essaies de m'acheter.

— Non. Enfin, si.

— Je croyais qu'on ne devait pas nous voir ensemble?

— Je danserai avec toutes les autres filles. Personne ne soupçonnera rien.

Je n'en doute pas une seconde.

— Ce sera une sorte de célébration anticipée de nos futurs délits. En supposant que la clé ne finisse pas en mille morceaux. Ça m'arrangerait que tu te décides vite. La femme du potier risque de penser que je parle tout seul, sinon.

Il agite les pinces d'avant en arrière sous mon nez. Sa création étincelle littéralement. Je n'ai jamais vu de verre de ce bleu. Pour une bonne raison : Gray vient de fabriquer cette couleur. Volontairement, pour moi, je crois.

— Comment ça se porte?

— Je ne sais pas. À toi de me le dire, répond-il sur le même ton que lorsqu'il mc taquine.

Sauf qu'il ne me taquine pas.

Il touche le verre avec le doigt pour en tester la chaleur, puis retire le cordon dans ses cheveux. Il s'agenouille, enfile le cordon dans la boucle et le passe autour de mon cou. Je me penche en avant en écartant les nattes qui s'échappent de mon chignon pour lui permettre de le nouer.

J'aimerais dire temps mort. Et question gratuite. Si nous n'empêchons pas l'Oubli et que tu ne me reconnais plus, tu reconnaîtras ce collier, n'est-ce pas, fils du souffleur de verre? Est-ce pour cela que tu souhaites me voir le porter? L'as-tu écrit dans ton livre?

— Combien de temps ça t'a pris de le fabriquer?

Son souffle chatouille ma nuque.

— Quelques minutes. Tu m'as vu faire.

— Tu sais ce que je pense?

— Jamais.

— Que c'est toi qui mens, cette fois.

Il rit avant de se reculer pour me toiser.

— Attends…

Il m'attrape la cheville et tripote le fermoir jusqu'à ce qu'il défasse le bracelet de métal. Il accroche alors le bout du maillon à la cordelette derrière le pendentif et laisse doucement pendre le tout devant ma tunique. Le collier est lourd et le verre encore chaud contre ma peau. J'ai peur qu'il monte et redescende en rythme avec les battements de mon cœur. Je le touche en fronçant les sourcils.

— Est-ce que je viens d'accepter de t'accompagner à la Fête des jours sombres?

Gray rit de bon cœur.

— Absolument! Allez, plus de questions. Je te coupe définitivement la parole.

Là-dessus, il se lève et retourne vers son établi afin de ranger des outils. Ma main glisse jusqu'à mon pendentif.

Quelque chose me tiraille, quelque chose entre le manque et la douleur.

Le truc, vois-tu, Gray, c'est que quand tu oublieras, peu importera la raison qui t'a poussé à faire ce collier pour moi, parce que tu l'oublieras, elle aussi. Moi, je n'oublierai pas.

Cette pensée me fait trembler.

Gray apporte près de moi la feuille de métal avec notre modèle en terre cuite et un couteau. Il pose la plaque par terre à mes pieds. Le ESNM gravé dessus, exactement comme sur notre couteau. Je me penche pour regarder la pièce en terre alors qu'il la manipule délicatement. Elle est encore chaude. Il l'attrape alors avec le bas de son tablier, glisse la lame entre les morceaux, et la tourne.

Le haut vient facilement. À l'intérieur, comme si elle avait poussé d'une pierre, apparaît une clé en verre blanc. Gray sourit.

— Je crois que nous allons voler un livre, fille de la teinturière.

J'aimerais dérober le Premier Livre aujourd'hui. Mais c'est impossible. C'est la Fête des jours sombres et Janis le lira tout à l'heure aux habitants de Canaan. Les Archives et le Centre d'apprentissage sont fermés. Lorsque la quatrième cloche de l'éveil sonnera, tous les gradins de l'amphithéâtre et les rues avoisinantes seront investis. Les citoyens de Canaan attendront la lecture et le lever des lunes, puis ils mangeront et danseront sous les étoiles. Ils s'amuseront, d'après ce que j'ai entendu dire. Mais quelque chose dans ces rires et la fumée des torches fait surgir des sentiments que je préférerais étouffer. J'avais cru me débarrasser de ma nervosité à l'atelier, en frottant l'établi comme si je me lavais moi-même.

Mère est levée. Elle suit son petit train-train domestique, vérifiant nos lits et venant me regarder faire le ménage. Elle m'a servi de prétexte ces six dernières Fêtes. Elle devient confuse quand il y a trop de monde et quelqu'un doit rester avec elle. Elle a besoin d'être surveillée. J'en ai parlé à Liliya, mais elle n'a pas dû changer ses plans. Et je ne demanderais jamais un tel sacrifice à Genivie. Je ne sais pas comment j'ai pu faire cette promesse à Gray, pour peu que je lui en aie fait une.

J'ai aussitôt montré le collier de verre bleu à Genivie, à mon retour de chez Gray. Elle l'aurait remarqué de toute façon. Je lui ai expliqué que c'était un moyen de pression pour m'obliger à danser. Je pensais la faire rire, mais elle s'est contentée de poser sa plume et d'écouter, les yeux écarquillés et l'air sérieux. Je n'ai pas compris sa réaction.

Je ne la comprends pas plus à cet instant. Nous sommes dans le salon. Elle sautille d'excitation en me demandant de la suivre. Elle est restée enfermée dans notre pièce de repos depuis le début de l'éveil. Je vois pourquoi, à présent. Mon matelas est encombré d'un véritable bric-à-brac. Des pinceaux, des petits pots, du tissu coloré et une longue tunique. Genivie ferme la porte et met la barre dessus.

— Maintenant, tu vas m'écouter, lance-t-elle, les mains plantées sur les hanches. Je ne veux pas t'entendre. Il y a un… garçon. (Elle prononce le mot garçon comme si c'était aussi étrange que d'appeler son scarabée Kenny.) Un garçon qui a pris beaucoup de risques pour te faire du chantage et pour que tu acceptes de danser avec lui *une fois*.

— Genivie, ce n'est pas exactement comme ça que…

— Ah bon? Et comment, alors?

Je ne sais pas quoi répondre.

— Nadia, poursuit-elle en articulant très lentement. Regarde-moi quand je te parle et ouvre tes oreilles. Tu l'aimes bien. Tu parles avec lui. Il grimpe avec toi… Et il t'a fabriqué un objet en verre de la couleur de tes yeux.

Je porte la main au pendentif sous ma tunique. Il y a un miroir dans la pièce de Mère. Mais je ne passe jamais de temps devant.

— De. Tes. Yeux. Nadia. Arrête de faire ta *zopa*.

Genivie ne comprend pas. Comment le pourrait-elle? Prendre ce livre après le prochain éveil est la seule chose qui compte. L'Oubli est tout ce qui compte.

Genivie ferme les paupières.

— Tu t'inquiètes tellement à cause d'hier et à cause de ce qu'il pourrait arriver demain que tu oublies qu'il y a un « maintenant », dit-elle, la voix tremblante. Est-ce que tu sais comme il est difficile de voir sa propre sœur rater chaque occasion d'être heureuse?

J'ai l'impression qu'elle va se mettre à pleurer. Je tends la main vers elle.

— Oh, sérieusement! fait Genivie en tapant du pied.

Je me recule aussitôt.

— Qu'est-ce que je dois faire de plus? Te supplier à

genoux? Assieds-toi!

Je contemple ma coléreuse Genivie. En dépit de son sens du drame, je réfléchis à ce qu'elle essaie de me dire vraiment. Pourquoi chaque « maintenant » devrait-il être gâché par ce qui doit advenir?

Genivie serre les poings.

— Je me battrai avec toi s'il le faut! Assieds-toi, Nadia!

Je m'exécute, amusée. Genivie m'aime autant qu'au dernier repos et pourtant, quelque chose dans son attention à mon égard me le prouve plus profondément. Elle m'oblige à me déshabiller pour passer une vieille tunique trop grande qui appartenait à Anson, d'après mes souvenirs. Elle me lave le visage comme si j'étais un bébé et m'applique un peu de crème. Genivie a dû trouver la plus grande partie de ce matériel dans la pièce de repos de notre sœur. Elle m'entraîne ensuite sous la lampe et commence à me peindre les joues tout en me parlant de ses amis et de la personne qui a remporté le concours d'orthographe cette année — c'est à dire elle —, et qui est mille fois plus intelligente que son professeur. C'est certainement vrai.

Je réalise tout à coup que je laisse une enfant de douze ans me peinturlurer le visage alors que je m'apprête à sortir en public. Et le mot peinture ne définit pas tout à fait ce qu'elle utilise : la substance brun foncé qui macule désormais mes cils et souligne le tour de mes paupières contient de la noix noire. Soudain, je songe que si j'avais passé plus de temps à me maquiller, je n'aurais pas eu besoin de consacrer toutes ces heures à la fabrication de la teinture cachée sous mon matelas. Les marques sur mes genoux s'effacent à peine. Mon visage, sur lequel Genivie se concentre entièrement, trahit visiblement mes réflexions.

— Je t'en prie… Je suis une artiste.

À ces mots, elle se remet à jacasser.

Quand elle a terminé, Genivie défait toutes mes tresses, avant de déclarer que mes cheveux sont mousseux et que nous allons faire avec. Elle remonte malgré tout les mèches de devant avec des épingles auxquelles elle attache deux longues bandelettes de tissu bleu comme toutes les filles en porteront. Elle me retire ensuite la vieille tunique pour m'en passer une blanche. Le tissu est fin, un croisement entre une chemise et une robe. Le haut, large et à encolure profonde, retombe sur un collant.

— Où est-ce que tu as trouvé ça?

— Je l'ai commandé il y a une semaine. Jemma la fabricante de vêtements était tout excitée à l'idée de confectionner cette tenue pour toi. Je crois même qu'elle en mourait d'envie.

— Une semaine?

— Il ne faut jamais perdre espoir. C'est ça le truc. Et le blanc est flatteur sous la lumière de la lune. Pourquoi tu mets ce truc là et pas à ta cheville?

Elle agite le morceau de métal pendant à mon collier.

— Parce que.

Ma réponse a dû paraître offensive, car Genivie fait semblant de frissonner. Une fois mes sandales enfilées, ma sœur recule d'un pas et me contemple. Je me baisse pour attraper mon sac.

— Ah non! hurle Genivie.

Je sursaute.

— Il est hors de question que tu emportes ce vieux machin!

— Genivie…

— Tu ne peux pas porter ton livre à l'extérieur comme tout le monde pour une fois?

Non. C'est un livre volé.

Mais quand je considère mon sac à côté de ma robe d'un blanc immaculé, je m'aperçois qu'il est effectivement en piteux état.

Genivie agite la main.

— Non, bien sûr que tu ne peux pas. Bon, très bien. Réfléchissons…

Quelques secondes plus tard, elle retire la barre de la porte, s'élance hors de la pièce et revient avec le couteau. Elle a découvert que nous l'avions caché dans les pommes de terre, Liliya et moi. Mère n'aime pas les pommes de terre. Sans hésitation ni le moindre remords, Genivie attrape la robe bleu foncé de Liliya et découpe un énorme morceau au bas. Il y aura de l'orage dans l'air, demain. Pour l'heure, je me retrouve avec une pièce de tissu azur à enrouler autour de mon livre en guise de sac. Genivie y fait une longue fente par laquelle elle ressort ma lanière, qu'elle fixe ensuite à une ceinture blanche. Elle se recule et me sourit, visiblement satisfaite.

— Bien, Nadia. Il est temps pour toi de sortir d'ici. Tu

crois que tu peux faire ça?

Je n'en suis pas sûre.

— Attends! Qui va rester avec Mère?

Genivie hausse les yeux au ciel.

— Moi, bien sûr. Bon, écoute-moi bien. Tu vas faire un exercice de visualisation. Cette fête est un mur. Un mur sur lequel tu dois absolument grimper. Monte sur ce mur et ne pense à rien d'autre jusqu'à ce que ce soit fait. Et pour une fois dans ta vie, amuse-toi. Un soir seulement.

La vue du bazar de peinture, de tissu et de vêtements à l'abandon me convainc.

— Merci…

— Oui, tu peux me remercier. Ça m'a pris le dernier repos entier pour organiser tout ça. Mais ça en valait la peine : tu es magnifique.

Les lampadaires sont allumés lorsque j'ouvre la porte d'entrée. L'air est frais, le ciel toujours bleu sombre et les bruits différents dans la rue. Le calme domine près de moi, et j'entends le vacarme de la fête au loin : de la musique, des voix très nombreuses et des pas empruntant la même direction. C'est étrange. On dirait les bruits d'une cité que je ne connaîtrais pas. Un sentiment que je garde de l'Oubli et qu'il va falloir chasser. Je me sens gênée, nerveuse. Pourtant, je ne me suis pas regardée dans le miroir. J'aurais perdu tout courage. Et je vais en avoir besoin.

Je sors dans la rue. Et tombe nez à nez avec Janis.

Je me suis rappelé quelque chose, aujourd'hui. Une femme est venue frapper à notre porte après l'Oubli. Elle nous a demandé nos noms, si nous avions nos livres, l'état de nos réserves et si nous avions besoin de quoi que ce soit. Ensuite, elle a dit à ma sœur que le Centre d'apprentissage rouvrirait au coucher du soleil, et nous a tous encouragés à aller lire nos anciens livres dès que le nouvel archiviste serait nommé.

Je ne lui ai pas parlé et je n'ai pas répondu à ses questions. J'ai fait semblant de dormir. Je faisais ça souvent, à l'époque. J'avais mal et j'étais extrêmement fatiguée. Mais cette femme avait fait sourire ma mère. Et j'avais bien vu, malgré ma torpeur, qu'à la différence de mon père qui m'avait quittée et de ma mère qui ne se souvenait plus de moi, cette personne se souciait de ce qui m'arrivait. Pour la première fois aujourd'hui, je me suis rappelé que cette femme était Janis.

NADIA LA FILLE DE LA TEINTURIÈRE
LIVRE 13, PAGE 2, 11 ANS APRÈS L'OUBLI

CHAPITRE 11

— Bonjour, me dit Janis en se déplaçant avec grâce pour éviter que je lui rentre dedans. Tu es la fille de la teinturière, n'est-ce pas? Laquelle?

— Nadia, je murmure, même si le livre à ma hanche recouvert d'un morceau de la robe de Liliya prétend autre chose.

Je suis sidérée que Janis sache qui je suis et où vit ma mère. Sauf que c'est parfaitement logique. Liliya… Ma sœur ne plaît peut-être pas à Janis, mais son petit-fils ne me plaît pas non plus.

— Eh bien, Nadia, tu es ravissante. Oui, vraiment. Tu vas à l'horloge? Veux-tu m'accompagner jusque-là?

Elle tend le bras, sa robe noire flottant comme si elle me montrait le chemin. «Non merci» semblant une réponse très peu envisageable, je lui emboîte le pas. Janis est impressionnante : elle est grande, elle a les yeux foncés et ses cheveux sont épais et d'un blanc resplendissant. Son accent est très soigné, du genre que je n'ai jamais réussi à acquérir malgré toutes mes années d'apprentissage, malgré tous mes efforts pour corriger ma prononciation. Liliya était plus douée. Mais que fait Janis dans la rue de la Fauconnerie? Les gens nous dévisagent.

— J'aime la Fête des jours sombres. La gaieté, la tension palpable dans l'air. Le lever des lunes est l'un des plus beaux spectacles que Canaan puisse offrir. Mais je crois que ce que je préfère, ce sont les enfants. C'est tellement intéressant de les regarder grandir, d'imaginer ceux qu'ils pourraient devenir. J'adore marcher un peu dans la cité avant de lire le Premier Livre. Pour m'imprégner de la cité et de ses habitants. Et toi, Nadia? Comment te portes-tu?

— Bien.

C'est la seule réponse qui me vienne. Je me vois soudain bousculer Janis, trouver le Premier Livre sous ses robes noires, et m'enfuir avec. C'est entièrement la faute du fils du souffleur de verre, évidemment. Janis ne mérite pas qu'on la renverse par terre, sauf à cause de Jonathan.

— J'en suis ravie. Je me rappelle que tu as eu de très bons résultats, aux examens. Excellents, même.

Janis ne peut pas se souvenir de mes notes.

— Où fais-tu ton apprentissage?

— Aux Archives.

— Oh… Un poste de confiance. Nous aurons bientôt besoin de toi, Nadia.

Nous arrivons pratiquement à l'angle de la rue du

Méridien. Un brouhaha s'élève. C'est la cohue. Les arbres de l'Oubli se dressent au-dessus de nos têtes. Janis s'arrête pour tapoter le crâne enrubanné d'un enfant tout en me souriant.

— Surtout, sens-toi libre de venir me voir si tu as la moindre question ou la moindre inquiétude. Nous sommes toujours ravis d'avoir de la visite à la Maison du Conseil. Nous ne sommes pas là uniquement pour régler des litiges. Nous répondons à certains besoins, également.

Elle essaie de me dire que la tournure actuelle des événements ne lui convient pas tout à fait. Je redresse la tête.

— J'aurais bien une question, maintenant que vous en parlez.

Janis se penche vers moi, ses sourcils encore bruns légèrement haussés.

— J'aimerais comprendre pourquoi ma maison a été fouillée. Que cherchait le Conseil?

— Ah! Oui, je comprends ta surprise…

Les gens s'écartent pour laisser passer Janis. Mon regard remonte aussitôt l'horizon dégagé jusqu'au Premier Pont, sur lequel Gray se tient en compagnie d'Imogène, d'Eshan, de Veronika ainsi que de plusieurs autres qui faisaient partie du groupe du bosquet de noyers. Debout sous un lampadaire, les cheveux domptés — il a dû trouver un autre cordon —, il porte une chemise blanche et un collant vert. Il tient une coupe dans sa main. Ses yeux croisent les miens comme si je l'avais appelé. Il reste planté là, bouche bée, à ma vue. Au beau milieu d'une phrase, je dirais même. Janis marque une pause, les sourcils froncés.

— Le Conseil, déclare-t-elle à voix basse, considère que ces fouilles inopinées sont bénéfiques pour la cité. Pour éviter les infractions et le recours à des mesures plus sévères. Le nom de ta famille a dû sortir par hasard. Ne prends pas cette inspection personnellement. Si tu travailles bien, un poste t'attendra au Conseil, un jour. Je suis certaine que ton nom a déjà été évoqué.

Elle doit plaisanter.

— Est-ce du verre que tu portes là, Nadia?

Janis tend un doigt vers mon collier. Je sens le bracelet de métal remuer contre ma peau.

— Est-ce neuf ou ancien? me demande-t-elle ensuite.

— Neuf.

— Dommage. Je me consacre actuellement à un projet visant à élaborer une histoire de Canaan. Un sujet extrêmement sensible pour notre cité, comme tu le sais. Je suis à la recherche de tous les objets anciens susceptibles d'éclairer nos origines. Si jamais tu trouves quelque chose, un bien hérité, n'importe quoi, voudrais-tu bien me le faire savoir? En tout cas, ce pendentif est vraiment extraordinaire. Nos souffleurs de verre sont doués, n'est-ce pas? J'irai les complimenter. Sur ce, je te quitte. Passe une bonne Fête, Nadia.

À ces mots, Janis emprunte le chemin ouvert au milieu de la foule, me laissant seule dans son sillage.

Je regarde Gray. Il n'a pas bougé, mais ses yeux suivent Janis, avant de revenir se poser sur moi. Ses lèvres s'entrouvrent. La main en l'air, Veronika dit quelque chose que ni Gray ni moi ne semblons vouloir entendre. Je ne sais pas ce que nous sommes censés faire maintenant. Je ne sais pas ce que je suis censée faire.

On me bouscule. Des gens parés de leurs plus beaux atours se précipitent derrière Janis. Mon champ de vision se réduit. Gray se perd parmi les vêtements colorés et les coiffures sophistiquées. Nous sommes tous emportés vers l'amphithéâtre et la tribune où Janis lira avant le lever des lunes. Et ensuite, ils danseront.

Je me laisse entraîner le long de la rue du Méridien en essayant d'ignorer les regards. Se retrouver ainsi coincée au milieu de tant d'individus est à la limite du supportable. Je me sens oppressée. Je me demande si Mère connaît cette sensation. Je tente de me frayer un chemin vers le côté pour m'échapper au besoin. Janis a déjà gravi les marches de l'amphithéâtre et rejoint la tribune cernée de torches, Jonathan à sa suite. La tour nous domine de toute sa hauteur. L'horloge à eau sonne. J'aperçois Karl des livres et Jemma la fabricante de vêtements avec Sasha, leur petite prématurée aveugle. Hedda me sourit, entourée de ses plus jeunes jumeaux. Delia, la mère de Gray, est là elle aussi, au bras de Nash. Tous deux me regardent avec un air réprobateur. Où est Liliya? Je ne vois ni Gray ni aucun de ceux qui étaient avec lui.

Je me tiens tout en haut de l'amphithéâtre. Les gens continuent d'arriver derrière moi. Janis ouvre le Premier Livre de l'Oubli et le monde qui m'entoure disparaît. Difficile d'en juger dans les lumières vacillantes des torches, mais on dirait un livre banal. Il est sombre, peut-être noir, légèrement usé ou décoloré. Il n'est pas épais, mais il contient bien plus de pages que les quelques-unes qui nous sont lues en de telles occasions.

Je vais découvrir ce que tu contiens. Ce que tu dis vraiment, me dis-je.

L'assistance retient son souffle. La clameur retombe comme le vent. Janis baisse les yeux sur le Premier Livre, puis entame sa lecture. Sa voix résonne dans l'amphithéâtre :

« *Au premier lever de soleil de la douzième année, ils oublieront. Ils perdront leurs souvenirs, et sans leurs souvenirs, ils sont perdus…* »

— Salut. Tu es venue, murmure une voix à mon oreille.

Je sursaute. Pas à cause de la foule qui me pousse dans le dos, mais d'Eshan. Il sent l'alcool. Je tente de m'écarter.

« *Leurs livres seront leur mémoire, leur individualité passée. Ils écriront dans leurs livres personnels. Ils les conserveront…* »

— Tu es ravissante.

Eshan me touche les cheveux. J'essaie de détourner la tête pour éloigner sa main, mais l'assistance est trop dense.

— Eshan… Arrête.

« *Ils coucheront par écrit la vérité, et les livres leur diront qui ils ont été. Si un livre se perd, alors, eux aussi sont Perdus…* »

— Tu sais ce que je crois, Nadia, fille de la teinturière? Je pense que tu es beaucoup plus gentille que ce que tu veux bien montrer.

« *Sans eux, ils ne sont rien. Je suis fait de mes souvenirs.* »

— Arrête, Eshan!

Il attrape mon bras. Son corps est plaqué contre mon dos, son souffle dans ma nuque. Je ne parviens pas à bouger. Il y a trop de monde. Je vais hurler s'il ne recule pas immédiatement. Je ne pourrai pas m'en empêcher.

— Excusez-moi, souffle une voix près de nous.

Une nouvelle main vient de se poser sur mon biceps.

— Je peux te parler?

Anson le planteur. Eshan me lâche. Je m'écarte aussitôt et suis mon père dans la foule. J'ai l'impression de vivre un cauchemar.

« Les livres devront être écrits chaque jour. Seule la vérité… »

L'assistance termine la phrase :

— … sera consignée.

« La vérité n'est ni bonne ni mauvaise. Quand nous écrivons la vérité, nous… »

— … écrivons ceux que nous sommes, répond la foule en chœur.

L'écho des mots familiers se répercute dans l'édifice. Anson m'entraîne dans une ruelle latérale et me fait asseoir sur les marches de la maison du tisserand avant de s'accroupir près de moi. Je suis crispée, complètement gelée, presque paralysée à cause de la proximité de mon père.

— Est-ce que ce jeune homme t'importunait? me demande-t-il.

Je secoue la tête.

— On aurait dit, pourtant. Je m'appelle Anson…

Je détourne le visage.

Oui, Père. Je sais qui vous êtes.

— Et tu es Nadia. La fille de la teinturière, c'est ça?

— … nous nous souvenons de qui nous sommes, psalmodie la foule.

Je plaque les mains sur la pierre froide de l'escalier pour garder l'équilibre. La voix d'Anson perd son calme.

— Nadia, je vais te poser une question personnelle. J'espère que tu ne m'en voudras pas. Sais-tu ce qui est arrivé à ton père? Est-ce que c'est écrit dans tes livres?

Je sens la colère s'emparer de moi. Contre lui. Je lui demande :

— Qui est Anna?

— Comment?

— Anna. Qui est-ce?

— Je… Je ne sais pas.

Je me lève pour partir, me frayant un chemin entre les corps agglutinés pour rejoindre la rue du Méridien. J'avais tort. Je suis folle de rage et je tremble. Je tourne au coin et plonge sous les arbres, quand une main saisit la mienne et m'entraîne dans une ruelle. Je panique un instant avant de me rendre compte que c'est Gray.

— Chut…

Il me plaque doucement contre le mur, attrape l'arrière de mon crâne, puis attire mon front contre sa poitrine.

— Calme-toi. Respire.

J'inspire à fond. Il sent le savon, le four et l'alcool. Son corps est chaud dans le froid. Je ne sais pas combien de temps je reste blottie comme ça. Je tremble toujours, mais moins. Les rues sont vides, la ruelle est sombre. La voix de Janis s'adresse toujours à Canaan.

— Ça va? me demande Gray au bout d'un moment.

Je suis consciente de la question qu'il se retient de poser. Je sens sa respiration plus rapide que la mienne. Son ton paraît calme, mais lui ne l'est pas.

— Dis-moi qui est Anson le planteur.

Je réponds sans hésiter :

— Mon père. Mais il ne s'en rappelle pas.

— Il l'a fait exprès?

— Oui.

— Il commence à comprendre?

— J'ai l'impression.

— Il serait complètement fou si ce n'était pas le cas. Tu lui ressembles comme deux gouttes d'eau. Évite de te retrouver à côté de lui si tu ne veux pas que les gens s'en rendent compte.

Le cœur de Gray bat contre le mien.

— C'est pour ça que tu ne dis pas que tu te souviens? dit-il. Parce qu'Anson serait condamné pour quelque chose qu'il a oublié?

J'aime que Gray saisisse aussi vite. Cela m'épargne des discussions laborieuses. Et c'est bon d'être là, entourée, blottie entre lui et le mur en pierre blanche dans mon dos. C'est complètement différent que de se retrouver piégée dans cette foule. Par Eshan. Je ne tremble quasiment plus.

— Tu dois prendre une décision, murmure-t-il.

Je n'en ai aucune envie.

— Qui veux-tu que je frappe en premier? Anson ou Eshan?

— Je croyais que tu avais déjà frappé Eshan.

— Eshan est un mauvais ami. Il ne m'a toujours pas donné l'occasion de le faire, m'explique Gray en soulevant mon menton pour détailler mon visage. Tu es très jolie. Qui t'a fait ça?

— Et pourquoi ce ne serait pas moi?

— Parce que tu ne ferais jamais un truc pareil. J'en mettrais ma main à couper.

Je détourne la tête en souriant malgré moi.

— C'est Genivie.

— Quelle artiste!

— Elle serait d'accord avec toi.

Il me regarde intensément. Genivie avait raison. À propos de tout.

— Allons-y, déclare Gray à voix basse. Maintenant. De l'autre côté du mur.

— Quoi?

— Laissons tomber la Fête. Il reste sept cloches avant le repos. Je ne veux pas danser avec toi une fois et faire comme si je ne te connaissais pas après ça.

Je me demande quelle quantité d'alcool il a bue.

— Viens avec moi. Allons sur la montagne.

Sa crinière est peut-être domptée, mais Gray est d'humeur fantasque. Plus du tout réservé. J'aimerais toucher son visage. Je ne souhaite pas retourner dans la foule. Il se penche vers moi pour me susurrer à l'oreille :

— Rejoignons-nous chez Jin. Je vais brouiller les pistes en disant aux copains qu'on m'attend quelque part, et ensuite, je te retrouverai là-bas. Après ça, on passera de l'autre côté du mur. On en a envie. Tu veux bien faire ça avec moi, fille de la teinturière?

Cette occasion ne se représentera pas. Et j'en ai envie.

— Oui.

Gray sourit contre ma joue.

— Veille à ce que personne ne te voie.

Je me retrouve sur le toit de Jin, essoufflée dans l'air frais. Je suis venue ici pour la première fois il y a quatre Fêtes, armée d'une longue échelle en fougère. J'avais profité de ce que la musique battait son plein pour planter deux anneaux en métal dans le mur grâce à un marteau volé à Arthur. Je suis contente de l'avoir fait.

Gray s'arrête en haut des marches, une bouteille à la main. Nous ne disons rien. Tout semble irréel. Mais je n'ai aucune envie de réfléchir. Je suspends tant bien que mal le cordage dans le noir et regarde Gray se hisser jusqu'au mur sans casser la bouteille qu'il a fourrée sous sa chemise. Une fois au sommet, il s'assoit au lieu de s'étendre. J'attrape le bas de ma tunique et je le glisse dans mon décolleté. Je grimpe à mon tour, les cheveux dans le vent, puis Gray et moi faisons basculer l'échelle avant de sauter de l'autre côté.

Les herbes mortes semblent aussi argentées que la face de la falaise dans la nuit. Des mouches lumineuses étincellent dans les frondes de fougères. Le monde scintille dans le froid. Gray sort la bouteille de sa chemise, la débouche et me la tend. « Fort » ne décrirait même pas le goût de la première gorgée. Gray boit à son tour, rebouche la bouteille et me toise de la tête aux pieds.

— Courons, dit-t-il avant de s'élancer.

Je me précipite à sa suite, le visage fouetté par les plantes. Il se fraie un chemin en suivant la percée naturelle du bois sous l'éclat des nombreux vers luisants aux fils de soie iridescents. Je ne crois pas qu'il soit plus rapide que moi. Il a simplement de plus longues jambes et il m'oblige à courir sur de la terre mouillée et dans des creux boueux. Ce n'est pas du jeu. Il se retourne régulièrement pour s'assurer que je le suis, revenant même sur ses pas pour vérifier mon avancée, le sourire aux lèvres, la chemise immaculée et lumineuse. Je saute par-dessus une branche couchée sur le sol soudain pentu, sidérée que Gray se souvienne du trajet jusqu'au canyon et de mon endroit secret au sommet de la côte. Et qu'il soit capable de le retrouver de nuit. L'air frais me brûle les poumons. Je reprends mon souffle.

— J'étais sûr que tu n'arriverais pas à me rattraper, déclare Gray.

Il est complètement essoufflé, lui aussi. Il s'est passé de l'eau sur le visage, à en croire l'ombre sur son haut blanc. Il fait sombre. Même l'éclat des vers luisants ne parvient pas à percer cette obscurité. Le bruit du ruisseau et le rugissement de la cascade en paraissent encore plus tonitruants. Je regarde le paysage alentour. Le canyon est éclairé. Pas comme les frondes sous lesquelles nous avons fait la course, mais comme une cité. Et il grouille à cause des insectes ou du vent, je ne saurais le dire. De pâles papillons de nuit volettent autour de nous. De la brume mélangée à des gerbes d'eau dissimule le bassin en contrebas. Les lunes se lèveront bientôt.

— Viens par ici, fille de la teinturière.

Gray est toujours sur la rive, près du rocher où nous étions assis quand il m'a confié qu'il avait été Perdu. Ma tenue blanche doit se découper dans l'obscurité comme sa chemise, parce qu'il tend la bouteille dans ma direction. Je n'en reviens pas qu'il ait réussi à courir jusque-là sans la lâcher. Je prends une autre gorgée, puis la lui rends. Il la pose à côté du rocher.

— Allons nager, me lance-t-il alors à voix basse.

Mon cœur bat soudain plus vite. Il veut que je saute de la cascade avec lui. Et je vais le faire.

J'envoie valser mes sandales. Gray se baisse sans me quitter des yeux et se déchausse à son tour. Il met ensuite les mains sur la peau exposée de ma taille et cherche à tâtons la lanière de mon livre pour en défaire la boucle. Je le laisse faire, palpant son torse pour détacher le sien. Le silence paraît plus intense dans le noir. Seuls les bruits de l'eau et de nos souffles résonnent.

Son livre cède le premier. Je le tiens jusqu'à ce que le mien se libère. Une fois sur le rocher, Gray retire sa chemise et la jette dessus. Je dénoue mon collier de verre et de métal quand Gray m'arrête.

— Garde-le.

Il écarte délicatement mes cheveux pour vérifier le fermoir. Je pose le front sur sa poitrine. Son cœur bat vite, comme tout à l'heure dans la ruelle. Mais cette fois, c'est à travers sa peau chaude et nue que je le sens. Il ne bouge pas. Je pose une main sur son torse, la remonte le long de son cou jusqu'à sa joue, pleine de désir.

— Prête?

Il entrelace ses doigts aux miens.

— Dis-moi quand tu l'es.

— Prête!

— On va courir très vite et sauter.

— D'accord!

Je me tourne face au canyon. Gray me tient toujours. Je sais que nous ne pouvons pas rater le bassin et qu'il n'y a pas de rochers. Mais mon cœur bondit malgré tout dans ma poitrine, parce que j'ai laissé mon livre, parce que Gray a laissé le sien. Et parce que nous allons plonger dans le noir. Je pivote vers lui. Il me dévisage. Je crois qu'il sourit.

— Un, deux, trois!

Nous nous élançons à toute allure jusqu'à ce que le sol se dérobe sous nos pieds. Nous volons presque. J'aperçois brièvement dans ma chute le canyon scintillant, le bassin naturel dans le brouillard en contrebas, les fines gouttelettes de la cascade, et les trois lunes pointant derrière le sommet de la montagne. Puis tout disparaît. Le sifflement de l'air est bientôt couvert par le rugissement de l'eau qui pénètre dans mes oreilles.

Mes pieds touchent le fond. Je mets un moment à remonter à la surface. Une fois dehors, j'inspire aussitôt à pleins poumons, hilare. J'ai perdu la main de Gray pendant le plongeon. Je bats des pieds en me tournant pour tenter de le retrouver dans la brume, lorsqu'un énorme plouf retentit, suivi d'un cri que je prends d'abord pour de la douleur. Je nage dans sa direction et trouve Gray sur le dos, riant à gorge déployée.

— J'ai l'impression que ça te plaît, fais-je entre deux halètements.

— Toi, alors! hurle-t-il en m'aspergeant. Tu ne m'avais pas dit que l'eau était chaude!

Je m'écarte pour éviter une nouvelle giclée. La cascade et l'air ambiant sont froids, mais pas le bassin. Gray soupire.

— On ne va jamais pouvoir sortir de là.

— C'est sûr! On risque de geler. Et c'est encore plus chaud en dessous.

— Vraiment?

Il nage vers moi. Je frémis. Comme s'il allait me faire explorer des abîmes plus brûlants. Je lève une main.

— Non, monsieur. Ce n'est pas le côté des hommes, ici. Nous n'apprécions pas du tout ce genre de comportement, chez les femmes.

— Ah bon? Ce n'est pas mon impression.

Il continue de s'approcher, les boucles plaquées sur le crâne, une lueur diabolique dans le regard.

Ne fais pas ça! C'est déjà assez difficile comme ça de flotter avec ces vêtements sur le dos!

Il arrive à ma hauteur.

— J'ai retiré les miens.

— Arrête!

J'éclate de rire. Il s'avance encore. Je l'éclabousse. Il ne m'entraîne pas dans les profondeurs. Il me bloque juste les bras et me tient contre lui. Je ne résiste pas. L'eau nous porte. Elle voudrait nous renverser. Nous nous laissons ballotter par le courant. Gray bascule la tête en arrière et écarte les bras. Ses cils forment un halo autour de ses yeux. Je me retrouve allongée sur lui, mes jambes de part et d'autre de sa taille, mes cheveux étalés dans tous les sens.

— Est-ce que j'ai du noir partout sur le visage?

Il sourit, et effleure ma joue mouillée.

— Non, déclare-t-il. Tu es la plus belle chose que j'aie jamais vue.

Je n'ai jamais embrassé personne. Je ne sais pas comment m'y prendre, mais je pose délicatement mes lèvres contre les siennes. Gray ne bouge pas. Les yeux fermés, il se laisse chahuter par les vagues. Je libère une main et lui caresse la joue. Il inspire profondément. Je m'avance et plaque de nouveau ma bouche sur la sienne.

Il lève un bras pour me retenir et me serre contre lui. Gray, lui, sait comment s'y prendre. Ses lèvres sont douces et chaudes. Il nous maintient hors de l'eau tout en passant ses doigts dans mes cheveux. Je ne savais pas qu'il en avait envie à ce point. Qu'il me désirait autant. Il écarte mes tresses, soulève mon menton, m'embrasse sous l'oreille, puis dans le creux de l'épaule. Je prends son visage entre mes mains. Il m'embrasse, d'abord avec précaution puis plus fort. Je l'étreins pour qu'il continue. J'ai l'impression que je ne pourrai jamais m'arrêter quand il s'éloigne un peu et pose son front contre le mien.

— Est-ce que ça vient vraiment de m'arriver? murmure-t-il.

— Je crois bien que oui.

— Suis-moi, fait-il en m'entraînant vers la berge.

Nous gagnons la fraîcheur de la cascade. Les rochers et les galets autour du bassin se détachent soudain dans la brume. Gray trouve un bord affleurant où nous asseoir sans sortir du courant. Je bascule la tête dans l'eau pour remettre mes cheveux en arrière. Puis Gray m'attire contre lui.

Il se met à jouer avec moi, comme avec le verre, en expert. Il caresse mon visage, m'embrasse les joues, me laisse l'imiter. Il réagit à chacun de mes contacts. On dirait même qu'il aime ça.

— Tu sais qu'on ne va jamais pouvoir partir de là, souffle-t-il à mon oreille. On risque de mourir d'hypothermie. C'est dommage, mais j'ai bien peur qu'on soit obligés de rester ici pour toujours.

— Pour toujours?

Il dépose des baisers tout autour du pendentif bleu.

— Nous nous adapterons.

Je ris lorsqu'il me chatouille avec ses lèvres, puis je m'abandonne. Je passe les doigts dans ses cheveux mouillés. Je n'ai jamais été aussi heureuse de toute ma vie. Comme une enfant qui découvrirait le sucré. Une première bouchée, et j'en veux déjà plus. Comme si cette douceur pouvait disparaître. Je serre Gray plus fort et bascule la tête en arrière lorsque j'aperçois quelque chose entre les vignes et les buissons. Je me fige, aux aguets.

— Qu'est-ce qu'il y a? demande Gray.

Un petit cercle lumineux s'est dessiné sur le côté d'un rocher, à portée de main. Un point d'une couleur verte pas du tout naturelle. Gray se redresse et s'avance pour l'observer. Je me hisse hors de l'eau, gelée.

— Je n'en reviens pas que tu aies fait ça, commente Gray derrière moi.

Je marche jusqu'au point vert, un doigt tendu dans sa direction. La lumière se répand aussitôt sur ma phalange. Suffoquée, je recule brusquement la main comme si un insecte m'avait sauté dessus. Ce n'est que de la lumière. Sauf qu'elle ne provient pas de flammes ni de vers luisants. La petite tache se dessine sur le rocher. Je la touche de nouveau. Elle réapparaît sur ma peau.

J'entends Gray sortir de l'eau en jurant à cause de l'air frais. J'ouvre la main. Le faisceau lumineux pointe aussitôt ma paume. Je tremble, mais pas de froid. J'ai peur. Cette lumière n'est pas normale, pas naturelle. Elle semble provenir de nulle part.

Mais tout, tout vient de quelque part.

Lorsque j'étais enfant, chercher à connaître la vérité était de la curiosité.
Maintenant que je suis grande, c'est un crime.

Nadia la fille de la teinturière
Livre 15, page 81, 1 saison avant l'Oubli

CHAPITRE 12

— C'est de la lumière, dis-je lorsque Gray arrive à ma hauteur.

— Quel genre de lumière?

Comme quand on entrouvre la porte d'une pièce éclairée alors qu'on se trouve dans un couloir plongé dans l'obscurité.

Je me recule pour laisser Gray s'approcher. Cette couleur me rappelle la teinturerie, les mélanges de poudres qui produisent des nuances que l'on ne trouve pas dans la nature. Ce vert est profond et étrangement vif. Artificiel. J'ai un mauvais pressentiment.

Gray se redresse et égoutte ses cheveux tout en cherchant du regard la source du faisceau. Nous nous trouvons dans une bande de terre abritée encombrée d'éboulis entre la falaise et le bassin. Je m'accroupis et j'ouvre la main. L'éclat émeraude frappe aussitôt ma paume. Je m'enfonce un peu plus loin dans l'obscurité, suivie de Gray. Chaque fois que je m'amuse à changer de direction, la lumière disparaît. Je m'arrête, puis recommence à marcher droit devant moi dès que je la retrouve.

— Fais attention, lance-t-il.

Nous pénétrons dans un fourré de jeunes fougères d'où la lumière semble provenir. Gray écarte les tiges pour me permettre de passer. Nous arrivons bientôt au pied de la falaise. Il fait toujours nuit noire. Je me rapproche un peu plus de la paroi avant de m'immobiliser. La lumière jaillit de là. C'est impossible.

Gray s'avance et l'effleure.

— Ce n'est pas de la roche.

— De quoi tu parles?

— Le matériau sous mes doigts. Touche.

Je plaque les mains près des siennes. Au lieu de la pierre froide, je sens une substance chaude et lisse. Je fais courir un pouce le long d'une fente la séparant de la roche. Un éclat en jaillit effectivement. Il y a une sorte de bosse au centre, qui s'enfonce quand j'appuie dessus.

Je pousse un petit cri malgré moi. Gray me tire en arrière dans les fougères. La chose qui n'est pas de la roche s'ouvre d'elle-même en vrombissant comme un scarabée. La lumière devient plus vive durant un instant, puis le bruit cesse. Une ouverture de la taille de ma main s'est formée dans la paroi. Elle présente dix carrés dotés chacun d'un chiffre noir luisant. De zéro à neuf.

Je sens la respiration de Gray s'accélérer derrière moi. Je ne comprends rien. Le calme est retombé. Gray lâche doucement mon bras, puis il s'avance vers le numéro éclairé, sans le toucher.

— Quelqu'un les a fabriqués, déclare-t-il. Forcément. Et il y a une flamme à l'intérieur. Elle illumine une matière verte… On dirait du verre… Il y a des mots.

Je viens me planter à côté de lui. Au-dessus des chiffres, là où il n'y avait que du noir, des lettres se dessinent, rouge profond et brillantes; des mots de lumière, que personne n'a pu écrire. Ils disent « Entrer code ». Je m'approche un peu plus.

— N'y touche pas, m'ordonne Gray.

Je ne peux m'en empêcher. La surface sur laquelle les lettres sont apparues est complètement lisse, polie. Il y a bien un feu à l'intérieur, mais les flammes sont fixes et froides. Gray a raison. Rien de tout ceci n'est naturel. C'est forcément une création humaine. De gens qui vivaient de l'autre côté du mur.

— Tu crois que ceux qui sont venus les premiers, ceux qui ont bâti la cité…

Gray secoue la tête.

— Je n'en sais rien. Ça ne ressemble pas à Canaan. La cité est gigantesque. Il faudrait nous y mettre à tous pendant plusieurs années d'affilée pour la construire, en admettant que nous trouvions de la pierre. Mais nous en serions capables. Nous ne saurions peut-être pas comment lui donner sa forme actuelle, mais ce ne serait pas impossible. Bien sûr, ce serait beaucoup plus difficile que ce que nous savons faire aujourd'hui. Mais ça…

Je comprends ce qu'il essaie de dire. Je peux imaginer

quelqu'un sculptant la pierre. Mais ce qui s'étale devant moi dépasse l'entendement.

— Entrer, dit Gray. Tu crois qu'il y a une porte?

Il repasse une main sur l'étrange matériau. Une porte, mais pour aller où? À l'intérieur de la montagne? Gray se fige et jette un coup d'œil par-dessus son épaule.

— Ils ne sont pas soudés.

— Quoi donc?

— Ces rochers. Ils ne font pas partie de la falaise.

Il en fait tomber un, qui va rouler dans les fougères.

— Ils sont juste empilés.

Il en balance un autre. Je le rejoins, puis nous démontons à nous deux un tas de pierres qui semblait pourtant appartenir à la montagne. Je me suis baignée au moins six fois dans le bassin sans jamais rien remarquer. Une fois le tas descendu aux deux tiers, Gray s'avance. Il y a un trou devant lui. Un interstice. Comme l'entrée d'un souterrain. Je vois Gray lever la main très haut, puis s'asseoir sur ses talons pour explorer le sol à tâtons.

— C'est du métal.

— Une porte?

— Je n'en sais rien. Ça en a la forme, mais elle serait vraiment très grande. Je ne trouve pas de loquet. On dirait plus un genre de mur.

Un mur de métal dans la falaise! Que fait-il là? Protège-t-il quelque chose de l'autre côté? Et pourquoi protéger cette chose si ce n'est pour la ressortir un jour? Il doit y avoir un accès.

Je me recule vers l'éclat vert.

— Ils ont disparu, dis-je.

Gray sort la tête de la grotte et me regarde.

— La lumière et les chiffres. Ils se sont éteints.

Sans doute au moment où nous avons fait tomber les pierres. Je repense alors à ce que Gray a dit à propos des flammes qui brillaient à travers le verre. Il faut allumer un feu et l'entretenir. Des gens vivent-ils dans la montagne? Quelqu'un aurait-il fermé cette porte de l'intérieur? Je suis pétrifiée.

Gray vient examiner l'endroit où les mots étaient apparus.

— Qu'est-ce que tu as fait tout à l'heure, quand ça s'est ouvert?

— J'ai appuyé sur quelque chose.

— Montre-moi.

Je lui prends la main, puis tâtonne à l'endroit lisse avant de trouver la bosse.

— Là.

— Oui, je sens.

Le son strident s'élève et les lumières vertes et les nombres se redessinent. Sans lettres rouges. Tout ça ne peut pas être vrai, et pourtant. Je passe mes doigts sur les chiffres lorsqu'un bruit me fait sursauter; une note de musique ou une sonnerie soudaine et forte qui disparaît aussitôt. C'est aussi anormal que la lumière et la matière lisse qui s'ouvre toute seule.

— Tu veux bien arrêter de toucher à tout? soupire Gray.

Je regarde l'espace noir où les signes étaient apparus sans relever sa remarque. Un chiffre 1 vient de se dessiner. Je presse le carré présentant un 3. Le son retentit encore, puis un 3 vert surgit.

— Laisse-moi essayer, dit Gray.

Il tend la main et effleure le 4, le 5, le 6, puis tous les chiffres jusqu'au 9. J'actionne le 2 pour compléter le tout, et le 0 pour terminer. Les chiffres s'alignent. Je recommence à appuyer. Le mot « Invalide » apparaît alors en lettres rouges, suivi d'un nouveau « Entrer code ».

Entrer code… Ils utilisent des codes aux Archives. Et au Grenier pour les rations.

— Et si ce n'était pas entrer au sens d'aller à l'intérieur, mais de composer. Si on nous demandait de composer un code?

Gray reste stoïque. Il finit par rebrousser chemin et se plante au bord du bassin à côté duquel il reste debout, les mains derrière la tête, à contempler la cascade. À réfléchir. Il paraît contrarié. L'éclat argenté des lunes, qui se sont levées en triangle au-dessus de la montagne, me laisse voir que son dos est tendu. On croirait une apparition, dans cette ambiance irréelle, sans chemise ni livre, avec ses boucles mouillées. A-t-on vu le point vert apparaître lorsque la lumière des lunes a frappé la falaise?

— Nadia. Tu dois me dire la vérité. Maintenant. C'est important. Où as-tu eu ce bijou en métal?

Je porte malgré moi une main à mon collier et au bracelet qui y est accroché. Gray a l'air effrayé.

— Est-ce que c'est ta mère qui te l'a donné?

— Non.

— Qui, alors? D'où est-ce qu'il vient?

La petite porte se referme en ronronnant. C'est comme si quelqu'un était là et nous écoutait. Mais le point vert est toujours là.

— Je l'ai trouvé dans un livre.

— Quel livre?

— Le premier que j'ai eu. Je croyais qu'Anson l'avait détruit…

J'exhibe le morceau de métal de sous ma tunique ruisselante. Les chiffres inscrits à l'arrière. On dirait un code. Serait-ce possible? Et qu'est-ce que ce code faisait dans mon livre, dans ce cas? Mais plus rien ne semble impossible.

Gray se retourne et va s'asseoir à côté du point vert sur le rocher.

— Où est ce livre, maintenant?

— En haut de la cascade. Je l'ai volé aux Archives.

Il remet les mains derrière la tête. Je crois qu'il rit.

— Évidemment! Ah, Nadia, fille de la teinturière.

Comment Gray a-t-il imaginé que ces signes gravés pourraient former un code? Peut-être parce qu'ils sont inscrits sur un objet que nous ne sommes pas capables de fabriquer? Pourtant, il m'a suggéré de cacher ce bracelet, avant la fête; il l'a même attaché à mon collier. Il sait quelque chose. Quelque chose qu'il ne me dit pas. Il se tourne vers moi avant d'ajouter :

— Tu trembles. Tu devrais enlever tes vêtements et les

essorer pour les faire sécher.

Il se lève et s'éloigne le long du bord rocheux du bassin sans profiter de la situation ni attendre que je lui demande de se retourner.

Je recule dans l'obscurité derrière les fougères, libère le bas de ma tunique de mon col et la retire. Je l'essore et la suspends ensuite à une tige, mais je garde mes collants qui moulent tellement mon corps qu'ils ne dissimulent pratiquement rien, et j'égoutte mes cheveux en faisant glisser l'eau d'une main. J'essaie de ne pas penser que quelqu'un pourrait se trouver à l'intérieur de la montagne dans mon dos. Je me concentre là-dessus pour éviter de réfléchir à ce que Gray pourrait me cacher. Je ne lui ai jamais demandé pourquoi il voulait aller de l'autre côté du mur, après tout.

Je tords le bas de ma tunique une deuxième fois lorsqu'un bruissement étouffé s'élève de la direction que Gray a empruntée. J'enfile aussitôt ma tunique quand il surgit et met une main sur ma bouche. Il secoue la tête pour me signifier de me taire, me prend par les bras et me pousse vers le bosquet de fougères, puis à l'intérieur de la brèche dans la falaise. Une fois là, il me plaque contre la paroi de la grotte, un doigt posé sur mes lèvres.

Un morceau de rocher tombe quelque part près du bassin. Gray se penche vers moi.

— Il y a quelqu'un.

Son cœur bat à tout rompre dans sa poitrine nue. Le mien martèle en rythme avec le sien. Quoi que Gray soupçonne, et quoi qu'il ne m'ait pas dit, il a peur pour moi. Je le sens.

Le doute me quitte aussitôt. Seul le bruit de la chute d'eau retentit. Soudain un bruit de pas crissant sur des cailloux me parvient. Quelqu'un marche le long du bassin.

Je mets les mains sur les épaules de Gray, et j'appuie fort pour l'obliger à s'accroupir derrière la petite pile de roches. Je m'agenouille ensuite dans la boue à côté de lui tout en scrutant les alentours.

Une ombre se dessine dans l'éclat des lunes. Il s'agit d'une forme humaine, penchée au-dessus de l'eau. Je ne sais plus si notre tas de pierres était visible de cet endroit et s'il semblait en partie démonté. J'ai pleinement conscience de la porte en métal dans mon dos. Y a-t-il une autre porte? Peut-être cette personne a-t-elle écrit les mots de lumière et ouvert, puis fermé la petite ouverture lumineuse? J'expire sans bruit quand l'écho d'une cloche résonne contre les parois du canyon.

La silhouette lève la tête. Elle porte une capuche. Une nouvelle cloche se fait entendre, suivie de cinq autres. L'ombre se tourne avant de s'éloigner d'un pas rapide par le chemin que Gray a emprunté pour nous mener à la cascade.

Cette personne ne vit pas dans la montagne. Elle vient de la cité et écoute les cloches. La peur me quitte un court instant, aussitôt remplacée par une nouvelle angoisse. Nos livres sont là-haut, au sommet de la falaise. Sans protection. Je me redresse à moitié et tends une jambe par-dessus les éboulis en écartant la main de Gray, qui me retient. Une fois accroupie dans les fougères, je m'avance sur la pointe des pieds le long du bassin, où je trouve un point de vue derrière un rocher. La silhouette s'éloigne d'un pas rapide. Le long tissu qui volette en rythme avec ses chevilles trahit sa trajectoire.

Qui que soit cette personne, elle sait où elle va : droit vers la faille dans la paroi du canyon, puis le long de la montagne jusqu'à la cascade. Ou alors, au bas de la côte qui mène à Canaan. Je recule dans le fourré pour attendre sans me faire voir. À peine l'intrus se trouve-t-il au niveau des fougères luisantes, que je me précipite à sa suite par le bosquet pour ne pas me taillader les pieds, je contourne le bassin, et je fonce vers la forêt.

Une fois là, je m'arrête, l'oreille tendue. Je m'avance un peu plus sous les arbres, sur mes gardes, puis gravis la gorge étroite. La cité scintille dans la prairie à ciel ouvert s'étirant au pied de l'enceinte. La silhouette se découpe dans la lumière des lunes et dévale la pente, s'élançant dans la direction opposée de mon échelle. Quelqu'un franchit le mur de Canaan et connaît ma cascade. J'entends de l'herbe crisser dans mon dos. Gray me talonne. Nous nous accroupissons au même moment, au cas où la silhouette déciderait de se retourner. Mais ce n'est déjà plus qu'une tache sombre.

— Qui c'est, d'après toi?

Je ne laisse pas le temps à Gray de commenter ma folle poursuite dans la nuit et je regarde l'inconnu disparaître dans la pénombre au pied du mur.

— Je n'ai pas vu son visage. Mais il ou elle portait des robes, je crois. Des robes noires.

Un membre du Conseil. Lequel d'entre eux oserait passer de l'autre côté du mur? Et par quel chemin?

— Elle t'a vu?

— Je ne crois pas. J'étais dans les fougères quand elle a descendu la gorge. Et toi? me lance Gray d'une voix tendue.

Il est soulagé. Très soulagé, même. Tellement qu'il m'en veut presque.

— Je vais retourner chercher nos livres et nos sandales en haut de la falaise. Si je te demande de ne pas bouger et de m'attendre, y a-t-il la moindre chance que tu le fasses?

Ma première réaction est de dire non, que je m'en occuperai moi-même. Mais le spectacle de Gray avec ses cheveux en bataille, son torse nu et ses sourcils froncés accusateurs m'éclairent sur deux choses : d'abord, que cela ne m'inquiète pas qu'il touche à mon livre et le rapporte au pied de la montagne. Ensuite, que Gray est, en revanche, persuadé que cela m'inquiète, et cette pensée le blesse. J'ignore à quel point.

— Je t'attends.

Je l'entends respirer à fond, puis il dit :

— OK. On retournera tester le code après, d'accord?

J'accepte.

— Je fais vite.

À ces mots, il s'élance dans les herbes.

La ville est tout aussi illuminée que la forêt, avec ses centaines de lumières clignotantes et de vers luisants, sa pierre blanche scintillant sous l'éclat du triangle des trois lunes, et des étoiles constellant le ciel au-delà. Je devrais réfléchir à ce qui pourrait se passer quand nous essaierons les chiffres inscrits sur mon bracelet. À Anson et à ses questions. À l'identité du membre du Conseil qui franchit le mur. À la nature de la force capable de créer des mots de lumière. Au fait que nous avons failli nous faire prendre, Gray et moi. Au vol du Premier Livre demain. Et à l'Oubli. Au lieu de ça, je m'étends sur le dos et contemple les mouches lumineuses en pensant que la Nadia des jours de lumière n'aurait jamais autorisé un autre être humain à la toucher. Et qu'elle n'aurait jamais permis au fils du souffleur de verre de retirer la lanière de son livre, qu'elle ne se serait jamais baignée avec lui ni laissée embrasser dans une eau chaude et recouverte de brume. Peut-être la Nadia des jours sombres est-elle plus proche de celle qu'elle aurait été si elle n'avait jamais été oubliée? Ou peut-être pas. Cette Nadia-là n'aurait jamais été de l'autre côté du mur.

Gray s'avance au milieu des herbes. Il a remis sa chemise blanche, mais sans prendre la peine de la rentrer dans son pantalon ni d'en fermer le col. Son livre est de nouveau posé en travers de sa poitrine. Il a dû laisser la bouteille à la cascade. Je me rassois brusquement, l'obligeant à s'arrêter net.

—J'ai failli te marcher dessus! Tiens.

Il me tend mon livre, puis mes sandales. Il n'a plus l'air en colère. Peut-être est-il juste rassuré de me trouver là où il m'a laissée? Une fois que j'ai mis mes sandales, il me tend la main pour m'aider à me relever et ne la lâche plus.

—Dépêchons-nous.

Nous manipulons habilement la matière lisse, cette fois. Je me sentais nerveuse, juste avant, à l'idée qu'il puisse y avoir quelqu'un à l'intérieur de la montagne. À présent, je crains beaucoup plus que quelqu'un puisse surgir près du bassin. Je m'accroupis et porte la plaque de métal à hauteur de mes yeux, puis commence à prononcer les chiffres à voix haute dans l'éclat de la lumière verte pendant que Gray appuie sur les carrés correspondants. La note de musique artificielle retentit chaque fois. J'arrive au *x* gravé sur le bracelet. Sauf qu'il n'y a pas de lettres sur les carrés, et qu'un 2 est inscrit après le *x*.

— Qu'est-ce qu'on fait?

— Je n'en sais rien. Il n'y a plus de place, répond Gray.

Tout l'espace est rempli. Le numéro disparaît alors, remplacé par un « Invalide » rouge. J'entends Gray soupirer. C'est très étrange de regarder ces nombres apparaître et se volatiliser de cette façon. « Invalide » s'efface à son tour, aussitôt remplacé par « Entrer code ».

— Ça ne marche pas, dis-je.

J'ignore si je suis déçue ou secrètement soulagée.

Recommençons, suggère Gray.

J'ai un déclic.

— Non, attends. Ce n'est pas un *x*. C'est une multiplication. Fois deux.

Gray réfléchit.

— D'accord… Mais il faut appuyer deux fois sur le chiffre ou tout multiplier par deux?

236

— Tu peux multiplier ça de tête, toi?

— J'en suis incapable.

— Moi aussi. Essayons de doubler chaque chiffre.

Je redis les chiffres tandis qu'il tape deux fois sur chaque carré. Avant que nous ayons terminé, le numéro disparaît et « Invalide » prend sa place, suivi de « Entrer code ».

— Bon, fais-je. On essaie le même code, deux fois de suite.

L'espace se remplit intégralement sans aucun « Invalide ». Plus que le dernier chiffre à rentrer, 1; Gray appuie dessus. Tout devient noir. Ça n'a pas fonctionné. Je soupire quand un nouveau mot apparaît : « Ouvrir ».

Un bruit métallique couvre le rugissement de la chute d'eau. Nous nous retournons doucement. Là, dans l'ouverture de la grotte, luit une éclatante lumière blanche.

On m'a appris à écrire la vérité. Mais si je n'y crois pas, est-ce toujours la vérité?

NADIA LA FILLE DE LA TEINTURIÈRE
LIVRE 7, PAGE 104, 8 ANS APRÈS L'OUBLI

CHAPITRE 13

Je me relève, le bracelet de métal suspendu à mon cou. Je contemple en clignant des yeux le tas de pierres dont les angles vifs saillent dans la lumière. Je n'en reviens pas. J'ai des papillons dans le ventre, comme lorsque j'ai sauté de la cascade. Je prends la main que Gray me tend, et garde l'autre agrippée à mon livre emballé dans son tissu, puis nous nous insinuons dans la brèche. Le mur de métal s'est entrouvert. On dirait vraiment une porte, vu de près, bien qu'il n'y ait pas de loquet. Je suis à peine surprise, bizarrement. Gray me regarde, pose ses doigts à plat sur le métal et appuie.

Des gonds grincent. Nous découvrons une sorte d'entrée aux murs en pierre apparemment naturelle, contrairement à la lumière étincelante que de longs tubes accrochés en hauteur diffusent le long du passage. Nous avançons. Le sol en terre a été lissé par de nombreuses allées et venues. L'air est humide et sent le renfermé. Il fait plus chaud que dehors. Le silence est total hormis un étrange bourdonnement grave.

Gray lâche ma main et se tourne vers la porte pour l'observer de plus près. Je vois à quoi il pense. Si nous la fermons, pourrons-nous ressortir? Mais dans le cas contraire, quelqu'un pourrait nous suivre. Gray trouve quelque chose par terre. Une sorte de coupe en verre rouge retournée et enfoncée dans un socle dont des cordelettes colorées s'échappent en remontant le long des rochers. Gray s'accroupit pour l'étudier, puis pousse la porte. Un cliquetis retentit, et le verre écarlate se met à briller. Gray appuie dessus. La porte fait un petit bruit sec avant de se rouvrir. Il pivote vers moi, tout sourire. Tout cela est inexplicable. Irréel. Pourtant, c'est bien là.

Gray se relève, ferme la porte et laisse la coupe briller. Je lui prends la main, puis nous arpentons le couloir étroit. Il fait sombre. Mais chaque fois que nous avançons, une lumière s'allume tandis que celle derrière nous meurt.

— C'est comme si elles savaient exactement où nous sommes, murmure Gray.

Cette idée ne me plaît pas du tout.

— Qui ça, elles?

— Je veux parler des lumières, je crois.

C'est insensé. Nous continuons pas à pas. Je n'arrive pas à écarter la pensée que des créatures pourraient se tapir dans un coin pour nous espionner ou que des gens pourraient allumer les lampes, puis les éteindre au rythme de notre progression. Quelqu'un ou quelque chose pourrait nous attendre au bout du couloir. Une dernière lumière au-dessus de nous s'allume et j'aperçois une autre porte, une porte ordinaire. En dehors de son métal plus terne, elle ressemble aux nôtres. Et elle a un loquet.

— Prête? me demande Gray.

Je sens les muscles de son bras se crisper. Il soulève le loquet. Un courant d'air nous accueille, puis nous pénétrons dans une salle plus sombre que les ombres des lunes, mais qui s'illumine d'un coup, pas seulement au plafond, mais partout autour de nous. Des lampes bleues scintillent dans des carrés noirs plats : trois grands au-dessus de nos têtes et un autre aussi grand que moi à la cloison opposée. Quatre plus petits sont installés sur le plateau d'une longue table en forme de faux. Un bourdonnement, un ronronnement, un vrombissement à peine audible et une légère brise s'élèvent. Il n'y a pas d'odeur ici. Les murs ne sont pas en pierre, mais dans le même matériau brillant et solide que le sol extrêmement lumineux et propre.

Les carrés bleus en hauteur cèdent bientôt la place à une pluie de petits points noirs et blancs rampant comme des insectes sur les parois. Ils me rappellent les tentures suspendues chez Jin. Je me demande si c'est le même genre de chose, bien que je n'aie jamais vu de tissu changer de couleur sous mes yeux. Deux carrés sur les quatre de la table incurvée sont désormais sombres. L'immense carré fixé à la verticale affiche un « Bienvenue » géant.

Ce mot si banal, si humain, sorti de nulle part, m'effraie plus que tout le reste. Je ne me sens pas du tout la bienvenue.

Je suis plutôt prise de vertiges et désorientée comme une enfant, comme pendant l'Oubli. Aucun des objets présents dans cette salle ne m'est familier; même les deux chaises ont une drôle de forme. Elles sont couvertes de tissu étrange et sont trop grandes. Gray expire très fort. Je m'accroche à lui comme si quelqu'un allait le tirer d'un coup sec.

Il cherche un loquet, et la porte derrière nous se referme. Il marche aussitôt vers les deux autres portes de la pièce. Je ne bouge pas.

— Ne touchons à rien, d'accord? me lance-t-il.

Je n'avais aucune intention de le faire. Ou du moins, à rien de dangereux. J'avance en effleurant la douce table. Il n'y a pas de poussière. Mes ongles ont l'air sale, en comparaison.

— Attends, marmonne Gray.

Je continue à glisser un doigt le long de la table incurvée pendant que Gray scrute le dessous. Il cherche à comprendre comment tous ces objets fonctionnent. J'aimerais deviner à quoi cette pièce servait, pour ma part. Je jette un coup d'œil dans la direction par laquelle nous sommes arrivés.

— Regarde, dis-je.

Le mur autour de la porte que nous venons de franchir est en verre du sol au plafond. J'étais tellement captivée par le reste que je ne l'avais même pas remarqué. Derrière la vitre, je distingue des objets que je ne saurais nommer, mais qui rappellent les carrés aux numéros brillants à l'extérieur. Ils couvrent toute une paroi et ils sont enfermés dans une sorte de meuble argenté plus haut et beaucoup plus large que Gray. Des fils colorés entortillés en une corde épaisse remontent sur le côté vers des endroits invisibles. De petites lumières s'éteignent et s'allument comme des mouches lumineuses.

Gray est déjà planté devant le mur en verre. Il y a une porte au centre. Il appuie sur la poignée, sans parvenir à l'ouvrir. Je ne suis pas mécontente : Gray craignait que je touche la table, alors que ce qu'il y a derrière la vitre me paraît bien plus dangereux. Il ose un regard à l'intérieur, se protégeant de la lumière avec les mains.

J'explore l'autre côté de la pièce. Il y a encore une porte, et du verre est incrusté dans le mur : c'est une fenêtre. En regardant à travers, j'aperçois un matelas suspendu au-dessus du sol. Je me détends un peu à la vue de cet objet familier. J'ouvre la porte. Le bruit sec de la lumière qui s'allume retentit. Il y a des couvertures froissées sur le lit et un espace sans séparation avec des sortes de latrines. Deux outils que je ne reconnais pas sont posés par terre et des vêtements sont placés sur une chaise, comme si quelqu'un venait juste de sortir, et allait bientôt revenir. Je ne pense pas que ce soit le cas : sur la petite table à côté du lit, je distingue un vieux trognon de pomme déshydraté.

J'attrape les vêtements. Ils semblent être pour un homme ou une femme de ma taille. Ils ressemblent à des collants larges combinés à une chemise ouverte sur le devant et entièrement bordée de petites dents de métal. Cette tenue n'est ni décente ni pratique, mais son tissu est d'excellente qualité. Les lettres ESNM sont brodées à l'avant, les mêmes lettres que sur notre couteau. Je replace les vêtements là où je les ai trouvés. Je me retourne et vois Gray sur le seuil de la porte.

— Allons voir ce qu'il y a derrière l'autre porte, au cas où.

Il sous-entend au cas où quelqu'un ou quelque chose arriverait. Je le suis en silence. Gray fait pivoter la poignée, qui cède, cette fois. Le cliquetis des lumières retentit, puis nous apercevons un très petit couloir avec une nouvelle porte au bout. Tout est si blanc.

— Je vais tenir celle-ci pendant que tu t'occupes de la suivante, dis-je.

Il acquiesce. Si nous finissons enfermés, personne ne nous retrouvera jamais. Il s'exécute pendant que je teste la poignée de la porte. Elle ne semble pas s'être verrouillée. Gray me fait un signe de la tête. Je retiens ma respiration et laisse la porte se refermer. J'essaie de l'ouvrir, elle s'ouvre. Les épaules de Gray se détendent. Je le rejoins au bout du couloir et nous franchissons la deuxième porte.

Des lumières s'allument, une, deux, trois, quatre d'affilée le long d'une gigantesque caverne avec des colonnes bleues et grises descendant d'un plafond invisible. Le fond de l'air rappelle le premier corridor. Et elle est aussi déserte. J'avise un monticule de blocs blancs vers lequel je me précipite avant de poser les mains dessus.

— La pierre!

Exactement la même que celle dont la cité est faite. À côté du tas de pierres se dresse un petit immeuble avec une pièce ouverte à l'intérieur, fabriquée à partir du même matériau lisse que la table incurvée, sauf qu'il est noir et jaune et qu'il brille. D'énormes lettres moulées à peine lisibles sous la poussière se trouvent le long du bord supérieur.

« Imprimante 3D Architecte ». Gray est déjà à côté, inspectant la machine sans la toucher.

Je passe à côté des amas de pierres et de sable pâle, ainsi que d'une charrette en métal, également remplie de sable, et impossible à déplacer. Il n'y a pas de lumière au fond de la caverne. J'aperçois à peine les tubes suspendus au plafond. Je ne fais pas face au mur de la grotte, mais à un gigantesque tas de pierre brisée, en réalité. Toute cette zone s'est effondrée. Certains éboulis sont énormes et noirs. Ils laissent de la suie sur mes doigts.

— Tu as déjà regardé à l'intérieur de l'horloge à eau? me lance Gray.

Il a grimpé dans le bloc noir et jaune. Nous ne chuchotons plus. Je reviens sur mes pas.

— L'horloge n'est qu'une machine. Une partie précise exécute une tâche, une autre partie une tâche différente, jusqu'à ce que l'enchaînement de ces actions produise le résultat escompté; sonner les cloches dans le cas de l'horloge.

Je crois deviner où il veut en venir.

— Toutes ces choses qui nous entourent sont des machines. Celles qui sont dans la salle blanche et le truc à côté duquel je suis aussi. Regarde.

Il bondit pour attraper une barre de métal, s'y suspend et passe les doigts sur des pièces fixées dessus. Il me présente sa main couverte de poussière pâle, de la même couleur que la pierre de Canaan.

— Je ne comprends pas ce que les objets dans la grande pièce sont censés faire, mais je pense que cet engin — il désigne du bras la chose à l'intérieur de laquelle il se tient — transforme ça — il pointe le tas de sable — en pierre, fait-il en montrant du pouce les blocs finis. Les pierres n'ont pas été extraites d'une carrière, Nadia. Elles ont été créées.

— Et leur forme?

— Elles sont peut-être sorties directement comme ça de cette machine? Pourquoi pas? Ça expliquerait qu'elles soient si parfaites. Mais je ne sais pas comment elles entrent et sortent d'ici.

— L'extrémité de la caverne a pu s'effondrer. Ou alors, elle a explosé, dis-je en présentant mes phalanges noires. La porte à côté du bassin semble être la seule issue, mais c'était sans doute différent avant que…

Je ne termine pas ma phrase. Gray a de la poussière claire sur la tête et une expression intense. Il paraît excité par ce qu'il vient d'apprendre. Il regarde vers la première salle dans son dos. Qui aurait cru que tant de connaissances puissent se perdre? Comment avons-nous pu oublier tout ça? Je traverse la grotte, folle de rage. Malgré les latrines, le matelas et les vêtements, la pièce blanche n'évoque pas un espace de vie, mais plutôt un espace de travail, comme celui de Gretchen. Et j'ai bien l'intention de découvrir ce que l'on y faisait.

J'arpente le couloir, je laisse la seconde porte vrombir et les carrés de lumière s'allumer tous d'un coup en humant l'air. Ça ne sent rien. Ce qui explique sans doute pourquoi cet endroit est aussi propre. Je prends le temps de remettre mon livre en place. La porte s'ouvre de nouveau. Gray entre. Fatiguée d'être tout le temps prudente, je marche vers l'une des chaises et m'assois.

Je manque de tomber par terre. Mon siège bouge. Je pense d'abord qu'il bouge tout seul, comme tout ce qui se trouve ici. Puis je réalise qu'il est fixé sur des roulettes et qu'il glisse sur le sol très lisse. J'ai parcouru la moitié de la pièce avant qu'il ne ralentisse. Je pose les pieds et pivote sur moi-même. C'est un peu comme nager, mais pas tout à fait.

Tout sourire, Gray s'installe sur l'autre chaise et m'imite. Il se propulse à toute allure à travers la pièce en évitant de justesse la cloison avant de me jeter un regard par-dessus son épaule.

— Et maintenant, comment peut-on rester là-dessus sans tomber?

Je ris. La chaise est rembourrée avec une matière très douce et présente un endroit où poser la tête. Jambes croisées, je me fais tourner avec un pied, les paupières closes. Je laisse la chaise s'immobiliser lentement.

— Et moi qui croyais qu'on devait juste aller à la Fête des jours sombres, déclare Gray.

Non. Se faufiler par-dessus le mur, sauter dans une cascade, découvrir une porte cachée et faire les fous à l'intérieur d'une montagne truffée de machines incompréhensibles était un bien meilleur plan, fils du souffleur de verre.

— Tu regrettes? me demande-t-il.

— De quoi tu parles?

— De m'avoir embrassé.

Gray me fait face, le visage neutre.

— Tu m'as embrassée, toi aussi.

— C'est toi qui as commencé.

— Oui, mais uniquement parce que tu m'en avais donné envie.

— Tu regrettes? demande-t-il.

— Et toi?

Il tire ma chaise vers lui, pose une main dans mon cou et attire mon front contre le sien avant de secouer doucement la tête.

— Alors, moi non plus, dis-je.

Il m'embrasse intensément, mais sans bouger, comme lorsqu'il flottait dans le bassin.

— Je ne veux pas que tu regrettes, susurre-t-il si bas que ses paroles sont à peine audibles.

— Et moi, je ne veux pas que tu continues à voir Veronika.

Il se recule.

— Tu veux vraiment parler de Veronika?

— Non. Et je ne veux plus jamais entendre son prénom non plus.

Il sourit.

— Mince! Ça faisait justement partie de ma stratégie super élaborée pour garder notre relation secrète, déclare-t-il.

Ses lèvres se posent dans mon cou.

— Trouve un nouveau plan.

Il rit. J'aimerais savoir pourquoi il pense que je pourrais regretter ce qui se passe entre nous. Puis je lui demande :

— Quelle cloche est-il, d'après toi?

Il pointe un doigt vers le haut sans éloigner sa bouche

de la mienne. Un cadran est fixé au-dessus de la fenêtre de la pièce de repos, similaire à ceux de l'horloge à eau. Il indique huit cloches et demie. Nous avons le temps. À moins que Gray me fasse perdre toute notion du temps. J'embrasse sa joue et ses lèvres, puis je me rassois en arrière avant de flanquer un coup de pied dans son fauteuil pour l'envoyer vers l'autre mur.

Il soupire.

— C'était vraiment nécessaire?

Je crois bien que oui. Je me sauve sur ma chaise vers le gigantesque « Bienvenue » lumineux. Si cet endroit est une machine comme Gray le soupçonne, alors, il doit servir à quelque chose. J'effleure le contour du carré brillant. On croirait presque un encadrement de fenêtre. Il y a peut-être une bosse quelque part, là aussi? Le carré pourrait s'ouvrir comme l'ouverture qui camouflait les chiffres sur la falaise. Gray me rejoint.

— Je préférerais vraiment que tu n'y touches pas.

— Ça dit « Bienvenue », dis-je.

Il n'insiste pas. Je palpe le bord. De petits symboles s'esquissent lorsque j'approche le carré bleu. Puis ils se mettent à défiler comme des volutes de brume colorée et s'effacent dès que je retire ma main. Je regarde Gray avec un air triomphant. Il essaie à son tour, les doigts tendus au-dessus de la lumière froide tout en tentant de comprendre ces signes. Des ronds, des triangles, des carrés et d'autres formes continuent d'apparaître. À chaque fois, il y a un motif à l'intérieur.

J'en désigne un pour demander à Gray s'il pourrait s'agir de lettres, lorsqu'une note de musique retentit soudain. Je m'assois en arrière, le cou tendu vers le haut. Le « Bienvenue » a disparu comme de la sève en poudre dans l'eau. Le carré est devenu entièrement vert. Un grand cercle présente un ESNM au centre, et des mots apparaissent. Je n'ai aucune idée de leur signification. « Système », « Réparation », « Utilité », « Mémoire centrale », « Contrôle »…

Gray se place derrière le carré. Vu sa mine perplexe, il ne doit rien y avoir hormis un mur. J'effleure un triangle. Le symbole avance rapidement vers le milieu en grossissant. Il est fait de lettres jaunes entremêlées qui composent les termes « Langues », « Sécurité », « Caméra ».

— Regarde celui-là.

Sa forme évoque vaguement un livre ouvert, que je touche. « Archives — Projet Canaan » jaillit brusquement vers le haut. Gray et moi fixons le nom de notre cité. En dessous, « Histoire », « Individus », « Statistiques », « Curriculum », « Vlog », et « Exploration Spatiale du Nouveau Monde » se dessinent successivement. Les lettres de cette dernière occurrence me frappent aussitôt.

— ESNM, fais-je dans un souffle.

— Je vois, répond Gray.

— De quel type d'espace ça parle? D'un espace de travail?

Gray se lève et passe les doigts au-dessus du carré lumineux pour vérifier si quelque chose apparaît. Rien. Il touche le mot « Exploration ».

Une liste de nombres défile. Un chiffre « 1 » se détache.

Une explosion retentit brusquement dans la pièce silencieuse. Je plaque les mains sur mes oreilles tandis que des images apparaissent sur le carré bleu. Des scènes réelles : une lune dans un ciel, un genre de conteneur mobile blanc qui crache des flammes brûlantes et des gens qui marchent dans des rues très différentes de celles de Canaan. J'aperçois des immeubles métalliques s'étirant jusqu'aux nuages et des centaines de charrettes fermées sans rien pour les tirer qui vrombissent à des allures incroyables. Il y a des vêtements bizarres et d'étranges couleurs de cheveux, aussi. Une petite fille tient une créature qui ressemble à un gigantesque insecte de la moitié de sa taille et couvert de poils.

Le visage d'un homme au crâne pratiquement rasé emplit soudain le carré de lumière. Il est cinq fois plus grand que la normale. Il sourit. Ce n'est pas réel. Il ne peut pas être là. Sauf qu'il a l'air très vrai. Et qu'il me regarde droit dans les yeux. Il prend la parole.

« L'entreprise Exploration Spatiale du Nouveau Monde vient d'annoncer le projet Canaan, un projet commun mis en place afin de coloniser la première planète habitable connue de notre galaxie… »

L'image cède la place à une nouvelle explosion de flammes. Un autre réceptacle blanc s'élance au milieu des étoiles. Est-ce une machine volante?

« Soixante-quinze femmes et soixante-quinze hommes choisis parmi les meilleurs d'entre nous quitteront la Terre pour un voyage unique visant à étendre les frontières de l'exploration humaine. »

Le carré sur le mur montre une machine volante lancée à toute allure dans le ciel à l'approche d'une sphère verte et jaune entourée de trois plus petites. L'homme dit : « 39 413 958 467 871 kilomètres. 4,17 années-lumière, 1,28 parsec de la Terre. »

La musique devient plus forte. La planète verte et jaune se rapproche.

« Nous mènerons une expérience inédite à ce jour et nous explorerons cette galaxie afin de bâtir une nouvelle civilisation. Parce que nous osons le faire. »

Le son et les images s'arrêtent. Gray est toujours debout, parfaitement immobile. Il tend le bras et touche de nouveau le carré qui s'anime encore sous nos yeux.

C'est plus facile d'écouter les mots maintenant que je suis habituée aux images. L'homme explique que Canaan est le nom d'une civilisation qu'ils sont partis fonder : un cercle de pierre d'un kilomètre de diamètre, à exactement 39 413 958 467 871 kilomètres de distance d'un endroit appelé la Terre. Ce sont les mêmes numéros que ceux du code dont je me suis servie pour entrer dans la pièce.

Gray met les mains derrière sa tête, encore tournée vers le carré lumineux. Nous ne bougeons pas et restons muets. Je ne sais pas ce qu'il y aurait à dire, de toute manière. Tout ? Rien ? Je pensais que les personnes qui avaient construit Canaan arrivaient de l'autre côté des montagnes. Mais elles venaient des étoiles. Et elles ont tout oublié. La liste de chiffres réapparaît au bout d'un long moment. Gray appuie sur le « 2 ».

Nous regardons un groupement d'images similaire défiler comme un récit. Il évoque une vision de Canaan. Des voix provenant de gens que nous ne voyons pas nous la décrivent.

— Fonder et peupler la première civilisation qui vivra en harmonie avec elle-même et avec son environnement. Telle est notre mission, explique un homme d'un ton confiant.

— Pour vivre sans guerres, sans argent, sans industries et sans déchets, annonce une voix féminine.

— Dans l'autosuffisance et le respect de l'environnement, poursuit une autre.

— Un Nouveau Monde, déclare une troisième, où les êtres humains fonderont une communauté solide grâce au travail effectué de leurs mains. Dans la paix et l'équité…

— Avec une technologie minimale, ajoute une voix d'enfant.

— Nous vivrons sans électricité parce qu'il n'y aura pas d'électricité.

— Nous ferons avancer le savoir de la race humaine. Nous créerons la société parfaite.

— Parce que nous l'osons, concluent tous les intervenants.

J'ignore ce que sont l'argent, l'industrie, la technologie, ou l'électricité. Mais j'ai assisté à des bains de sang.

Le récit suivant est plus long. Il montre le processus de sélection des candidats choisis pour venir à Canaan. Architectes, ingénieurs, mécaniciens, chimistes, experts agricoles, physiciens, médecins, psychologues… Je ne comprends pas la moitié de ces termes, mais d'après ce que je vois, beaucoup de ces gens ne parlaient pas la même langue. Ils ont dû en apprendre une qui s'appelle l'anglais. Je n'ai jamais réfléchi au fait qu'un humain pouvait s'exprimer différemment d'un autre. Et ils ont passé des tests. Pas simplement dans leur commerce ou compétence particulière, mais pour vérifier leur niveau de stress, d'ingéniosité, d'empathie et leur état de santé. Et pour repérer des défaillances au sein de leurs familles.

Après ça, ces cent cinquante personnes sélectionnées ont reçu une formation d'« artisan ». Nous voyons un homme qui se présente comme un «nutritionniste» assister à sa première leçon de poterie. Il n'est pas très doué. Il rit et ceux qui sont réunis autour de lui sont eux aussi hilares. Ils portent le même genre de vêtement que celui que j'ai trouvé dans la pièce de repos derrière nous.

— Attends, Gray! Est-ce que tu peux l'arrêter ici?

Nous avons découvert qu'en passant la main au-dessus de l'histoire en cours, on pouvait en modifier le déroulement. Comme si nous figions le temps. Gray appuie sur le symbole qui stoppe les images.

— Regarde, fais-je. Sur la droite, vers le fond. On dirait Jin.

Gray se recule un moment avant d'approcher plus près.

— C'est vrai.

Jin a l'air si jeune. Mais son sourire et la position de ses mains sont exactement les mêmes. Jin est né à trente-neuf mille milliards de kilomètres de l'endroit où nous nous trouvons. Et je ne crois pas qu'il le sache. Je déteste vraiment l'Oubli.

— Attends, je répète.

Je me lève de ma chaise et tends le bras pour réactiver les symboles, frôlant celui du livre au passage. Des mots surgissent à nouveau. Je choisis « Individus », cette fois. Une liste de patronymes se matérialise. Les gens en ont deux, voire trois. Ils n'ont rien à voir avec une habileté particulière et sont tous classés par ordre alphabétique. C'est très étrange. J'en touche un au hasard : Barkhust, Amelia. Le visage d'une femme apparaît aussitôt sur le carré de lumière. Amelia Barkhurst est née dans un endroit nommé les États-Unis, elle était ingénieure sur Terre et est devenue tisserande à Canaan, mariée, et mère de plusieurs enfants venus au monde après son arrivée. Ça ne dit pas si ni quand elle est morte. Elle ne me rappelle personne, en tout cas.

— Cherche Jin, suggère Gray. Non, attends. On ne le trouvera pas. Il devait s'appeler autrement avant l'Oubli. Il faudrait les passer tous en revue…

Je retourne à la liste et j'en choisis un nouveau au hasard. Gara, Ketan. Né en Inde, astrophysicien, avec sa spécialité en commentaire : étude de la comète de Canaan, qui apparaît tous les douze ans. Le mot « comète » est en couleur. On peut toucher ces mots en couleurs, comme j'en ai déjà fait l'expérience. Je le fais. Canaan surgit alors, entre des fougères et des rochers. Mais ces images sont moins claires que les précédentes. Elles paraissent tordues, comme si on les observait en plissant les yeux. Le soleil levant zèbre les nuages, puis il devient extrêmement brillant, au point qu'il est impossible à regarder. Il scintille comme le métal de nos portes et de nos tables. Comme du verre. Oui. Un ciel de verre brisé…

Je recule.

— Gray… C'est à ça que ressemblait le ciel juste avant l'Oubli.

Je me rassois. Je me revois glisser et tomber dans la rue.

— Comment c'était? me lance Gray. Il y avait du bruit?

Non. Le ciel chatoyant était lumineux et silencieux. La chose nommée comète en serait donc la cause.

— C'est comme une tempête? me demande-t-il.

Je suis incapable de répondre à cette question. Je fixe les images. Je refuse l'idée que quelque chose puisse provoquer l'Oubli. Que nous n'aurions aucun moyen de l'empêcher.

Gray fait défiler les images, revient à Garan Ketan, puis de nouveau à la liste.

— Et Rose? fait-il.

Je me lève. Il a raison. Si Jin compte parmi les individus sélectionnés pour le projet, alors, Rose devait s'y trouver, elle aussi. Retrouverait-elle la mémoire si nous pouvions lui expliquer qui elle était? Je commence à passer les noms en revue, quand un des premiers attire mon attention. Je le touche.

Le visage souriant de Janis apparaît. Elle est très jeune. C'est une fillette, mais elle est parfaitement reconnaissable. Elle a des yeux profonds et des cheveux sombres au lieu de blancs. Les informations rapportent que Janis Atan n'est pas née sur Terre, mais sur *Centauri*, la machine volante qu'ils appellent un vaisseau et qui a transporté les gens à Canaan, et que ses parents étaient tous deux chimistes. Je ne souhaite plus qu'une chose, soudain : connaître l'âge de Janis.

Je pivote vers Gray pour le lui dire, mais il fixe la figure lumineuse, immobile, son expression neutre. Cette petite scène me rappelle deux moments : la fois où il s'était arrêté au milieu d'une phrase en me voyant arriver avec Janis à la Fête, et la fois où il m'avait regardée à la cascade quand il avait compris comment j'avais su pour ses brûlures.

— Explique-moi pourquoi Janis n'a pas changé de nom, me lance-t-il.

Je tourne de nouveau la tête vers l'image au mur.

— Elle a dû tenir un livre…

— Pourquoi une fillette aurait fait une chose pareille avant le premier Oubli ? Toutes ces histoires, tout ce qu'on vient de voir… Les gens qui sont venus ici ignoraient qu'ils perdraient la mémoire. Ils n'avaient aucune idée de ce qui les attendait. Ils n'étaient pas préparés. Qui était au bassin tout à l'heure, à ton avis ?

Je repense à la silhouette ombreuse fuyant à toute allure le long des fougères et dévalant la pente jusqu'à la cité. Ça aurait pu être Janis dans ses robes noires. Mais je ne pourrais pas l'affirmer. Gray semble sur le point d'exploser.

— C'était Janis. Et tu avais raison, Nadia. Sur tout. Tout ce que tu as dit dans la pièce de repos de Rose à propos de celui ou celle qui avait dû rédiger le Premier Livre. La façon dont il ou elle aurait pu comprendre si vite et s'exprimer de cette façon. Tu as raison de vouloir voler le Premier Livre parce que Janis l'a bien écrit. Elle est venue au bassin aujourd'hui parce qu'elle sait que la porte s'y trouve. Et elle le sait pour la même raison qui explique qu'elle n'a pas oublié son nom.

Il me dévisage.

— Parce que Janis est comme toi : elle n'a jamais oublié.

Père m'a dit de toujours écrire la vérité. Mais pour écrire la vérité, encore faut-il la connaître. C'est parce que je la connais que je suis si seule.

NADIA LA FILLE DE LA TEINTURIÈRE
LIVRE 14, PAGE 22, 3 SAISONS AVANT L'OUBLI

CHAPITRE 14

— Je ne comprends pas, dis-je.

Et c'est un euphémisme. Gray pense vite et bien, mais il tire des conclusions hâtives, cette fois.

— Si Janis n'a jamais oublié, pourquoi on ne nous l'a pas dit?

Gray n'a pas les réponses à mes questions. Il est absorbé par le visage souriant, sur le mur, comme si on l'avait ligoté à la plaque de l'horloge à eau. Ce doute que j'avais enfoui avant que l'on ouvre la porte s'empare de nouveau de moi.

— Si je te demandais de faire quelque chose pour moi tout de suite, tu le ferais? me demande Gray.

J'ignore comment réagir. Il me regarde intensément.

— Est-ce que tu le ferais sans me poser de questions, Nadia? Serais-tu capable de me faire confiance pendant une demi-cloche? C'est tout ce que j'attends de toi. Je répondrai à toutes tes questions, après ça.

J'ai envie de lui dire que je l'ai attendu quand il est retourné chercher nos affaires. Et qu'il me doit déjà soixante-quatorze réponses. Mais mes doutes s'enracinent et m'enlèvent tout sens de l'humour. Je ne veux pas devenir comme ça. Je veux que tout redevienne comme avant. Gray s'avance et soulève la cordelette de mon collier pour passer son pouce sur le verre bleu, puis défait le bracelet de métal et le place dans le creux de ma main.

— Mémorise-le.

Je fronce les sourcils.

— Tu veux le laisser ici?

— Pourquoi tu crois que ta maison et celle d'Anson ont été fouillées?

Je n'y avais pas pensé.

— Fais-le, s'il te plaît, Nadia. Et pas de question. Pas encore.

Il a peut-être raison. Toute cette histoire nous concerne ma famille et moi sans que je comprenne très bien pourquoi. Et tant que je n'en sais pas plus, cet endroit restera le meilleur qui soit pour conserver le code, en dehors de ma mémoire. Gray se détourne, les bras croisés, évitant soigneusement de regarder les chiffres. Je m'assure de bien les visualiser dans mon esprit avant de déposer le bracelet sur la table.

Gray quitte alors la pièce blanche sans un mot. Je lui emboîte aussitôt le pas. La porte se referme derrière nous. Les tubes s'éteignent tandis que ceux dont nous avons besoin pour avancer nous ouvrent la voie. Quelque chose ne va pas. Je sens un danger imminent. J'ai beaucoup plus peur qu'à notre premier passage dans ce couloir.

Une fois devant la sortie, Gray se tourne vers moi.

— Dis les chiffres dans ta tête.

Je les connais par cœur, je fais ce qu'il dit. Il appuie ensuite sur le verre rouge du bout du pied. La porte se déverrouille, puis nous nous retrouvons dehors dans les jeunes fougères.

Les fleurs des jours sombres s'épanouissent, leur odeur épicée et âcre est aussi forte que le rugissement de la chute d'eau et la brume du bassin. Ma montagne a beau scintiller et les lunes projeter leur lumière argentée, je n'appartiens pas à ce lieu. Les humains ne sont pas d'ici. Nous venons d'un endroit qui s'appelle la Terre. Je ne sais pas si Gray pense à la même chose. Ou à notre saut. Ou à moi. Il m'a confié, dans la pièce blanche, qu'il espérait que je ne regrettais pas. Comme si c'était possible… J'entends la porte se refermer toute seule.

Nous longeons le bord du bassin, remontons la gorge jusqu'à la pente herbeuse, et contournons le bas de la montagne. Gray ne dit rien. Je ne pose aucune question non plus. Pas parce qu'il m'a demandé de ne pas le faire, mais parce que je ne veux pas de réponses. Pas tout de suite. Mon échelle est suspendue au mur comme une enseigne. Si c'était bien Janis tout à l'heure, au bord du bassin, et si elle vient parfois de ce côté, alors, elle sait que quelqu'un est sorti de la cité. Gray a-t-il raison? Peut-être est-elle au courant depuis longtemps et n'a-t-elle pas encore décidé du jour où je me ferai attraper. Peut-être que tout ceci n'est qu'un jeu.

Gray me soulève jusqu'à l'échelon du bas. En l'attendant en haut du mur, j'observe la Fête et les torches luisantes au loin et j'écoute le son étouffé de la musique et des clameurs. Les rues sont vides. Quand j'arrive dans le jardin de Jin, j'ai l'impression d'avoir regardé les images projetées sur le mur de la pièce blanche en marche arrière. D'avoir remonté le temps.

Je reste debout, immobile. Gray fait basculer l'échelle, puis va cacher la perche. La culpabilité, d'aussi loin que je m'en souvienne, a un goût amer. La peur, une saveur infecte. Il s'assoit au bord du mur et se penche en avant, les coudes plantés sur les genoux, la tête entre les mains. Il prend un moment avant de parler.

— Ça fait des semaines que nous jouons à notre petit jeu, commence-t-il, et tu ne m'as jamais posé la bonne question : qu'est-ce que je faisais dans le jardin de Jin, ce jour-là?

J'avais pensé à cette question. Je pensais connaître la réponse.

— Au vingt-cinquième jour de lumière, Reese est passé à l'atelier alors que j'étais seul pour me prévenir qu'on m'attendait à la Maison du Conseil. Je ne savais pas ce qu'on me voulait. J'ai supposé que Jonathan voulait me voir, mais, une fois là-bas, c'est Janis qui m'a reçu. Elle m'a offert de quoi manger et interrogé sur mon travail. Elle a dit des choses gentilles. Puis elle m'a expliqué qu'elle se faisait du souci pour ta famille. Que l'Oubli avait sûrement altéré l'esprit de ta mère, elle semblait dire qu'elle risquait de faire du mal à quelqu'un. Janis cherchait des informations, mais elle voulait rester discrète. Pour ne pas inquiéter les voisins. Et elle voulait que je les obtienne de toi.

Je devine où cette conversation nous amène. Le doute se transforme en certitude, et la certitude en douleur poignante.

— Je lui ai répondu non, poursuit Gray. Que ce n'était pas possible. Que tu ne me parlais pas, ni à personne, d'ailleurs, et que cette histoire ne me concernait pas. Elle a juste souri et dit qu'elle comprenait, puis elle m'a demandé comment j'avais géré l'Oubli, et si je m'étais déjà rendu aux Archives, si j'avais déjà lu mes anciens livres.

Gray se redresse.

— Je n'ai jamais été consulter mes vieux livres. Parce que je croyais qu'ils ne m'appartenaient pas, mais qu'ils étaient ceux du vrai fils du souffleur de verre, celui qui est mort ou qui s'est perdu. Et la seule chose à laquelle j'ai pensé, c'était : et si j'y découvrais quelque chose? Quelque chose qui ne colle pas? Tout était tellement chaotique, après l'Oubli. J'étais jeune, sale et brûlé. C'est Arthur des métaux qui m'a trouvé sur le toit, mais il y avait d'autres personnes avec moi. Les membres du Conseil eux-mêmes avaient bien du mal à reconnaître tous ces visages. Rose m'a pratiquement rasé la tête avant mon départ de la Maison des Perdus, j'ai toujours veillé à porter des manches longues par-dessus mes cicatrices et à éviter Arthur comme le poison. Mais je m'étais peut-être montré négligent. Et s'il m'avait reconnu, après tout ce temps? Dans ce cas, mes parents et moi…

Il n'a pas besoin d'en dire plus. Je sais parfaitement ce qui leur serait arrivé.

— Et là, Janis m'a demandé de réfléchir à sa proposition. C'est comme ça que j'ai compris. Janis savait que j'avais été

Perdu et ce que mon père avait fait. J'étais coincé. J'ai balancé toutes les informations que j'avais sur ta mère et toi. Tout ce qui me venait en tête.

Je ferme les yeux.

— Mais mes réponses ne la satisfaisaient pas. Ce n'était pas assez. Du coup, elle a suggéré que je passe du temps avec toi pour t'interroger. Que je me renseigne sur l'état de ta mère. Des mots, des chiffres... un héritage.

Ce mot me fait sursauter.

— Pour pouvoir l'aider, a-t-elle expliqué, et en apprendre plus sur l'Oubli. Mais nous savons maintenant ce qu'elle cherchait vraiment et ce qu'elle cherche toujours : le code d'accès à la pièce blanche. Elle m'a dit de revenir trois jours plus tard pour lui faire un compte rendu de mes découvertes et qu'elle se chargeait de mettre notre conversation par écrit pour m'éviter de le faire, ce qui m'a soulagé. Ça signifiait qu'elle aurait oublié toute cette affaire bientôt. Et qu'elle m'autorisait à oublier, moi aussi. Si je faisais ce qu'elle me demandait, toute cette histoire disparaîtrait. Alors, je t'ai suivie. J'ai essayé de comprendre ce que tu trafiquais et de parler avec toi. Mais tu étais dure comme le roc. Quand je t'ai vue aller chez Jin, j'ai aussitôt été le trouver pour lui proposer de l'aider à écrire son livre. Mais au bout de trois jours, je n'avais toujours rien. Janis m'a clairement signifié sa déception; je suis parti de chez elle en nage. J'ai donc passé le repos suivant sur le toit d'Eshan, à surveiller ta maison. Et qu'est-ce que tu as fait? Tu es sortie. Et, d'après toi, qu'est-ce que je t'ai vue faire?

Passer de l'autre côté du mur.

— Je n'en revenais pas. Je me suis assis dans l'angle du jardin et j'ai attendu. J'avais pris ma décision avant ton retour : je ne dirais pas tout à Janis si tu m'emmenais. Je t'obligerais à me parler et à me révéler des choses sur ta famille. Je recueillerais juste assez d'informations pour qu'elle me laisse tranquille. Et je suis allé de l'autre côté du mur avec toi, et tu m'as tendu mon passé comme un cadeau. Je me suis rendu chez Janis directement à mon retour. Je lui ai raconté tout ce que je pouvais et j'ai menti sur le reste. Et c'est ce que je fais depuis, chaque jour. Je te mens à toi, je lui mens à elle. Tout ça n'est qu'un vaste mensonge.

J'avais fait un choix dans la pièce de repos de Rose. Et je savais que j'en paierais le prix. Il me semblait que ça avait commencé dès le lendemain, quand Mère s'était planté le couteau dans le bras, mais je comprends soudain que ce moment vient à peine d'arriver. Maintenant, je paye. Je pensais connaître la douleur, mais je n'avais encore aucune idée de celle que le fils du souffleur de verre pourrait m'infliger.

— Je ne te demande pas de me pardonner. Je pense savoir ce que tu vas faire. Mais laisse-moi d'abord tout te raconter.

J'ai l'impression d'avoir couru. Je m'adosse contre l'arche et détourne la tête pour éviter Gray.

Après un long silence, il reprend :

— Peut-être que je me souviens. Au moins un peu. Parce que la première fois que je suis retourné au Centre d'apprentissage après l'Oubli, je ne savais plus qui tu étais, mais je voulais le savoir. Tu ne m'adressais jamais la parole et tu ne me regardais même pas. Mais plus tu m'ignorais, plus j'avais envie de te connaître. Les choses ont duré comme ça pendant des années. Le jour où j'y ai été un peu trop fort, tu m'as giflé. Je le méritais sûrement. Tous les élèves pensaient que tu nous méprisais. Que tu te croyais supérieure. Mais je sais reconnaître un Perdu, avec ou sans livre, quand j'en croise un, Nadia. Je voulais comprendre pourquoi.

Il fait un bruit. Une expiration. On dirait un rire sans joie.

— Alors, quand, Janis a commencé à me faire son chantage, une partie de moi a aussitôt accepté de se plier. Tu me fascinais. Je voulais t'espionner. Et lorsque je t'ai surprise en train de franchir le mur, j'ai rêvé que tu m'emmènes. Que tu souhaites passer du temps avec moi. J'avais conscience que Janis jouait à un jeu malsain et qu'au final, il faudrait te trahir. Mais je voulais d'abord t'attirer. Et j'y suis arrivé, on dirait. Quel brillant stratège.

Je revois Gray flottant dans le bassin, effleurant mes lèvres. Je préférais la Nadia des jours de lumière. Lorsque je contrôlais la situation. Quand je me protégeais de la douleur. Quand j'étais seule.

— Tu sais tout. À toi de décider de ce que tu comptes faire. Je dois retrouver Janis à la cloche du repos. Il ne me reste plus beaucoup de temps pour inventer de nouveaux mensonges. Elle ignore que tu es passée de l'autre côté du mur et que tu te souviens, mais elle est au courant de tout en dehors de ça. Je devais lui donner une partie de vérité. Une grande partie. Et je ne crois pas qu'elle oubliera. Pas toi?

Il attend, mais je ne réagis pas.

— Si tu veux toujours que je t'aide à voler ce livre au prochain éveil, je le ferai. Tu me trouveras ici, sur ce toit, juste après la cloche du départ. Si jamais tu ne veux plus… Si tu ne viens pas, je te laisserai tranquille.

La musique de la fête se tait. La foule applaudit. Les acclamations résonnent dans l'air comme un coup de tonnerre. De l'eau coule le long de mes joues.

— Ne viens pas demain, dis-je. Tu perdrais ton temps.

J'entends Gray se lever, traverser la pelouse et s'immobiliser en haut des marches.

— Une dernière chose que tu devrais savoir, me lance-t-il. Je crois bien que je t'aime.

J'erre jusqu'à la maison complètement hébétée au milieu de gens persuadés de rentrer chez eux. Ils ne savent pas qu'ils vivent à trente-neuf mille milliards de kilomètres de distance de leur vrai foyer. J'ai conscience que Mère devra me trouver dans mon lit à la cloche du repos et que je devrai avoir une discussion avec Genivie, qui m'avait poussée à sortir pour que j'arrête de penser au lendemain. Mais je ne veux plus jamais penser au lendemain. Je ne veux pas penser que je ne peux rien dire à Genivie. Je ne peux plus penser du tout.

Un rugissement gronde au loin et des nuages masquent les étoiles au-dessus des montagnes. Les pluies des jours sombres approchent. Sûrement pour le prochain éveil. Je gagne la ruelle entre ma maison et celle des voisins. Tandis que je jette un coup d'œil par-dessus mon épaule, j'aperçois Eshan rentrer chez lui. Nos regards se croisent. Il commence à traverser, mais je soulève le loquet, j'entre et je verrouille la porte sitôt de l'autre côté.

La maison est sombre et silencieuse. Étouffante après toutes ces heures passées dehors dans le froid. La voix de Liliya s'adressant à Mère résonne dans le couloir plongé dans le noir. Je me glisse dans ma pièce de repos et trouve Genivie endormie en position assise, son livre sur les genoux. Je lui retire sa plume et son livre, les mets à côté de son matelas, et j'enroule ma petite sœur dans ses couvertures. Dans la lueur de la pièce, je m'aperçois à quel point la robe blanche est miteuse et froissée, et mes cheveux emmêlés. Je suis contente que Mère ait épuisé Genivie, aujourd'hui. Un simple regard et ma petite sœur comprendrait que la Nadia des jours de lumière est de retour. Et je ne veux pas me retrouver confrontée à sa déception. Nadia disparaîtra bien assez vite. Dès que Genivie oubliera.

La cloche du repos sonne. Mère pointe une tête par la porte. Elle compte les corps, sourit, puis s'en va sans remarquer mon état. J'ôte ma tunique et mes collants sales et enfile une tenue de repos. Je retire ensuite la cordelette avec le morceau de verre bleu et le pose sur une étagère. Mon cou paraît léger, vide, sans lui. Je me suis déjà habituée à son poids. Gray est doué. Très doué pour se faire aimer de tout le monde. Je m'étends sur mon lit, puis je compte les cloches jusqu'à ce que Genivie se lève pour partir au Centre d'apprentissage. Le moment venu, je fais semblant de dormir et j'attends que Liliya emmène Mère à la teinturerie.

Je ne me rends pas aux Archives. Quel intérêt ? Je n'y vais pas durant quatre jours. Il pleut. Gretchen m'envoie un mot auquel je ne réponds pas. Je ne parle pas. J'écris. Dans mon livre secret, tout ce que ma mère et mes sœurs pourraient avoir besoin de savoir si jamais les leurs s'égaraient. Genivie est déçue. Elle s'inquiète pour moi.

Le cinquième jour, j'enfile une vieille tunique et je pars vérifier si Karl a terminé mon nouveau livre. Ce n'est pas le cas, et sa boutique est envahie de personnes en colère paniquées à l'idée de ne pas pouvoir consigner tous leurs souvenirs avant l'Oubli. J'entends même le potier accuser Karl de ne pas s'occuper des livres de ceux qu'il n'aime pas pour en faire des Perdus.

J'esquive ces discussions et je me dirige vers la rue du Méridien sous les bourgeons des arbres de l'Oubli jusqu'aux bains. Là, je confie mes vêtements sales et signe le registre pour l'entraînement. J'ai pris du retard côté exercice, mais je préfère le faire pendant les jours sombres, quand il fait humide et que le vent souffle fort.

Je longe deux fois le mur en courant sous la pluie froide qui me pique la peau. Je lève la tête malgré moi lors de mon deuxième passage devant les Archives. Quelqu'un se tient debout dans le jardin de Jin, les bras croisés sous l'orage et les nuages effilochés qui cachent les lunes. Ce n'est pas Jin. Gray vient-il m'attendre tous les jours ?

J'accélère mon allure en faisant comme si mes larmes étaient de la pluie, puis je gagne les bains vaporeux dans la lumière des lampes à huile, toujours en pleurs. Je reste là jusqu'à ce que j'aie trop chaud et que Rose arrive. Elle s'assoit derrière moi et essore mes cheveux avant de les tresser. J'ignore pourquoi elle s'occupe de moi, mais je ferme les yeux et me laisse faire en me représentant son visage ridé et ses mains habiles. Elle n'est pas née sur cette planète. Elle a été choisie. Rose s'est retrouvée dans une machine qui l'a transportée au milieu des étoiles jusqu'à Canaan. J'aimerais l'aider à se rappeler.

Elle commence à me parler tout en faisant courir ses doigts dans mes mèches.

— Je n'ai pas les nouvelles que vous m'aviez demandées concernant votre mère. Mais j'ai pensé que cela vous intéresserait de savoir que Chandi le maçon est venu à la Maison des Perdus et qu'il a rebouché les trous et réparé la clôture. De plus, nous avons de nouvelles portes, très solides.

Son ton me met mal à l'aise. J'ignore si Rose estime que c'est une bonne ou une mauvaise chose. C'est étrange, de faire ce genre de travaux juste avant un Oubli. Maintenant que je l'écoute, je remarque qu'elle s'exprime avec le même accent que celui que j'ai entendu dans la pièce blanche. Un peu comme celui de Janis.

— Pourrez-vous le dire à Gray? me demande-t-elle. Ce sera beaucoup moins facile de venir, dorénavant.

J'opine à ces mots et enfile mes sandales. Rose croise les mains sur ses genoux.

— Il reste très peu de temps avant l'Oubli, Nadia, fille de la teinturière. Mieux vaut ne pas le gâcher.

Sur le chemin de la maison, je constate une sorte de contraste dans les rues. Certaines personnes rient et boivent comme si la Fête n'était pas finie alors que d'autres ont les traits tirés et se dépêchent de rentrer chez elles, les bras chargés de provisions. Je note mentalement les noms de ceux que je connais. Michael, Chi et Veronika font des messes basses dans la rue du Méridien, à l'abri sous les arbres. J'entends Veronika dire « De l'autre côté du mur. »

Le tonnerre gronde.

J'arrive chez moi. Un éclat jaune brille dans notre réserve. Une lumière douce et rassurante comparée à celle de la pièce blanche dans la montagne. Mère s'y trouve. Elle remplit des pots de confiture et rompt le pain. Le couteau doit être dans les pommes de terre. Je devrais laisser Mère tranquille. J'ai tendance à l'agacer. Mais je meurs de faim, tout à coup. Je crois que j'ai oublié de manger. Depuis hier. C'est sûrement pour ça que mes mains tremblent.

— Liliya est à la maison, m'annonce Mère, tandis que je lui prends le pot de confiture des mains. Nous n'allons pas travailler.

Je me demande si cela signifie que Mère ne s'en est pas bien sortie à la teinturerie. Elle se débrouille bien, en général, quand on lui confie une tâche dont elle a l'habitude. J'attrape une cuillère afin de lui préparer une tartine, puis une pour moi. Elle m'observe. Elle est sur ses gardes.

— Tu portes le bracelet, déclare-t-elle.

Je repense à Gray défaisant mon collier.

— Je ne l'ai plus, Mère.

— Ne l'écris pas.

Une petite brise se lève soudain sur mon brouillard mental. Comment Mère a-t-elle reconnu ce bracelet? Et quand l'a-t-elle vu? Mon livre avait disparu lorsque je l'ai laissée quitter sa pièce de repos, après l'Oubli. « Le livre de Nadia ne va pas. » C'est ce que Mère a toujours dit. Mais était-ce parce que je le disais moi-même, ou pour une autre raison?

— D'où vient ce bracelet, Mère?

— *Potomu chto ya smeyoo*, répond-elle du tac au tac, dans ce baragouin étrange que j'avais pris pour du délire le jour où Arthur et Anson avaient fouillé sa pièce de repos.

— *Potomu chto ya smeyoo*, répète-t-elle avant d'ajouter : parce que j'ose.

Puis elle croque dans son pain. Un peu de confiture tombe sur le livre à son cou. Je revois les images défiler sur le mur de la pièce blanche et réentends la voix tonitruante.

Nous bâtirons une nouvelle civilisation. Parce que nous osons le faire…

Et là, dans la réserve, ma tartine à la main, je comprends ma mère pour la première fois. Elle se rappelle. Pas tout, comme moi, ni une image comme Liliya. La tête de Mère doit être pleine de morceaux épars, d'une confusion de gens, de lieux, de demi-souvenirs. Elle a la mémoire de souvenirs qui doivent remonter à au moins quatre Oublis et qui la rendent folle.

— Parce que j'ose, je reprends. Quelle est l'autre manière de le dire, déjà, Mère?

— *Potomu chto ya smeyoo.*

Elle sourit. Je repense aux symboles sur le bracelet et au fait que les membres du Projet Canaan ont dû apprendre à utiliser la même langue. Mes grands-parents ou arrière-grands-parents ont dû naître sur Terre. Est-ce ainsi qu'ils s'exprimaient? J'ai du mal à l'imaginer. Je regarde Mère avec une curiosité soudaine. J'ai déjà tenté l'expérience, mais elle avait ingurgité une grande dose de boisson de sommeil, à ce moment-là.

— Mère… Qui est Anna? fais-je doucement, les yeux baissés sur ma tartine.

Je vois pratiquement le combat qui se livre dans son cerveau. Mère devait être jolie, autrefois. Autant que Liliya.

— Anna était la première, murmure-t-elle.

Et là, je comprends. Anna était la première-née, la plus âgée, celle qui me mettait au lit quand je ne voulais pas me coucher. Celle à qui j'allais ressembler comme deux gouttes d'eau en grandissant. Ma sœur aînée.

Liliya l'a sûrement occultée au moment de l'Oubli. Mais moi, je l'ai oubliée naturellement. Je devais avoir à peu près deux ans, la dernière fois qu'elle est mentionnée dans mon livre. J'observe Mère manger de la confiture directement dans le pot tout en repensant à sa terreur de trouver un lit vide. Quelque chose en elle se souvient qu'un lit est vide alors qu'il ne devrait pas l'être. Qu'un de ses enfants manque. Que voit Mère quand elle me regarde? Anson le planteur et toute la douleur liée à cet homme. La tristesse m'étreint tout à coup pour Mère, Anson et cette sœur dont je ne me souviens pas.

— Nous devons écrire la vérité, déclare soudain Mère.

Elle a reposé la confiture et m'essuie les doigts sur un morceau de tissu comme lorsque j'étais petite.

— Tu écris bien la vérité, Nadia?

Je n'en suis pas sûre. J'essaie. Mais qu'est-ce que la vérité, à Canaan? Janis nous ment, et on ne nous ne la révèle pas plus au Centre d'apprentissage. Mon père l'a transformée; ma Mère l'a à moitié occultée; et l'Oubli la vole. Mais l'Oubli n'a pas volé la vérité à Janis, n'est-ce pas?

Je réalise soudain que Janis, notre bienveillante chef qui prend si bien soin de nous et qui porte toujours son ancien nom, doit être parfaitement au courant de ce qui se passe avant un Oubli. Elle le sait, et elle laisse faire. Il ne serait pas difficile pour le Conseil d'enfermer des familles, de vider les rues et d'inscrire tout le monde comme ils l'ont fait lors du comptage. De marquer chaque homme, chaque femme et chaque enfant. Il suffirait que Janis le demande, ou qu'un membre du Conseil comprenne que les gens ont besoin de ça.

Mais ils ne comprennent pas. Ils ne se souviennent pas, et elle ne leur demande rien. Nous lui avons fait confiance. Nous avons présumé que tenir un livre était la meilleure solution sans jamais exiger de savoir pourquoi. Accepté l'idée que c'était la seule manière de vivre simplement parce que nous avons oublié le passé. Mais les choses ont été différentes, et Janis le sait. Comme elle a su contraindre et menacer Gray.

Et maintenant que les nuages qui embrumaient mon

esprit se dissipent, la vérité s'écoule comme la pluie le long d'une vitre : il n'y a jamais eu de raison que quiconque se retrouve Perdu. Janis sait parfaitement qui sont ces gens. Ils sont Perdus, car elle a laissé faire ou elle l'a voulu. Elle a certainement autorisé que ces bébés non inscrits soient retirés à leurs mères, et des garçons comme Gray à leurs pères. Elle sait qui est Rose. Elles étaient ensemble à bord du vaisseau, le *Centauri*. Janis connaît ma mère, nos noms, notre maison. Et sans doute l'identité de mon père.

Mais pourquoi tout ça? Si elle traque ce code, si elle a essayé de forcer Gray à le débusquer, cela signifie que Janis ne veut pas que quelqu'un sache ce que la montagne recèle ou que l'on découvre ce qu'elle-même cherche. Autrement, elle aurait pu frapper à ma porte et me demander le bracelet. Je le lui aurais probablement donné. Mais elle agit en secret, juste avant un Oubli, s'arrangeant pour que Gray n'écrive rien. Elle utilise des connaissances qu'elle a accumulées et dont personne ne se souvient pour tordre la vérité à sa guise et nous plier à sa volonté comme du verre en fusion.

Mais une personne à Canaan ne se soumettra plus. Une personne est capable de façonner sa propre vérité : moi. «Écris la vérité », m'a dit Mère. Mais pour le faire, il faut la chercher, et la trouver. Et je viens de rejeter le seul individu qui me l'ait servie sur un plateau, dans toute sa réalité et sa laideur.

Je lève les yeux sur Mère, qui essuie toujours mes doigts, presque à vif, et je fais alors une chose que la Nadia des jours de lumière n'aurait jamais osé faire. Je l'embrasse sur la joue.

Elle ne déteste pas ça autant que je l'aurais imaginé. J'attrape ensuite un bol et un bocal vide, je me précipite dans ma pièce de repos, prends le collier bleu sur l'étagère, et le passe à mon cou. Puis je sors de la maison et grimpe dans le jardin, fouillant à tâtons dans le noir autour des tiges de fruits à pain morts et humides, jusqu'à ce que je trouve le pot contenant la bouture. Je le brandis pour chercher de la lumière malgré la pluie. Il est rempli de vrilles de racines qui se balancent doucement.

Je redescends l'escalier, dégoulinante, pose la bouture, et pulvérise le bocal en mille morceaux à l'intérieur du bol. Jemma la fabricante de vêtements me dévisage par sa porte entrebâillée. La plante dans une main, les bris de verre dans l'autre, je m'engage dans la rue de la Fauconnerie et marche vers les réverbères de l'autre côté de la rue Newton, puis j'arpente la rue Sagan jusqu'à la rue Hubble. Il fait sombre sans l'éclat des lunes. Les nuages voilent les étoiles et le vent pulvérise de l'eau froide sur mon visage.

C'est peut-être imprudent. Je m'en fiche. J'ai vécu toute ma vie si angoissée à l'idée de souffrir, si bien que j'en suis paralysée. Je déteste la douleur, mais la peur encore plus. Et j'ai mangé de ce pain-là chaque jour de mon existence, à cause de l'Oubli. Je compte bien le recracher, aujourd'hui. Qu'est-ce que Gray aurait bien pu faire, de toute manière? Il n'allait quand même pas condamner ses propres parents. Et il m'a tout avoué. Il n'y était pas obligé et il n'en avait pas envie parce qu'il savait que la vérité me ferait fuir. Ce qui a failli se produire. Ça me conforte dans l'idée qu'il a sans doute dit la vérité.

J'arrive bientôt à hauteur de la maison de Gray. Je ne vois pas l'atelier depuis le coin de rue où je suis, mais l'odeur du four me parvient. Son père et lui doivent souffler du verre. Ma respiration s'accélère et un picotement remonte le long de ma colonne. Je fais un dernier pas, et je frappe à la porte.

C'est parce que je veux connaître la vérité que je suis seule. J'ai écrit ça, un jour, mais je crois que c'était faux. La peur de la douleur était la vraie raison de mon isolement. Aujourd'hui, je m'aperçois que la douleur et l'amour s'équilibrent. Je ne peux ressentir l'un sans ressentir l'autre.

NADIA LA FILLE DE LA TEINTURIÈRE
DANS LES PAGES VIERGES DE NADIA LA FILLE DU PLANTEUR
LIVRE 1

CHAPITRE 15

Delia la planteuse ouvre la porte. Elle fait une tête de moins que moi, elle est beaucoup plus ronde, et possède les mêmes yeux et la même carnation que Gray. Mais à la différence de son fils, ses cheveux sont doux et raides. C'est une belle femme dont le regard devient beaucoup moins agréable chaque fois qu'il se pose sur moi. Mais je vais devoir lui parler.

— Oui?

— Je…

Je me ressaisis et brandis le bol rempli de bris.

— J'ai du verre cassé pour vous.

— Apporte-le à…, fait-elle en désignant l'atelier. Et puis non, je m'en charge.

Parfait. Ça signifie que Gray est là.

— Je voulais vous demander si ça vous dérangerait de jeter un coup d'œil à cette plante. Je ne sais pas du tout ce que ça peut-être.

Je lui tends la bouture. Je suis sûre que Delia n'en a jamais vu de pareille. Ses pupilles s'écarquillent pile au moment où le tonnerre retentit et fait trembler l'air. De la pluie se met à couler le long de mon visage.

— Je peux entrer?

Delia hésite, observe de nouveau le bocal dans mes mains, puis ouvre un peu plus la porte.

— Merci, fais-je en me faufilant à l'intérieur avant qu'elle change d'avis. Je me demandais s'il fallait la planter maintenant ou pas, mais personne ne paraît savoir ce que c'est. Du coup, je me suis permis de…

Je risque de parler trop tellement je suis nerveuse, ce qui serait une première. De toute ma vie.

— Elles sont magnifiques, je m'exclame en m'arrêtant à côté de plantes des jours sombres alignées sous la fenêtre, tout en laissant de l'eau dans mon sillage.

Et elles le sont réellement. Les fleurs d'un blanc immaculé ont éclos désormais que les lunes sont levées. Le salon sent comme ma montagne. Je souris de nouveau à Delia, qui ne coopère pas plus. Je marche jusqu'à la table et pose le bol ainsi que la bouture sous la lampe suspendue. Mon hôtesse me tend un tissu de séchage avant de se baisser, d'écarter ses cheveux détachés, et d'observer les feuilles violettes. Je me demande si elle souhaite que je me sèche ou que je m'occupe du sol.

— Où est-ce que tu m'as dit que tu l'avais eue, déjà?

Je ne l'ai pas dit.

— Je l'ai trouvée dans notre jardin pendant les jours de lumière. Une de mes sœurs a arraché tout le reste, mais j'ai réussi à sauver cette pousse. Il y a un bourgeon de fleur, je crois.

— Non, me contredit Delia. Cette plante devrait donner des fruits, d'après moi.

Bien vu, Delia la planteuse.

Je fais tourner différentes questions à toute allure dans mon esprit.

— Et est-ce qu'elle est bonne à rempoter ou pas, selon vous?

Delia hume la bouture à cette question.

— Maman!

La porte de l'atelier claque derrière moi.

— Papa voudrait…

Je me redresse tout en me séchant la nuque. Gray reste figé sur le seuil du salon, bouche bée, pas rasé, en nage, et noir de suie. S'il avait une idée en tête en arrivant, elle s'est manifestement volatilisée. Nous nous dévisageons.

— J'ai apporté une plante à ta mère pour qu'elle la regarde. Je ne savais pas trop quoi en faire, mais j'y vois beaucoup plus clair, maintenant.

— En tout cas, elle ne se plaira pas à l'intérieur, commente Delia comme si nous n'étions pas là. Tu devras la planter sur ton jardin de toit.

— Très bien, dis-je.

Le regard de Gray glisse jusqu'au collier autour de mon cou avant de remonter sur mon visage.

— Ne pas aller sur le toit serait vraiment une erreur. Était une erreur…

— Une erreur? lance Gray.

— Oui, je lui réponds. Parce que j'aime… les plantes.

Il cligne lentement des yeux.

— Tu en es sûre?

— Absolument.

— Je les aime, moi aussi.

Delia se lève, les mains sur les hanches, avant de ramener son livre dans son dos.

— Eh bien, je ne sais pas ce que c'est, mais cette bouture est très intéressante. Je vais chercher ma loupe. J'en ai juste pour une minute.

Gray s'écarte pour laisser sa mère passer. Elle marmonne quelque chose à propos de dentelures sur le bord des feuilles. À peine a-t-elle disparu que Gray s'élance vers moi pour m'embrasser avec fougue. Il a un goût de métal et de fumée. Je fais courir mes doigts sur son torse et autour de son cou. La voix de Delia se rapproche déjà. Gray fait un pas en arrière pour se laisser tomber sur un long banc près de la table, tandis que sa mère franchit la porte. Elle se tait lorsqu'elle s'aperçoit que nous avons changé de place. J'ai même l'impression qu'elle a oublié qui je suis, pendant un instant. Je fais tout mon possible pour calmer ma respiration.

— Tu voulais quelque chose? lance-t-elle alors à son fils.

— Continue, maman, ne t'interromps pas, répond Gray, mais en me regardant. J'adore les plantes. Vraiment, déclare-t-il d'une voix rauque.

Je me demande si c'est à cause de la fumée ou de moi. Delia ronchonne.

— Ah oui? Et on peut savoir depuis quand?

— Depuis le coucher de soleil, quand j'avais sept ans.

— Tu mens vraiment très mal, se moque Delia.

— C'est vrai, consent-il.

Il n'est pas aussi mauvais pour la vérité. Je m'aperçois alors que, comme tout le monde, j'ai pardonné au fils du souffleur de verre. Comme s'il ne pouvait en être autrement. Quoi qu'il en soit, je pense qu'il m'a pardonné à moi aussi. J'aimerais que Delia nous laisse.

— Gray, dit-elle en observant les racines à travers sa loupe, va me chercher un pot de terre.

— Où?

— Comment ça, « où »? Tu sais très bien où.

— Je ne vois pas de quoi tu parles.

Il ne me quitte pas des yeux.

— Bon, tant pis. J'y vais moi-même.

À peine la porte refermée, je suis dans ses bras.

— Qu'est-ce que… Qu'est-ce qui se passe, fille de la teinturière? murmure-t-il entre deux baisers.

Je sens qu'il sourit.

— Je… je suis venue te présenter mes excuses.

— Excuses acceptées. Est-ce que nous allons voler le Livre?

— Oui.

Mes lèvres me picotent à force de baisers fougueux.

— J'ai besoin de la clé, alors.

Je recule pour mieux observer Gray. Ce que j'avais pris pour de la suie est une contusion violette.

— Qu'est-ce qui t'est arrivé?

Nous nous écartons au bruit du loquet. Delia revient avec Nash. Le souffleur de verre en sait plus que son épouse, à l'évidence, et il est plus prompt à remarquer le pendentif autour de mon cou. Il me tend à son tour un tissu de séchage propre, tout sourire. Je commence à me frotter les cheveux quand Gray me montre ses bras couverts de suie, dans le dos de sa mère. Je comprends que je dois essuyer mon visage et mon cou, pendant que Delia rempote la bouture. Je lui propose de la garder si elle le souhaite. Je crois que ça lui fait plaisir. Puis elle m'offre du thé. Nash retourne travailler, et je m'installe à table avec Gray. Nos têtes se retrouvent collées dès que Delia quitte la pièce. Gray me tient une main pendant que je fais courir l'autre le long de l'éraflure sur sa mâchoire.

— Qu'est-ce qui t'est arrivé?

— Quoi… ça? dit-il.

Il porte un doigt à l'une de ses commissures violacées.

— Eshan m'a frappé. Comme prévu. Il a mis le temps.

— Il t'a frappé?

— C'est drôle. Il n'aime pas qu'on l'attaque en premier. Il avait passé une mauvaise journée. Anson le planteur venait juste de lui expliquer en détail tout ce qu'il lui ferait s'il ne te laissait pas tranquille, quand je lui ai fait une petite démonstration, et il m'a cogné en retour. Fin de l'histoire.

Je ne sais pas quoi penser de tout ça. Anson doit avoir compris. Je me demande si sa femme sait aussi. Delia revient avec le thé. Gray garde ma main dans la sienne. Delia me tend une tasse, mais j'imagine qu'elle regrette de m'avoir invitée.

Je reste malgré tout. Gray me donne la clé en verre tandis que je lui confie discrètement une bouteille de boisson de sommeil qui se trouvait encore très récemment sur mon étagère dans la réserve. Nous passons en revue les détails de notre plan pour voler le Premier Livre. Je lui parle de ma mère, d'Anna, et de ce que j'ai compris à propos de Janis. Il a rendez-vous avec cette dernière avant le repos. Je l'incite à lui faire part de mon travail aux Archives et à lui dire que j'ai consacré beaucoup de temps à lire mes vieux livres pour chercher la moindre information concernant l'histoire de Canaan, comme elle me l'avait demandé avant la Fête. Tout ce qui pourrait la satisfaire. Gray m'embrasse chaque fois qu'il le peut, comme s'il n'arrivait pas à s'en empêcher.

L'Oubli essayera de m'enlever ça. Je le sais. Je croyais pouvoir me protéger de tout, mais ce n'est pas le cas. Et je n'en ai même plus envie. Demain, nous volerons le Livre et ensuite, il me restera vingt-quatre jours pour faire en sorte que Gray se souvienne de moi.

Sauf que nous ne volons aucun livre le jour suivant. Après avoir grimpé les marches des Archives, je pousse les portes : fermées. Je décide alors de passer de l'autre côté du mur avec Gray. C'est audacieux, durant l'éveil, et sous cette pluie drue. Mais il fait sombre et on y voit à peine. Lorsque je vais trouver Gray pour lui expliquer que les Archives sont fermées et lui proposer de retourner dans la pièce blanche, il dit oui sans hésiter. Nous risquons de manquer de temps. Et j'ai peur que cette fermeture des Archives juste avant l'Oubli me concerne d'une façon ou d'une autre.

Nous descendons l'échelle à toute allure en glissant même sur le dernier mètre tellement nous sommes mouillés. Gray prend une seconde pour s'assurer que son livre est bien protégé. Je lui suggère de le ranger dans mon sac. Il défait sa lanière et le fourre à l'intérieur avant de mettre le tout sur ses épaules. Je me demande ce que Genivie penserait, si elle me voyait autoriser Gray à porter mon livre, pour la deuxième fois. Elle a déjà dit beaucoup de choses à son sujet durant les jours où je n'ai plus parlé. Tous ses efforts gâchés, par sa faute à lui, elle en est absolument convaincue.

Mais quand elle m'a vue l'attendre au précédent éveil, devant le Centre d'apprentissage, appuyée contre une plaque déclarant « Apprenez notre vérité », elle a laissé ses amis pour venir me rejoindre. Sans fleurs dans les cheveux pendant les jours sombres, juste deux énormes houppes de tissu bleu et jaune tressé.

— Tu vas mieux! a-t-elle aussitôt constaté. Qu'est-ce qui s'est passé?

Eh bien, j'ai parlé avec Janis, et j'ai découvert qu'elle est comme moi et qu'elle n'oublie pas. Mère pourrait être en train de devenir folle parce qu'elle se souvient. Notre père sait qui il est. Je suis allée de l'autre côté du mur avec Gray. Et je l'ai embrassé. Il m'a dit que notre relation n'était qu'un vaste mensonge avant de me dire qu'il m'aimait. Ce n'est pas un mensonge. Pas entièrement. Et je l'aime, moi aussi. Oh, et la montagne à côté du bassin est truffée de machines et nous ne venons pas de cette planète.

En réalité, ma petite sœur m'a juste dévisagée avec des yeux ronds en attendant ma réponse. Malgré les discours dans ma tête, j'ai su, à ce moment-là, que je ne serais plus jamais la Nadia des jours de lumière. Du coup, je me suis baissée et j'ai serré Genivie contre moi — ce qu'elle a supporté environ trois secondes avant de se dégager. Ensuite, j'ai ouvert les mains pour lui montrer le long morceau de verre torsadé, une fine spirale sans fin avec une boucle au bout.

— Gray dit que quand le soleil reviendra, il suffira de le suspendre devant la fenêtre pour que sa couleur se reflète partout dans la pièce de repos.

— Mais qu'est-ce qu'il t'a fait? m'a-t-elle dit en attrapant le pendentif dans ma paume. Non, attends. Je préfère ne pas savoir.

— Mais je veux que tu écrives qu'il l'avait fabriqué pour toi et que c'est moi qui te l'ai donné, si tu veux bien. Tu n'oublieras pas quelle incroyable petite sœur tu es, comme ça.

— Et moi qui croyais que j'étais juste douée pour le maquillage. Qu'est-ce qui se passe si je le mets devant une lampe?

Je regrette que Gray et moi n'ayons pas apporté de lampe, là, tout de suite. La pluie et les nuages bloquent l'éclat des lunes, et la lumière des brins scintillants dans la cime des arbres est embrumée. Mais nous ne devons pas attirer l'attention, et nous ne devons pas traîner. Nous avons déjà aperçu Janis par ici : nous trouvons la gorge menant au canyon et nous nous frayons un chemin autour du bassin dans la nuit, nos souffles fumant dans le froid, puis nous nous arrêtons devant la face sombre de la falaise.

— Tu t'en souviens? me demande Gray.

Évidemment. Je me suis répété le code deux fois par jour. J'appuie sur les chiffres.

C'est un soulagement de pénétrer dans la grotte et de libérer le bas de ma tunique de mon col. Je ne sais pas pourquoi il faut toujours que nous soyons mouillés lorsque nous y entrons. Gray secoue ses cheveux pour les égoutter tandis que la porte se referme. Les lumières au-dessus de nous s'activent.

À l'intérieur de la salle immaculée, les carrés brillent de bleu et le mur nous souhaite la bienvenue. J'ôte mes chaussures pour ne pas laisser de traces boueuses sur ce blanc virginal, aussitôt imitée par Gray qui me tend mon sac. Il se rend dans la petite pièce de repos afin d'y chercher quelque chose pour se sécher. Le cadran au mur dit que nous avons deux cloches et demie avant de regagner l'échelle. Gray doit voir Janis, et moi, faire en sorte que Mère me trouve bien dans mon lit. Gray rapporte deux couvertures de la pièce de repos. Je m'enroule dans l'une et m'installe sur une chaise roulante en soulevant mes pieds, le menton sur les genoux, tandis que la chaise me berce doucement d'un côté, puis de l'autre.

— Qu'est-ce que Janis peut bien chercher ici, qui

l'entraîne à faire toutes ces manigances? Ou alors, la bonne question est : qu'y a-t-il ici que personne, à part elle, ne doit découvrir?

Nous contemplons le mur lumineux. Il y a des informations, quelque part à l'intérieur. Plus d'informations qu'aucun livre ne pourrait jamais contenir.

— Je vais chercher des informations sur Janis, déclare Gray.

Il est déjà debout devant la paroi éclairée, blotti dans une couverture, à se demander par où commencer. Je file sur ma chaise vers l'un des carrés posés sur la table, puis touche la lumière bleue avant de passer ma main au-dessus. Rien. Je fais courir mes doigts le long des bords à la recherche de quelque chose sur quoi appuyer, sans rien trouver.

— Original, articule Gray.

— Quoi? fais-je en levant les yeux.

L'image d'une créature bizarre vient d'apparaître sur le mur. Je crois reconnaître des jambes.

— Je pensais que tu cherchais Janis.

— C'était le cas. J'ai choisi « Curriculum » en pensant tomber sur l'histoire de Canaan, mais c'est l'histoire de la Terre.

Il contemple l'image derrière lui.

— On dirait que c'est… vivant.

— Non, impossible!

— Je lis juste ce qui est écrit.

Il effleure l'image. La créature commence à marcher, puis baisse la tête pour manger de l'herbe. Je suis bouche bée.

Gray appuie sur de nouveaux mots au hasard. « Chat », « grenouille », « éléphant », « serpent » et « aigle ». Ce dernier vole comme un papillon de nuit, mais beaucoup mieux. Certaines de ces bêtes sont magnifiques, d'autres tellement étranges que je ne peux même pas les regarder. Je touche alors « requin ». Une chose sans bras et sans jambes s'avance, comme une sorte de serpent hormis qu'elle respire de l'eau à la place de l'air. Nous la voyons attaquer et réduire en bouillie une autre créature qui nage, puis la manger. Je plaque une main sur ma bouche.

— Ils se mangent entre eux! déclare Gray.

C'est trop horrible pour être vrai. Sauf que je viens de le voir. Un mot que nous reconnaissons tous les deux s'affiche ensuite. Gray le touche.

— Ce n'est pas un grillon du soleil, fais-je, même si ça y ressemble beaucoup.

Ça saute comme un grillon, mais c'est beaucoup trop gros et ça n'a aucune expression.

— Je pense que les gens qui sont arrivés de Terre n'avaient pas de noms pour tout ce qu'il y avait ici, commente Gray en fixant la créature dans le carré de lumière. Ils ont certainement dû utiliser des noms dont ils se servaient déjà. Comme « grillon ».

Cc scrait logique.

— Pareil avec les plantes, j'imagine…

Nous n'avons pas encore regardé les plantes, mais j'ai vu des choses pousser dans d'autres images, et elles ne ressemblaient à rien de connu. Leurs formes et leurs couleurs n'allaient pas. Nous nous reculons soudain tous les deux. Gray a touché «poulet» accidentellement pendant qu'il passait la main au-dessus de la liste. Une femme bien humaine surgit. Mais comme le requin, elle dévore le corps d'une créature nommée poulet. Ce qu'elle tient ressemble vaguement à une jambe. Gray est fasciné; moi, dégoûtée. J'envisage de ne plus jamais manger — ni nager. Pas étonnant que cent cinquante personnes aient voulu quitter la Terre.

Je m'approche du carré bleu à côté de moi et tente de l'activer, histoire de me changer les idées, quand Gray m'interpelle :

— Là.

Je lève la tête. Une femme sourit dans la lumière : Erin Atan. Les cheveux sombres, des yeux très enfoncés. Chimiste, et teinturière.

— Regarde ses enfants, me suggère Gray.

Janis est l'aînée. Sous cette information apparaît le mot «Vlog», dans une couleur différente.

Gray le touche. Je sursaute tandis qu'Erin Atan se met à nous parler. Bizarrement, elle se trouve dans la salle blanche. Pratiquement à la place où je suis assise. Je regarde autour de moi, je la cherche, mais elle n'est pas là. Elle n'est qu'une image sur le mur, un morceau de temps capturé et enfermé. Il y a des dates sous son visage.

Année Un. Erin semble souriante et heureuse. Elle a deux enfants, un né à bord du *Centauri*, l'autre à Canaan, et son mari est tisserand. Les Années Deux, Trois, Quatre, Cinq, et Six défilent en quelques minutes, décrivant sa vie à Canaan.

Elle explique qu'ils cultivent eux-mêmes leurs légumes, elle parle de la satisfaction de fabriquer ce dont sa famille et sa communauté ont besoin comme si elle n'avait jamais expérimenté ce genre de chose auparavant. Elle a trois, quatre, cinq enfants à présent, et les regarde grandir loin des préjudices de la Terre. J'ignore ce que ça veut dire.

Mais à l'Année Neuf, le ton d'Erin change. À l'Année Dix, la différence est notable. Elle a sept enfants et se demande combien pourraient encore venir. La moisson a été moins importante que prévu. Le jardin de toit ne donne pas assez. Ses cycles de sommeil ne se sont jamais adaptés aux longues périodes de lumière et d'obscurité. Les latrines défaillantes ont débordé à cause de la pluie et souillé les réserves d'eau. Son savoir est gâché. Tout comme l'intelligence de ses enfants.

— Ils pourraient vivre comme des rois, sur Terre, explique-t-elle. Ici, ils cultivent les champs et nettoient les cuves de teinture. Nous avons découvert ce que l'ESNM voulait que nous découvrions. Il est temps d'envoyer le signal, d'appeler la Terre, et de réclamer notre dû. Laissons les Terriens se faire un point de vue sur leur société parfaite. Ce n'était pas censé durer. Pas contre notre volonté.

— Appeler? reprend Gray.

Je secoue la tête. Ce mot est troublant. Autant qu'« entrer » l'était. Appeler la Terre… Envoyer un signal… Qu'est-ce que ça signifie? Crier? Faire venir la Terre ici? Et qu'est-ce qu'elle sous-entendait par «nous avons découvert ce qu'ils voulaient que nous découvrions»? Je ne sais pas ce que « roi » veut dire, mais je songe que l'Année Dix de Canaan doit être l'année où Erin Atan a oublié tout de ses enfants. Cette pensée me rend triste.

— Nous étions les meilleurs parmi les meilleurs, poursuit-elle. Si le Conseil n'envoie pas le signal, nous nous en chargerons.

L'image disparaît là. Gray cherche le mot « Signal », sans le trouver. Il s'assoit sur une chaise, la tête en arrière.

— Si tu avais besoin de communiquer avec une planète, d'où est-ce que tu le ferais à Canaan?

C'est une bonne question. Et la réponse doit se cacher ici. Dans le seul endroit doté de machines que nous ne comprenons pas. Le seul… à notre connaissance. C'est incroyable d'envisager que nous sommes dans un lieu d'où nous pourrions communiquer avec la Terre. Cela la rend plus réelle, du coup. Je repense alors à ce qu'Erin vient de dire, et aux éboulis que nous avions trouvés dans la grotte.

— Tu crois que la mère de Janis et je ne sais qui a essayé d'entrer ici pour envoyer ce message et parler à la Terre? Mais qu'elle n'a pas pu, parce que…

— Parce qu'ils n'avaient pas le code? finit Gray pour moi. C'est possible. Janis doit se rappeler quelque chose à propos de ta famille, quelque chose qui lui indique que l'un de vous a le code. Peut-être que tes parents étaient dans l'opposition… Par rapport au Conseil, je veux dire.

Janis m'a effectivement interrogée sur ma famille et sur son histoire.

— Mais pourquoi maintenant? continue Gray en

réfléchissant à voix haute. J'ignore combien d'années ont passé, mais sûrement beaucoup.

Seul le bourdonnement bas des lumières se fait entendre quand Gray tourne sa chaise vers moi.

— Nous savons que Janis vient près du bassin. Est-ce qu'elle aurait pu te voir, d'après toi? Et est-ce qu'elle pourrait se souvenir de ce qu'elle a fait à ta famille? Combien de fois tu as été sur la montagne?

— Des dizaines. Je n'ai jamais croisé personne, mais je ne faisais pas attention à ça.

— Peut-être qu'elle pense que tu es au courant depuis longtemps pour la porte et pour le code et que tu viens ici régulièrement?

— Mais pourquoi ne pas prendre les devants, dans ce cas? Pourquoi ne pas envoyer Reese me tirer de mon lit? Ou demander à Jonathan de me fouetter pour avoir enfreint les règles?

— Je n'en sais rien. Elle se moque de nous, Nadia. Elle m'a interrogé à propos de tes souvenirs. Je lui ai dit que je t'avais posé la question et que tu ne te rappelais rien. Je pense avoir réussi à la convaincre, mais elle a quand même demandé. Tu peux encore fuir par ta fenêtre?

C'est le cas. Mais nous sommes tous les deux conscients qu'aucun de nous n'est plus en sécurité. Et que rien de tout ceci ne nous permet d'en comprendre davantage sur les moyens d'empêcher l'Oubli. D'empêcher que Gray m'oublie.

Nous devons absolument nous procurer le Premier Livre.

Mais les Archives sont encore fermées. Nous retournons

trois autres fois dans la salle blanche pour regarder des vlogs, sans apprendre grand-chose. Au cours de notre quatrième expédition, nous descendons en douce l'escalier de Jin de nouveau sous la pluie et parcourons la rue Copernic à toute allure, lorsqu'une voix m'interpelle. Je me tourne et tombe nez à nez avec Gretchen, à l'abri des Archives.

— J'imagine que tu travailles toujours pour moi, Nadia?

Elle fait référence à ma disparition durant quelques jours. J'opine. Gray se tient debout juste derrière moi.

— Dans ce cas, viens le plus tôt possible après la cloche du départ. Nous rouvrons au prochain éveil.

J'échange un coup d'œil avec Gray. Demain, nous volerons le Premier Livre.

Mère m'a souri aujourd'hui. Alors, je lui ai posé une question. Pourquoi certaines portes ont-elles des clés et pas d'autres? Pourquoi ont-elles des serrures? Mère a répondu que certaines choses devaient être mises en sécurité. Je pensais que c'était parce que certaines choses étaient trop dangereuses pour sortir.

NADIA LA FILLE DE LA TEINTURIÈRE
LIVRE 3, PAGE 59, 4 ANS APRÈS L'OUBLI

CHAPITRE 16

L e jour du vol du Premier Livre, Karl a enfin terminé mon nouveau livre. Je retourne à la maison à toute allure sous la pluie pour l'attacher à ma lanière et mettre celui que j'ai subtilisé dans ma cachette, afin d'échanger le nouveau contre celui qui se trouve sur l'étagère aux Archives.

Je cours dans le couloir quand Liliya sort de sa pièce de repos. Je l'ai à peine croisée depuis la Fête. Peut-être parce qu'elle cherche à m'éviter autant que moi. Elle paraît hébétée. Mal. Elle me fait face un instant avant de pivoter sur elle-même.

— Qu'est-ce que tu as? dis-je sèchement.

— Laisse-moi tranquille, Nadia, répond-elle.

Je la suis dans sa pièce. Elle a toujours été l'exact opposé de celle de Genivie et moi : décorée, mais rangée, avec beaucoup de choses, mais toutes à leur place. Rien à voir avec aujourd'hui. C'est la pagaille. Depuis combien de temps sa pièce est-elle dans cet état? Je crois deviner pourquoi. Étant donné ce que je sais sur Janis, j'imagine que Liliya subit les mêmes pressions que Gray de la part de Jonathan du Conseil. Ce qui expliquerait son intérêt pour elle.

— Arrête tout, Liliya.

— Fiche-moi la paix! crie-t-elle, fatiguée.

— Arrête de le voir.

Elle hésite, puis ramasse sa couverture comme si elle retournait au lit. Rompre ne semble pas si facile pour elle.

Je baisse d'un ton.

— Je pourrais te cacher.

Ma sœur se fige à ces mots, et lève la tête. Je ne pense pas que je pourrais faire passer Mère de l'autre côté du mur, mais Liliya, sûrement.

— Tu n'as qu'à le demander.

Elle m'évite. J'aperçois la même peur que celle que j'avais surprise un jour, puis son expression change. Elle soulève le menton pour afficher son ancienne arrogance.

— J'ai entendu dire que les Archives rouvraient, aujourd'hui. Comment ça va pour toi, là-bas?

C'est une attaque, mais moins féroce que ce à quoi je m'attendais. Je ne relève pas.

— Si tu as besoin de disparaître, dis-le-moi, et je t'aiderai.

Cette petite conversation m'ayant mise en retard, je cours à toute allure jusqu'aux Archives et m'arrête à l'abri sous le chaume pour reprendre mon souffle. Une fois prête, je grimpe les marches et pousse la porte.

La salle d'attente est bondée de personnes trempées. Je me retrouve obligée de faire la queue devant le bureau d'Imogène juste derrière Frances, la doctoresse et la femme du potier. Cette dernière me scrute, et Imogène en fait de même quand elle en a terminé avec Frances. Elle fixe mon collier. Je porte ma tunique bleue à l'encolure profonde, aujourd'hui. Mon collier est bien visible, mais je ne m'étais pas rendu compte qu'on le remarquait à ce point. C'est comme si Gray avait mis une pancarte autour de mon cou, comme lorsqu'il s'était assis à côté de moi, chez Eshan. J'aurais dû prévoir ce genre de chose. Lui l'avait sans doute fait.

— J'ai besoin de te parler, chuchote Imogène, alors qu'elle inscrit mon nom.

Muette, je lève les bras pour permettre à Reese de me fouiller. Ce dernier s'est montré presque négligent, ces derniers temps. Mais son exploration est un peu plus minutieuse, aujourd'hui.

— C'est important, fait Imogène à voix basse, malgré le brouhaha. Pendant ta pause?

Je ne réponds toujours pas.

— Tu veux bien? insiste-t-elle.

J'y consens finalement. Imogène adresse un petit regard à Reese, qui me laisse passer. Je franchis à toute allure la porte du vestibule, puis je me faufile dans les rayons, où je retrouve la table roulante, et Gretchen qui est de mauvaise humeur, évidemment.

— Nadia, commence-t-elle, je croyais t'avoir demandé d'arriver le plus tôt possible après la cloche du départ.

Sinon quoi?

Elle a déjà de la chance que je travaille à quelques jours de l'Oubli, et elle le sait parfaitement. Mais me sentant coupable à cause des jours où je ne suis pas venue, je garde le silence en guise d'excuses.

— Je vais peut-être avoir besoin de ton aide à l'avant, aujourd'hui. Nous allons sûrement devoir refuser du monde.

Elle ne peut refuser personne. Pas aujourd'hui. Il faut que Gray puisse entrer. Mais je me contente de sourire sans me rebeller. Gretchen repart avec son livre en trottinant. Dès qu'elle est partie, je file vers l'étagère des N, la plus proche de la porte verrouillée. J'ouvre la bouche et attrape la clé en verre posée sur ma langue en frissonnant. L'œuvre de Gray est peut-être jolie, mais elle a un goût affreux. Je la cache au bas de l'un des rayons et regagne rapidement ma place, sans la moindre intention de m'occuper de l'inventaire.

Un peu avant mon absence, je m'étais rendu compte que le livre que Gretchen porte sur sa poitrine est celui qui lui permet de trouver chaque livre par le nom de son propriétaire. Ça ne m'arrange pas, parce que j'aurais voulu mettre la main sur celui d'Anna, la fille du planteur. Ce livre est tellement petit comparé à l'énorme dont je me sers qu'il doit contenir des abréviations ou des codes qui ne me seront finalement d'aucune utilité. Du coup, je me plonge dans le grand livre posé sur la table roulante que je pousse dans des allées auxquelles je n'ai jamais prêté attention. Les cloches s'égrènent lentement sans que je tombe sur le livre d'Anna.

Je vais dehors quand Gretchen vient enfin me chercher pour ma pause. Imogène s'est levée pour prendre la sienne, elle aussi. Je la trouve à l'abri sous le chaume, lorsque je sors des latrines, plantée à côté de la plaque indiquant : « Souvenez-vous de notre vérité ». Je me précipite vers elle.

— Il faut que tu parles à mon frère, me lance-t-elle aussitôt.

Je regarde l'eau courir dans les rigoles qui la charrient jusque sous les murs. Je n'ai aucune envie de parler à Eshan. J'envisage même de ne plus jamais lui adresser la parole.

— Il s'est mis à boire, m'explique Imogène encore plus bas. Et je crois que… Tu l'as peut-être simplement mal compris… Mais ce n'est pas pour ça que je souhaitais te rencontrer, déclare-t-elle en jetant un coup d'œil alentour. Des rumeurs circulent au Grenier. Eshan dit qu'ils ont terminé le comptage et que les rations seront diminuées d'un tiers à la prochaine distribution.

Je cligne des paupières. Je suis sidérée. Les récoltes ne peuvent pas avoir été mauvaises à ce point. C'est un désastre, si c'est le cas, en particulier pour la famille d'Imogène. Leurs rations sont déjà bien trop basses.

— Eshan m'a raconté que tu nous avais apporté des provisions supplémentaires, il y a quelque temps. Je t'en suis reconnaissante, mais… Eshan ne croit pas que ça provenait de tes réserves. De ton jardin. Il s'est mis en tête que tu passes de l'autre côté du mur. Je sais que c'est complètement fou, mais…

J'aperçois Gray s'avancer dans la lumière des réverbères, son livre couvert, ses cheveux tout bouclés sous la pluie.

— Eshan veut aller trouver le Conseil afin d'obtenir l'autorisation d'aller de l'autre côté du mur. Il pense que c'est sans danger, parce que tu y es allée. Dis-lui que tu n'as jamais fait ça, Nadia. Explique-lui qu'il a mal compris.

Je croyais que c'était moi qui avais mal compris ton frère, Imogène. Je soupire. Imogène ne veut pas qu'Eshan le fasse parce qu'elle a peur de l'autre côté, comme on nous l'a si bien appris. Je ne vois pas vraiment ce que je pourrais faire contre ça. Gray s'arrête lorsqu'il nous aperçoit en train de discuter, et va aussitôt s'abriter sous une corniche partiellement dissimulée derrière une colonne. Il ne pénétrera pas dans les Archives tant qu'il ne sera pas sûr que je m'y trouve.

— S'il te plaît, implore-t-elle. Convaincs-le de ne pas faire ça. Il n'a aucune idée de ce qu'il y a dehors, et l'Oubli est beaucoup trop proche. Imagine un peu s'il ne revenait pas à temps? Dissuade-le. Je t'en prie. Je sais qu'il t'écoutera.

Il faut absolument que Gray entre.

— Je lui parlerai, Imogène. Si je le peux.

Je me sens coupable de lui dire ça. Je sais qu'elle n'aimera pas du tout ce que je dirai à son frère, si je lui parle. Eshan a raison. Si les récoltes sont vraiment mauvaises, il faut aller chercher des réserves de l'autre côté du mur, le plus tôt possible.

Imogène soupire de soulagement avant de contempler le rideau de pluie.

— Est-ce qu'il t'arrive parfois de souhaiter que l'Oubli soit déjà là?

Mon expression doit être franchement incrédule parce qu'elle ajoute :

— Tu sais, une nouvelle vie? Un nouveau départ…

Son regard se pose de nouveau sur mon collier.

— C'est du verre, n'est-ce pas? fait-elle en souriant.

— Jeunes filles! lance Gretchen depuis le seuil des Archives. Qu'est-ce qui se passe, aujourd'hui?

Nous grimpons aussitôt les marches. Je vois Gray s'avancer immédiatement à ma suite.

La seconde moitié de la journée me paraît encore plus longue que la première. Je cherche le livre d'Anna tout en me demandant où Gray en est dans la salle d'attente. Et je sens la présence de la clé de verre sous l'étagère des N. Gretchen finit par venir me libérer. Elle a l'air fatiguée. Je lui explique que je vais terminer ma rangée, avant de faire semblant de m'exécuter le plus lentement possible. La première étape de notre plan doit être achevée, si tout s'est déroulé comme prévu. Si ce qu'Imogène m'a dit à propos de Deming est toujours valable, tout ce que j'ai à faire, c'est sortir la dernière. J'attends dans un silence glaçant.

Lorsque je n'en peux vraiment plus, je me dirige nonchalamment vers la porte du vestibule. La porte de l'espace de travail de Gretchen est ouverte. Il n'y a personne. J'espère qu'elle est partie et qu'elle a confié à Deming le soin de vérifier que nous nous en allons bien. Mais ce n'est pas le cas. Gretchen est dans le hall d'entrée, où elle passe la liste d'Imogène en revue.

— Te voilà, lance-t-elle à ma vue.

Imogène me regarde en haussant les épaules. Deming se trouve à sa place habituelle, à mi-hauteur dans le couloir qui mène aux salles de lecture. Reese est parti, et les lieux sont vides.

— Deming! appelle Gretchen. Peux-tu fouiller Nadia, s'il te plaît?

Il arrive en traînant les pieds, fouille mon sac, puis commence à me palper.

— Salle trois, murmure-t-il tout en me tâtant.

C'est la première fois que j'entends le son de sa voix. Je me retiens de sourire.

Gretchen interroge Imogène à propos de ses listes. Quelqu'un n'a pas signé son départ. Je pense aussitôt à Gray qui, je viens de l'apprendre, se trouve dans la salle trois. Je suis parcourue par un frisson glacé. Deming était censé surveiller les départs. Mais cette personne est venue plus tôt dans la journée. Une erreur. Imogène s'excuse. Deming ne peut pas continuer de me fouiller plus longtemps sans paraître indécent. Je me penche et feins de rattacher mes sandales.

Gretchen nous souhaite un bon repos avant de repartir vers son espace de travail, à ma grande déception. Imogène attrape ses affaires et s'éloigne rapidement vers la sortie. Elle hésite au moment de franchir le seuil pour voir si je la suis, mais j'arrange toujours mes sandales. Alors elle s'élance sous la pluie. Lorsque je lève la tête, Deming observe les vers luisants en train de se tortiller dans les lampes. J'en profite pour me diriger vers la salle trois avant le retour de Gretchen. La porte est lourde et les murs des salles de lecture bien épais. Je referme la porte sans bruit, mets la barre et pivote sur moi-même.

Gray est assis par terre, dos au mur, son livre ouvert sur les cuisses. Un petit sourire hausse les commissures de ses lèvres, c'est à peine visible. Il tend une main vers moi tout en posant son livre à côté de lui.

— Viens là, me lance-t-il.

Je m'avance, le laissant m'attirer sur ses genoux. Je lui demande :

— Qu'est-ce que tu as dit à Deming?

— Que je cherchais un endroit où te retrouver sans que ma mère le sache.

Oh… C'est embarrassant.

— Il nous trouve très sympathiques. Deming semble avoir une sorte de penchant pour l'amour. Et pour l'alcool. Tu as déjà vu sa mère?

Ce n'est pas le sujet.

— Quelle quantité de boisson de sommeil tu as versée dans la bouteille?

— Tout, répond-il. Deming est charpenté. J'ai mis pas mal d'alcool pour le goût, mais il y a surtout de l'eau et de la boisson de sommeil.

Je me retiens de trembler lorsque je pense que notre plan dépend entièrement du fait que Deming en ingurgite assez pour s'endormir.

— Ne t'inquiète pas pour le moment, fille de la

teinturière. Comment tu as fait pour la clé?

— Je l'avais cachée dans ma bouche.

Il m'embrasse.

— C'est bien.

— Tiens, dis-je à voix basse en faisant glisser mon sac de mon épaule. J'ai apporté de quoi manger.

Je descends des genoux de Gray avant de l'écraser complètement et sors une demi-miche de pain accompagnée d'une bouteille d'eau parfumée au gingembre. Gray a l'air d'un enfant en les voyant. Les propos d'Imogène sur la diminution des rations me reviennent soudain à l'esprit. Je devrais peut-être me passer de ma part de pain pendant quelques jours en prévision d'une pénurie.

Pendant que Gray mange et parle, je sors mon nouveau livre de mon sac, retire une sandale et commence à abîmer la couverture avec. Celui de Gray est toujours grand ouvert à côté de nous. Il ne semble plus l'intéresser. Je prends sur moi pour ne pas le lire. J'aimerais savoir ce qu'il y a consigné pour se préparer à l'Oubli, si jamais nous ne parvenons pas à l'empêcher. J'ai tout noté dans mon livre caché, pour ma part. Juste au cas où.

J'attaque mon pain malgré tout et lui demande :

— Alors? Qu'as-tu dit à Janis, au dernier repos?

— Que j'ai consacré tout mon temps à te courtiser pour gagner ta confiance.

— Donc, tu lui as dit la vérité? Malin.

— Après ça, je lui ai expliqué que tu avais été extrêmement flattée qu'elle te parle, et que tu allais travailler dur pour pouvoir entrer au Conseil un jour.

— Oh… Des mensonges.

— J'ai également écarté quarante ou cinquante autres faits qui auraient pu l'intéresser. Je lui mentirais mieux si je savais ce qu'elle cherche réellement.

On continue à en débattre jusqu'au moment où Gray tend l'oreille vers le couloir.

— Allons-y.

Je range nos affaires dans mon sac et glisse les sangles sur mes épaules. Gray me prend la main pour m'aider à me relever avant de se diriger vers la porte et d'en soulever le loquet. Je passe précautionneusement une tête dans l'embrasure. Le couloir à l'extérieur de la salle de lecture est parfaitement calme et silencieux. Je tends une main pour signifier à Gray de rester immobile et me faufile dans la salle d'attente. Deming y est étalé sur un banc dans le seul recoin plongé dans le noir. On dirait presque qu'il est mort. Sa poitrine bouge, heureusement. La bouteille de Gray est par terre à côté de lui. Elle est pratiquement vide.

Je l'attrape, la rebouche et la fourre dans mon sac pour minimiser un peu les ennuis de Deming. Il se réveillera avec une magnifique gueule de bois, le souvenir d'avoir ingurgité le contenu entier d'une bouteille d'alcool de contrebande, et la certitude de devoir se montrer discret à propos du pot-de-vin. Un doigt posé sur mes lèvres, je fais signe à Gray de me suivre. Nous ignorons si Gretchen est vraiment partie. Nous nous ruons derrière la table d'Imogène, puis vers la porte qui donne sur le vestibule. Je l'ouvre très lentement.

Le silence règne. L'espace de travail de Gretchen est éclairé, comme d'habitude. Je marche sans bruit dans sa direction. Toujours personne. Mes épaules se détendent légèrement. Je me précipite à l'intérieur tout en sortant le livre que j'ai éraflé. Gray attend près de moi, tendu, les bras croisés, tandis que je trace à la peinture bleue les chiffres de Nadia, la fille du planteur, sur le livre. J'essuie délicatement les pinceaux, je laisse le tout bien disposé sur le bureau, puis j'agite mon livre en l'air pour le faire sécher.

Là-dessus, nous quittons la pièce et gagnons la porte qui donne sur les Archives. Je m'empresse de l'ouvrir. Elle grince à peine. Nous nous glissons derrière. Je la referme délicatement. J'entends Gray suffoquer. Cet endroit est effectivement sidérant. Toutes les vies de Canaan, condensées dans une seule et même salle.

Je me précipite vers le rayon des R, retire le livre fraîchement peint de ma lanière, j'attrape celui sur l'étagère et je procède à l'échange. Je rattache mon livre à sa lanière. Le sentir à sa juste place est un vrai soulagement. Gray passe une main sur les dos des autres.

— Comment tu as fait pour résister à la tentation? À moins que tu aies regardé, murmure-t-il.

Je secoue la tête.

— J'ai failli le faire, une fois. Mais je ne supporterais pas que quelqu'un lise mon livre sans que je le sache.

— Tu peux lire le mien, si tu veux.

Il a dit ça très naturellement. Comme si cela ne devait pas me surprendre.

— Allez, montre-moi où est la clé.

Je le conduis vers l'étagère des N, me baisse, et tâtonne jusqu'à ce que mes doigts trouvent la pièce en verre. Nous entendons le grincement de la porte. J'ai juste le temps d'attraper la clé et Gray m'entraîne aussitôt derrière le rayon. Des pas rapides et efficaces résonnent faiblement sur le sol en pierre. Gretchen. Gray me plaque contre l'extrémité du meuble, juste en face de la porte fermée. On ne doit pas nous voir depuis l'autre côté de la salle. Mais si Gretchen arpente les allées et si elle se plante au bout de n'importe laquelle, il n'y aura plus nulle part où se cacher.

J'écoute ses semelles claquer. On dirait qu'elle s'avance dans l'allée des N. Gray tient une main appuyée sur ma bouche, comme s'il craignait que je parle. J'inspire et expire lentement entre ses doigts. Gretchen s'arrête. Un bruissement s'élève. Puis le son mat de quelque chose de lourd que l'on met sur une étagère. Gretchen vient-elle de prendre un livre ? Ou en a-t-elle rangé un ? Elle s'éloigne un peu, puis plus loin dans l'allée, les gonds grincent.

Sans un mot, Gray et moi fonçons droit vers la porte verrouillée. Je lui tends la clé, il s'agenouille pour pouvoir observer la serrure. Mon corps est tendu, tous mes sens sont aux aguets. Qu'est-ce que Gretchen fait encore ici ? Dort-elle sur place ? Elle devait être dans une salle de lecture, à quelques pas de distance, durant tout ce temps. Gray enfonce la clé et la remue délicatement pour voir si elle rentre. Si jamais il la manœuvre trop vite, s'il la casse, nous aurons fait tout ça pour rien, car nous n'aurons jamais le temps de recommencer avant l'Oubli. Il la tourne très lentement, s'arrête, et ajuste, les sourcils froncés. Il réessaie ensuite deux autres fois, quand, tel un miracle, on entend un petit cliquetis.

Un large sourire fend le visage de Gray. Il semble aussi surpris que moi. La porte bascule vers l'intérieur, en silence. Gray retire la clé; nous entrons et laissons la porte se refermer. Je fais un tour sur moi-même.

Nous nous trouvons dans une pièce ancienne. Deux lampes contenant des vers luisants éclairent faiblement un immense espace ouvert. Des colonnes y forment un cercle. Et, sur toute la hauteur du mur du fond, une énorme plaque annonce « Sans souvenirs, ils ne sont rien ». Le sol est recouvert de carreaux blancs et bleus; la pierre forme des arches qui ressemblent à des vignes entremêlées et qui s'élancent entre les colonnes soutenant un toit semi-sphérique.

Je lève la tête pour observer ce plafond, pensant qu'il pourrait y avoir du verre, mais tout est recouvert de chaume. Pourquoi avoir construit les Archives autour de cette pièce? L'a-t-on oubliée? Délibérément cachée? Je me demande si Rose et Jin l'ont déjà vue. L'air est fétide et étouffant, un peu comme dans un souterrain. Au fond, juste sous la plaque, une longue bibliothèque incurvée qui doit m'arriver à mi-hauteur suit la forme de la paroi extérieure.

— Tu crois que c'était une salle de réunion? Que le Premier Conseil s'est tenu là?

Je ne connais pas la réponse à ces questions. Les paroles murmurées de Gray résonnent à travers l'espace. Les murs semblent épais, mais qui sait ce que Gretchen pourrait entendre? Et que fait-elle dans les rayons? Je me rappelle soudain que son livre était manquant, lors de mon premier jour, et que c'est elle que Jonathan menaçait quand je me trouvais en haut du mur. Je me demande si Janis consulte nos livres, et si Gretchen est dans la combine. Je m'avance vers la bibliothèque avant de me figer. Un livre est posé tout en haut des étagères, légèrement de travers, en plein centre. Comme s'il était tombé là.

Je fonce vers lui telle une phalène vers une lampe. Il est plutôt modeste : de taille moyenne avec une couverture effacée et légèrement déchirée. Il pourrait s'agir de celui que Janis lisait, mais impossible de l'affirmer. Je l'ouvre sitôt que Gray m'a rejointe.

L'intérieur de la couverture présente un nom dans le coin supérieur droit : « Erin Atan ». La mère de Janis. Il n'est pas inscrit à l'encre, mais dans un gris doux délavé. Je tourne la page précautionneusement et tombe sur des chiffres, des équations et d'autres choses que je ne comprends pas. De simples notes, sur trois ou quatre pages.

Il se passe quelque chose de terrible.

Ceux qui le souhaitaient ont arrêté de se cacher et de se battre. Nous vivons ensemble sous le même toit pour le moment, pour essayer de trouver de la nourriture et pour comprendre. L'horloge au cœur de la cité indique que nous sommes à Canaan. Il y a des morts dans les rues. Nous sortons par petits groupes pour les traîner dans les champs, où des feux brûlent environ toutes les cloches…

— C'était après le premier Oubli, dis-je. L'horloge était déjà là.

Et il semblerait que quelque chose ait mal tourné.

Une fille dit qu'elle pense être ma fille. C'est possible…

Et je parie que cette fameuse fille était Janis. Je sais ce que cette dernière a éprouvé à ce moment-là; quand elle était la seule à se souvenir.

Il y a eu tellement de violence. Nous ignorons qui a fait ça. Un groupe est parti chercher des pierres pour bloquer les portes de la cité pour nous protéger…

— Les portes, reprend Gray.

Nous n'avons pas toujours vécu à l'intérieur du mur.

Nous continuons à lire, nous découvrons comment les gens ont choisi leurs noms, déterminé quelles femmes avaient accouché afin de répartir les enfants en fonction de leur apparence — je n'aurais jamais été confiée à ma mère, le cas échéant —, fouillé la cité à la recherche d'informations, et de provisions. Erin parle de l'étrangeté glaçante de ses propres connaissances sur les plantes, particulièrement celles qui peuvent servir à soigner et à teindre les tissus.

Je jette un coup d'œil nerveux vers la porte, inquiète des allers-retours de Gretchen. Je tourne les pages plus vite pour avoir une vision d'ensemble. Gray m'arrête à un moment, le doigt sur une phrase : « Nous sommes faits de nos souvenirs ». Le paragraphe entier décrit la confusion de se réveiller avec les mêmes marques que d'autres personnes, un livre attaché au poignet.

— Le deuxième Oubli, déclare-t-il.

Arrivent ensuite les paroles que nous avons apprises à l'école, ces mots récités deux fois par an au début des jours sombres. La façon dont l'Oubli viendra, comment nous écrirons la vérité, et « Je suis faite de mes souvenirs ». Une formulation légèrement différente de celle de tout à l'heure, notée par une main qui l'est tout autant. On retrouve cette même écriture jusqu'à la fin du livre, où se trouvent encore des listes de noms. Puis des pages vierges.

Je fais courir mes doigts sur la dernière, dont le papier commence à craqueler. Voilà donc le Premier Livre de l'Oubli. J'en suis certaine, maintenant que j'ai lu les paroles que Janis a prononcées à la Fête. Si la première partie a été rédigée par sa mère, l'autre est-elle de Janis elle-même? Est-elle à l'origine de ces mots que nous devons réciter? Gray le pense, et je n'en serais pas surprise.

Je retourne à la page « Je suis faite de mes souvenirs », où elle décrit le second Oubli, et je remonte au paragraphe précédent.

Janis affirme qu'il arrive. Que nous devons écrire, nous préparer. Sarah et Jorgan ne la croient pas, mais moi, si. Janis a un don. Elle perçoit des choses que nous…

Gray secoue la tête.

— Parce qu'elle se rappelle. C'est pour ça qu'elle comprend. Elle ne le leur a pas dit non plus, à l'époque.

Nous nous sommes retranchés à l'intérieur, et c'est le lever du soleil. La lumière est tellement blanche, trop vive pour…

Le paragraphe s'arrête là. La comète. Ce ciel trop clair. Ce qui signifie que Janis avait compris que l'Oubli se reproduirait avant la deuxième fois. Des membres du Projet Canaan s'étaient spécialisés dans l'étude de la comète; Janis se sera souvenue qu'elle repassait devant Canaan tous les douze ans, ce qui prouve que Janis, du moins à ce moment-là, pensait que cette comète et l'Oubli étaient liés. Je partage son point de vue. Mais comment fait-elle pour se protéger de ses effets? Comment je fais, moi?

Je tourne les pages précautionneusement, mais vite. La prochaine section expose toutes les règles de Canaan : nous devons passer des tests, écrire les ententes, signaler et noter les ruptures, et les filiations des enfants. Comment la vie reprend dans la cité, tous les douze ans. En bref, des choses que je sais déjà. Viennent alors des listes.

La première présente des noms, le prénom suivi du nom de métier, numérotés de un à cent cinquante, mais ils sont pratiquement tous rayés et remplacés par de nouveaux noms inscrits sur le côté, parfois eux-mêmes sont modifiés par d'autres. J'ai du mal à les lire; les encres sont différentes, et certains noms sont illisibles pour tenir dans l'espace.

Arrivent ensuite cinq listes, mais plus courtes. Et plus aléatoires. Je m'arrête sur la troisième et regarde Gray.

— Ton nom est là, lui dis-je.

Il fixe la page. Quinze ou seize patronymes accompagnent le sien.

— Réfléchis, me demande-t-il. Est-ce que tu en reconnais certains d'avant le dernier Oubli? Aucun de familier?

C'est difficile, sans contexte.

— Oui, dis-je au bout d'un moment.

Je montre « Gregory, enseignant ».

— C'était notre prof au Centre d'apprentissage, la première année où nous y sommes allés, la dernière avant l'Oubli. Je me rappelle que j'avais du mal à prononcer son nom.

Gray me regarde.

— Tu te souviens de moi, à cette époque? J'étais comment?

— Une vraie tornade. Ce pauvre gars passait le plus clair de son temps à essayer de te faire asseoir. Mais il t'aimait bien, quand même.

Comme tout le monde.

— Il inventait des jeux pour toi…

Maintenant que j'y repense, Gray était le plus rapide d'entre nous. Quand nous en étions encore à la moitié d'une activité, il était déjà prêt à passer à la suivante. Je me demande ce qui est arrivé à Gregory. Je ne crois pas l'avoir revu depuis.

Gray est redevenu sérieux.

— Est-ce que tu reconnais d'autres noms?

Non. Pas un seul.

— Alors, je sais de quoi il s'agit, déclare Gray.

Son ton grave, et sa voix résonnante et chargée de colère, me surprennent.

— Une liste de ceux dont Janis a décidé de faire des Perdus.

Je fixe les noms. Pourquoi Gray? À six ans? Pourquoi n'importe lequel d'entre eux? Gray tend la main par-dessus mon épaule et tourne la page pour lire la liste la plus récente. Elle comporte peu de noms, mais le premier est « Sasha, fille de la tailleuse de vêtements ». C'est la petite fille de Jemma, celle qui est aveugle. Et à la fin, je trouve «Renata, teinturière», et «Eshan, fils du fabricant d'encre».

Je laisse l'information imprégner mon esprit comme l'encre le papier. Janis envisage de faire de ma mère une Perdue. Et la petite Sasha, et Eshan, et tous les autres. Je ne comprends pas. Il n'y a aucune logique. Je pense soudain que Jonathan du Conseil doit être au courant et qu'il a dû tenter de prévenir Liliya pour Mère.

Je reviens en arrière et m'arrête de nouveau sur la première liste, celle avec les cent cinquante noms, pratiquement tous raturés. L'un de ceux-là est celui d'Erin Atan. Je respire fort dans l'ombre silencieuse, tout en scrutant chacun des noms afin d'essayer de les analyser, de les classer.

— Gray, dis-je lentement. Ces noms qui sont barrés… J'ai l'impression que toutes ces personnes sont décédées.

Je connais seulement les noms qui ne sont pas rayés. Ceux des vivants.

— Si les autres listes sont celles des Perdus, alors, je crois celle-ci concerne les…

— Les morts, annonce Gray d'un ton sinistre. Ou les gens qu'elle veut tuer?

Ça ne peut pas être vrai. Ça peut tout à fait être vrai. Là, au bas de la liste, pas encore barré, je lis mon nom.

Janis est venue rendre visite à notre classe aujourd'hui pour nous regarder passer nos tests. Notre professeure était nerveuse. Je le sais parce qu'elle transpirait alors qu'il ne faisait pas chaud. Janis a pris des notes et posé des questions à certains d'entre nous. Elle était contente quand nous répondions bien.

Je connaissais toutes les réponses, mais j'ai été ravie de ne pas avoir été choisie.

NADIA LA FILLE DE LA TEINTURIÈRE
LIVRE 3, PAGE 34, 2 ANS APRÈS L'OUBLI

CHAPITRE 17

Mon nom. Et il y a celui de Rose aussi qui n'est pas rayé, mais il est relié par un trait à celui de Zuri Adeyemi juste au-dessus. Je tourne les pages afin de remonter en arrière.

Zuri Adeyemi apparaît sur la première liste, celle des présumés Perdus.

— Je crois qu'il s'agit de Rose, dis-je à Gray.

Il pose une main sur mon épaule.

— Emportons le Premier Livre dans la salle blanche, murmure-t-il. Pour voir si nous pouvons comparer ces noms avec les autres. Nous devons comprendre ces listes. C'est trop dangereux de rester ici, de toute manière.

J'acquiesce tout en essayant de réfléchir. Nous devons absolument partir pendant que Deming dort, mais si Gretchen est toujours là, ça complique les choses. Et pas qu'un peu. Je me demande si elle remarquera que sa vigie ne surveille plus rien du tout. Combien de temps faudra-t-il avant que quelqu'un se rende compte que le Premier Livre a disparu? Et comment combattre à nous deux à la fois Janis et l'Oubli?

— Nous devrions consulter les autres livres d'abord, dis-je. Juste pour comprendre ce qu'ils font là.

Gray se tourne vers l'étagère.

— Je m'occupe de ce côté-ci.

Je glisse le Premier Livre dans mon sac. Tout cela est impossible. Je ressens de la colère. Janis se cache lâchement derrière l'Oubli. Elle fait ce qu'elle veut, sachant que personne ne se souviendra. Mais, moi je me souviens. Il doit y avoir un moyen de changer ça. De l'arrêter. De tout arrêter.

Je m'accroupis devant les rayons et commence à étudier le dos des livres. Ils sont de taille, de couleur et d'usure différentes. Sans code ni ordre. J'en attrape un au hasard. La couverture indique «Roland, tisserand». Je me sens coupable, mais je l'ouvre quand même. Je tombe sur des notes à propos de la quantité de lin récoltée et de tissu que nous devrions obtenir, ainsi que sur des descriptions de réunions du Conseil. Le livre rangé à côté concerne encore Roland, et le suivant Johann, un enseignant.

Tous ces gens siègent au Conseil, comme je le pensais. Ma curiosité reprend le dessus. Anson y siège, lui aussi. Il devrait avoir des livres, ici — sous le nom d'Anson ou de Raynor, voire les deux. Je dois me retenir de parcourir toutes les étagères pour les débusquer. Je trouverai peut-être l'un d'eux par accident. Personne ne pourra me reprocher de l'avoir lu, dans ce cas.

— Nadia.

Gray se tient à l'autre bout de la bibliothèque, appuyé contre la pierre, jambes croisées. Il me fait signe d'approcher.

— C'est une cultivatrice, Mia. Elle décrit son travail et l'Oubli, mais regarde. Elle dit que nous votions, avant. Une fois par an. Tous ceux qui avaient fini leur apprentissage pouvaient désigner les membres du Conseil.

Je pose une main sur la page ouverte qui commence à jaunir.

— Tu sais de quel Oubli elle parle?

Gray secoue la tête. Les dates se mélangent à Canaan. La cité vit par cycles de douze ans. Encore un point que le Conseil devrait corriger, s'il se donnait la peine d'y réfléchir. C'est si facile d'accepter cette façon de vivre quand on ne se rappelle pas comment les choses fonctionnaient avant.

— Nadia, reprend Gray.

Sa voix a changé. Il me dévisage tandis que je regarde le nom sous son doigt : « Anna ».

Ils ont trouvé le corps d'Anna, la fille de Raynor, dans les plants de ricin, aujourd'hui. Dans les parcelles situées à l'ouest. Le docteur a dit qu'elle avait absorbé du poison, sans doute délibérément et qu'il est impossible d'en consommer autant par accident. Elle avait quinze ans. Renata est dévastée. Je la comprends.

C'est tout. Je relis ce texte, glacée. Je n'ai jamais connu

personne qui se soit fait du mal sciemment. À part ma mère. Et, maintenant, ma sœur.

— Nadia, me lance Gray.

Ce doit être la troisième fois qu'il m'interpelle. J'ai besoin de marcher. De courir, même. Je me relève et parcours le sol bleu et blanc pour aller m'appuyer contre une colonne, qui ressort du mur comme si un gigantesque tronc de fougère arborescente y avait été enchâssé. Le froid remonte le long de mes jambes malgré mes collants épais. J'avais une sœur, qui a pris du poison. Et je ne me rappelle pas son visage. De tous les souvenirs qui tournent dans mon esprit, de toutes les images que j'aimerais effacer, il a fallu que ce soit celle-là. Pourquoi Anna a-t-elle fait une chose pareille? Comment un tel drame a-t-il pu se produire?

Je fais courir une main sur la pierre. Impeccable, neuve, sans surprise. Nous devons nous dépêcher. Trouver un moyen de sortir des Archives. Aller dans la salle blanche. Et en revenir pour la première cloche afin que Mère ne trouve pas mon lit vide. Pour qu'elle ne pense pas que l'une de ses filles manque. Mère… Pour la première fois, je me demande s'il ne serait pas mieux pour elle d'oublier.

J'agrippe mes genoux pour arrêter de trembler. Je ne frissonne pas de peur ni de panique, mais de fureur. À cause de cette sœur que j'adorais, à en croire mon ancien livre. De ce décès qui a détruit ma mère, et sans doute Anson, s'il s'en souvient. Et de Janis, qui pourrait nous aider, mais qui n'en fait rien, et qui transforme même certains d'entre nous en Perdus, quand elle n'envisage pas de les assassiner. Contre l'Oubli que je ne sais pas comment empêcher. Et contre la chose qui appuie contre mon dos. Je me redresse et regarde derrière moi. Lorsque je me retourne, je vois Gray debout à quelques pas, les yeux rivés sur moi. Il a remis les livres dans les rayons.

— Gray. Il y a une porte dans cette colonne.

Il s'avance aussitôt pour regarder. Puis, comme dans la ruelle le soir de la Fête, il pose une main sur ma nuque, sous mes tresses épinglées, et attire mon front contre sa poitrine. Je reste comme ça le temps de reprendre ma respiration et m'écarte quand je suis prête. J'inspire à fond une dernière fois, puis, lorsqu'il m'adresse un signe de tête, soulève le loquet.

La porte s'ouvre facilement et sans bruit sur une pièce circulaire ponctuée par un alignement de colonnes. Un escalier aux marches en pierre grise grossièrement façonnées descend tout au bout, droit vers la pénombre. Ça sent la terre et la roche humides comme dans le vestibule derrière la paroi métallique dans la montagne. Je murmure :

— Un souterrain…

J'emprunte l'escalier lentement en me tenant aux murs pendant que Gray referme la porte derrière nous. L'obscurité est totale, durant une minute, mais je perçois bientôt une lueur pâle un peu plus bas. Les marches, visiblement taillées par la main de l'homme, suivent une courbe légère qui s'accentue de plus en plus, tandis que la lumière devient plus forte. Un bruit d'eau se fait entendre, puis le passage s'élargit. Les marches disparaissent et nous continuons sur une pente rocailleuse.

Quelque chose effleure mon visage lorsque nous pénétrons dans la grotte. Celle-ci n'est pas composée de roche grise, mais violette, bleue, verte et blanche. Un déploiement extravagant de couleurs illuminées par l'éclat de lanternes à vers luisants fixées çà et là dans la paroi. Sauf que ce n'est pas la roche qui est colorée. La grotte est entièrement couverte de plantes dansant dans les courants d'air. Je jette un coup d'œil derrière moi. Elles camouflent pratiquement le couloir que nous venons d'emprunter. Une rivière souterraine rugit en contrebas. L'eau doit être chaude, vu l'humidité qui règne.

Gray passe devant, comme il l'avait fait, la première fois que nous étions allés de l'autre côté du mur. Mais il avance plus lentement, cette fois, heureusement. Il marche sur les cailloux glissants. Je le suis sur le chemin lumineux. Les parois sont tapissées de vrilles douces et frémissantes. Gray les effleure de l'épaule. Elles vibrent, puis se tendent, telle une vague qui gagnerait tout le mur ou une goutte d'eau troublant la surface d'un bain, mais à la verticale. Nous nous reculons légèrement tous les deux pour contempler la paroi. Il n'y a pas de courant d'air, ici. Les plantes bougent d'elles-mêmes, s'agitent pour chercher de la nourriture, ou je ne sais quoi d'autre. C'est plus que troublant. C'est louche. Gray m'attend tout en époussetant sa chemise noire, un petit sourire aux lèvres.

— On va par là? fait-il en désignant de la tête l'alignement de lampes qui esquisse un chemin dans l'obscurité.

— Restons prudents et discrets. S'il y a de la lumière, ça

veut dire que quelqu'un vient ici.

Il prend ma main, et nous longeons d'un pas vif la rivière souterraine. Les plantes sur les parois sont de plus en plus clairsemées, puis le chemin se divise, traçant une première voie le long du cours d'eau et une seconde sur notre gauche. Gray me regarde. Je contemple le plafond. J'ai l'impression que nous avons marché en ligne droite sous la cité, mais c'est difficile de l'affirmer.

— À gauche, dis-je tout bas.

Nous délaissons la rivière. Le sentier, plus chaotique, nous oblige à contourner des rochers qui se dressent çà et là. Il est toujours éclairé, mais différemment. La lumière est gris argenté et diffuse. Le corridor s'arrête brutalement pour déboucher sur une falaise avec une petite vallée en contrebas. La pluie tombe moins fort et les nuages laissent désormais apparaître les lunes luminescentes. Je regarde en l'air, puis derrière moi. La pierre blanche de Canaan s'étire loin au-dessus, et la silhouette noire iridescente de ma montagne se trouve à notre gauche.

Nous n'avions pas besoin de franchir le mur. Il suffisait de passer dessous.

Gray secoue la tête en riant.

— Quoi?

— Toutes nos expéditions… J'ai fabriqué une clé en verre, drogué Deming, nous avons failli nous faire prendre… Alors que tout ce que nous avions à faire, c'était suivre le chemin que Janis nous a montré, le jour où on l'a vue s'éloigner du bassin. Ce n'est même pas fermé! Elle doit estimer qu'il n'y a aucune chance que quelqu'un le découvre.

Je laisse cette pensée tourner dans mon esprit. Nous n'avons plus à nous soucier de Gretchen. Et nous pouvons nous rendre aux Archives quand bon nous semble.

— Où conduit le chemin qui longe la rivière, d'après toi?

— À la Maison du Conseil, répond Gray sans hésiter. Tu peux l'écrire dans ton livre. C'est la direction.

Il jette un coup d'œil vers l'ouverture de la grotte, note mentalement notre position et penche la tête vers la montagne.

— Tu viens?

Je lui emboîte le pas sur le sentier étroit. Nous suivons la courbe du mur jusqu'à la prairie et nous nous élançons dans la pente. Nous prenons ensuite la direction du canyon, franchissons la porte cachée, et entrons dans la salle blanche, qui s'illumine d'un coup. Je retire mes sandales et m'assois sur une chaise, plongée dans mes réflexions. Je veux découvrir ce qui est arrivé à Anna. Je veux savoir pourquoi Gray s'est retrouvé parmi les Perdus, et pourquoi mon nom figure sur cette liste.

— Regardons Zuri Adeyemi.

Gray hésite. Il sent que je suis mal. Il ne doit pas se porter beaucoup mieux. Mais il s'avance jusqu'au mur lumineux, passe la main devant, active la liste des patronymcs ct touche celui de Zuri Adeyemi. L'image de Rose surgit.

Je vais le rejoindre devant le gigantesque visage de son amie. Elle était si jeune. C'est à peine croyable. Comme Jin. Et Gray avait raison. Elle était médecin, avant et après sa venue à Canaan. Gray effleure « vlog », puis Rose se retrouve assise là, dans la salle blanche. Nous débutons par l'Année Un, et la regardons prendre de l'âge année après année, par tranches de cinq minutes. Sa voix n'était pas douce, à l'époque. Elle était forte. À l'Année Dix, elle réalise ce qui se passe. Comme Erin Atan. Rose, nommée Zuri, était Chef du Conseil, et son visage est sombre.

— Il a été porté à l'attention du Conseil que lorsque l'Exploration Spatiale du Nouveau Monde a été lancée et intégrée au projet Canaan, ce programme ne comportait pas une seule directive, mais deux. La première était de fonder une civilisation capable de vivre en harmonie avec son environnement. Nous devions découvrir, bâtir et peupler une planète vierge sans la dégrader. C'est à cela que nous avions dit oui. C'était notre rêve, et nous avons donné notre sang, notre sueur et nos larmes pour le réaliser. Mais il y avait une seconde mission, connue de quelques personnes seulement. Cette mission était en opposition directe avec la première : certains d'entre nous étaient à Canaan pour exploiter ses ressources, inventer des façons de le faire et ouvrir cette planète au commerce. Des ressources ont bien été trouvées. L'hydrogène métallique, la principale substance de Canaan, n'est présent nulle part ailleurs dans l'univers, d'après ce que nous en savons. Les personnes en charge de la seconde directive ont tenté de contacter la Terre pour faire venir les vaisseaux et lancer l'exportation d'hydrogène métallique. Mais l'exploitation minière des lunes et d'autres planètes du système solaire de la Terre s'est révélé un vrai désastre qui ne doit pas être reproduit sur Canaan. Canaan est notre foyer, à présent. Nous avons voté. Et tant que je serai à la tête du Conseil, nous n'enverrons aucun signal. Nous avons demandé à ceux qui ont reçu cette deuxième mission de l'ESNM de s'en tenir à l'accord initial et de nous aider à progresser en tant qu'êtres humains en préservant cette planète.

Gray interrompt Rose pour chercher rapidement la définition de l'expression « exploitation minière ». Il la trouve sous l'intitulé « programme terrestre » : des images de montagnes délestées de leurs plantes, aplanies, transformées en gigantesques landes abandonnées ou en tas de rochers pulvérisés, et d'eau limoneuse imbuvable surgissent devant nous. Je ne peux pas laisser faire une chose pareille à ma montagne. Je ne comprends pas comment quiconque pourrait le souhaiter, jusqu'à ce que Gray active les mots « profit », puis « argent ». L'argent, on le sait, est une sorte de symbole. La représentation d'une chose que l'on veut. Ça peut être un numéro sur un morceau de papier, mais plus on en possède, plus les chiffres augmentent, et plus on peut se procurer de choses. L'hydrogène métallique fournirait beaucoup d'argent. On dirait que les Terriens cherchent à en avoir le plus possible, même s'ils n'en ont pas besoin. Encore un point qui me dépasse.

— Je les comprends, lance soudain Gray, à mon étonnement. Ça leur donne un but. L'envie de se dépasser. Qu'est-ce qu'on fait à Canaan, à part être bon dans son travail ou siéger au Conseil ? Il n'y a nulle part où aller et rien à gagner, ici.

Peut-être que c'est pour ça qu'il tenait tant à passer de l'autre côté du mur. Je le regarde étendre la main et effleurer l'image de Rose sur la paroi lumineuse.

Il active le vlog suivant. Celui-là est différent. Rose — je n'arrive pas à l'appeler Zuri — est de nouveau dans la pièce blanche, mais visiblement par hasard. Elle a l'air apeuré, ses cheveux pendent et de la poussière macule son visage.

— Ceci est un enregistrement, fait-elle, pour le cas où nous ne survivrions pas. C'est la guerre à Canaan entre ceux qui cherchent à exploiter les ressources minières et ceux qui souhaitent préserver la planète. Nous avons scellé l'abri fortifié et toute la technologie pour que personne ne puisse envoyer de signal…

L'abri… Sûrement l'endroit où nous nous trouvons. Avec de la « technologie ». Est-ce ainsi qu'ils nomment les machines?

— Ils ont pris le Grenier et menacent d'affamer la cité si on ne leur donne pas accès à l'abri. Nous mourrons de faim de toute manière, si les champs ne sont pas cultivés. Ils prennent Canaan rue par rue…

Un bruit assourdissant s'élève alors du carré lumineux au mur. Une déflagration sonore, et brutale. Gray sursaute à côté de moi. L'image de Rose devient brumeuse, puis noire, avant de se redéfinir. Elle se soutient grâce à la chaise sur laquelle je suis assise, je crois. D'autres personnes se trouvent dans la pièce. Elles courent et hurlent. Un homme a la tête en sang. Rose crie, elle aussi, puis elle se tourne vers nous.

— Ils ont fait exploser le flanc de la montagne pour pénétrer dans l'abri. Un côté de la caverne s'est effondré. L'entrée est bloquée.

Les éboulis…

— Nous avons trois… (Quelqu'un interpelle alors Rose.) Non, quatre morts. Il n'y a plus qu'un seul accès. Sergei Dorokov vient juste de changer le code…

— Attends, dis-je. Comment tu reviens en arrière?

Gray bouge la main le long de la barre sous l'image de Rose et remonte le temps. Je marche vers le mur pour observer l'image de plus près. Rose est figée en plein mouvement. Elle est en train de se retourner pour regarder quelqu'un qui traverse la pièce derrière elle. Penché en avant sur sa chaise, Gray écarte les doigts comme s'ils étaient une loupe. L'image ne montre alors plus que le poignet de l'homme, sur lequel les maillons de métal d'un bracelet se détachent. J'attrape celui qui est posé sur la table blanche incurvée, et je le serre dans ma paume.

Gray remet l'image à sa taille normale, mais elle s'interrompt soudain, puis une nouvelle image surgit. Rose est revenue. Elle a l'air fatiguée. Du sang macule sa chemise. Elle a dû soigner des blessés.

Elle murmure :

— Il se passe quelque chose. Nous avons tourné les caméras vers la comète, mais quand nous les avons redirigées vers la ville…

Elle tourne la machine qui enregistre son image vers les grands carrés lumineux en hauteur sur le mur. Ils montrent des images en mouvement de Canaan comme celles que nous regardons : un carré lumineux dans un carré lumineux. La rue du Méridien apparaît sous cet horrible ciel trop clair, l'horloge à eau et l'amphithéâtre sont entourés de flammes. Il doit y avoir un incendie au Grenier. Et des gens se battent. Un inconnu se saisit d'une planche pour en frapper un autre en pleine tête. Le blessé tombe comme un sac.

— Soit ils fuient, soit ils combattent, murmure Rose. Il n'y a plus de camps. Les enfants errent dans les rues. C'est comme si tout le monde était devenu fou. J'ai envoyé Ross inspecter les lieux, mais il n'est pas revenu. Je ne sais plus quoi faire…

— C'est l'Oubli, dis-je.

Gray fixe l'image pour tenter de distinguer ce que Rose montre, mais elle reporte l'image sur elle.

— Nous ne tiendrons plus très longtemps. Nous n'avons plus rien à manger. Je crois, murmure-t-elle, que nous pouvons officiellement déclarer que le Projet Canaan est un échec.

Gray arrête le récit.

— C'est insensé, dit-il.

— De quoi tu parles?

— Tous les habitants de la cité qui perdent la mémoire, sauf Rose. Or, nous savons qu'elle a oublié. Tout le monde oublie. Mais pas quand on se trouve dans cette pièce. Qu'est-ce qu'il y a de différent, ici?

Je me tourne pour regarder les murs immaculés, la table impeccable, les incroyables images de lumière. Tout est différent. La réponse me vient soudain. Une idée qui m'avait déjà effleurée auparavant.

— L'air… Il est soufflé à l'intérieur, filtré. Il n'y a pas de saleté, pas de poussière ici. Ce qui retient la saleté et la poussière à l'extérieur retient aussi l'Oubli.

— Donc, quand ils sont sortis…

— L'Oubli s'est produit. Et la salle blanche n'existait plus, du moins dans leur esprit.

— Mais il restait le code, gravé sur le bracelet que cet homme portait à son poignet.

Je tends la main pour revenir à la liste des noms jusqu'à celui de Dorokov, Sergei. Je retrouve des traits de ma mère, chez lui. Ce n'est pas flagrant, mais tout de même. Je touche l'image qui se tord comme si j'avais effleuré un reflet à la surface de l'eau. Il doit s'agir de mon grand-père. Il devait compter parmi les élus de la Terre. Un astronome et enseignant originaire d'un endroit nommé Russie et dont il aura tout oublié. À moins que ce ne soit pas le cas? Moi, Mère, Liliya… Nous ne perdons pas la mémoire, ou du moins, pas complètement.

Je repense à cette première page du Livre de l'Oubli, écrite par Erin Atan — qui a apparemment pris des positions différentes de celles de Rose au cours de la guerre. «Des morts dans les rues», avait-elle noté. À cause de l'Oubli ou du conflit qui était survenu juste avant? Ou bien des deux…

— Dis-moi ce que tu as vu, me demande Gray.

Il observe les trois carrés lumineux accrochés en hauteur sur le mur et sur lesquels Rose avait contemplé la cité.

Je ferme les yeux. Je sais très bien ce qu'il veut, mais je n'ai aucune envie de lui répondre.

— Nadia? murmure-t-il avec douceur. J'ai besoin de comprendre.

Soit l'Oubli vient d'une comète, soit il est dans l'air. Mais dans les deux cas, nous ne pouvons pas l'empêcher. Et Gray a raison. Il doit savoir ce qui se passe, parce qu'il va devoir le traverser. Il peut m'oublier autant qu'il le veut, mais il doit vivre. Je garde les yeux fermés sans repousser les images qui défilent derrière mes paupières, pour une fois.

— C'est parce qu'ils savent que ça arrive. Ils savent que ceux qu'ils sont vont disparaître, que tous ceux qui les aiment ne se souviendront plus d'eux et qu'ils oublieront jusqu'à l'amour. C'est une fin. Une sorte de mort. Certains s'enferment avec leurs familles. D'autres le considèrent plus comme une fête, mais… malsaine. Ils font tout ce qu'ils veulent. Tout ce qui était interdit. J'ai entendu des cris et des gens… des gens se moquaient de la personne qui criait. J'ai vu deux hommes briser le carreau d'une fenêtre, prendre du pain et des provisions par la vitre cassée, et une fille se faire traîner hors de chez elle, en sang et sans son livre. Les immeubles étaient en feu. Et j'ai vu… une femme… poser un bébé au milieu de la rue.

Je tremble, mais à peine. Gray a attiré mon visage contre son torse et posé la main dans mon dos. C'est un peu comme s'il me raccordait au présent.

— Il était encore dans ses couvertures. Il y en avait deux autres à côté de lui. Plus tard, quand la mémoire m'est revenue, j'ai su… qu'ils étaient morts. Je ne comprends pas pourquoi…

— Ça suffit, déclare Gray. Ça suffit.

Sa voix résonne dans sa poitrine. Je sens qu'il est en colère. À cause de ce que j'ai dit, et parce que nous ne pouvons rien y faire.

— Les choses ne se sont pas vraiment passées comme prévu, hein? poursuit-il. Leur nouvelle civilisation…

Je repense à l'espoir qui émanait de ces visages sur les images, celui, souriant, de Janis enfant. Gray resserre son étreinte.

— Nous viendrons ici quand l'Oubli arrivera. Nous apporterons de la nourriture et nous resterons jusqu'à ce que ce soit fini.

Je recule pour le regarder.

— Comment on saura qu'on peut sortir? On ne pourra pas rester ici éternellement.

Il ferme les yeux sans répondre.

— Et tes parents? Et ma…

— Écoute-moi.

Son regard est intense.

— Je ne veux pas t'oublier, tu m'entends?

Durant tout ce temps, j'avais redouté le moment où Gray m'oublierait. Je comprends soudain à quel point il le redoutait lui aussi.

— Alors, ne m'oublie pas, dis-je.

Sa bouche est contre la mienne avant que je comprenne ce qui se passe, comme s'il voulait imprimer ce souvenir dans son corps. Mes mains caressent son ventre, la peau de son dos, puis je défais la lanière de son livre et lui la mienne avant de flanquer un coup de pied dans mon sac. Il m'attire ensuite contre lui jusqu'à ce que nous franchissions la porte en chancelant et que mon dos se plaque contre le matelas. Gray se tient au-dessus de moi, sauvage et magnifique. J'agrippe doucement ses cheveux. Je voudrais arrêter le temps, le figer comme les images sur le mur. Ses lèvres effleurent mon épaule.

— Gray, dis-je dans un souffle.

Il m'embrasse pour m'empêcher de parler.

— Gray.

Il ne me lâche pas, mais laisse tomber son front à côté de ma tête.

— Je sais, murmure-t-il, je sais.

Il inspire et expire lourdement, nos deux corps collés l'un à l'autre. Il soupire de nouveau.

— Je n'aime pas les bébés, de toute manière.

Je marque un temps, avant d'éclater de rire. Le fils du souffleur a la capacité de me faire rire dans un moment pareil. Il s'esclaffe à son tour, tandis que je lui caresse les cheveux.

— Tu es terrible, dis-je en pensant qu'il est merveilleux. Il roule sur le côté et m'entraîne avec lui en tenant ma tête dans ses mains. Ses boucles sont emmêlées, ses cils forment un halo brun aussi foncé que la barbe sur ses joues. Je n'en reviens pas de sa beauté. Nous avons si peu de temps. Il effleure mes hanches.

— Écris-moi dans ton livre, fait-il.

Il continue de m'explorer sans me regarder.

— Écris-moi, répète-t-il. Pour que je le lise quand j'aurai oublié.

Je me dégage pour me lever. Je quitte la petite salle de repos et vais m'installer par terre près de mon sac à moitié ouvert. Je sors mon livre, ma plume et mon encre. Je trouve ensuite une page blanche et j'inscris : « Je choisis Gray, le fils du souffleur de verre ».

Gray me rejoint et me regarde finir d'écrire, assis derrière moi. Il ramasse son propre livre au sol, le feuillette, puis le pose sur mes genoux. Je lis : « Je choisis Nadia, la fille de la teinturière ».

— Quand est-ce que tu as noté ça?

— Le jour où tu es passée à la maison et que tu as dit que tu aimais les plantes.

Il m'enlace. Je soulève légèrement son bras droit et caresse de ma joue les cicatrices laissées par le dernier Oubli.

— Si tu m'oublies, je me souviendrai pour nous deux, d'accord?

Je l'entends expirer lentement.

— D'accord.

J'abandonne le bracelet sur la table et je range le Premier Livre dans mon sac. J'ai l'intention d'étudier cette liste de cent cinquante personnes de près. Ce livre serait plus en sécurité, ici, mais cette liste présente les « meilleurs parmi les meilleurs ». Les soixante-quinze hommes et soixante-quinze femmes choisis pour venir sur Canaan. Je pourrai toujours le dissimuler dans ma cachette. J'aimerais tellement qu'elle soit assez grande pour accueillir Mère. Si je parvenais à l'entraîner discrètement aux Archives, je la ferais passer sous le mur. Et Genivie aussi. Vu l'histoire de notre famille, il est possible que ma petite sœur n'oublie pas. Et dans ce cas, je ne veux pas qu'elle soit à proximité de Canaan avant l'Oubli. J'en parlerai à Liliya à mon retour à la maison.

Gray attache son livre à sa lanière, puis nous arpentons le couloir main dans la main en silence. Nous nous sommes choisis. Je n'aurais jamais cru qu'une telle chose arriverait. Si je sors de sa mémoire, je n'aurai qu'à m'assurer qu'il me désigne une nouvelle fois.

Nous restons debout devant la porte durant quelques secondes. Gray embrasse ma main dans la sienne avant d'appuyer sur le verre rouge lumineux du bout du pied. La porte s'ouvre. Le bruit de la pluie, le rugissement de la cascade et l'odeur épicée des fleurs des jours sombres nous parviennent aussitôt. Je suis Gray dehors quand il se raidit soudain.

Là, juste devant le massif de jeunes fougères, assise sur un rocher malgré la pluie, se trouve Janis.

— Les enfants... Pourrais-je savoir ce que vous fabriquiez?

Personne ne peut prendre autant de risques sans se faire attraper un jour. Je le sais. Mais lorsque mon tour viendra, je ne m'excuserai pas. Parce qu'on m'a appris à dire la vérité à Canaan.

NADIA LA FILLE DE LA TEINTURIÈRE
LIVRE 15, PAGE 54, 1 SAISON AVANT L'OUBLI

CHAPITRE 18

Gray fait un pas en avant sans me lâcher la main. Mon corps et le sien barrent l'accès du corridor à Janis. Elle ne passera pas.

Elle secoue la tête.

— Vous n'avez rien à dire?

Elle soupire et se lève de son perchoir avant de lisser ses robes trempées. L'entrée du souterrain commence à se refermer.

Janis s'élance dans sa direction à une vitesse étonnante avant que Gray ait pu la bloquer. Je la pousse sur le côté au moment où elle tente de le contourner. Gray en profite pour tendre l'autre bras et l'empêcher de passer. La porte et la montagne se referment à temps. Je souris.

Janis laisse retomber ses mains, le regard rivé sur Gray.

— Ouvre la porte.

— Non.

Elle me dévisage alors.

— Tu vas répondre la même chose, je suppose?

Je confirme.

— Très bien. Suivez-moi, dans ce cas.

Elle se tourne avant de s'éloigner d'un pas vif vers les rochers sous la pluie, comme si nous allions la suivre. Je scrute Gray, qui n'a pas bougé. Ses paupières sont plissées et sa mâchoire serrée. Janis se retourne vers nous.

— Venez. Des amis vous attendent. Vous allez m'aider à décider quoi faire d'eux.

Elle nous observe tour à tour.

— Delia et Genivie.

Gray me serre la main plus fort, immobile. Je plante mon regard dans celui, noir, de Janis.

— Ou préférez-vous que je décide toute seule? J'ai bien quelques idées.

Ces propos ont raison de nous. Janis baisse sa capuche pour se protéger de la pluie, et recommence à marcher. Nous avançons beaucoup plus vite et sommes beaucoup plus forts qu'elle. Mais il a suffi de deux noms pour nous mettre au pas. J'ai mal au ventre. Genivie… J'ignore ce que cette femme serait capable d'infliger à ma sœur pour m'obliger à lui donner ce code. Peut-être rien. Nous devrions tous quitter la cité, les parents de Gray aussi, et franchir la montagne. Mais nous suivons simplement Janis. Mon jour serait-il enfin arrivé? J'aurais plutôt cru me faire attraper à l'échelle ou aux Archives.

Janis s'arrête à l'entrée de la grotte juste sous le mur, puis repousse sa capuche, découvrant l'élégante torsade de ses cheveux blancs. Je me fige et retiens Gray à ma hauteur.

— Je n'irai pas plus loin tant que vous ne me promettrez pas de relâcher Genivie à l'instant où nous atteindrons le lieu où vous nous emmenez.

Janis tourne lentement les yeux vers moi.

— As-tu déjà entendu parler du concept de chantage, Nadia? Genivie est là uniquement pour nous permettre d'avoir une petite conversation. Lorsque nous arriverons là-bas, elle repartira. Pareil pour Delia, ajoute-t-elle en regardant Gray.

Lui et moi échangeons un regard furtif. Dès que nous verrons ma sœur et sa mère, nous les attraperons et leur ferons franchir le mur. Pas de temps pour une petite conversation. Je sais que Gray pense la même chose que moi. Quant à ce que nous ferons après l'Oubli, je n'en ai aucune idée.

Nous pénétrons dans la grotte. Janis connaît visiblement le chemin. Elle se déplace beaucoup plus facilement au milieu des rochers que Gray et moi tout à l'heure. Elle tourne à gauche exactement comme je pensais qu'elle le ferait, au passage de la rivière. Nous avançons un long moment sous l'éclat bleu-blanc des lampes. Il n'y a pas de plantes sur les murs ici. Bien qu'il s'agisse d'un corridor naturel, je pense qu'il a été dégagé pour qu'on puisse circuler. La dernière lampe à vers luisants éclaire une volée de marches taillée dans la montagne donnant sur une porte en métal étincelant, qui s'ouvre sur une sorte d'espace de travail.

La pièce est relativement sombre. Nous devons toujours nous trouver sous terre. Il n'y a pas de fenêtres et le plafond est soutenu par une rangée de troncs de fougère arborescente bien taillés et alignés le long de la grande salle, où un vrai fouillis règne : des plantes séchées suspendues, des tables hautes jonchées de bols et de tubes, d'énormes cuves, des livres, des insectes vivants enfermés dans des pots, un bureau encombré de papiers, des étagères chargées d'une multitude de fioles contenant des liquides colorés, le tout dominé par une odeur que je ne peux identifier, mais qui me brûle le nez. Ce n'est pas du tout comme cela que je m'étais imaginé la Maison du Conseil. Gray me tient toujours par la main. Ses muscles sont aussi tendus que les cordes de mon échelle. À en juger par son expression, il n'est jamais venu ici, lui non plus.

Janis nous sourit avant d'actionner une cloche derrière une porte donnant sur un autre escalier. Elle ferme alors celle qui mène à la grotte avec une clé accrochée autour de son cou.

J'appelle aussitôt :

— Genivie?

— Patience, gronde Janis.

— Où…

Gray m'interrompt et me tire d'un geste brusque en direction des marches.

— Cours! crie-t-il en me protégeant avec son corps. Cours!

Je ne comprends pas. Avant que j'aie pu retrouver

l'équilibre, Reese arrive au bas de l'escalier, suivi de Li et de Jonathan du Conseil. Reese et Li doivent s'y mettre à deux pour maîtriser Gray, alors que Jonathan me maintient sans problème en tenant une lame sous ma gorge, plus exactement. Il me pousse lentement vers l'un des poteaux.

Un bruit de coups de poing, puis les halètements de Gray me parviennent. J'aperçois la rixe, mais le couteau m'entaille au moment où je tourne la tête pour mieux regarder. Un filet écarlate coule le long de ma poitrine et de mon collier. Je fixe Jonathan. Il contemple le sang sur mon cou avec une fascination évidente. Je ne bouge pas.

Le calme retombe. Gray se fait fouiller. Reese s'avance pour s'occuper de moi. Jonathan se contente de changer de position sans éloigner son arme. Reese m'arrache mon sac contenant le Premier Livre et le balance sur le côté.

— Fouille-la! ordonne Janis. Nous cherchons un petit objet.

Il me touche partout sans la retenue à laquelle j'ai toujours eu droit aux Archives. Il m'oblige ensuite à écarter les pieds pour passer une corde autour de mes chevilles, qu'il noue au poteau avant de tirer mes poignets derrière moi afin de les attacher. Jonathan retire sa lame. Gray se tient à environ deux mètres de moi. Il est assis sur une chaise, la tête pendant mollement, les mains liées à ses mollets. La clé en verre est toujours à son cou. Je me demande si les autres pensent que c'est un simple pendentif, comme le mien.

Reese fouille mon sac avant de le balancer un peu plus loin sous la table sans repérer le livre supplémentaire.

— Rien.

Janis soupire. Je ne sais pas où est passé Jonathan. Probablement derrière moi, brandissant son couteau. Je prends sur moi pour parler calmement malgré mes mâchoires crispées :

— Où est Genivie?

Gray lève le crâne et tousse. Sa joue violacée est enflée, en bien plus mauvais état que lorsqu'Eshan l'avait frappé. Il a une entaille sous l'œil, également. Il secoue la tête en essayant de me sourire.

— Elles ne sont pas là. Elles n'ont jamais été là.

Il remarque alors le sang dans mon cou.

Janis désigne l'escalier de la main pour renvoyer Li et Reese sans un mot. Jonathan hésite, tandis que les deux autres s'éloignent.

— Je me charge de nos invités, déclare sa grand-mère afin de le congédier.

Jonathan croise mon regard en partant. Je n'y vois aucune lumière. Je me demande si Janis reçoit souvent dans ce sous-sol et si son petit-fils reste pour la regarder s'occuper de ses invités.

— Je vous ai parlé de chantage, tout à l'heure, commence-t-elle.

Elle retire ses robes mouillées qui découvrent une tunique noire, longue jusqu'aux pieds. Elle n'a pas de livre.

— J'ai appris que la plupart des gens se montrent plus coopératifs quand les conséquences de leurs décisions pèsent sur d'autres personnes. C'est ce que nous allons vérifier aujourd'hui.

Elle suspend sa tenue à un crochet derrière son bureau.

— Je dis toujours la vérité, Nadia. Je peux faire venir Delia et Genivie à tout moment. Peu importe qu'elles aient été ici ou non. C'est lui qui a un problème avec la vérité, dit-elle en désignant Gray de la tête. Tu m'as menti, fils du souffleur de verre.

Mon cœur tambourine. J'ai du mal à respirer. Je ne peux pas croire que nous l'ayons suivie, que nous l'ayons crue. Mais comment aurais-je pu me sauver sachant qu'elle retenait peut-être Genivie? Je referais sûrement la même chose, si l'occasion se présentait.

Gray tend les doigts pour vérifier ses liens. Il sourit tandis que Janis lui tire les cheveux en arrière.

— Vous auriez dû me ramener chez les Perdus.

— En effet, concède-t-elle avant de relâcher sa tête.

Elle se dirige vers une table haute recouverte de bols et de tubes, et attrape une bouteille remplie de liquide.

— Je n'avais aucune raison de penser que tu avais ta place parmi nous, à l'époque.

Janis me regarde alors.

— Gray a eu de très mauvais résultats aux tests.

— Je m'ennuyais trop pour les finir, lance-t-il avec insolence.

— Et tu étais un vrai fauteur de trouble, ajoute Janis. Mais nous avions besoin de bras, et je dois admettre que tu m'as surprise, après ça. Je m'étais trompée.

— En effet, se moque-t-il.

J'ai l'impression de retrouver le Gray du temps de l'apprentissage. Janis et lui semblent presque trouver un certain plaisir à se détester. Je remue mes poignets derrière moi lorsque Janis soulève un objet inconnu; un petit tube avec une sorte d'aiguille à coudre au bout. Ma colère et ma peur se transforment en panique pure lorsqu'elle aspire le liquide avec l'aiguille. Nous devons absolument quitter cet endroit. Sauf que je ne vois aucune sortie. Janis contemple le tube à la lumière d'une lampe avant de tapoter l'aiguille avec un doigt.

— Je vais vous poser des questions auxquelles vous allez répondre parce que vous y serez obligés. Vous ne vous souviendrez de rien; ni de vos réponses ni de votre petit séjour ici. Il sera donc inutile d'essayer de faire preuve de courage. Ça ne durera pas longtemps. Enfin, ça dépend de vous. Mais je suis d'une nature très patiente.

Elle doit parler de l'Oubli, nous ne nous rappellerons pas tout ceci après. Mais il reste encore quinze jours. Janis ne peut pas être patiente à ce point. Elle me sourit.

— Mais je vois que tu ne me crois pas, Nadia. Tu possèdes un esprit très logique qui demande à être convaincu. J'ai déjà remarqué cela, chez toi. Laisse-moi m'expliquer pour que tu saches pourquoi tu ferais mieux de répondre sincèrement, le moment venu.

Elle se dirige alors vers l'étagère en hauteur à côté de moi et choisit une bouteille. J'aperçois une sorte de poudre blanche à l'intérieur. Mes yeux ne quittent pas l'aiguille dans son autre main.

— Ceci, commence-t-elle en brandissant le flacon, est l'Oubli. Il suffira de vous en faire respirer une minuscule quantité pour que tout ce qui se passera dans cette pièce s'efface définitivement de votre esprit, et tout le reste aussi. Ce ne sera pas une grande perte pour vous, dans la mesure où vous oublierez bientôt de toute manière.

Elle pense qu'elle peut nous faire oublier, et pas simplement tous les douze ans, quand elle le souhaite. Elle a raison, je ne la crois pas. Pas après la façon dont elle nous a dupés pour nous attirer ici. Et toute cette histoire signifie que Janis ignore que je n'oublie pas. L'un des mensonges de Gray qu'elle n'a pas percé à jour.

— C'est de la poussière de comète? lance-t-il en essayant de relever la tête.

Il a posé cette question pour l'énerver, comme à l'époque de l'apprentissage. Mais j'entends à sa voix qu'il a mal. Sa posture doit crisper son dos et son cou. Janis rit comme si sa question était plus intelligente que prévu.

— Bien tenté, souffleur de verre! Mais non. Pas d'une comète. Ce sont des spores des arbres de l'Oubli. Quel nom judicieux, vous ne trouvez pas? Elles sont relâchées dans l'air tous les douze ans, avec le cycle de floraison des arbres. Un accord parfait. Sans doute provoqué par la lumière et les radiations liées au passage de notre comète. Les spores ont trois jours pour se nicher dans un endroit sombre et humide où se développer. Elles voyagent avec le vent ou sur le dos et les ailes des insectes. Mais quand des humains les respirent, elles se retrouvent dans leur corps et entraînent une inflammation du cerveau qui, chez la plupart des gens, altère les souvenirs. Cette dose pourrait faire perdre la mémoire à la moitié des habitants de cette cité, déclare-t-elle en brandissant la fiole.

Je croise le regard de Gray. Les voilà, les réponses à nos questions. Et je crois Janis, que ce soit idiot de ma part ou pas. Ça correspond à ce que nous avons vu dans la salle blanche. Et aux gros bourgeons sur les arbres le long de la rue du Méridien.

Gray tente de se tourner vers Janis.

— Vous avez dit « chez la plupart des gens »?

Janis m'adresse un sourire adorable.

— Il est attentif, aujourd'hui, n'est-ce pas?

Je ne vois pas qu'elle s'avance vers moi avec l'aiguille, au début. Quand elle me saisit brusquement par le col de ma tunique et plante d'un geste vif la pointe acérée dans le haut de mon bras, je suffoque.

— Ça risque de piquer un peu, fait-elle d'un ton agréable.

Gray se débat contre ses entraves. Le liquide me brûle. Le visage de Janis est tout près du mien. Sa peau est lisse, mais vieille et rêche comme du papier. Je retiens mon souffle. Elle retire l'aiguille et essuie la gouttelette de sang avec ma tunique sans se soucier de la traînée qui macule mon cou.

— Qu'avez vous fait? dis-je.

J'ai du mal à empêcher ma voix de trembler.

— Juste une petite expérience, ma chère. C'est important de collecter des données.

Ce liquide dans mon corps me terrifie. Je tremble au plus

profond de mon âme. Gray lève doucement la tête pour me demander du regard si je vais bien. Je soupçonne que non. Janis retourne vers sa table haute et plonge son aiguille dans une autre solution.

— Parfois, fait-elle en revenant à la question de Gray comme si de rien n'était, les spores ne provoquent pas d'inflammation du cerveau. Le corps les retient dans le sang, dans ces cas-là. Les souvenirs sont préservés. La personne développe une maladie bénigne lorsque le métabolisme lutte pour se débarrasser des spores. Mais si le sang en contient trop, le corps est submergé. Le patient se porte alors très mal, et meurt. Il y aurait encore beaucoup d'études à mener, à ce sujet. Il m'a fallu des années pour…

— Vous avez laissé ces arbres partout dans la cité, dis-je.

Janis se retourne. La colère domine ma peur.

— Vous auriez pu nous sauver et vous ne l'avez pas fait. Vous ne faites rien. Vous nous laissez oublier!

— Je vous laisse oublier? Ma *chère* Nadia? Penses-tu vraiment que l'Oubli est une punition? me lance-t-elle avec un regard navré. Non, ma chère. L'Oubli est un privilège. Un cadeau. Une renaissance. Une chance d'effacer les erreurs du passé. Il a arrêté une guerre et apporté la paix. Il nous a offert une deuxième opportunité de remplir notre mission et de créer la société parfaite. L'Oubli nous a sauvés.

— Comment se retrouver coupé de tout ce que l'on est tous les douze ans pourrait-il créer une société idéale? demande Gray d'une voix pâteuse.

Janis réfléchit durant un instant avant de déposer son

aiguille, désormais propre, à côté d'autres sur un morceau de tissu. Elle contourne son bureau pour aller s'asseoir sans bruit. Un couteau est posé dessus. Les lettres ESNM sont gravées sur la lame. Janis semble avoir envie de parler. Elle en meurt d'envie, même. C'est peut-être la seule et unique fois où elle pourra le faire. Parce qu'elle pense qu'elle nous fera oublier. J'ai bien l'intention de me souvenir de chaque mot. À moins qu'elle m'injecte une autre horrible chose dans le corps.

Elle croise les mains avant de prendre la parole :

— Avez-vous déjà taillé une plante? On observe les branches, les feuilles, les bourgeons et ensuite, on en cueille une par ici, on en coupe une autre par là. On dit oui à ce bourgeon-ci et non à celui-là. Que se passerait-il si la plante s'en souvenait? Ce serait très désagréable pour elle. Pourtant, la plante est plus belle, entretenue. Ça lui permet de fleurir. C'est beaucoup plus sain. Vous pensez vraiment qu'elle préférerait avoir conscience de la taille?

Cette magnifique femme assise derrière son bureau est en train de nous expliquer comment elle sélectionne les individus et se débarrasse de ceux dont elle ne veut pas.

— Notre mission, poursuit-elle, était de peupler cette planète et de fonder la société idéale pour que la Terre puisse tirer des leçons de cette expérience. Nous sommes tous nés de gens qui étaient des élus, les meilleurs d'entre les meilleurs. La Terre attend de nous que nous recréions cette société. Elle a besoin que nous le fassions. C'est pourquoi cent cinquante d'entre nous retourneront sur Terre pour la transformer. Dès

351

que nous aurons émis le signal.

Janis attrape un livre posé sur son bureau et l'ouvre pendant que Gray me lance un regard interrogateur. C'est ce que nous avons entendu dans la salle blanche et lu dans le Premier Livre. Mais dans une version déformée. Une perspective enfantine tordue dans une logique d'adulte. Cent cinquante noms, barrés et remplacés. Le regard de Gray glisse vers Janis.

— Que se passera-t-il quand vous lancerez le signal?

Janis lève le nez, les sourcils haussés.

— Pourquoi cette question? La Terre viendra à nous, bien sûr, comme convenu. Lorsque nous enverrons le signal, nous rentrerons chez nous.

— Et qu'arrivera-t-il aux branches coupées? demande Gray d'un ton lourd de sarcasme.

Elle attrape une plume et la plonge dans l'encre.

— Lorsque les Terriens répondront, il n'y aura plus de branches superflues, bien évidemment. Ils trouveront ce à quoi ils s'attendaient : une société parfaite. Les meilleurs d'entre nous, engendrés par les descendants de l'élite.

Elle sourit avant de commencer à écrire.

Une liste de cent cinquante élus. Pas de morts. Ce sont les autres habitants de Canaan que Janis va tuer. Dès qu'elle aura pénétré dans la montagne.

Elle s'appuie contre le dossier de sa chaise durant un moment en faisant courir un long doigt fin sur le livre ouvert devant elle.

— Il faut se montrer vigilant, extrêmement attentif pour que ces cent cinquante personnes soient toujours prêtes, ou opérer un remplacement lorsque l'une d'elles vieillit et meurt. Pour trouver la combinaison idéale d'intelligence, de qualités physiques et esthétiques, d'équilibre psychologique, de fertilité, et une conscience profonde du bien commun. Il faut une gouvernance de fer pour écarter du patrimoine héréditaire ceux qui ne conviennent pas. Savez-vous que les premiers élus ont passé des tests drastiques? Pas juste sur les sujets simples que je viens d'énumérer, mais concernant le stress, l'ingéniosité, la résolution de problèmes…

Et l'empathie, le mur lumineux avait-il dit. Je ne crois pas que Janis réussirait ce test-là. Je me demande pour la première fois ce qu'elle ressent après l'Oubli quand elle se retrouve seule à se rappeler alors que tout le monde perd la mémoire. Je suis dévastée. Combien d'Oublis a-t-elle traversés? Peut-être qu'à force de réprimer ses émotions, elle s'est oubliée elle-même. Comme j'avais tenté de le faire. Jusqu'à Gray.

— Cela demande de bien connaître les potentiels élus, poursuit-elle pratiquement pour elle-même. De les mettre en danger, de les confronter au stress, à des situations extrêmes, pour voir comment ils réagissent. Il faut également se montrer perspicace pour comprendre comment les pousser dans leurs retranchements et s'assurer qu'ils réussissent les tests. C'est pour cela qu'une personne et une seule peut décider quels bourgeons arracher.

Elle, je présume, puisqu'elle se souvient.

— Trois sortes d'individus sont nés sur Canaan, explique Janis. Ceux qui correspondent aux directives, ceux qui pourraient y correspondre, et ceux qui n'y correspondront jamais. Il est plus facile de les tester avant l'Oubli, une période naturellement confuse et anxiogène. La population s'étant étendue, j'ai de plus en plus usé de cette méthode, je dois le reconnaître. C'est intéressant d'observer comment les uns et les autres réagissent et de les voir échouer. C'est spectaculaire, parfois. La cité est un champ envahi de mauvaises herbes qui se nettoie de lui-même.

Je me souviens de tout ce à quoi j'ai assisté durant l'Oubli. La cruauté, la violence, la femme aux bébés morts. Janis a-t-elle vraiment ensemencé ces graines? Mis tous ces gens dans un état second pour les pousser dans leurs retranchements? Je pense au fouet, à la manière dont elle a manipulé Gray, aux rumeurs qui circulent dans la cité. À Hedda et ses rations trop maigres. Je veux bien croire que Janis grimpe dans la tour de l'horloge afin d'observer les résultats de ses manigances, à présent. Nous regarder nous éliminer les uns les autres. Et tout oublier ensuite.

— Mais nous avons presque le compte, explique-t-elle, satisfaite. Nous avons pratiquement atteint le nombre d'élus. Le moment est venu de regagner la Terre.

— Je crois que j'aimerais redevenir un Perdu, déclare Gray. C'est là que se trouvent les meilleurs d'entre nous.

Janis agite une main en l'air.

— Oh, je ne crois pas qu'il y aura encore des Perdus après cet Oubli. C'est beaucoup trop compliqué de les empêcher de se reproduire. Et il y a une pénurie de nourriture. Vous n'êtes pas au courant? Mais dis-moi, comment te sens-tu, Nadia?

Elle fait le tour de son bureau pour me rejoindre, lève mon

menton, regarde mes pupilles, et met un doigt dans mon cou pour prendre mon pouls. Je l'observe de nouveau de près. C'est notre foi en elle qui lui a donné ce pouvoir, et l'Oubli qui permet qu'on la croie. Janis recule d'un pas.

— Je vais te poser une question, Nadia. Ensuite, tu me diras la première chose qui te viendra en tête. Quel est ton plus ancien souvenir?

Je cligne des yeux. Je ne sais pas quoi répondre. Suis-je censée me rappeler ou non? Mes bras maintenus en arrière me font mal à force de résister contre leurs entraves, mais à part ça, je ne sens aucune réaction particulière au liquide qu'elle m'a injecté. Je sais, soudain, l'annonce que je vais faire à cette femme qui se rappelle tout à propos de Canaan, et tant pis si c'est une erreur.

— Anna.

Ma réplique fait son petit effet. Janis se fige avant de porter un doigt à son menton.

— Vraiment?

Elle retourne aussitôt à son bureau et attrape sa plume.

— Et quoi, à propos d'Anna?

— Pas grand-chose. Qu'elle me mettait au lit.

Gray essaie de changer de position pour mieux voir.

— Et ensuite, qu'Anna n'était plus là.

Janis note ces paroles.

— Oui. Anna était particulièrement sensible.

Je ne comprends pas de quoi elle parle. Sensible de nature ou sensible à ce qu'elle lui a fait boire? Le docteur avait expliqué que ma grande sœur avait trop de poison dans le corps pour qu'il s'agisse d'un simple accident. Janis l'a-t-elle tuée? Et, si oui, avec le même liquide que celui qu'elle m'a injecté? Anna n'a peut-être rien senti non plus?

— Qu'est-ce qu'il lui est arrivé?

Janis balaie ma question de la main.

— Rien d'autre? Et Lisbeth?

L'ancien nom de Liliya. Janis cherche à savoir si je me souviens.

— Qui ça?

— Et ton père?

— Non.

— Bien. Ça m'aide, Nadia. C'était même plutôt intéressant. Merci.

Sa plume continue de gratter doucement le papier pendant un instant. Je m'aperçois alors que l'odeur fétide de la pièce ne me parvient plus. Janis s'interrompt et se penche en avant.

— Et maintenant, parlons du code. J'ai dit que je souhaitais vous expliquer la situation pour que vous répondiez à mes questions sans tarder : j'ai besoin du code qui ouvre la porte de l'abri, parce que nous avons pratiquement rempli notre mission et que l'heure est venue d'envoyer le signal. Il m'a fallu des années pour trouver cet abri. Je n'avais jamais été dans la montagne, enfant, et Zuri l'avait bloqué. Ou caché, plus exactement. L'Oubli met plus de temps à agir là-bas. Les spores y sont moins concentrées. Mais le jour où je l'ai finalement débusqué, vous ne pouvez pas savoir le nombre de combinaisons que j'ai testées, la quantité de livres que j'ai lus et de gens que j'ai interrogés… Et rien. J'ai même failli baisser les bras, à un moment. Mais je t'ai vue, Nadia. Toi l'arrière-petite-fille de Sergei Dorokov, passer de l'autre côté du mur et franchir la porte de l'abri. J'ai su, alors, que tu connaissais le code. Et tu as mis ce garçon dans la confidence…

Elle fait le tour du bureau avec une fiole bleue à la main, la pose à côté du tissu où sont brodées les lettres ESNM, et soulève la tête pendante de Gray. Sa chemise se tend à peine tant sa respiration est courte. Il doit avoir des côtes cassées.

— J'ai l'impression que tu l'aimes vraiment, déclare-t-elle d'un ton étonné, pourtant tes résultats aux tests étaient si élevés. Mais tes fréquentations sont très mauvaises, Nadia. Quel dommage de devoir te rayer de la liste!

Elle soupire, tandis que je tente toujours de me libérer les poignets.

— J'aurais préféré ne pas te le dire. C'est tellement plus facile quand la plante ne sait pas qu'elle est taillée, mais…

Elle attrape les cheveux de Gray et soulève sa tête.

— Est-ce que tu m'as informée que Nadia la fille de la teinturière passait de l'autre côté du mur, souffleur de verre?

Il a une mine affreuse. Mais je crois qu'il sourit. Il secoue la tête.

— Est-ce que tu m'as révélé que tu avais le code?

Il secoue de nouveau la tête.

— Et que tu as été de l'autre côté du mur? Et à l'intérieur de la montagne?

Il dément encore sans mot dire, son rictus toujours aux lèvres.

Janis soulève le bouchon de la fiole bleue sur lequel un compte-gouttes est fixé, puis laisse tomber une goutte sur la main droite de Gray. Je ne sais pas ce que j'avais imaginé, mais pas ça. J'entends Gray siffler, puis je le vois serrer le poing. Une traînée de fumée s'élève, ainsi qu'une odeur de cheveux et de peau brûlés. Gray ne fait pas de bruit, mais des cloques et une tache de sang apparaissent.

Janis remet le bouchon sur le flacon, toujours souriante.

— L'un de vous deux va me donner ce code, déclare-t-elle. Vous voulez bien le faire, maintenant?

Je croise le regard de Gray, qui m'adresse un discret signe de la tête. La population entière de Canaan, hormis cent cinquante personnes, mourra lorsqu'elle enverra ce message.

— Sachez, poursuit Janis en nous observant tour à tour, que j'arriverai à vous le soutirer d'une façon ou d'une autre. Cela prendra juste plus ou moins de temps.

Je lève les yeux, ma respiration est rapide, mais je ne bouge pas la tête même si je tourne et retourne mes poignets. Du sang coule le long de mes poignets. Ni Gray ni moi ne répondons.

— Dans ce cas, nous allons commencer par toi, souffleur de verre, déclare-t-elle. Tu vas me donner le code. Toi ou Nadia. Et ensuite, vous oublierez. Vous vous rappelez ce que je vous ai dit, tout à l'heure?

J'observe l'affreuse brûlure sur la main de Gray. Il transpire de douleur. Je ne sais pas quoi faire. Je tords mon poignet droit et parviens pratiquement à dégager mon pouce.

— Es-tu disposé à me répondre?

Gray fixe Janis, le regard plein de haine.

— Non.

Il ne connaît même pas le code et il a tellement peur de l'Oubli.

Janis se tourne vers moi.

— Et toi?

Gray me crie de me taire. Je cligne des paupières pour retenir mes larmes, indécise. Gray et moi allons perdre, et personne ne s'en souviendra, à part moi. Et cette femme. Janis saisit alors le couteau, tranche la lanière du livre de Gray et le laisse tomber par terre. Elle glisse ensuite la lame sous l'arrière de sa chemise avant d'en déchirer doucement le tissu. Gray se tend, tandis que l'air frais effleure son dos nu. Il sait ce qui l'attend. Moi aussi.

Je hurle :

— Arrêtez! Ne faites pas ça!

— Il y aurait une façon très simple de m'en empêcher, répond Janis calmement.

— Nadia, dit Gray. Si je ne craque pas, ne craque pas toi non plus. Promets-le-moi.

— Fais-moi signe quand tu seras prête, Nadia, lance Janis en attrapant la fiole bleue.

— Jure-le-moi!

J'aperçois le visage de Gray au moment où la première goutte frappe sa peau. Une grimace atroce tord ses traits.

— Arrêtez!

— Donne-moi le code.

Gray secoue la tête, haletant. Janis laisse tomber une

autre goutte, puis une autre. Et une autre encore.

Je pourrais en inventer un, mais Janis s'en apercevrait vite. Je pourrais lui fournir le vrai. Mais qui se souviendrait des personnes qu'elle s'apprête à tuer? Des branches et des bourgeons qu'elle compte arracher? Nous faisons partie de ces gens, Gray et moi. La certitude absolue que nous ne quitterons jamais cet endroit, que l'on oublie ou pas, me frappe soudain. Que Janis obtienne ce qu'elle veut ou non.

Du liquide bleu coule à nouveau. Gray hurle. Je me débats contre mes liens, tirant sur mes mains glissantes de sang jusqu'à ce que mon pouce soit complètement libéré. Je sens l'odeur de la peau brûlée de Gray. Il bascule la tête en arrière, puis vers l'avant, pour tenter d'échapper à l'inéluctable.

— Es-tu disposé à me répondre? demande Janis en se penchant plus près de lui. Non? Alors, avec quoi poursuit-on? Une oreille? Un œil?

Je me débats si violemment que ma main droite se libère. Puis la gauche. Je ne sens pratiquement plus mes pieds encore ligotés. J'avise l'étagère à côté de moi. Je sais ce qu'il me reste à faire. Je vais détruire ce code. Du moins pour Janis. Je tends la main vers les fioles et j'en attrape une.

Je crie :

— Gray!

Il tremble. De la fumée s'élève de son dos ensanglanté. Mais il bascule la tête vers moi. Je lui montre la fiole de poudre.

— Je suis désolée!

— N'oublie… n'oublie pas… souffle-t-il. Tu dois te souvenir… pour nous deux…

Janis se détourne de sa tâche avant de se figer, mais je balance la bouteille sans lui laisser le temps de réagir. Le contenant tourne sur lui-même en formant un grand arc dans les airs, puis explose par terre dans un petit nuage blanc. Une senteur douce et épaisse, pareille à celle de fruits de miel pourris sature l'atmosphère. L'odeur de l'Oubli. Janis court retirer d'un coup sec sa robe mouillée de la patère pour la plaquer sur ses lèvres.

— Nadia! fait Gray d'une voix éreintée. Ne… ne m'oublie pas. Ne… m'oublie…

Ses yeux se ferment. Lorsqu'il les rouvrira, il ne saura plus qui je suis.

La douleur s'insinue en moi comme les spores dans l'atmosphère. L'immonde parfum emplit ma bouche et ma tête. Le visage de Gray s'apaise, mais cette vision me serre le cœur. Je serai effacée de son esprit comme un mot recouvert par une tache d'encre. Il se perdra lui-même. Mais Janis ne le torture plus.

Je prends mon crâne entre mes mains malgré mes poignets ensanglantés, quand la douleur se transforme soudain. Elle devient beaucoup plus tangible. Je suis pliée en deux. J'avais envisagé d'imiter l'expression de Gray, de faire semblant d'oublier. Mais de véritables coups de poignard agressent ma tête et mon dos. Je crie avant de m'effondrer, les pieds toujours attachés au poteau, lorsque la douleur décuple. Je hurle.

Les pieds de Janis approchent lentement vers moi.

— Oh Nadia, fille de la teinturière, dit-elle d'une voix étouffée par sa robe mouillée. Il semblerait que tu sois une menteuse, toi aussi.

J'espère ne jamais avoir encore à regarder quelqu'un mourir. Ce doit être pareil que de les regarder oublier.

NADIA LA FILLE DE LA TEINTURIÈRE
LIVRE 10, PAGE 74, 9 ANS APRÈS L'OUBLI

CHAPITRE 19

Je garde les paupières fermées à mon réveil. Je me sens lourde, comme si je faisais corps avec le matelas. De vagues souvenirs me reviennent : de la lumière, une douleur très vive et le visage de Gray. Je m'agite, grimace et me tiens aussitôt tranquille. Quelque chose bruisse tout près, un souffle. J'ouvre les yeux.

Des tissus fraîchement teints sont accrochés sur des murs en pierre, et mon matelas présente les mêmes motifs rouges et bleus que la couverture sur moi. Le lit est légèrement surélevé. Quelqu'un est allongé par terre à côté, les cheveux défaits étalés. Gray… Je me détends. Son épaule est à la hauteur de mes yeux. Il ne porte pas de chemise. Je crois que nous sommes allés nager, durant une seconde, qu'il a plu et que nous nous trouvons dans la salle blanche. Sauf que rien autour de nous n'est blanc. Je tends une main pour toucher la sienne.

Il sursaute, bondit sur ses pieds et s'éloigne de quelques pas en se frottant les doigts sur son pantalon noir. Il a une petite barbe qui lui va bien. La clé en verre est toujours à son cou.

Malgré mes appréhensions, je parviens à bouger mon corps incroyablement raide et courbaturé. Je fais basculer mes pieds vers le sol pour vérifier que je peux me lever, quand la tête se met à tourner. Les fenêtres sont en hauteur comme dans une pièce de repos classique, mais une lumière rose et or y pénètre. Le soleil levant. Je rate un magnifique spectacle. Gray me regarde.

— Tu as été malade, me dit-il.

Je déteste être malade. Un broc d'eau trône à côté du lit. Je le soulève tant bien que mal à deux mains. Gray vient à ma rescousse. Il me tend une tasse pleine. J'arrive à peine à boire une gorgée. Le lever du soleil. Comment est-ce possible? Je pousse un soupir. L'Oubli.

— Quel jour sommes-nous?

— Je n'en sais strictement rien, répond-il.

Gray semble gêné de le reconnaître, presque en colère. Je tends la main pour attraper la sienne, mais il s'éloigne à l'autre bout de la petite pièce. C'est là que je vois son dos. Ses brûlures sont profondes. Comme si une pluie bouillante les avait dessinées.

— Ton dos, dis-je.

La mémoire me revient soudain : Janis en train de nous emmener, moi attachée à un poteau, Gray qui hurle.

Il fait un demi-tour sur lui-même.

— Ça fait moins mal, maintenant, lance-t-il sur la défensive.

Il me regarde, puis baisse les yeux et me demande :

— Comment tu t'appelles?

Cette question me fait l'effet d'un coup de poing. Quelque part dans mon esprit, j'ai six ans et j'entends ma mère me demander : « Qui es-tu? » Je me souviens de la poudre blanche s'échappant de la fiole. C'est moi qui ai fait ça. Je l'ai fait oublier. Je pose une main sur mon ventre et lui demande :

— Où est ton livre?

Il me dévisage avec un air confus. Je pivote au bord du lit, regarde par terre, autour de moi, dans les coins. Aucun sac en vue. Pas le moindre livre. Je prends ma tête entre mes mains tremblantes. Janis les a pris. Évidemment.

— Tu devrais te rallonger, me dit Gray en se rapprochant de moi.

Il ne sait pas quoi faire. Il n'ose pas me toucher.

J'aimerais dire : *Temps mort. Question gratuite…*

Mais Gray ne connaîtra plus aucune réponse. J'essaie de me calmer.

— Je m'appelle Nadia.

Il s'assoit à l'endroit où je l'avais trouvé à mon réveil en se baissant lentement pour épargner son dos. Puis il demande :

— Donc… tu sais qui je suis?

— Oui, tu es Gray.

Il opine, la mâchoire serrée.

— Ça doit être ça. Tu m'as appelé comme ça dans ton sommeil. Mais tu aurais très bien pu… Tu étais très malade.

Il semble aussi sonné que moi.

— Tu es le fils du souffleur de verre, dis-je. Tu travailles avec ton père, Nash. Ta mère se nomme Delia. Elle est planteuse. Tu as dix-neuf ans et tu as terminé ton apprentissage.

— Nash et Delia… Tu en es sûre?

Cette question me rappelle celle qu'il m'avait posée le premier jour, à la cascade.

— Certaine.

— Qu'est-ce qui m'est arrivé?

— Tu as oublié.

Je tente de garder un ton neutre. Mais une larme brûlante roule le long de ma joue. Gray paraît mal à l'aise.

— Tu as perdu la mémoire.

— Lorsque… Lorsque je me suis réveillé, il faisait sombre et j'étais attaché, et…

Et en pleine souffrance.

— Ils m'ont libéré et emmené ici. Tu étais allongée sur le lit. C'est à peu près tout ce que je sais. Une fille est venue nettoyer mon dos une fois et on nous apporte de la nourriture et de l'eau de temps à autre.

Nous sommes toujours dans la maison de Janis.

— Depuis combien de temps on est ici?

Il secoue la tête. Un geste que je reconnais aussitôt. Mais je ne reconnais pas son ton quand il dit :

— Je n'en sais rien. On est venu nous apporter de quoi manger quatre fois.

Mes pensées se clarifient et les événements s'ordonnent.

Janis a dit que dans de rares cas, les spores restaient dans le sang au lieu d'aller dans le cerveau, et que les souvenirs étaient alors préservés. Et que respirer une trop grande quantité de spores pouvait rendre très malade. Je me rappelle avoir eu très mal et avoir dormi après le dernier Oubli. Sûrement à cause de la maladie. J'ai peut-être même frôlé la mort. Janis avait également expliqué qu'une bouteille de spores pourrait faire perdre la mémoire à la moitié des habitants de la cité avant d'ajouter : « Oh, Nadia, fille de la teinturière. Il semblerait que tu sois une menteuse, toi aussi. »

Elle sait comment je réagis aux spores, à présent. Elle sait que je me souviens, que quelqu'un a le code. C'est sans doute pour cette raison que nous sommes encore vivants. Je me demande quel jour nous sommes. Nous devons absolument quitter cet endroit.

Je porte une vieille tenue de repos. Je me lève tant bien que mal, puis m'avance lentement vers la porte.

— C'est fermé, m'annonce Gray.

J'actionne malgré tout la poignée. La porte en métal étincelant est lourde. Je dois absolument aller aux latrines. Mon visage doit me trahir, parce que Gray désigne une couverture suspendue à une corde qui se balance entre deux fenêtres. Un seau est caché juste derrière. C'est trop gênant. Mais nécessaire.

Gray a le dos tourné et se tient à l'autre bout de la pièce lorsque je ressors de là. Je me rassois sur le matelas, épuisée. Il s'adosse contre le mur sans appuyer ses plaies dessus. C'est dur de le voir aussi confus. Si peu sûr de lui.

— Tu as dû t'occuper de moi durant tout ce temps, fais-je. Je suis désolée.

C'est lui qui a accroché cette couverture : elle est assortie à son lit. Il hausse une épaule.

— Tu n'as pas à t'excuser.

Je reconnais mieux Gray, tout à coup.

— Est-ce que tu veux bien me laisser voir ton dos? Tu as dit que quelqu'un l'avait déjà fait, mais…

Il hésite avant de venir s'asseoir au bord du matelas. La contusion sur sa mâchoire a disparu, ainsi que celles que Reese et Li lui ont infligées.

— Tu as mal aux côtes?

Il secoue la tête.

Regarder ses brûlures est un supplice. La colère qui me prend met mes joues en feu. Ce liquide bleu a laissé deux trous ronds et deux longues balafres. Gray gardera des cicatrices, de vilaines cicatrices. Un morceau de tissu est posé à côté du broc d'eau.

— Il est propre?

— Plus ou moins, répond-il.

Nous sommes aussi sales l'un que l'autre. Je verse un peu d'eau sur son dos et commence à nettoyer la peau autour de ses blessures.

Son visage se crispe, mais il ne dit rien. Il est mal à l'aise en ma présence. Maintenant que je les observe de plus près, je m'aperçois que certaines lésions se sont mieux refermées que d'autres.

— Je peux voir ta main? dis-je doucement. Celle avec la

brûlure?

Il me la tend. La première blessure est en voie de guérison, comme la moitié des plaies sur son dos. Mais d'autres ont à peine commencé à cicatriser. Je manque d'air. Mon corps affaibli supporte difficilement cette rage qui me gagne.

Janis a continué à le torturer. Au moins deux fois. Gray ne s'en souvient pas parce qu'elle y a veillé. Mais pourquoi? Si elle était vraiment impitoyable et cruelle, ne l'aurait-elle pas laissé se souvenir et redouter la séance suivante? Elle a dû déduire qu'il avait oublié le code et qu'elle ne pouvait pas se servir de lui pour faire pression sur moi, puisque je n'étais pas réveillée. Je pose le tissu et me rallonge.

Gray se réfugie à sa place, par terre. Je ne voulais pas qu'il s'éloigne. Sa réaction me blesse. Je repasse les événements dans ma tête : lui et moi ligotés; Janis, très loquace; ses questions bizarres. Que m'a-t-elle injecté avec son aiguille? En dehors de la sensation de piqûre, je n'ai rien senti de spécial. «Une expérience», a-t-elle dit. «Pour collecter des données.» Là-dessus, elle m'a demandé quel était mon plus ancien souvenir, et j'ai songé qu'elle avait peut-être empoisonné Anna…

Je masse mes tempes douloureuses. Janis sait qu'Anna était morte avant le dernier Oubli. Elle connaît tout ou presque de ma famille. Alors, pourquoi n'a-t-elle pas été étonnée que je parle d'elle? Cette erreur de ma part aurait dû la surprendre. Mais Janis a simplement prononcé le nom de Lisbeth après ça.

Je comprends soudain. Je croyais que Janis cherchait à

découvrir si je me rappelais tout comme elle. Mais si elle avait testé ce produit sur moi pour voir *quels* souvenirs remontaient? Janis ne possède pas seulement l'Oubli. Elle détient également son antidote. Elle s'en est servi sur Gray. Elle l'a obligé à retrouver la mémoire, brûlé pour obtenir le code, drogué pour qu'il oublie de nouveau, avant de recommencer, sachant qu'il resterait confus et bien docile dans l'intervalle. Je ferme les yeux. La rage que j'éprouvais encore il y a un instant n'est rien comparée au sentiment qui s'insinue en moi; de la haine. Froide et implacable.

Gray me dévisage lorsque je rouvre les paupières. Je remonte les genoux contre ma poitrine et pose mon menton dessus. L'antidote m'a peut-être sauvé la vie. Dans un cas comme dans l'autre, Gray et moi serons en danger lorsque Janis saura que je suis rétablie.

— Gray…

Il sursaute à ce nom et je poursuis :

— Si jamais quelqu'un vient, je ferai semblant de dormir, d'accord? Je ne veux pas qu'on sache que je suis réveillée.

Je suis tellement fatiguée que ce sera à peine un mensonge.

Gray accepte en silence, les sourcils froncés et les yeux rivés au sol. J'aimerais lui caresser la tête et toucher sa barbe. Dès que nous aurons quitté cette pièce, je lui donnerai l'antidote.

— Qui nous apporte à manger? Un homme ou une femme?

— Une fille est venue une fois. Un homme, les autres fois.

Grand. Plus âgé que nous, les cheveux plaqués en arrière.

Reese. Il ne nous aidera pas. J'observe la pièce quasiment vide.

— Réfléchis. Qu'est-ce qu'on pourrait utiliser en guise d'arme? Si on coupait la corde sous la couverture et si tu allais te cacher derrière la porte au moment où cet homme entrera, tu serais capable de la lui passer autour du cou?

Gray contemple tour à tour la couverture, puis moi, les yeux écarquillés. Je retrouve un peu du fils du souffleur de verre dans le petit rictus qui se dessine sur ses lèvres.

— Cet endroit paraît beaucoup moins ennuyeux, tout à coup.

— Est-ce que tu pourrais le faire?

— Je crois. Je n'en sais rien.

Il a l'air fatigué. Comment a-t-il fait pour dormir? Sûrement pas sur le dos, probablement à plat ventre.

— Tu veux venir ici, près de moi?

Il secoue la tête.

— Ne sois pas bête. Tu serais mieux que par terre.

Je m'écarte le plus loin possible du côté du mur pour lui faire de la place.

Il ne résiste pas plus longtemps. Il se lève avec un air renfrogné à cause de la douleur, puis plante les genoux sur le matelas avant de s'étendre sur le ventre. Même sale, blessé, fatigué et sans souvenir de moi, je le trouve magnifique. Pourquoi est-ce que je n'arrive jamais à l'aider? Je croyais avoir sauvé son livre durant l'Oubli et lui avoir épargné de souffrir dans la pièce souterraine. Au lieu de ça, je lui ai fait vivre ce qu'il redoutait le plus et je l'ai fait souffrir davantage. La culpabilité n'a pas qu'un goût amer, c'est une maladie. J'ai mal partout. Gray laisse retomber sa tête sur ses bras et détourne le visage, tandis que je me blottis dans l'angle, contre le mur froid.

— Quelqu'un m'a fait ça volontairement, c'est ça? me demande-t-il alors.

— Oui.

— Et cette personne ou ces gens vont recommencer?

Je n'arrive pas à lui répondre parce que la réponse est oui. Janis se servira de lui. Encore et encore. Jusqu'à ce que je craque. Et elle arrivera probablement à ses fins.

— Nous devons partir.

Il réfléchit une minute.

— J'ai une autre question à te poser.

— Tu peux me demander tout ce que tu veux.

Il inspire profondément.

— Qu'est-ce que tu es… pour moi?

Que dire?

Tu es le meilleur ami que j'aie jamais eu, la meilleure chose qui me soit jamais arrivée. Tu as menti pour moi, souffert pour moi et tu as écrit mon nom dans ton livre.

J'opte pour la vérité simple :

— Tu m'aimais.

— Je ne m'en souviens pas.

Je sais.

Je ferme les yeux.

— Désolé, ajoute-t-il.

— Pas la peine de t'excuser pour ça, je murmure.

Il tourne la tête vers moi.

— Où est-ce que tu as eu ce truc? m'interroge-t-il en observant mon pendentif.

Je passe la cordelette par-dessus mes tresses à moitié défaites et la lui tends. Elle est maculée de sang, mais la coupure dans mon cou semble avoir guéri.

— Tu te souviens de cet objet?

— Non. Mais je l'ai bien regardé pendant que tu dormais, et je suis sûr que je saurais le fabriquer, répond-il.

C'est vrai. L'Oubli est tellement injuste. Je voudrais tant que Gray se souvienne de moi.

— Tu as dit que je travaillais le verre. C'est moi qui l'ai confectionné?

— Oui. La clé que tu as autour du cou, aussi.

Je repense à lui cette nuit-là devant le four alors que j'essayais encore de lui résister. Il remet le collier dans ma main et repose sa tête sur ses doigts. Ils se tendent légèrement avant de se crisper. Je me demande s'il se souvient d'avoir été ligoté.

— Nadia, dit-il, pour essayer mon nom. C'est atroce d'oublier.

La serrure cliquette soudain. Je m'allonge aussitôt sur le matelas et ferme les paupières. La porte s'ouvre en grinçant. Des pas approchent. Ceux d'une femme, a priori, le bruit de talons et les petits pas légers me l'indiquent. Ils s'arrêtent à côté du lit. Gray reste muet.

— Nadia, murmure une voix.

Mes yeux s'écarquillent d'un coup. Genivie.

— Tu es réveillée, chuchote-t-elle, visiblement soulagée.

Je m'assois brusquement.

— Qu'est-ce que tu fais là? dis-je.

— Je suis venue vous libérer.

— Qui est-ce? demande Gray.

— Il faut partir tout de suite, déclare Genivie. Tu peux marcher? Tu as été très malade, mais Liliya dit que tu devrais vite aller mieux.

— Qu'est-ce qu'elle en sait?

— Nadia, gronde Genivie.

Je me glisse doucement vers le bord du matelas.

— Qu'est-ce qui lui est arrivé? Il a déjà oublié? demande Genivie en regardant Gray.

— Oui.

Ma petite sœur le contemple. Elle aimerait me questionner sur l'état de son dos, mais se retient.

— Prenez vos affaires. Tu as des chaussures? demande-t-elle à Gray.

Il lui répond d'un haussement d'épaules. Je n'en ai pas, moi non plus.

— Où sont vos livres?

Elle pâlit devant mon expression, puis m'aide à me lever. Je lui demande :

— Quel jour sommes-nous?

Elle se fige. J'en profite pour la regarder de plus près. Ses yeux sont aussi immenses que d'habitude, mais il y a quelque chose de différent. J'y vois de la peur. Ce constat et la lumière rose filtrant par les fenêtres font battre mon cœur plus vite.

— C'est l'Oubli.

— Il reste combien de temps?

— Cinq cloches, peut-être moins. Si tu ne t'étais pas réveillée, il t'aurait portée, explique-t-elle en désignant Gray de la tête.

— Qui es-tu? redemande Gray.

— Sa sœur.

— Je croyais que tu étais la fille qui apportait la soupe.

— Je suis effectivement venue une fois. Allez, on sort d'ici. Reese risque de revenir.

Je marche en m'appuyant sur l'épaule de Genivie, toujours faible, mais moins qu'à ma dernière tentative. Je fixe Gray.

— Reste avec moi.

Il doute un instant, avant de me suivre.

— On ne va pas loin, murmure Genivie.

Elle s'assure que la voie est libre, puis nous fait signe de la suivre dans le couloir. Un tapis coloré et épais étouffe nos pas. Le plafond est fait de grandes pierres blanches et une lampe y est suspendue. Genivie verrouille la porte derrière elle avec une clé passée sur une cordelette autour de son cou. Je n'ai aucune idée de ce qui se trame, ni de la façon ou de la raison pour lesquelles ma petite sœur possède une clé de la Maison du Conseil. Elle nous fait signe de la suivre, passe devant un escalier, puis se dirige vers une nouvelle porte tout au bout du corridor.

La pièce dans laquelle nous nous glissons me rappelle

les images de la Terre : trop de tout. Un lit surélevé avec d'épaisses couvertures colorées posées dessus, des fenêtres basses donnant sur des champs et le lever du soleil, ainsi que des plantes alignées en dessous et entravées pour leur faire prendre des formes singulières. Une multitude d'objets traînent çà et là sans raison apparente, empilés en tas ou disposés selon des schémas particuliers sur la moindre surface disponible. L'air empeste les fleurs. Je déteste cet endroit.

— C'est la pièce de repos de Janis, chuchote Genivie en refermant doucement la porte. Elle a été malade, elle aussi, mais moins que toi. Elle s'est levée il y a une semaine environ. Elle est partie assister à l'Oubli. Et se renseigner sur la situation au Grenier.

— Qu'est-ce qui se passe, là-bas?

— Eshan, Veronika, Michael et toute la bande ont pris le Grenier après la deuxième cloche et se sont barricadés à l'intérieur. Des combats ont éclaté…

Réquisitionner le Grenier et se réveiller après l'Oubli en charge des réserves de nourriture. Le Conseil sera obligé de les écouter. Mais je ne crois pas que Janis s'occupe de ça. Je pense plutôt qu'elle s'est rendue à la tour pour nous observer. Pour contempler la cité se « tailler » d'elle-même. Gray se tourne vers le mur à côté de nous, dont des dessins entourés de carrés colorés couvrent pratiquement toute la surface. La vue de ses horribles brûlures me fend le cœur.

— Nous allons attendre que Reese ait inspecté votre pièce de repos et qu'il parte à votre recherche, poursuit

Genivie, une oreille collée contre la porte. Ensuite, Liliya viendra nous faire sortir. Je suis contente que tu ne sois pas morte, Nadia. Tiens…

Elle me tend un sac que je n'avais pas remarqué. Il y a des collants, une tunique, ainsi qu'une chemise pour homme à l'intérieur.

— Genivie, qui est avec Mère? Est-ce qu'elle…

Ma petite sœur fait soudain de grands signes de la main. Des pas lourds retentissent dans le couloir, puis un bruit de clé. Nous ne pouvons pas verrouiller la serrure de Janis. Je me tourne pour chercher une alternative, lorsque j'aperçois un immense couteau suspendu à côté des dessins. Je le retire de son crochet quand la porte au bout du couloir s'ouvre. Une pause. Puis les pas se précipitent dans le couloir.

Genivie attrape la poignée devant elle et appuie dessus avec tout son poids pour la bloquer. Gray s'avance sans bruit et pose les mains sur celles de ma sœur pour l'aider. Je brandis mon arme sans savoir quoi faire, mais dans le but que Reese et Janis ne touchent plus jamais à Gray. Puis, en observant la longue lame, je sais exactement quoi faire. La poignée se met à bouger. Reese tente d'ouvrir la porte, mais il n'insiste pas. Il doit penser qu'elle est verrouillée. Ses pas s'éloignent.

Gray recule, tandis que Genivie pousse un soupir. Cette petite poussée d'adrénaline m'a affaiblie. Je prends appui contre le lit. Le bord du couteau n'est pas très effilé, mais suffisamment pour trancher. Le nom « Kevin Atan » est gravé sur le métal. Il doit venir de la Terre, lui aussi. De la famille de

Janis. Je n'en ai jamais vu de semblable, à Canaan.

— Maintenant, on attend Liliya, murmure Genivie.

— Qui est Liliya? demande Gray.

Je pose la lame sur le matelas. J'attrape le sac de vêtements, tends la chemise à Gray et lui demande :

— Est-ce que tu pourrais te retourner, s'il te plaît?

J'ai aperçu un broc d'eau et une cuvette. Même s'ils appartiennent à Janis, je ne résiste pas à l'envie de faire un brin de toilette.

Gray prend la chemise dans ma main et va se poster devant le mur de dessins. Il contemple le vêtement tout en testant sa texture entre ses doigts. Quelque chose dans sa façon de se tenir et l'inclinaison de ses épaules trahit de la peur. Et de la colère. Je pivote vers la cuvette, les yeux humides.

— Qu'est-ce qui se passe, Genivie? Où est Mère? dis-je.

J'attrape un tissu propre, je le trempe dans l'eau, puis commence à me nettoyer le cou. Genivie continue de parler tout bas, une oreille toujours collée contre la porte.

— Mère est chez les Perdus. Elle a été très mal après ta disparition, et il n'y avait plus de boisson de sommeil à la maison. Tout le monde disait que Gray et toi aviez fui de l'autre côté du mur et que vous vous étiez fait tuer…

Je ferme les yeux, submergée par la culpabilité.

— Et puis, un jour, Reese a débarqué avec Li et Arthur des métaux, et ils ont emmené Mère et Sasha. Ça a été affreux. Ils cherchaient Eshan, mais ils ne l'ont pas trouvé. Liliya est allée voir Jonathan du Conseil, et…

Je retire d'un coup sec la tenue de repos et j'enfile la tunique propre.

— Et Jonathan lui a dit où Mère se trouvait, et que tu étais ici avec Gray et que tu étais malade. Il lui a même donné la clé de ta pièce de repos. Je pense qu'il est un peu amoureux. C'est trop bizarre, mais bon. Il lui a aussi expliqué quand vous libérer, vous deux et Mère, et qu'on devrait tous franchir le mur tout de suite après.

Je passe mes collants.

— Je ne te crois pas.

Genivie hausse un sourcil. Son regard n'est plus celui d'une petite fille.

— Liliya irait sauver Mère, mais elle ne prendrait jamais le risque d'entrer par effraction dans la Maison du Conseil pour moi.

— Les choses ont changé, répond Genivie calmement. On a lu les livres que tu avais cachés. Ce n'est pas la peine de me regarder comme ça. Tu avais disparu! Anson le planteur est venu nous prévenir que quelque chose ne tournait pas rond au Conseil…

Je me demande si elle a deviné qui est réellement Anson.

— Je t'avais surprise en train d'écrire dans le faux livre, celui que tu as volé avec des chiffres dessus. J'ai réfléchi à l'endroit où tu aurais pu le cacher et j'ai commencé à fouiller. On a compris que tu n'avais jamais oublié. Qu'il s'est passé quelque chose avant le dernier Oubli. Que le vieux livre aux Archives est bien le tien. Et que même si les noms sont différents, il parle de nous. Liliya a compris tout ça. C'est pour

379

ça qu'elle t'a cherchée.

Liliya sait qu'elle est ma sœur. Et elle vient pour me sauver. Je me tiens toujours au lit et j'expire longuement. Genivie s'approche de moi.

— Qu'est-il arrivé à Gray? murmure-t-elle.

Elle contemple son dos désormais dissimulé sous la chemise. J'ai oublié de lui dire qu'il pouvait se retourner vers nous. Il examine attentivement un dessin avec des arbres et des plantes bizarres, et une créature avec des cheveux sur le visage qu'il me semble avoir vue sur le mur de la salle blanche. Il s'agit sûrement de représentations de la Terre. J'imagine Janis étendue sur ce lit trop moelleux en train de les regarder. Je me demande qui les a peints.

Gray se tourne alors vers une table jonchée de bibelots et les balaie d'un grand geste avant de renverser le meuble. Genivie sursaute. Gray se contente de croiser les bras. Il respire très fort. Il doit avoir mal.

— On ne peut pas les laisser le capturer. Il en est hors de question, tu m'entends? fais-je.

— D'accord, répond-elle d'une voix chevrotante.

Malgré son intelligence et son courage, Genivie a douze ans. Pourtant, elle saisit des choses qu'elle ne devrait pas comprendre. Janis pourrait se servir d'elle pour m'atteindre comme elle l'a fait avec Gray. Nous devons absolument partir. Nous pourrions nous réfugier dans la salle blanche pendant l'Oubli comme Gray l'a suggéré, puisque les spores vivent trois jours. Mais Janis sera-t-elle assise sur un rocher en compagnie de Reese et de Li lorsque nous en sortirons? Elle devinera où je suis, et ne laissera pas la porte du souterrain se refermer sous son nez une seconde fois.

J'aperçois soudain quelque chose au milieu des objets disséminés par terre : une petite bouteille avec du liquide clair au fond, et un tube avec une aiguille au bout. Leur vue me soulage aussitôt. C'est l'antidote que Janis a pris quand elle était malade. Je ramasse la bouteille et la montre à Gray.

— Je crois que ceci devrait t'aider à retrouver la mémoire. Je vais aller t'en chercher d'autre, d'accord?

Il scrute le contenant en verre et mon visage tour à tour, quand un bruit nous fait sursauter. C'est Liliya. Nous nous faisons face. Nous aurions beaucoup de choses à nous dire, mais nous nous taisons.

— Reese est parti, murmure-t-elle. À l'horloge, je pense, pour prévenir Janis. On a juste le temps de sortir.

— Qui d'autre est dans la Maison?

— Personne. Mais le Conseil va bientôt se réunir. Les membres doivent retrouver Janis à l'amphithéâtre et venir passer l'Oubli ici juste après. Où sont vos livres?

— Disparus, je réponds simplement. Quelle cloche est-il?

— Quatre cloches et demie.

C'est le temps qu'il reste avant l'Oubli…

— Liliya, Genivie et toi, vous emmenez Gray et libérez Mère de la Maison des Perdus et ensuite vous irez…

Où ça? Je regarde la bouteille dans ma main. Les spores ont rendu Janis malade. Elle doit forcément avoir un lieu où se terrer. Un peu comme la salle blanche, où l'air n'entre pas… Je souris. Voilà pourquoi les Archives ont été construites au-dessus de la pièce ancienne et pourquoi elle sentait le renfermé.

— Aux Archives. Moi, je dois récupérer quelque chose dans le souterrain.

— Dans le laboratoire de Janis? Non, n'y vas pas, Nadia.

— J'y ai déjà passé pas mal de temps, en fait, dis-je.

Je me plante près de Gray.

— Quand vous arriverez aux Archives, passez devant les rayons vers le fond du bâtiment. Il y aura une porte. Sers-toi de la clé que tu as autour du cou pour l'ouvrir très doucement. La clé est fragile. Je vous retrouve là-bas.

Gray me contemple, puis regarde la bouteille vide dans ma main.

— Non. Je reste avec toi.

Il retire la cordelette de son cou et tend la clé à Liliya

— Je ne veux pas qu'ils te retrouvent. Tu dois partir d'ici, Gray.

— Je reste avec toi, se contente-t-il de répéter. C'est à prendre ou à laisser.

Ses paroles m'arrachent un sourire.

— Très bien.

Je jette un coup d'œil à mes sœurs.

— Il a raison. Ramenez Mère ici. Il y a un autre moyen de sortir, de toute manière.

Liliya semble sur le point de contester, mais elle se ravise. Je regrette qu'elle oublie bientôt. Mais peut-être qu'elle pourra y échapper.

Liliya et Genivie se dirigent vers la porte tandis que

j'attrape le long couteau posé sur le lit. Une fois mes sœurs dans le couloir, Gray m'agrippe le bras.

— Dis, je vais encore oublier?

Je le contemple.

— Le jour où tu as perdu la mémoire, nous avons parlé de ce qu'on ferait ensuite. Pour le moment, je vais chercher l'antidote et je t'emmène te cacher pour te protéger de l'Oubli. Si jamais ça ne fonctionne pas, je me souviendrai pour toi. Je te l'ai promis.

Gray semble abattu.

— Ça n'est pas suffisant, déclare-t-il.

— Je sais.

— Tu me jures de m'aider?

Il respire lourdement tandis que je le rassure. Il se contrôle à peine. Je veux qu'il me refasse confiance et qu'il me choisisse de nouveau. Mais en quittant la pièce de Janis, à travers les couloirs de la Maison du Conseil, je doute que tout se passe comme prévu.

Je m'étais dit que lorsque l'Oubli arriverait, ma mère et mes sœurs auraient besoin de moi. Pour se rappeler. Et pour que nous puissions rester ensemble. Ensuite, j'ai compris que Gray aurait besoin que je me souvienne, lui aussi. Pour qu'on ne soit pas séparés.

Maintenant, je commence à penser que tout Canaan aurait besoin que quelqu'un se souvienne. Pour que la cité ne sombre pas…

NADIA LA FILLE DE LA TEINTURIÈRE
DANS LES PAGES VIERGES DE NADIA LA FILLE DU PLANTEUR
LIVRE 1

CHAPITRE 20

Liliya m'indique comment rejoindre l'escalier qui mène au laboratoire, un peu gênée de connaître aussi bien les lieux. Gray y descend avec moi. L'obscurité et l'humidité du laboratoire nous accueillent, accompagnées de cette odeur fétide qui me brûle le nez. Le verre brisé a été balayé, mais le livre de Janis est toujours sur la table. Il est couvert de notes. Le couteau avec lequel elle a découpé la chemise de Gray est juste à côté. J'aperçois l'antidote sur une étagère : huit fioles de Souvenir, au-dessus de l'endroit où celle de l'Oubli était posée. Celle que j'ai jetée par terre. Janis a bu une fiole entière, à en juger par celle, vide, que j'ai trouvée dans sa pièce de repos. Ce doit être aussi la dose qu'elle m'a injectée. Je peux donc aider huit personnes à retrouver la mémoire, voire neuf, en comptant un enfant de l'âge de Genivie. Je dresse une liste dans ma tête : Gray, ses parents, Mère, Genivie, Liliya. Rose. Et peut-être quelqu'un de plus.

J'ignore si je serai capable de faire un tel choix.

— Je cherche une aiguille, dis-je à Gray. Quelque chose qui ressemble à un tube pointu.

Il va de l'autre côté de la grande table et se met à fureter avant que j'aie terminé ma phrase. Je voudrais lui injecter le produit sur-le-champ, mais les spores doivent d'abord être exposées à l'air libre et mourir. La réaction de Janis m'a prouvé qu'un individu peut être réinfecté. Je commence à ouvrir les tiroirs du meuble sous la table, à la recherche de bouteilles, quand un pan de tissu attire mon attention. Je me baisse pour l'attraper. Mon sac.

Je soulève le rabat et trouve mon livre, le Premier Livre, et la flasque vide qui avait servi à droguer Deming. Janis n'a pas dû y faire attention. Je doute qu'elle ait été aussi négligente avec celui de Gray.

Une voix s'élève soudain dans l'escalier. Je me fige.

— Tiens, tiens… Regardez un peu qui est réveillée.

Je pivote lentement. Reese arrive au bas des marches. Mon cœur fait des bonds dans ma poitrine. Il me dévisage. Gray a dû se baisser pour chercher l'aiguille au sol, ce qui signifie que Reese ne l'a peut-être pas vu. Il ne doit pas bouger.

— Je vais juste prendre ce que je suis venue chercher et partir, fais-je calmement. Cette histoire ne te concerne pas.

— Oh… Et elle me parle, maintenant qu'elle a peur de moi.

Je fais un pas vers la porte pour obliger Reese à tourner le dos à Gray, mais il agrippe mon chignon.

— Il reste quatre cloches avant l'Oubli, dit-il en me poussant. Et tu as une dette envers moi.

— De quoi tu parles?

— Je n'ai pas dit à Janis ce qu'il y avait dans ton sac. Elle ne s'est même pas rendu compte que son livre avait disparu.

— Lâche-moi. Quoi qu'elle t'ait promis, elle ne tiendra pas parole. Tu devrais me…

Il rit.

— Petite fille… On oubliera tous, bientôt. Je me moque pas mal de Janis et de ses promesses.

Là-dessus, il commence à me fouiller comme si nous étions aux Archives, ou lorsqu'il m'a attachée au poteau, mais d'une façon très différente. Il n'y a que Reese et le vide à ma portée. Le long couteau est sur la table haute à l'endroit où je l'ai laissé, et le deuxième, sur le bureau de Janis. Je tente de griffer Reese au visage pour le repousser, mais la maladie m'a affaiblie et il est taillé comme un tronc de fougère arborescente. Il me gifle, tenant toujours mes cheveux. Ma tête pivote à peine, mais une tresse vole, puis du sang se met à couler et des étoiles à danser devant mes yeux.

— Tiens-toi tranquille. Tu ne te souviendras de rien. Personne ne doit…

Un bruit sourd l'interrompt, celui de métal frappant quelque chose de mou et solide. La main de Reese se desserre autour de mes cheveux. Il chancelle, puis se tourne avant de recevoir un autre coup. Gray brandit un pot en métal au fond renforcé. Reese perd l'équilibre et va percuter les étagères, qui tombent sur lui. Du verre explose, des papiers volent et des

387

petits objets roulent par terre. Puis le calme revient.

Gray balance le pot, qui atterrit bruyamment sur le sol. Je sursaute. Il semble calme, mais il bouillonne de colère sous la surface.

— Ça va? me demande-t-il.

Non, ça ne va pas. Ce n'est pas à cause de ma lèvre tuméfiée ou du sentiment de panique qui m'envahit, mais du bruit de fioles brisées.

— Aide-moi à le dégager, dis-je.

Gray et moi relevons l'étagère et la redressons contre le mur. Reese est étendu au milieu des débris. Sa poitrine se soulève à intervalles réguliers. Rassurée, je fouille les tessons de verre. Une odeur que j'ai déjà sentie auparavant, mais que je ne resitue pas, me parvient. Je finis par trouver une fiole de Souvenir intacte.

— Regarde, Gray. Tu dois attendre que l'Oubli ait quitté l'air. Ensuite, elle sera pour toi.

Gray me voit marcher pieds nus sur le sol jonché de verre, et fourrer la fiole dans mon sac. Il n'a toujours pas bougé. Il doit avoir mal.

— Est-ce que ça me rendra mes souvenirs?

— Je pense que oui.

— Bien. Parce que si je dois tuer le prochain homme qui te touche, je préférerais connaître une ou deux choses sur toi d'abord.

Je souris discrètement.

— Viens, dis-je en passant mon sac sur mes épaules. Ne t'inquiète pas, on devrait en croiser d'autres au rez-de-chaussée. On courra dans l'autre sens, si tu veux.

Je ne veux pas que Janis et Jonathan tombent sur Gray.

Il me suit à l'étage. Je cavale moins vite que d'habitude, mais bien mieux que je l'aurais fait à mon réveil. Nous traversons de grandes salles vides et des couloirs truffés d'une quantité incroyable de meubles. Je mets du temps à trouver la porte d'entrée de la Maison du Conseil. Je regrette que Liliya ne soit pas là pour me guider. Lorsque je sors enfin, le ciel est zébré de rose et l'air est doux. Mes sœurs ne devraient pas tarder à rejoindre Mère. Mais je ne peux pas les attendre ici, à la vue de tous.

J'hésite et me retourne vers la Maison du Conseil, balayant du regard les champs au loin, et c'est à ce moment-là que j'aperçois un panache de fumée au-dessus de la Maison des Perdus. Les maisons dont les trous ont été bouchés et de nouvelles portes, bien solides, installées.

« Oh, je ne crois pas qu'il y aura encore des Perdus après cet Oubli… Et il y a une pénurie de nourriture… Vous n'êtes pas au courant ? »

— Elle les brûle… Elle les brûle !

Je m'élance au milieu des rangées de céréales fraîchement plantées jusqu'aux clôtures entourant les Maisons des Perdus. Mes jambes me soutiennent à peine lorsque nous arrivons là-bas. Les portes sont ouvertes. Du combustible a été répandu au bas des murs en plâtre. Du chaume flambe. Jonathan du Conseil met le feu avec une torche. Liliya lui court après, et Genivie est agenouillée à côté de Jemma la fabricante de vêtements, qui semble inconsciente.

La fumée doit envahir les bâtiments. Des cris étouffés me parviennent à travers les murs. Mère est à l'intérieur, ainsi que Rose et Sasha, la petite fille de Jemma. Je me demande si Jonathan a frappé Jemma. Gray sort le couteau de mon sac et se dirige vers une porte, tandis que je me précipite vers Jonathan. Son masque de douceur a disparu.

— Tu ne comprends pas! vocifère-t-il.

— Arrête! réplique Liliya.

— Je n'ai pas le choix!

Il allume un nouveau tas de combustible. Je vois ce que ma sœur essaie de faire. Jonathan a une clé autour du cou. Gray tape sur le loquet avec le manche de son couteau. Des bruits sourds, à la fois creux et métalliques, retentissent au milieu du crépitement des flammes.

— Jonathan, tu n'es pas obligé de lui obéir! hurle Liliya en s'approchant de lui. Ne l'écoute pas!

— Reste où tu es!

Il brandit sa torche vers elle pour la tenir à distance.

— Si je n'obéis pas, ce sera ton tour! Elle me poussera à te faire du mal!

Liliya se fige. Jonathan se met à réciter des paroles:

— « Fais-le ou l'enfant s'en chargera! » crie Jonathan. « Et prends-y plaisir ou ce sera Liliya la prochaine fois. Tu ne voudrais pas que Liliya connaisse le même sort, n'est-ce pas? » Elle le fera, crois-moi. Et elle me forcera à m'en souvenir…

— Jonathan…

Il sursaute à ma vue. Les cris des Perdus sont de plus en

plus désespérés.

— J'ai l'antidote. Et Liliya se souviendra de tout ça. Elle se souviendra de ce que tu as fait aujourd'hui.

Liliya ignore de quoi je parle. Elle tourne brusquement la tête vers Jonathan. Il paraît dévasté.

— Elle m'a juré que ce serait la dernière fois. Qu'après ça, je pourrais oublier pour toujours.

Il contemple Liliya en silence durant une seconde.

— Si j'exécute sa volonté, elle t'inscrira sur la liste.

Et comme le jour où j'ai compris qui était Mère pour la première fois, je comprends soudain qui est Jonathan. Il est manipulé et contraint, plus que n'importe lequel d'entre nous.

— Jonathan, murmure Liliya en s'avançant d'un pas vers lui. Ma mère est à l'intérieur.

— Je ne veux pas que tu te rappelles. Elle m'a promis de mettre ton nom sur la liste…

— Je sais.

Liliya rejoint Jonathan, tend les bras vers son cou et lui prend la cordelette avec la clé.

— Elle m'obligera à te faire du mal.

— Non, rétorque Liliya. Elle n'y arrivera pas.

Ma sœur me tend la clé. Je l'attrape et cours ouvrir la porte. Gray frappe toujours sur le loquet avec le manche du couteau. Il se recule; je déverrouille la serrure et j'ouvre grand la porte. Des femmes s'élancent vers moi dans un panache de fumée noire. Certaines portent des enfants. Toutes sont aveuglées et toussent. Genivie surgit près de moi. Elle appelle notre mère en scrutant les silhouettes. Je fourre la clé dans la main de Gray.

— Il y a une deuxième porte de l'autre côté, chez les hommes.

Il détale aussitôt. Sa chemise est tachée dans le dos. Certaines de ses plaies se sont rouvertes.

Des flammes engloutissent le chaume du toit et un mur en plâtre commence à s'embraser. La chaleur me brûle le visage. Les femmes se déversent à l'extérieur comme l'eau d'une digue qui aurait cédé. Rose s'avance en trébuchant, la petite fille de Jemma en larmes dans les bras, et Mère appuyée sur son épaule. Le soulagement que j'éprouve me paralyse. Genivie s'élance vers Mère, qui tend son bras libre vers elle. Son regard glisse sur moi sans s'arrêter. Elle semble hébétée. Rose m'embrasse sur la joue.

— Je ne pensais pas vous revoir un jour, déclare-t-elle.

Ses rides dessinent des lignes blanches sur son visage noir de fumée.

— Je ne croyais pas vous revoir non plus. Est-ce que ma mère va bien?

Des larmes coulent le long de mes joues. Je ne les ai pas senties venir.

— Elle va aussi bien que possible. Et Gray?

Rose berce Sasha, qui sanglote entre deux quintes de toux. La vieille femme a du mal à la garder dans ses bras.

— Il fait sortir les hommes. La maman de Sasha est juste là. Pouvez-vous l'aider?

Jemma se lève péniblement. Elle est consciente, mais

abasourdie. Rose part la rejoindre avec la petite. Des hommes commencent à arriver. Mère s'assoit par terre avec Genivie, l'air hagard devant cette mêlée de Perdus, de fumée et de flammes.

— Jonathan…

Il détourne de Liliya ses yeux larmoyants.

Seuls les pleurs des enfants et le craquement des flammes résonnent encore. Toutes les têtes sont tournées vers lui et la torche embrasée à ses pieds.

— Jonathan. Quand Janis va-t-elle réunir les élus de sa liste?

— Dès qu'ils auront oublié, elle les enfermera aux Archives.

Nous avons très peu de temps.

— Elle n'attendra pas d'avoir le code?

Jonathan me regarde. Je n'ai jamais vu une expression aussi désespérée.

— Elle sait que tu le lui donneras. Et elle l'obtiendra…

Sa conviction me glace. Jonathan fait un signe à Gray, qui vient se planter à mes côtés.

— Tu vois? Tout ça n'a aucune importance. Ces gens mourront tôt ou tard. Et ce sera plus tôt que tard. Janis arrive toujours à ses fins.

— Et les autres? Ceux qui ne sont pas sur la liste? Qu'est-ce qu'elle va faire d'eux?

Jonathan m'adresse un sourire désespéré.

— Tu n'as pas entendu parler de la pénurie au Grenier?

Je m'avance vers lui pour l'encourager à poursuivre. Je

sens les flammes dans mon dos, le silence. Les Perdus.

— Elle a réservé les céréales pour les cent cinquante élus?

Son petit sourire reste inchangé. La voilà, la raison de notre rationnement.

— Et le reste?

Ma question arrache un rire nerveux à Jonathan.

— Qu'est-ce qu'elle a fait du reste des récoltes, Jonathan?

Il regarde Liliya.

— Quand elle te forcera à te souvenir, rappelle-toi que j'ai cherché à te sauver afin que ton nom se retrouve sur la liste et qu'aucun mal ne te soit fait, grâce à moi.

— Jonathan. Dis-moi ce que Janis a fait. Est-ce que les céréales sont empoisonnées? dis-je.

— Tu me le promets? lance Jonathan entièrement concentré sur Liliya.

Son visage se creuse quand ma sœur s'exécute. Il lui prend la main et la lui serre en souriant. Ensuite, il tourne les talons et s'élance vers le bâtiment en flammes.

Je ne sais pas combien de temps nous restons là, à regarder la plaque « Sans leurs souvenirs, ils sont perdus » se réduire en cendre sous le ciel plus clair. Puis des voix chuchotent et des conversations reprennent. Des larmes roulent sur les joues de Liliya.

— Je servais à faire pression sur lui, déclare-t-elle. Depuis le début.

— Je sais. Elle s'est servie de Gray, avec moi.

Je sens sa présence juste derrière moi. Je rêverais de me blottir contre lui, juste un instant. Mais sa perte de mémoire se dresse entre nous, plus lourde que le sac sur mes épaules, qui contient le Premier Livre. J'ai consulté la liste des cent cinquante noms à plusieurs reprises sans jamais y trouver celui de ma sœur.

Je contemple la cour peuplée de gens vêtus de tissus non teints. Rose, qui examine la tête de Jemma qui, elle, berce Sasha. La maison en flammes : le bûcher de Jonathan. Le fils du souffleur de verre, agité, mais mutique. Je pense ensuite à Eshan et à mes camarades d'apprentissage en train de défendre des céréales empoisonnées. Une rage froide et brûlante s'empare de nouveau de moi. On nous a enseigné à toujours écrire la vérité. Le moment est venu de la dire. J'ai compris que Janis tirait son pouvoir de la foi que nous avions en elle quand je me suis retrouvée ligotée dans son laboratoire. Et que l'Oubli l'asseyait. La vérité est ma seule arme pour la combattre. Je dois abattre leur foi. Je dois l'abattre, elle.

— Une fois que tu auras conduit Mère aux Archives, ferme bien les portes et condamne tous les accès, dis-je à Liliya. Et surtout, ne les rouvre pas lorsque l'Oubli arrivera, compris? Ne sortez pas avant trois jours. Vous y trouverez de l'eau, rien d'autre. Prends toutes les provisions possibles en chemin.

Je contemple ces gens soi-disant inutiles et bons à sacrifier.

— Emmène-les, Liliya. Emmène tous ceux que tu peux.

Demande à Rose de t'aider. Les Perdus la suivront.

Ma sœur observe les visages noirs de fumée et hébétés qui nous entourent, puis le ciel en plissant les yeux. Elle réfléchit déjà à l'organisation.

— Et toi? Où est-ce que tu vas?

— Chercher Janis.

Je pense savoir où la trouver : dans la tour de l'horloge. Je mets une main sur ma nuque. J'aimerais sentir celle de Gray et qu'il attire mon front contre son torse. Je le regarde.

— Je reste avec toi, déclare-t-il en réponse à la question que je n'ai pas posée.

Tant qu'il y aura cette fiole dans mon sac, il ne me laissera pas. Je voudrais lui dire de suivre ma sœur. Mais c'est son combat autant que le mien.

— Prends bien soin de Mère, Liliya. Si je ne suis pas revenue avant que le ciel soit complètement blanc, ferme les portes.

Nous tombons sur un premier cadavre au niveau du mur. Un homme, un fabricant de sandales, je crois, avec une plaie à la tête. Il devait fuir. Peut-être le Grenier. Je m'agenouille pour tâter son pouls. Il est mort. Je me relève et repars d'un pas rapide, dopée par la colère. Au fond de moi, je sens que je suis encore faible.

— Ça se passe toujours comme ça? demande Gray.

Je me retourne vers la gigantesque colonne de fumée derrière nous, puis vers celle qui s'élève au-dessus de la cité, sombre sur le ciel doré.

— Non. Ou plutôt… On ne le sait pas.

— Je voulais le tuer, tu sais… L'homme dans la pièce souterraine. Je ne voulais pas juste lui faire du mal. Je voulais qu'il meure.

Il se tait. Je sais très bien ce qui le tracasse.

— Tu n'es pas comme ça.

J'aimerais tellement qu'il se souvienne de moi. J'ai hâte d'enfoncer cette aiguille dans son bras.

L'accès au Grenier est encombré de charrettes, de blocs de pierre, de rochers; deux faux sont couchées sur le sol, près d'un autre cadavre. Les portes du Grenier fument. Quelqu'un a essayé d'y mettre le feu. Des cris s'élèvent au loin. Mais étrangement, le silence règne dans les parages. Comme si l'air autour de nous retenait son souffle. Je me demande si Eshan, Veronika, Michael et les autres sont à l'intérieur, en train de protéger du grain empoisonné. Je me demande si Janis nous observe, à l'abri dans son perchoir, pendant que le ciel s'illumine et que les bourgeons des arbres de l'Oubli éclosent.

L'amphithéâtre se dresse devant nous. La tour de l'horloge et les membres du Conseil, ou ce qu'il en reste, sont encore debout. Ils se sont regroupés autour de la tribune. Ils ont emmené leurs proches   maris, femmes, enfants et petits-enfants, pour certains. Plus que deux cloches avant le passage de la comète et l'Oubli. Je saisis le bras de Gray.

— Je ne sais pas ce qui va se passer. Mais si jamais les choses tournent mal, prends mon sac et cours te réfugier aux

Archives. Il y a une pièce secrète, tout au fond.

Gray a oublié où les Archives se trouvent, mais il accepte avant de me sourire. Ses yeux glissent vers mon collier.

— N'aie pas peur, déclare-t-il.

La peur m'a quittée en cours de route, enfin, pas tout à fait. Je crains que rien ne change, après tout ça, mais je n'ai pas peur d'agir. Je respire, pivote sur mes talons, et descends une première marche.

— Où est Janis?

Ma question résonne sur les parois de l'amphithéâtre. Gray m'emboîte le pas. Les robes noires se tournent et me regardent descendre en chuchotant.

— Où est-elle? dis-je encore.

Anson le planteur vient à ma rencontre. Sa femme l'observe avec un air neutre.

— Où étais-tu passée? lance-t-il, d'une voix qui pourrait être celle d'un père s'adressant à sa fille.

Mais je n'ai pas le temps pour ça.

— Où est Janis?

Il jette un coup d'œil vers la tour par-delà son épaule. Je contemple les visages des membres du Conseil, avant de suivre du regard la pierre treillagée jusqu'à l'horloge. Je vais parler. Hurler. Je vais leur dire.

— Janis!

Tous se tournent vers moi. Ils ne m'effraient pas.

— Descendez!

Des robes noires s'avancent lentement dans ma direction. Janis surgit de la tour et rejoint la tribune, la silhouette haute et la posture digne.

— Nadia, la fille de la teinturière. Quel plaisir de voir que tu vas bien. Et le fils du souffleur de verre.

Le coup d'œil qu'elle adresse à Gray est venimeux.

— Nous avons craint le pire, ajoute-t-elle.

Son sang-froid me rend folle. Il y a quelques secondes encore, elle devait me penser malade et enfermée.

— Vous m'avez dit un jour que je pouvais venir parler de mes inquiétudes au Conseil quand je le voulais. Eh bien, voilà, je suis inquiète.

— Drôle de moment et drôle d'endroit pour convoquer une réunion. L'Oubli est pratiquement là, lance Janis en lissant ses manches.

— Le sujet dont j'aimerais discuter avec le Conseil concerne votre gouvernance.

— Je ne gouverne pas Canaan, Nadia. Le Conseil et moi-même travaillons main dans la main pour le bien de notre cité.

— C'est faux.

Les visages des membres du Conseil se tendent : Rachel la superviseuse, Arthur des métaux, Tessa du Grenier, Deming, Li et tous les autres. Anson se trouve à quelques pas de moi. Toutes les robes noires sont présentes, sauf Reese et Jonathan. Janis sourit.

— De quoi m'accuses-tu, exactement ?

— De n'avoir jamais perdu la mémoire et de ne l'avoir jamais dit au Conseil. De savoir exactement ce qui provoque l'Oubli, de pouvoir rendre la mémoire et de ne rien faire. De voler délibérément les livres de certains citoyens de Canaan pour qu'ils se retrouvent Perdus. Et d'avoir pratiquement réussi à les tuer tous en mettant le feu à leur maison il y a quelques minutes.

Les yeux de Janis s'écarquillent au mot « pratiquement ».

— De manipuler, de faire pression et d'assassiner à votre guise. De mentir à la cité depuis plus d'années que mon existence en compte.

Je m'interromps. Je n'ai jamais prononcé autant de mots à la suite dans ma propre maison, encore moins devant une foule de gens muets et abasourdis.

— Cela fait beaucoup de charges pour une seule personne, Nadia, fille de la teinturière, rétorque Janis d'un ton grave.

Elle est parfaite, drapée dans sa fierté.

— Es-tu certaine de ce que tu avances ? La vérité est bien souvent une question de point de vue. Chacun en a sa version.

— Alors, si je n'avais pas vu de mes propres yeux la Maison des Perdus brûler, ce ne serait pas arrivé ?

— Ce que je dis, Nadia, c'est qu'il y a des nuances. Quand tu affirmes que la Maison des Perdus a été incendiée, est-ce à prendre au sens littéral du terme ou est-elle encore en partie debout ? Ou est-ce que quelqu'un a laissé un feu prendre et de la fumée envahir une pièce ? Notre perception modifie le sens que nous donnons aux mots, donc la vérité.

— Non. Vous avez dispersé du combustible au pied des murs et vous y avez mis le feu après avoir fermé les portes.

On voit encore la fumée dans le ciel.

Je désigne le grand panache noir au-dessus des champs.

— Vous niez l'avoir fait?

— Nadia. J'étais dans la tour de l'horloge. Je viens juste d'en descendre. Comment aurais-je pu faire une chose pareille?

Les membres du Conseil me dévisagent avec divers degrés de torpeur et de méfiance. J'ai l'impression de parler une langue étrangère, comme Mère. J'éclate de rire. Janis est forte. Et très joueuse.

— Si vous voulez m'accuser, alors, vous allez devoir fournir des preuves de ce que vous avancez, Nadia. En avez-vous?

Un défi. Je fais signe à Gray de rester là où il est. Je passe ensuite entre les membres du Conseil et gravis les marches pour venir me planter devant elle. Quelqu'un crie au loin. Personne n'y prête attention.

Janis s'assoit lentement dans son fauteuil. Je réalise alors qu'elle a vraiment été malade. Il y a une sorte de faiblesse dans son mouvement. Mais son sourire, lui, est dur et ses yeux noirs, perçants dans la lumière du soleil levant. Elle désigne ses confrères d'un geste.

— Prouve-le, Nadia, fille de la teinturière.

La vérité doit être écrite parce qu'il en est ainsi. Le plus difficile consiste à savoir quand et comment la dire.

NADIA LA FILLE DE LA TEINTURIÈRE
LIVRE 6, PAGE 87, 7 ANS APRÈS L'OUBLI

CHAPITRE 21

Janis est coupable à plus d'un titre : coupable de ses fameux cent cinquante élus. De ce qu'elle a fait à Gray. De tous ceux qu'elle a Perdus ou tués à cause de leurs mauvais résultats aux tests, de leur santé fragile, de leur manque d'intelligence ou de leur infertilité. Tout ça en vertu d'une vision faussée et puérile de la mission Canaan.

Je me tourne vers les membres du Conseil. Je ne sais pas quoi dire devant leurs mines sérieuses. Comment leur expliquer que leur vraie planète s'appelle la Terre ? Leur parler de ce que j'ai découvert dans la montagne ? Ce serait trop. Ce serait ma parole contre la sienne. Je dois me cantonner à Canaan si je veux avoir gain de cause.

— Nous attendons, Nadia. Des preuves.

C'est un cauchemar. Je suis à la tribune, au centre de l'attention, avec tout à perdre ou tout à gagner selon ce que je dirai. Je cherche Gray. Il est assis avec les coudes plantés sur les genoux. Ses cris me reviennent en mémoire. Je me redresse et fais face au Conseil. Anson m'adresse un petit signe de la tête.

— J'affirme que l'Oubli n'a jamais affecté Janis et qu'elle vous l'a caché. Elle porte son nom de naissance parce qu'elle s'en souvient.

Je pose mon sac par terre et l'ouvre.

— Ceci est le Premier Livre de l'Oubli.

Janis sursaute à sa vue. Puis je poursuis :

— Il appartenait à Erin Atan. Elle y parle de sa fille, Janis Atan. Et ceci, dis-je en exhibant le long couteau. Ceci est à Janis. Le nom de Kevin Atan y est gravé. Nous ne savons plus fabriquer ce genre d'objet, de nos jours.

Tessa du Grenier et Arthur des métaux rapprochent leurs têtes. Les autres froncent les sourcils et discutent entre eux. Janis ajuste ses robes.

— Je ne nie pas que j'utilise mon nom de naissance.

Les murmures retombent.

— Ma mère était particulièrement attentive à nos livres. Nous n'en avons jamais égaré aucun. Je ne comprends pas ce que Nadia veut dire lorsqu'elle parle du « premier » Oubli, ni pourquoi elle pense qu'il n'y a pas eu d'Oubli avant ce livre. D'après moi, « premier » signifie « le plus important ». Parce que ce livre nous apprend à vivre avec l'Oubli. Le couteau que vous tenez a été fabriqué par un artisan du temps de mon père. Son nom et son talent ont disparu avec nos souvenirs.

Ce sont des mensonges et Janis le sait aussi bien que moi. Mais pas les autres. C'est alors que la dernière chose à laquelle je pouvais m'attendre se produit. Jonathan du Conseil grimpe sur la plateforme et va se poster à côté de sa grand-mère. Comme s'il ne venait pas de se jeter dans les flammes de la Maison des Perdus… Il a dû traverser le bâtiment et ressortir de l'autre côté pour éviter la foule. Il semblait très sûr de lui au moment où il a dit que Janis arriverait à me soutirer le code, qu'elle aurait ses cent cinquante élus et qu'elle tuerait tous les autres. Il gagne sa place habituelle, derrière le fauteuil de sa grand-mère.

— Quoi d'autre, Nadia? demande-t-elle.

Elle ferme les yeux un instant, le visage tourné vers le Conseil.

— Janis sait ce qui provoque l'Oubli depuis toujours. Et elle n'a jamais rien fait pour nous libérer. Volontairement. Gray le fils du souffleur de verre a déjà oublié. C'est l'œuvre de Janis.

Gray se redresse et regarde Janis.

— Une minute, lance Arthur des métaux. Est-ce que tu affirmes que Janis comprend comment l'Oubli fonctionne ou qu'elle peut le déclencher?

— Les deux.

Arthur ne me quitte pas des yeux, puis Gray se lève avec l'air de ne pas très bien comprendre ce qu'on attend de lui.

— Je crois que le Conseil doit être informé que Nadia et le fils du souffleur de verre ont récemment conclu une entente, intervient Janis. Gray ferait n'importe quoi pour Nadia.

— Le fils du souffleur de verre, dis-je en perdant patience, est couvert des blessures que vous lui avez infligées pendant que vous le faisiez oublier.

Anson fronce les sourcils. Il doit apercevoir les taches dans le dos de Gray. Janis tourne la tête vers le Conseil, puis vers moi, et me considère avec pitié.

— Je suis désolée d'apprendre que Gray est blessé. Mais tout le monde sait que vous vous êtes enfuis de l'autre côté du mur. Si Gray s'est fait attaquer, ce n'est pas à moi qu'il faut le reprocher. Au contraire, cela confirme mes positions concernant le mur. Il doit nous protéger.

Je n'en reviens pas. Elle évite toutes les embûches. La vérité est là, sous leur nez, et ils ne la voient pas. J'ouvre mon sac et je sors la dernière fiole de Souvenir, celle de Gray.

— J'accuse également Janis de pouvoir guérir l'Oubli et de ne pas nous en faire profiter. Vos souvenirs sont cachés, pas perdus…

— Le Conseil sait que j'étudie la question depuis longtemps et que je ne l'ai pas résolue à ce jour.

— Ceci ramènera tous vos souvenirs. Ce produit s'injecte dans la peau…

J'hésite avant de baisser le flacon. Ça paraît incroyable, même pour moi. Janis ne riposte pas. Elle laisse le Conseil discuter à voix basse. Un grand bruit retentit quelque part dans la cité. Rue du Méridien, il me semble. Le ciel paraît plus clair malgré la fumée.

— Sur combien d'entre vous Janis fait-elle pression? Combien d'entre vous l'ont entendue dire qu'elle savait des choses sur vous ou sur vos proches et qu'il vaudrait mieux que vous votiez ses lois?

Si tel est le cas, ils ne peuvent pas l'admettre. Pas devant les autres.

— Quel intérêt aurais-je à vous mentir avant un Oubli? Je n'ai rien à gagner. Je n'ai aucune raison d'être ici. Si ce n'est pour vous révéler la vérité.

Le silence est pesant pendant que les uns et les autres réfléchissent à mes propos. Janis finit par reprendre la parole :

— Les jeunes gens de l'âge de Nadia ne réfléchissent pas avant d'agir. Ils sont impulsifs. Je suis sûre que vous avez déjà vécu cela avec vos propres…

— Je vais essayer.

Les membres du Conseil se retournent. Ça me prend un moment avant de me rendre compte qui parle. Anson le planteur descend les marches de l'amphithéâtre et grimpe sur la tribune, les yeux rivés sur la fiole de Souvenir.

— Si c'est l'antidote, alors, donne-le-moi et voyons si la mémoire me revient. Tu dis qu'il faut le mettre sous la peau?

Lydia la tisserande intervient à voix basse, comme si elle savait d'avance qu'il ne l'écoutera pas.

— Ne fais pas ça, Anson.

Elle tient mes demi-sœurs par la main.

— Janis lui a demandé des preuves. Qu'elle la laisse faire, lance-t-il au Conseil. Nous saurons qui dit vrai. Et je veux savoir.

Il veut m'aider. Il veut se souvenir de moi. J'apprendrais enfin pourquoi il nous a abandonnées et ce qui est arrivé à Anna. À ma mère. Mais cette dose est pour Gray. Ce dernier m'observe, les bras croisés. Je cligne des yeux.

— Oh, Anson, fait Janis d'une voix fatiguée et triste.

Toute l'attention se porte aussitôt sur elle.

— Je comprends ce que tu essaies de faire. Mais ta loyauté est déplacée, déclare-t-elle avant de se tourner vers les robes noires et s'interrompre pour faire semblant de réfléchir. Anson a compris qu'il était le père de Nadia. Nous pouvons tous le constater. C'est évident.

Parce que je lui ressemble comme deux gouttes d'eau. Je regarde les membres du Conseil les uns après les autres, leurs proches, puis Lydia la tisserande. Je n'ai jamais ressenti de compassion pour elle. Cette situation n'est pas exactement celle qu'elle devait espérer. Mais elle ne paraît pas choquée. Elle le savait.

— Ce n'est pas grave, si ce qu'elle avance est vrai, répond Anson en me regardant. Je vais tester l'antidote.

— Oh mais si, c'est grave, le contredit Janis d'une voix douce. Parce que cela soulève le problème de ton identité actuelle. Les livres de Nadia et de ses sœurs ne disent pas qu'Anson le planteur est leur père, si?

— Ce qui fait de moi le menteur et pas elles, contre-attaque Anson. Si j'ai falsifié des livres, alors, que quelqu'un le note vite avant l'Oubli. Je subirai votre punition après. En attendant, voyons si je peux m'en souvenir.

Les yeux me brûlent. Il veut m'aider. Je regarde Gray. Cette fiole est à lui. Il la mérite. Et il ne me choisira pas de nouveau, sans elle. Mais sa crédibilité a été mise en doute, autant que celle de mon père. Je m'assois, fébrile, et sors le tube et l'aiguille de mon sac.

— Jonathan… L'heure tourne. Je pense que nous devrions mettre Anson en détention. Les hors-la-loi et les menteurs n'ont droit à aucune clémence, à Canaan.

Janis ne veut pas que je donne le produit à Anson. C'est bon signe. J'en aspire à toute allure dans le tube. Je ne connais pas les doses. J'ignore même si ça fonctionnera. Jonathan s'avance. Si cette petite démonstration ne convainc pas les membres du Conseil, alors, l'Oubli viendra sans que rien n'ait changé. Sauf que tout sera différent parce que Janis massacrera les trois quarts de la cité avec des céréales empoisonnées.

Je me lève avec le tube à la pointe acérée rempli de liquide clair à la main. Jonathan saisit le bras d'Anson. Je regarde mon père.

— Aidez-moi, dis-je.

Je me tourne pour piquer le bras à travers le tissu noir, quand je réalise que ce bras est celui de Jonathan. Anson l'attrape aussitôt pour le soutenir. Janis bondit de son fauteuil, mais c'est trop tard. J'ai donné le produit à son petit-fils. L'antidote est en lui.

Une explosion retentit. Tout près, cette fois. Elle est amplifiée par la fosse dans laquelle nous nous tenons. Un feu s'élève soudain derrière l'amphithéâtre. Le Grenier… Des hurlements et des cris de douleur fusent. Jonathan ne réagit pas. Il est terrorisé. J'ai vu Gray avoir peur d'oublier, mais regarder Jonathan faire face à ses souvenirs est indescriptible.

— Je suis désolée, Jonathan. Ne t'inquiète pas. Ça ne durera pas longtemps. L'Oubli sera bientôt là. Aide-moi.

S'ils doutent de Janis, elle n'aura plus aucun pouvoir sur eux. Ni sur toi…

— Liliya doit… rester sur la liste…

— Il n'y aura pas de liste si tu m'aides. Tout ce que tu as à faire, c'est les convaincre. Dis la vérité.

Anson le lâche. Jonathan tombe à genoux. Il est en nage.

Le Conseil s'avance devant la tribune. Certains regardent Jonathan, d'autres contemplent le Grenier en flammes. Des bruits de combat retentissent.

— Chers membres du Conseil, lance Janis pour attirer leur attention, laissez-les se battre. Ils oublieront bientôt…

Tessa du Grenier fronce les sourcils à ces paroles. Janis poursuit :

— Nous devons aller à la Maison du Conseil pour nous réveiller ensemble et rebâtir notre cité. Arthur, Li, vous voulez bien m'aider à mettre Nadia et son père en détention? Deming, si vous pouviez vous charger du fils du souffleur de verre…

— Nadia, murmure Anson derrière moi. Quand je te dirai de courir, rejoins le fils du souffleur de verre et enfuis-toi avec lui. Passez de l'autre côté du mur.

Je regarde Gray. Je l'ai trahi. Je lui avais promis de lui rendre ses souvenirs. Lydia et ses filles ont l'air bouleversées. Jonathan se relève doucement.

— Je ne suis pas de sa famille, déclare-t-il dans un éclat de rire effrayant.

Les membres du Conseil se taisent. Janis se précipite pour reprendre la parole :

— Ce que Nadia a si naïvement qualifié d'antidote est le résultat de mes expériences pour supprimer la douleur. Malheureusement, cette substance donne des hallucinations. Nadia en est un bon exemple…

Je la regarde, sidérée. Les membres du Conseil se sont interrompus. Ces propos les intéressent visiblement.

— Janis a tout inventé, lance Jonathan. Elle n'a jamais eu d'enfant. Or tout le monde doit en avoir.

— Jonathan, intervient Janis en essayant de se contenir. Comme je viens de le dire, des hallucinations…

De nouvelles explosions grondent du côté du Grenier.

Jonathan paraît fou.

— Jonathan… Dis-leur ce dont tu te souviens.

— Deming, Tessa. Attrapez Nadia et…

— Vous, l'interrompt Jonathan en désignant Tessa. Comment va votre dos?

Tessa pâlit.

— Elle aime les dos, poursuit Jonathan, parce que les cicatrices se voient moins. On peut même les oublier. Sauf si quelqu'un les voit et vous les rappelle. Mais c'est si douloureux… Vous ne pouvez qu'hurler, et hurler encore…

Jonathan plaque les mains sur ses oreilles à ces mots. J'ignore ce qu'il entend. Puis il regarde l'époux de Tessa.

— Décrivez-nous ses cicatrices.

L'autre secoue la tête. Je ne connais pas le nom du mari de Tessa, mais c'est un lâche.

— Va t'asseoir, Jonathan! ordonne Janis. Tu n'es pas toi-même.

— Est-ce que vous savez qu'elle lit vos livres? continue Jonathan. Tout le temps. Elle va les chercher dans la pièce cachée des Archives quand ça lui chante et elle se fait apporter ceux des simples citoyens par Gretchen. C'est comme ça qu'elle peut faire pression sur vous et vous tester pour vérifier si vous êtes digne de vous retrouver sur la liste.

Il regarde alors Emilie, la femme d'Arthur des métaux.

— Décrivez les cicatrices à l'arrière des cuisses d'Arthur.

Emilie toise Janis. Cette femme a visiblement plus de courage que le mari de Tessa.

— Elles sont longues et fines…

— Il y en a six d'un côté et cinq de l'autre, ajoute Jonathan.

Emilie confirme. Jonathan est livide. Je me demande si Janis l'obligeait à tout faire, quel que soit le supplice.

— Membres du Conseil! lance Janis d'un ton calme. Je vous dois des excuses. Jonathan voit des choses qui ne sont jamais arrivées. Ou alors, c'est un complot destiné à me discréditer, ajoute-t-elle en jetant un coup d'œil circulaire à l'assemblée.

— Je ne vois aucun complot ni aucune hallucination, fait Arthur. J'avais déjà ces cicatrices avant le dernier Oubli et je n'en ai jamais parlé à personne en dehors de mon épouse…

— Emilie, reprend Janis, est-ce de ça que vous débattiez à voix basse avec Jonathan, l'autre jour?

— Je n'ai jamais discuté de quoi que ce soit avec Jonathan, se défend-elle.

Arthur l'observe avec un air réprobateur. Janis savait

qu'elle sèmerait le doute. Emilie brandit son livre.

— Tenez, vous n'avez qu'à le lire.

— Comme si tu allais écrire une chose pareille.

Jonathan tombe à genoux, hilare, avant de croiser mon regard. L'horloge sonne la première cloche de l'éveil. L'Oubli sera là avant la prochaine. Tous ces gens ne se rappelleront rien de tout cela. Jonathan aperçoit le Premier Livre à ses pieds. Une troisième explosion retentit près du Grenier. Un corps est projeté par-dessus le mur de l'amphithéâtre, vole et rebondit sur le sol avant de s'immobiliser. C'est une femme. Elle ne bouge plus.

— Arthur, Li, intervient Janis. Emmenez Nadia et le fils du souffleur de verre à la Maison du Conseil. Nous en avons assez attendu. Deming, occupe-toi d'Anson, je te prie.

Deming entraîne ses proches à l'écart de la tribune. Arthur semble hésiter, mais Rachel la superviseuse s'avance vers moi à sa place.

— Cours! me lance Anson avant de se tourner vers son épouse. Sauve-toi, Lydia! Tu m'entends?

Lydia s'éloigne aussitôt avec ses petites filles. Je ne bouge pas. Janis a encore gagné. Je n'en reviens pas. J'ai dit la vérité. J'ai obligé Jonathan à se souvenir et rompu ma promesse à l'égard de Gray et, malgré ça, elle a réussi à retourner la situation à son avantage. Je croise le regard de Gray. Il est fou de rage. Du verre se brise et des flammes s'élèvent dans le ciel rose et or. Comment arrêter Janis quand les liens avec lesquels elle nous entrave sont dans nos têtes?

— Elle n'est pas là…, marmonne Jonathan.

Je baisse les yeux. Il tourne les pages du Premier Livre frénétiquement.

— Elle n'est pas là!

Anson me pousse tandis que Li l'attrape.

— Emmenez-les tous aux Archives, dis-je à mon père. Confinez-vous là-bas. Vous échapperez à l'Oubli…

— Menteuse! hurle Jonathan.

Sa voix résonne à travers l'amphithéâtre. Il se lève et jette le Premier Livre par terre.

— Tu m'avais promis!

Il parle de Liliya. Ma sœur n'est pas sur la liste. Jonathan brandit le couteau sur lequel est gravé «Kevin Atan».

— Jonathan! ordonne Janis avant de faire un pas en arrière.

— Tu avais dit qu'il n'y aurait plus d'autres Perdus après ceux-là!

— Jonathan, répète-t-elle pour le calmer.

— Attendez, fait Arthur des métaux. Est-ce que Janis t'a ordonné de mettre le feu à la Maison des Perdus?

— Elle a juré qu'elle la sauverait si je la débarrassais d'eux! crie Jonathan.

— Laissons passer l'Oubli, Jonathan, tente Janis.

— J'aimerais comprendre pourquoi nous restons plantés là à discuter, au lieu d'aller protéger les récoltes de nourriture, intervient Tessa.

— Parce qu'elles sont empoisonnées, voilà pourquoi! crie Jonathan. N'est-ce pas, Janis?

— Combien d'entre nous sont prêts à reconnaître qu'elle

nous a toujours obligés à voter ses décisions? demande Anson.

— Tu ne l'as pas inscrite sur la liste! aboie Jonathan.

— Membres du Conseil! lance Janis d'une voix forte. L'Oubli est là. Venez avec moi! Laissez Anson, s'il le faut. Mais emmenez Nadia et le souffleur de verre. Nous aurons besoin d'eux.

Son visage s'illumine lorsque Li marche vers moi et Rachel vers Gray. Puis elle s'adresse à Jonathan, comme n'importe quelle grand-mère s'adresserait à son petit-fils :

— Encore un tout petit peu de patience. Tout ça s'arrêtera bientôt. Tu ne te souviendras de rien. Ni d'elle…

Jonathan bondit, mais Janis l'esquive. Le couteau se plante dans l'avant-bras de Li, qui tombe à genoux tandis que du sang macule sa chemise. Jonathan ne lui jette pas un regard. Il est focalisé sur Janis. Personne n'essaie de l'arrêter. La tribune craque sous ses pas. Janis le regarde s'avancer en étudiant son visage comme si ce prétendu petit-fils était un spécimen enfermé dans un bocal de son laboratoire. Elle descend ensuite à toute vitesse, l'air plus jeune et beaucoup plus en forme. Je l'observe gravir deux à deux les marches de l'amphithéâtre.

Jonathan la regarde s'éloigner un instant avant de s'élancer à sa poursuite. Gray bondit entre les gradins pour le rejoindre. Je me précipite à mon tour. Mon père me dit quelque chose au moment où je passe devant lui, comme il l'avait fait au dernier Oubli. Je ne m'arrête pas. Je grimpe tout en haut de l'amphithéâtre. La cité est un chaos de fumée et de flammes qui obscurcissent le ciel de plus en plus lumineux. Des cris et des hurlements s'élèvent d'un peu partout. À ma droite, les portes du Grenier sont en feu. Des silhouettes sombres, sûrement des gens sur des échelles, se penchent par-dessus le mur du Grenier. À ma gauche, une douzaine de personnes se cachent derrière des charrettes retournées. L'espace qui les sépare du Grenier est encombré par du matériel agricole saccagé, une flaque d'huile enflammée et des bris de verre. Une autre bande tente de défoncer les portes embrasées avec une table, pendant que les silhouettes au-dessus leur jettent des pierres. Quatre corps immobiles sont étendus sur le sol. C'est l'Oubli, et je n'ai même pas eu le temps d'avoir peur.

Je ne trouve pas Janis, mais j'aperçois Gray dans l'éclat orange vif. Il attrape Jonathan du Conseil et le flanque par terre. Une bouteille vole près de mon crâne et heurte le sol dans une explosion de flammes jaunes, tandis que je me précipite vers lui. Je m'avance en trébuchant vers la zone encombrée.

— Dis-moi comment retrouver la mémoire! crie Gray.

Il a un genou appuyé sur le torse de Jonathan, l'autre sur sa tête, et les mains autour de son cou.

— Dis-le-moi!

— Arrête, Gray!

Jonathan rit toujours. Peut-être que ses souvenirs l'ont vraiment rendu fou.

— Tu devrais oublier, parvient-il à articuler, étendu sur le dos et les bras écartés. Ça nous attend tous.

Il ne se défend même pas. Il tourne les yeux vers moi.

— Demande à Nadia. Elle sait comment faire.

Un corps a pris feu près des portes. Une nouvelle bouteille me frôle en sifflant. Je fais quelques pas dans la zone de combat en agitant un bras en l'air.

— Arrêtez! Arrêtez de vous battre!

Le groupe derrière la charrette renversée et les pilonneurs devant l'entrée du Grenier se figent.

— Les récoltes sont empoisonnées! Vous vous battez pour rien, vous m'entendez? Janis a empoisonné les céréales!

— Tu vas me le dire, oui! hurle Gray.

Les yeux de Jonathan sont exorbités tandis que Gray l'étrangle.

— Gray, arrête! Lâche-le!

Je toise les combattants, qui ne bougent toujours plus.

— Nous pouvons échapper à l'Oubli. Nous ne sommes pas obligés d'oublier!

— Nadia! crie Eshan.

Ce dernier surgit en haut du mur du Grenier et saute dans la mêlée en contrebas.

— On a vraiment cru que…

Il se fige net lorsqu'il voit Gray serrer la gorge de Jonathan du Conseil. Je surprends son expression malgré la fumée. Imogène avait raison. J'ai mal interprété l'attitude de son frère, à la fête. Et sa réaction, le jour où il m'avait trouvée chez le souffleur de verre. Je comprends mieux ce qu'il faisait sur la liste des Perdus. Ce n'était pas moi qu'Eshan regardait à la petite réunion qu'il avait organisée dans le bosquet de noyers. C'était Gray.

— Je… On pensait que tu étais…, bégaie-t-il avant de s'interrompre.

— Dis-moi comment me rappeler! crie Gray.

Je pose une main sur son épaule, puis retire les siennes du cou de Jonathan. Ce dernier suffoque et tousse. Gray roule sur le sol jonché de bris de bouteilles pendant que Jonathan s'assoit, sans s'arrêter de rire. Imogène et Veronika apparaissent en haut du mur du Grenier. Karl des livres et ma voisine Roberta pointent une tête de derrière leur charrette renversée. Eshan n'a toujours pas bougé. Je m'interpose entre lui et Gray, et hurle :

Écoutez-moi! . Les réserves sont empoisonnées.

Aucune réaction ne se fait entendre.

— Vous avez le droit de me croire ou non, mais c'est la vérité. Nous devons tout brûler et nous réfugier aux Archives. Si nous y parvenons, nous échapperons à l'Oubli. Nous devons partir, maintenant, avant que le ciel ne devienne complètement blanc.

Imogène vient se poster à côté de son frère. Elle a une vilaine entaille sur la joue. Eshan me regarde droit dans les yeux.

— Tu allais de l'autre côté du mur, n'est-ce pas?

Je cède.

— Tout ce que nous devrions craindre se trouve à l'intérieur du mur, Eshan, pas à l'extérieur. Nous pouvons vaincre l'Oubli.

Il réfléchit.

— Je vais mettre le feu au Grenier. Emmène les autres.

— Tu es sûre qu'on n'oubliera pas, aux Archives? lance Imogène.

— Oui, mais il faut se dépêcher, dis-je en contemplant le ciel. Eshan…

Il se dirige déjà vers le Grenier quand il se tourne vers moi.

— Je suis désolée.

Il semble troublé pendant un instant. Il ouvre la bouche, comme pour dire quelque chose à Gray, mais il se tait. Il m'adresse un signe de tête et se précipite vers le bâtiment. Gray n'a toujours pas bougé. Il essaie de reprendre son souffle. Jonathan et le couteau ont disparu.

— Jonathan a raison, je ferais mieux d'oublier, déclare Gray. Si c'est ça…

Il désigne l'incendie, les débris, Karl des livres en larmes au-dessus du corps de sa femme.

— Si c'est tout ça dont nous nous rappellerons, alors je ne veux pas! ajoute-t-il.

Il ne peut pas oublier. Pas encore.

— N'oublie pas. Je t'en supplie. Tu m'as inscrite dans ton livre, dis-je en lui tendant le pendentif. Tu as écrit mon nom. Tu m'as demandé de me souvenir pour nous deux.

Il semble concentré, essayant de fouiller dans sa mémoire, mais en vain.

— Je sais que ce n'est pas suffisant, cependant c'est toujours mieux que rien. Je peux être ta mémoire. Cependant tu dois venir avec moi.

— Pourquoi je devrais te faire confiance?

Je ne sais pas quoi répondre. J'ai donné la fiole de Souvenir à Jonathan du Conseil plutôt qu'à lui.

Il se relève, puis s'éloigne. Je baisse ma main tendue et j'essuie mes joues mouillées de larmes. Je reprends conscience du petit groupe qui m'entoure.

— Partons.

Je m'élance dans les rues avec Gray, Chi, Veronika et le reste de la bande d'Eshan, ainsi que Karl des livres, Roberta et Pratim, le mari de Jemma. Je me demande où sont tous les autres. Et les membres du Conseil. Janis. Je remonte la rue du Méridien avant de traverser le Premier Pont.

— Ne touchez pas aux arbres! dis-je par-dessus mon épaule en plongeant sous une branche.

Les bourgeons sont sur le point d'éclore. Nous croisons l'homme que j'ai vu se promener en compagnie de Frances la doctoresse. Il frappe à la porte de sa maison en criant. Il a son livre, mais il est enfermé dehors. Nous l'entraînons dans notre course. Je tourne à l'angle de la rue Einstein lorsque je trébuche sur un cadavre allongé sous une fenêtre brisée. Les clameurs d'une fête s'élèvent dans cette maison. J'entends de la musique et des chants de soûlards. Veronika martèle la porte, mais personne ne répond.

Nous dépassons le Centre d'apprentissage, qui a été pillé. Le mot « Mensonges » a été griffonné à la peinture rouge par-dessus le « Vérité » de l'enseigne. La femme du potier est blottie derrière une rangée de colonnes sous le porche. Je ne sais pas ce qui lui est arrivé, mais elle n'a plus son livre et ses cheveux ont été coupés ras. Roberta l'aide à se relever et la tire par le bras.

Nous débouchons sur la rue Copernic. Une foule constituée de gens aux tenues colorées et non teintes nous bloque le passage. Quelques robes noires sont également présentes, barrant visiblement la voie. Je me faufile vers l'avant. Les portes des Archives sont fermées. Debout devant elles, se tient Janis, un couteau à la main, la lame sur la poitrine de Genivie.

Pour ceux qui oublient, perdre la mémoire doit être une sorte de mort.

NADIA LA FILLE DE LA TEINTURIÈRE
LIVRE 10, PAGE 74, 9 ANS APRÈS L'OUBLI

CHAPITRE 22

— Nadia.

Janis m'accueille avec un sourire. Son élégante chevelure est légèrement décoiffée.

— Je suppose que tout ceci est votre œuvre?

Elle désigne l'assistance de sa main libre et les portes criblées de trous des Archives. La foule tentait visiblement d'entrer. Genivie ne bouge pas. Elle a les paupières fermées et le dos plaqué contre le panneau qui dit « Souvenez-vous de notre vérité ». Liliya se tient à un mètre. Des larmes roulent sur ses joues. Mère est assise par terre derrière elle, le visage entre les mains.

— Dégagez-vous de mes Archives! déclare Janis d'une voix puissante. Tous autant que vous êtes! C'est moi qui décide qui peut entrer ou non.

Elle lève le nez vers le ciel.

— Mais d'abord, vous allez tous oublier…

J'en ai assez. De toutes ces discussions, de ces mensonges. D'elle. Je me jette sur elle sans qu'elle ait le temps de réagir et l'écarte de ma sœur avant d'attraper son bras.

— Cours! dis-je à Genivie.

Liliya vient à mon secours. Elle tire Janis par les cheveux, la forçant à se baisser. J'écrase sa main armée et Janis laisse tomber sa lame.

— Conseil! hurle-t-elle.

Mais Li et Reese ne sont pas là, et aucun des autres membres du Conseil ne bouge. Ils sont incertains, peut-être à cause de ce qu'ils ont entendu à l'amphithéâtre. J'aperçois Lydia et ses filles, mais pas Anson. Genivie s'est réfugiée près de notre mère. J'arrache la clé que Janis porte autour du cou et je me précipite vers la porte des Archives. Ce n'est pas la bonne. J'essaie encore, avant de tambouriner de toutes mes forces.

— Gretchen! dis-je en criant, malgré mes poings douloureux. Gretchen, ouvrez cette porte!

Janis se met à glousser. Cette petite scène semble l'amuser. Elle a réussi à se dégager de Liliya et à récupérer sa lame. Personne ne bouge dans la foule. Ils regardent. Ils attendent. Comme les gens de Canaan l'ont toujours fait depuis le premier Oubli. Ils pourraient maîtriser Janis et prendre les Archives, s'ils le voulaient. Mais ils sont contrôlés de l'intérieur. Je contemple le ciel doré et les rayons lumineux prêts à percer derrière les montagnes.

— Ton temps est écoulé, fille de la teinturière. Plus qu'une minute et tout le monde oubliera cet incident.

Et elle s'occupera de mon cas, à ce moment là. Parce que je me souviens et parce que j'ai le code. Dès que l'Oubli surviendra et que je n'aurai plus d'alliés, elle me tuera. Je mourrai en sachant que tous les habitants de cette cité, hormis cent cinquante, perdront eux aussi la vie. Gray surgit de la foule. Janis garde son sourire, reprenant son rôle de dirigeante de Canaan, si prévenante.

— Pourquoi voudriez-vous échapper à l'Oubli? demande-t-elle à la foule. L'Oubli est un cadeau. Votre droit à la renaissance. L'opportunité de laisser vos soucis derrière vous et de tout recommencer.

Un subtil changement s'opère chez certains.

— Toi, le fils du souffleur de verre, lance Janis.

Un cri s'élève de l'assistance. Je crois reconnaître Delia. Elle ne devait pas savoir que son fils était en vie.

— Tu ne préfères vraiment pas oublier tout ce que tu as vu aujourd'hui? La cité est complètement différente, après l'Oubli. Tous ces mauvais souvenirs pourraient disparaître de ton esprit. Quant à toi…

L'épouse du potier frémit sous le regard de Janis. Elle porte une main à son crâne pratiquement rasé.

— Tu aimerais sûrement devenir quelqu'un d'autre, je me trompe? Une nouvelle personne sans faute à corriger.

Elle se tourne vers le mari de Frances la doctoresse.

— Tu serais bien content de ne plus te rappeler la trahison de ta femme, non? De l'effacer? Et toi, Roberta, toi qui as un enfant chez les Perdus, lance-t-elle d'un ton encore plus cajoleur. Tu ne préférerais pas oublier ton chagrin? Et ce pauvre Karl des livres. Est-ce qu'il veut vraiment se souvenir de son épouse étendue morte près du Grenier?

J'ai la nausée. Beaucoup plus que lorsque j'étais inconsciente sur un lit. Janis est à l'origine de toutes ces tragédies, d'une façon ou d'une autre.

— Pourquoi subir le passé? poursuit-elle en levant les mains. L'Oubli nous donne l'occasion de fonder une société parfaite. Maintenant, rentrez chez vous et vivez l'Oubli en paix. Une nouvelle vie vous attend.

J'ouvre la bouche pour crier qu'elle tuera tous ceux qui ne seront pas choisis, lorsqu'une voix s'élève :

— Et moi?

Jonathan du Conseil se détache de la foule. Il repousse son capuchon noir de son visage contusionné et ensanglanté. Je ne sais pas d'où il vient, mais il paraît beaucoup moins agité et moins fou. Comme si le calme de Janis avait déteint sur lui, mais ses traits sont tordus par haine.

— Quoi, toi? crache-t-elle. Je t'ai donné toutes les compétences nécessaires pour devenir Chef du Conseil. Je t'ai formé depuis l'enfance. Mais ton esprit est faible…

— Et tu n'es qu'une menteuse, déclare Jonathan. Elle n'est pas sur la liste.

Liliya s'avance en tendant la main vers lui, mais Janis brandit son couteau pour l'en empêcher.

— Évidemment que son nom n'y est pas! Comment as-tu pu croire que Liliya était digne d'y figurer? Tu sais de quelle famille elle vient, non? Tu es faible. Il suffit d'une fille pour que ta volonté vacille. Tu es inutile…

Je n'ai rien vu venir. Pas plus que Janis au moment où je l'avais attaquée plus tôt. Elle se retrouve plaquée contre l'enseigne des Archives, sur le « V » de « Vérité », les bras écartés de part et d'autre, les yeux écarquillés. Aucune corde ne l'entrave, mais le couteau avec « Kevin Atan » gravé sur la lame enfoncée dans son ventre l'empêche de bouger.

— Ça, c'est pour mon petit frère, hurle Jonathan.

Il place une main autour de son cou, sort le couteau, et le plonge de nouveau dans les entrailles de Janis, tandis qu'un cri s'élève dans la foule.

— Ça, c'est pour Liliya. Et ça, pour toutes les personnes que tu as obligées à oublier, hurle-t-il en frappant à chaque mot. Ça, c'est pour Canaan. Et celui-là, pour moi, hurle-t-il en plongeant sa lame une dernière fois.

Le corps sans vie de Janis s'effondre dans le petit caniveau qui entoure les Archives.

Le choc me réduit au silence. La plaque est maculée de sang. Jonathan ne dit rien non plus. Il est couvert d'éclaboussures et des gouttes rouges coulent sur son visage. Il se baisse, attrape le couteau dans le ventre de Janis, et coupe la lanière du sac brodé qui contient son livre. Il le balance ainsi que son arme avant de s'avancer vers ma sœur.

— Je vais t'oublier, maintenant, lui dit-il en souriant. Mais, toi, souviens-toi que je t'ai sauvée.

Je n'ai jamais vu Jonathan si détendu et serein. Une expression un peu curieuse, sous tout ce sang. Il s'approche de moi.

— Et toi, ne m'aide plus jamais à me souvenir, d'accord?

demande-t-il.

Je pense à la dernière fiole d'antidote qu'il a reçue à la place de Gray. Je ne connais personne qui mérite d'oublier autant que lui.

— Non, Jonathan. Je ne t'aiderai plus à te souvenir. Ni toi ni personne. Je ne le pourrais pas, même si je le voulais.

Il penche la tête sur le côté.

— Pourquoi pas?

Ce qu'il s'apprêtait à dire se perd lorsque Karl des livres le saisit à bras-le-corps. Rachel la superviseuse lui tire les mains dans le dos et les attache. Il ne se débat pas. Plus rien ne semble l'intéresser en dehors de l'Oubli. Le sommet de la montagne s'illumine au loin. La lumière quasi naissante du soleil le borde déjà. Le ciel deviendra blanc d'une minute à l'autre, puis ce sera l'Oubli. La foule commence à se disperser. Je me tourne et frappe plus fort contre la porte fendillée.

— Gretchen! C'est Nadia. Laissez-nous entrer! Nous ne sommes pas là pour les livres! Nous pouvons éviter l'Oubli. Gretchen!

Une voix sourde et effrayée répond de l'autre côté.

— Qu'est-ce qui se passe?

— Nous devons nous mettre à l'abri dans la pièce du Conseil. Tout de suite! Ça n'a rien à voir avec les livres. Vous n'êtes pas obligée d'oublier!

— Je n'ai pas la clé…

Liliya brandit la clé en verre.

— Je l'ai!

Le premier rayon de soleil commence à chauffer mon

dos.

— Ouvrez la porte, Gretchen!

La barre se soulève.

— Gray! fais-je en me tournant. C'est toi qui vas déverrouiller la porte de la salle secrète. Tu sais comment utiliser la clé sans la casser? Fais bien attention parce qu'on n'en a pas d'autre, d'accord?

Liliya fourre le petit objet en verre dans sa main. La serrure de la porte des Archives cliquette.

— Reculez-vous, Gretchen! dis-je.

Et la porte s'ouvre.

J'entre avec Liliya et Gray, bientôt suivie par la foule. Gretchen bondit sur le côté. Je marche jusqu'au vestibule, puis aux rayons, et enfin à la porte du mur du fond.

— Liliya!

Ma sœur comprend aussitôt. Elle va rassurer la foule pour éviter que les uns et les autres nous bousculent. L'immense salle est bondée. J'entends Gretchen et Liliya ordonner de ne pas toucher aux livres.

Gray s'agenouille, insère la clé, puis la fait tourner. Gray grimace. Je pense d'abord qu'il l'a cassée, mais ce doit être son dos qui lui a fait mal parce que la porte s'ouvre. Il lève les yeux vers moi, tout sourire. Je retrouve mon Gray, un court instant, celui des jours sombres et du jardin de Jin.

Jin. Je remonte le flot la foule. Comment ai-je pu oublier Jin? Je franchis la porte d'entrée. La lumière du soleil pointe derrière les montagnes. Devant l'entrée des Archives je m'aperçois que Gray est avec moi.

— Qu'est-ce que tu fais là? dis-je.

Il ne répond pas. Je sais pourquoi il est là. Je suis sa mémoire. C'est l'unique raison de sa présence. Il n'y a rien d'autre… Je tambourine à la porte de Jin, puis tente de l'ouvrir, mais elle est fermée.

— Jin? Jin!

Il ne m'entend pas. J'attrape une pierre et je casse la vitre de la fenêtre. Jin se trouve dans son salon lorsque j'écarte le rideau et je pénètre à l'intérieur. Il attend tranquillement l'Oubli avec un livre, une lampe et du thé. Il paraît surpris de me voir.

— Venez! je lui crie sans lui laisser le temps de discuter.

Je soulève la barre sur la porte, puis Gray m'aide à soutenir Jin. Le soleil brille d'un magnifique éclat doré. Il n'y a plus personne devant les Archives lorsque nous arrivons. Tout est en ordre, en dehors de l'enseigne maculée de sang et du corps sans vie de Janis. Jin le contemple, tandis que j'actionne le loquet, qui est fermé. Le ciel devient de plus en plus blanc.

Je tambourine encore, jusqu'à ce que la porte s'ouvre. Gretchen nous fait entrer. Je vois les pétales d'un arbre de l'Oubli s'épanouir, de l'autre côté de la rue. Un léger effluve, discret et sucré, me parvient quand Gretchen claque la porte. Elle s'avance pour la verrouiller, mais je lui arrache la clé des mains.

— Courez! Cet endroit n'est pas hermétique.

Elle aide Gray à porter Jin, puis ils se précipitent vers le vestibule. Je referme les portes au fur et à mesure. Nous

nous retrouvons bientôt dans les rayons et pénétrons dans la pièce secrète. L'endroit est bondé. Il doit y avoir trois cents personnes. Certaines marchent de long en large, mais la plupart sont assises par petits groupes. Gray sort la clé en verre et l'introduit précautionneusement dans la serrure.

— Vous êtes là juste à temps, déclare Gretchen, comme si j'avais failli être en retard pour l'inventaire.

Je fais bien un inventaire, mais de gens. Jin a trouvé un coin où s'asseoir dos au mur. Il semble confus. Mère est installée par terre non loin de là, les yeux clos, Genivie à ses côtés. À l'autre bout de la pièce, Lydia et mes demi-sœurs sont en compagnie d'Anson le planteur.

Je ne sais pas par où il est arrivé. Il n'était pas dans la foule quand Janis est morte. Je préfère éviter de penser à ça. Près de lui, j'aperçois Deming et Veronika, ainsi que l'épouse du potier et tout un groupe de Perdus. Ni Li, ni Jemma la fabricante de vêtements ni aucun membre de sa famille ne sont là. Eshan et Imogène non plus. Ils n'ont pas dû réussir à quitter le Grenier. Rose tend un bébé à Roberta, qui tombe à genoux à côté d'Arthur des métaux et sa femme.

Jonathan est appuyé contre les rayons de la cloison du fond.

— Laissez-moi oublier! Laissez-moi oublier! hurle-t-il, encadré par Karl des livres et Rachel la superviseuse.

La devise « Sans souvenirs, ils ne sont rien » est inscrite sur le mur juste au-dessus de sa tête. C'est aussi cruel de le tenir enfermé ici que d'abandonner les autres dehors. Je serre les poings et me redresse.

Quelqu'un crie soudain le nom de Gray. Delia et Nash se précipitent vers nous au milieu de la foule. Delia trébuche et percute son fils qui se retrouve le dos plaqué contre le mur, à côté de la porte. Il gémit. Nash reste à distance.

— Où étais-tu passé? lui demande Delia. On était tellement… Qu'est-ce qui ne va pas?

Gray me regarde d'un air interrogateur.

— C'est ta mère, dis-je.

— Delia? ajoute-t-il.

Cette dernière paraît choquée lorsqu'elle comprend que son fils l'a oubliée. Ses traits se tordent de douleur. Je connais ce sentiment. Très bien, même. Nash pose une main sur son épaule.

— Je suis désolé, déclare Gray.

— Où est ton livre?

Delia tourne la tête vers moi avant qu'il ne réponde.

— Qu'est-ce que tu lui as fait?

J'aimerais pouvoir lui dire que je n'y suis pour rien. Mais je suis responsable. Et aucun d'entre eux ne me le pardonnera. Comment le leur reprocher?

— Je reviens dans une minute, dis-je à Gray.

Il me regarde, les yeux plissés.

— Où est-ce que tu vas?

— Voir ma mère et mes sœurs.

Mais c'est faux, je ne veux pas qu'il surprenne mes larmes. Ni l'informer de ce que je m'apprête à faire. Je m'éloigne. Liliya vient se planter à mes côtés, et je lui demande :

— Est-ce que Mère va bien? Et Genivie?

— Aussi bien que possible. Où est ton livre?

— Je ne l'ai plus, dis-je.

Je l'ai laissé sur la tribune dans mon sac.

— Tu savais que cet endroit était approvisionné? On a trouvé des couvertures et de la nourriture. Pas assez, mais quand même…

Assez pour cent cinquante personnes. Combien de temps Janis comptait-elle les garder ici? Sûrement jusqu'à ce que tous les autres soient morts. Beaucoup de gens le sont déjà. Delia tente de soigner le dos de son fils. C'est horrible d'être la seule à se souvenir. Mais ça l'est autant d'être le seul à avoir oublié. Et la culpabilité est une maladie. Les cris de Jonathan résonnent au-dessus de nos têtes. Je dois partir.

— Il faudrait que tu ailles détourner l'attention de Rachel la superviseuse, dis-je à Liliya.

Elle me regarde. Une traînée de sang macule sa joue comme si une main blessée l'avait touchée.

Ma sœur entraîne Rachel la superviseuse afin de discuter avec elle de l'organisation des prochains jours. J'en profite pour me glisser derrière Jonathan en me cachant derrière l'étagère sur laquelle il est assis.

— Je viens t'aider à oublier, lui dis-je. Continue à crier.

Il se redresse légèrement, puis recommence à supplier qu'on le laisse perdre la mémoire.

— Est-ce que je peux aller au laboratoire en toute sécurité en passant par le souterrain?

Il confirme tout en continuant de marmonner. Je coupe la corde autour de ses poignets avec un morceau de verre que j'ai retiré de mon pied. Puis, je lui donne le bris et le regarde libérer ses pieds avant de l'aider à se relever. Là-dessus, nous nous frayons discrètement un chemin vers la colonnade. Personne n'a dû s'apercevoir qu'il y avait une porte derrière. Je l'ouvre, puis Jonathan et moi passons de l'autre côté et la refermons lorsque des premières clameurs retentissent.

Jonathan descend l'escalier plongé dans l'obscurité. Il a l'air de bien le connaître. J'accélère le pas. Les rochers glissent sous mes pieds nus et entaillés. Les plantes colorées couvrent les murs. Ces végétaux m'interrogent, tout à coup. Puisqu'ils absorbent des choses invisibles pour se nourrir, ingèrent-ils aussi les spores?

— Jonathan. Jonathan!

Il s'immobilise et me regarde avec un air effrayé. Il doit croire que je lui tends un piège. Les lieux sont silencieux, hormis le bruit de la rivière. J'ignore si quelqu'un nous a vus emprunter l'escalier.

— Tu ne vas pas m'obliger à me souvenir, n'est-ce pas? demande Jonathan.

Mais pourquoi me demande-t-il encore ça? Je lui ai déjà répondu : « Je ne t'aiderai plus à te souvenir. Ni toi ni personne. Je ne le pourrais pas, même si je le voulais. »

Et il avait répliqué : « Pourquoi pas? »

Jonathan recommence à descendre vers le souterrain. Je trottine derrière lui pour ne pas me faire distancer. La lumière bleuâtre des vers à soie nous éclaire à peine.

— Attends, Jonathan. S'il te plaît. J'ai quelque chose à te demander. J'ai cassé toutes les fioles de Souvenir sur l'étagère.

Est-ce qu'il existe un autre moyen de retrouver la mémoire?

Il affiche un sourire étrange.

— Anna.

Sa réponse me surprend tellement que j'en perds pratiquement l'équilibre.

— Quoi, Anna? Tu sais comment elle est morte?

Je le rejoins à toute allure en trébuchant.

— Elle a tué Anna, fait Jonathan d'un ton neutre. En lui donnant trop d'Oubli. Ta famille… Certains d'entre vous se souviennent. Elle n'arrêtait pas de dire que c'était très bien qu'Anna soit morte. Que ça lui avait permis de comprendre certaines choses. Et de fabriquer l'antidote. De pleines jarres…

— Des jarres?

J'accélère le pas, le cœur battant.

— Est-ce que tu peux me les montrer?

Je vois la peur sur son visage.

— Je ne l'utiliserai pas sur toi, je te le promets.

Il opine, avant de sourire franchement. Mais une bouffée d'air douceâtre me parvient quand nous atteignons le passage sous les murs. J'attrape aussitôt le bas de ma tunique et je le plaque sur ma bouche et mon nez. Jonathan commence à tituber. Je lui prends le bras et le questionne pour qu'il m'en dise plus sur les jarres. J'ai un léger mal de tête, et Jonathan se souvient à peine de qui il est lorsque nous arrivons devant le laboratoire. L'Oubli est partout, et Jonathan du Conseil étranger à lui-même. Nous pénétrons dans l'antre de Janis.

Je garde le bas de mon vêtement sur mon visage et un

bras sous celui de Jonathan. Les lampes sont éteintes, mais la porte ouverte de l'escalier diffuse un peu de lumière. Je rappelle son prénom à Jonathan pour le rassurer. Il n'est pas inquiet ni agité, juste docile. Je l'envoie en haut des marches et lui dis d'y rester jusqu'à ce qu'on vienne le chercher. Je ne peux pas monter avec lui. Un mal de tête affreux martèle mon crâne, maintenant. J'ai un haut-le-cœur.

J'aperçois soudain Reese à l'endroit où nous l'avions laissé, cerné de bris de verre. Froid. Mort. Gray a dû frapper fort, ou comme il faut. Je me détourne et commence à fouiller les lieux avant d'être trop mal en point pour revenir sur mes pas.

Je trouve plusieurs tubes avec des aiguilles, enveloppés dans un tissu par terre, que Gray a dû lâcher lorsque Reese est arrivé, ainsi que toutes sortes de fioles. Je les ramasse en faisant très attention, sachant ce que le liquide bleu peut infliger. Mes articulations me font mal et mon corps est douloureux. Je regrette que Jonathan ne m'en ait pas dit plus sur les jarres. Je ne sais pas ce que je cherche. À moins que…

Bien en vue sur le comptoir, j'aperçois un pot avec un couvercle relié à des tubes et à des récipients en verre, juché au-dessus de petites casseroles remplies de combustible. Je soulève le couvercle. Une odeur vive et fraîche m'éclaircit aussitôt les idées. C'est celle que j'ai sentie lorsque l'étagère est tombée sur Reese et que les fioles ont explosé autour de lui. Celle que j'ai humée lorsque j'ai frotté les feuilles de la plante rapportée de la montagne que j'ai donnée à Delia.

Je mets du liquide dans une fiole et plonge une aiguille directement dans le pot. Les pulsations de mon cœur font palpiter mes tempes. Je retiens mon souffle. J'ai du mal à me piquer moi-même. Quelque chose en moi me dit que je ne devrais pas, mais je le fais. Le produit picote tandis qu'il se répand dans mes veines. Je respire à travers ma tunique et j'attends, incapable de tourner le dos au cadavre allongé sur le sol. Si c'est le poison que Janis m'a injecté, alors, Reese et moi allons rester étendus là un bon moment. Mais je ne crois pas que ce soit ça. Mon mal de crâne régresse déjà.

Je remplis les autres fioles et me précipite à l'extérieur. Une fois hors du laboratoire, je m'arrête au niveau des murs de plantes, pose mon butin, dénoue mes tresses puis me glisse dans la rivière. L'eau est chaude et le courant est fort. Je m'accroche aux rochers par prudence. Je ne peux pas me permettre de rapporter des spores dans la pièce cachée des Archives.

Je me faufile à l'intérieur et quand je parviens à la salle du Conseil, tout le monde semble être en colère contre moi. Anson parle avec Genivie et Liliya. Tous trois interrompent leur conversation à ma vue.

— Je reviens dans une minute, fais-je en les dépassant.

Rose s'est mise à l'écart avec Gray, dont elle panse les plaies sous le regard de Delia. Ils me regardent tous les trois comme s'ils préféraient que je reste loin d'eux.

Même si la colère de Rose pourrait avoir un lien avec les blessures qu'elle nettoie.

— Tu as libéré le meurtrier, n'est-ce pas? lance Delia.

— Tu avais dit que tu ne partirais pas, me reproche Gray au même moment.

Je tends la main à Gray sans relever leurs remarques.

— Viens avec moi.

Nous sommes faits de nos souvenirs. J'ai lu ces mots chaque jour de mon existence. Aujourd'hui, j'ai décidé qu'ils étaient vrais. Nous sommes ceux que nous avons été. Mes choix d'aujourd'hui seront ma mémoire de demain. Ce sont mes choix qui détermineront celle que je deviendrai. Pas mes souvenirs.

NADIA LA FILLE DE LA TEINTURIÈRE
DANS LES PAGES VIERGES
DE NADIA LA FILLE DU PLANTEUR

CHAPITRE 23

Je l'entraîne à l'autre bout de la pièce, là où j'ai libéré Jonathan de ses entraves. Rose retient Delia par le bras.

— Assieds-toi.

Gray s'exécute. Je m'installe devant lui avant de poser mon ballot mouillé à côté de moi. Nous sommes à l'écart de la foule. C'est déjà ça. Je me sens bête, tout à coup. Je sais que je dois lui laisser le choix, et c'est difficile.

— Ce que tu peux être agaçante, me lance-t-il. Tu passes ton temps à dire une chose et à faire le contraire. Je ne te comprends pas. Tu pars je ne sais où, je m'inquiète, et là, c'est moi-même que je ne comprends plus. Après ça, tu reviens, et je recommence à t'en vouloir.

Je n'ai pas osé croiser son regard depuis qu'il m'a oublié. C'est trop douloureux. Tout à coup, je lui fais face. Je lève la main et touche son visage et sa barbe foisonnante, avant de poser mes lèvres sur les siennes. Pas longtemps, mais suffisamment. Gray se recule, gêné et légèrement énervé. Je constate à sa respiration rapide qu'il ne reste pas indifférent. J'avais senti la même chose quand il avait spontanément répondu à mon baiser, la première fois où je l'avais embrassé.

— Pourquoi tu as fait ça? me demande-t-il à voix basse.

Parce que j'aimerais savoir s'il y a la moindre chance que tu me choisisses de nouveau si jamais tu refuses ce traitement, fils du souffleur de verre. Parce que je crois que tu pourrais le faire. Que tu te souviens de moi quelque part au fond de toi. Au moins un peu.

Mais je ne dis rien. Je me contente d'ouvrir le ballot mouillé et de sortir les fioles et les aiguilles. Gray se fige à leur vue.

— Où est-ce que tu les as trouvées?

— Veux-tu te souvenir? Je te préviens, certains souvenirs sont assez horribles.

Mon ventre se serre à l'idée qu'il dise non, et à celle qu'il se remémore certains de mes actes. J'observe le halo de ses cils bruns tandis qu'il réfléchit.

— Certains sont horribles. Mais beaucoup ne le sont sûrement pas, répond-il, toujours très calme.

Je me demande s'il fait référence au baiser que je viens de lui donner. Il se contente de soulever sa manche. Je fais courir mes doigts sur son bras pour trouver l'endroit le moins sensible.

J'enfonce l'aiguille. Gray tressaille légèrement tandis que le liquide pénètre en lui et que je redresse la fiole. Une fois vide, je l'aligne à côté des autres, puis nous attendons, seuls dans ce petit espace protégé au milieu de la pièce secrète bondée et bruyante. Gray prend sa tête entre ses mains. Il transpire. Je pourrais poser la joue sur ses cheveux ébouriffés, tant il est près de moi. Je ferme les yeux. Gray se met à respirer fort. Il grogne. Je me demande ce qu'il voit. Si ses souvenirs remontent d'un coup ou s'ils défilent dans le temps comme les images sur le mur lumineux dans la caverne.

Il lève les mains et attrape ma nuque avant de plaquer son front contre le mien.

— As-tu été nager sans moi, fille de la teinturière?

Je ris et pleure à la fois à cette question.

— Elle m'a dit où était l'antidote, m'explique-t-il. Elle m'a montré comment s'en servir et comment le fabriquer. Parce qu'elle allait me faire oublier, évidemment. Je savais qu'elle le ferait, qu'elle s'en prendrait à toi à ton réveil et que je ne pourrais rien faire…

Je n'ai pas eu le temps de m'en rendre compte, mais je suis soulagée que Janis soit morte.

— Je suis désolée de t'avoir obligé à oublier, dis-je tout bas dans son cou. Tu te souviens vraiment de moi?

— Je me rappelle la première fois où je t'ai vue à l'école, murmure-t-il dans le creux de mon oreille. L'atelier juste avant l'Oubli, quand tu as frappé Jonathan du Conseil parce qu'il voulait me prendre mon livre pour le jeter au feu. La fois où tu m'as giflé. Je me rappelle que tu jouais avec les abeilles dans les champs, au sud, quand tu avais dix ans. Je revois la cascade et la salle blanche, et le moment où tu m'as noté dans ton livre. Tout ce qui te concerne est gravé dans ma mémoire.

— J'ai vraiment essayé de te sauver, mais je n'ai pas réussi.

Comme chaque fois.

Il caresse mes cheveux.

— Il me semble que tu viens de le faire, fille de la teinturière.

— Gray?

Delia arrive derrière nous en compagnie de Nash et de Rose.

J'essuie discrètement mon visage pendant que Gray parle avec sa mère. J'aperçois quelqu'un derrière les étagères lorsqu'il se lève pour la serrer dans ses bras. Anson le planteur tient dans ses mains le sac que j'ai laissé sous la tour de l'horloge. Il fixe les aiguilles du regard. Il attend son tour.

Anson relève ses manches d'un geste nerveux. Je ne suis pas moins tendue. Durant toutes ces années, j'ai rêvé qu'il se souvienne et qu'il m'explique pourquoi il s'est comporté comme il l'a fait. Je ne suis plus sûre de le vouloir. Mais il semble déterminé. Je plonge mon aiguille et détourne la tête tandis que le Souvenir s'insinue en lui.

C'est étrange de me retrouver aussi près de mon père. Son visage présente des rides que je n'avais pas remarquées. Gray est toujours là. Il parle à Nash et Delia en me tournant le dos. Mais il sait ce que je fais. Il tend une main vers moi lorsque je repose la fiole. Je la prends et la serre sur mes genoux. Anson réagit exactement comme Gray. Des images doivent le submerger, durant quelques secondes. Mais elles s'organisent ensuite, en remontant le temps.

— Je m'appelais Raynor, murmure-t-il avec un air surpris. Anna… Anna était la première.

Je m'attendais à entendre ce nom à un moment ou un autre, mais pas avec les mêmes mots que ceux de ma mère.

— J'ai emmené Anna au Conseil parce qu'on s'était aperçus qu'elle se souvenait. Des images par-ci par-là. Mais elles étaient claires. C'était incroyable.

Je baisse la tête.

— Ça t'arrive à toi, Nadia?

Je saisis la main de Gray.

— Je me souviens de tout.

Anson se frotte le visage.

— J'ignorais que c'était possible. Jusqu'à aujourd'hui. Alors, tu savais, depuis tout ce temps?

Je savais.

— Laisse-moi t'expliquer ce qui s'est passé dans ce cas, déclare Anson.

Je cligne des yeux. Il ne semble pas désolé. Plutôt en colère. Et amer.

— J'ai emmené ta sœur au Conseil parce que je croyais que ça pourrait aider à vaincre l'Oubli. Je n'ai jamais pensé que Janis pourrait faire du mal à Anna lorsqu'elle a demandé à lui parler. J'ai même trouvé ça bien.

Son amertume se transforme en douleur.

— Mais Anna est morte, et ils ont dit qu'elle s'était empoisonnée. Je savais que ce n'était pas vrai. Et ta mère, dit-il en passant une main sur son visage. Renata avait déjà eu des crises. Des petits épisodes, rien de très sérieux. Mais quand elle n'a plus trouvé Anna dans son lit… J'ai été voir

Gretchen et je l'ai suppliée de me laisser lire le livre d'Anna, déclare-t-il en levant brusquement la tête. Gretchen est ma sœur.

Tante Gretchen. Ça pour une surprise. Elle a enfreint les lois pour son frère. Encore plus incroyable.

— Anna a écrit que Janis lui a mis une aiguille dans le bras, et qu'elle l'a interrogée sur ses arrière-grands-parents et sur son héritage, mais elle a aussi écrit que sa mère lui avait expliqué que c'était un secret et de ne jamais rien dire à personne. Renata parlait du bracelet qui lui venait de son père. Anna l'avait sur elle quand on l'a trouvée. Et une blessure à la tête sous la cordelette qui liait ses cheveux.

Le code… Ma sœur le portait sur elle quand elle est morte.

— Anna a également écrit que Janis lui a posé des questions sur Nadia. Pas toi. Celle dont tu tiens ton nom, la sœur de Renata, qui a disparu après un Oubli quand elles étaient enfants. J'ai lu les livres de Nadia. Elle se souvenait, elle aussi. Et elle avait discuté avec Janis. Elle s'est volatilisée très vite après. C'était étrange. Tous les gens qui se rappelaient s'évanouissaient dans la nature. Les souvenirs semblaient rester chez les femmes de la famille de Renata. Chez mes filles, c'était sûr, et Renata sans doute aussi. C'est pour ça qu'elle était confuse. Que fallait-il faire? L'Oubli arrivait, et Janis avait sûrement tout couché par écrit. Toi, tes sœurs… va savoir ce qu'elle aurait été capable de vous faire?

Je pose la main de Gray dans mon cou. Je commence à comprendre, après toutes ces années. Lydia la tisserande n'est pas à l'origine de l'éclatement de notre famille.

— Je t'ai cachée. J'ai confectionné des nouveaux livres et je me suis effacé. J'ai changé le métier de ta mère et les prénoms de tes sœurs. Mais pas celui de Renata. Il est courant, et j'avais peur qu'elle s'en souvienne. Je t'ai laissé le tien aussi. Tu portais le nom d'une petite fille oubliée de tous ou presque, comme ta sœur Anna. Mais tu serais Nadia la fille de la teinturière et tu n'aurais plus rien à voir avec Raynor le planteur. Comme ça, Janis ne pourrait pas s'en prendre à notre famille.

Sauf que Janis savait tout, comme moi.

— C'est la chose la plus difficile que j'aie jamais faite. Te confisquer tes livres et t'oublier. J'ai dû enfermer ta mère et ta sœur, mais toi, tu m'as fait confiance jusqu'au bout. Je déteste que tu te souviennes de ça.

Il pleurait lorsqu'il m'a pris mon livre.

— Tu t'es enfuie. Les rues étaient tellement bondées que je n'ai pas réussi à te retrouver. Je devais aller déposer tes livres à Gretchen pour qu'elle les cache avant l'Oubli. Mon vrai livre expliquait tout, la manière exacte dont les choses s'étaient passées.

Sauf que Gretchen n'a pas mis le mien de côté, celui avec le bracelet. Elle a dû le retrouver à son réveil, l'enregistrer et le ranger en rayon comme toute bonne archiviste.

— Mais aucune d'entre vous n'était vraiment à l'abri. Et tu as vu comment elle s'y est prise pour garder un œil sur moi : elle m'a nommé au Conseil. Elle lisait mes livres… Je suis tellement désolé. Je pensais t'avoir sauvée, mais ça n'a pas été le cas. Je ne t'ai pas sauvée.

Tel père, telle fille.

Je ressors des Archives dans la lumière du soleil levant. L'air est doux. Je gagne une rue calme, mais jonchée de débris, suivie par une vingtaine de personnes. Nous avons attendu quatre jours avant d'ouvrir les portes, au cas où les spores auraient besoin de plus de temps pour mourir. Mais les gens commençaient à s'impatienter. Ils s'inquiètent pour leurs amis et leur famille restés dehors. Et nous avons mangé toutes les provisions mises de côté pour les élus de Janis. Trois cent soixante-dix citoyens de Canaan ont échappé à l'Oubli. Grâce à l'équipe formée par Liliya et Rose, la pièce cachée s'est organisée comme une cité dans la cité. Cela m'a surprise qu'elles s'entendent si bien toutes les deux.

Rose m'a également appris à faire les injections. Tous ceux qui se trouvaient à l'intérieur des Archives se souviennent des douze dernières années. Mais ça été difficile de se remémorer les événements précédant cette période, pour certains. Plus que d'oublier. Les membres du Conseil ont décidé de laisser le choix à tous ceux qui sont âgés de plus de quinze ans. La plupart ont demandé à recevoir le Souvenir. Mais pas Lydia la tisserande. Ni ma mère et quelques autres qui n'avaient peut-être pas envie de se mettre en danger.

Je n'ai pas arrêté de faire des allers-retours au laboratoire de Janis pour nettoyer et remplir les aiguilles, avec un morceau de tissu humide sur le visage. J'ai déposé une robe de Janis sur Reese. Certains ont été contents d'avoir accepté l'injection. Heureux de découvrir qui ils étaient, qui ils sont, et de retrouver une famille oubliée. D'autres étaient moins heureux. Beaucoup auront besoin de temps pour s'y faire. Je ne sais pas de quoi Rachel la superviseuse s'est souvenue, mais elle est sortie par la porte qui mène au souterrain durant un repos, et nous ne l'avons pas revue depuis. Je pense qu'elle s'est jetée dans la rivière.

L'air est frais dans la rue Copernic, bien différent de l'air stérile de la grotte ou de la senteur douceâtre et viciée du laboratoire. Sans parler de l'odeur stagnante de tous ces corps enfermés ensemble quatre jours d'affilée. Les jours sombres et la lumière des lunes me manqueront. Mais le soleil me donne l'impression de nettoyer mon visage, en cet instant. Nous nous dispersons dans différentes directions par petits groupes pour identifier les morts, faire l'inventaire des réserves, et retrouver ceux qui ont oublié pour leur demander s'ils souhaitent se rappeler. Et décider de leur sort s'ils répondent non.

Je fais équipe avec Gray et Delia — un arrangement imaginé par Liliya. Disparaître durant trois semaines avec son fils ne m'a pas exactement aidée à gagner la sympathie de cette femme. Peu importe le nombre de fois où Gray lui a expliqué la situation, elle ne supporte pas la vue de ses cicatrices. Elle a besoin d'un coupable. J'ai passé chaque repos avec Gray depuis que nous sommes aux Archives. Delia est systématiquement venue se planter à un mètre de nous. Au troisième repos, Gray a crié : « Ça suffit, maman! C'est inscrit dans nos livres. C'est entériné. »

La moitié de la salle a éclaté de rire. Mais Liliya est convaincue que cet obstacle à mon bonheur ne durera pas. Et qu'elle sait comment y remédier.

Nous pénétrons dans la première maison de la rue Copernic, mais nous ne trouvons rien ni personne : pas de morts, ni de gens qui ont oublié ou qui se rappellent, et pas de provisions. Pareil dans la deuxième. Nous tombons sur Rhaman le fabricant de carburant, dans la troisième. Il a son livre. Il opte pour la mémoire, et part ensuite aux Archives chercher sa fille Perdue. Dans la maison suivante, Gray m'adresse un petit regard à l'insu de sa mère, puis il regarde vers le jardin de toit. Nous ressortons l'un après l'autre pendant que Delia consigne par écrit les maigres butins débusqués dans les placards. Je suis dans les bras de Gray dès que mes pieds frôlent l'herbe. Je fais attention à ne pas toucher son dos. Nous ne nous sommes pas retrouvés seuls depuis qu'il se souvient de moi.

Il prend tout son temps tandis qu'il me fait ces choses pour lesquelles il est très doué, et des nouvelles aussi. Mais nous avons le droit, même si nous nous cachons de sa mère. Et aucun Oubli ne nous volera ces moments.

— Passons de l'autre côté du mur, me chuchote Gray à l'oreille au bout d'un moment. Au prochain repos, allons sauter dans la cascade.

Son dos doit guérir d'abord. Mais je ne vois pas pourquoi nous ne le ferions pas plus tard. Rien ne nous en empêche. Je me raidis soudain, et quitte ses bras. Il me suit vers le fond du jardin, où de hautes tiges de ricin se parent d'orange sous la lumière du soleil. Un pied nu pointe de sous les feuilles. Un enfant. Il ne bouge pas. J'écarte les tiges. Un petit garçon cligne des paupières, se redresse et recule. C'est le petit frère d'Eshan et Imogène, l'un des jumeaux. Je ne sais pas lequel.

— Attends, lui dis-je. Ne te sauve pas. Tu as faim? Soif? Tu veux bien venir avec moi? Je vais te trouver quelque chose à manger.

Il écarquille les yeux, réfléchit un instant, puis me tend les bras. Je l'attrape. Ses mains entourent aussitôt mon cou. Un livre sale pend à ses hanches.

— Gray, va chercher de l'eau.

Il s'éloigne tandis que je descends avec le petit. Une fois dans la réserve, je lui donne du pain rassis des jours sombres et le fais boire à petites gorgées. Je le laisse manger quelques morceaux de pain, ensuite je lui nettoie le visage.

— Qui est-ce? demande Delia.

Je ne sais pas depuis quand elle se tient derrière moi.

— C'est James, le fils du fabricant d'encre, dis-je après avoir jeté un coup d'œil dans le livre du garçon.

Je suis sûre qu'il est trop jeune pour savoir lire.

— Tu t'appelles James. On va te ramener chez toi, d'accord?

Il tient un morceau de pain dans une main et mon cou avec l'autre. Il me serre fort. Il a la tête posée sur mon épaule et ne me lâche pas. Je le porte à travers la cité jusqu'à la rue de la Fauconnerie en compagnie de Delia et de Gray.

Je suis soulagée de voir la porte de ma maison fermée

et les fenêtres intactes. La plupart des rues sont jonchées de papiers, de restes de nourriture et de verre brisé. La rue de la Fauconnerie a visiblement été nettoyée. Une odeur de cuisine s'élève dans la maison du fabricant d'encre.

Hedda vient nous ouvrir. Elle paraît surprise lorsque je lui explique qui nous sommes, ainsi que James.

— D'accord… Mais si c'est James, qui est celui-là?

J'entre avec Delia et Gray. Jemma et le fils de Pratim jouent avec le second jumeau.

— C'est Joshua, le petit des voisins, je réponds.

Hedda opine comme si elle comprenait soudain quelque chose.

— Ils cherchaient un garçon, mais je leur ai dit que celui-ci était le nôtre. Il était chez nous à notre réveil.

Elle semble sur la défensive et n'approche pas James. Elle ne se souvient pas de lui ni lui d'elle. Elle parcourt le livre du petit.

James ne me lâche pas. Du coup, je m'installe par terre avec lui et les autres enfants en attendant que les choses se calment. Gray est sur le banc à côté de nous. Delia discute avec Hedda. Elle lui parle du Souvenir lorsqu'Eshan descend l'escalier. Il s'arrête au bas des marches.

— Qui c'est? fait-il en désignant James.

Il s'assoit à côté de nous et caresse la tête du petit en lui souriant. James lui rend son sourire.

— Eshan… Tu ne te souviens pas de nous, mais nous, si. Je suis Nadia, et lui, c'est Gray.

La bouche d'Eshan forme un « ah » muet. Il a certainement

déjà lu son livre. Il nous observe tour à tour, Gray et moi. Il sait qui nous sommes, mais ne nous reconnaît pas.

— Content de voir que tu vas bien, fait Gray. On s'est inquiétés quand on ne t'a pas vu aux Archives. Imogène est là?

— À l'étage. Ma sœur et moi, on… on a décidé de ne pas vous rejoindre, en fait. C'est ce que disent nos livres. On est venus ici à la place.

Gray et moi échangeons un regard. Ils ont choisi d'oublier. Imogène descend l'escalier suivie de quelqu'un. La dernière personne que je m'attendais à trouver chez Hedda : Jonathan.

— Oh, fait-il. Nous sommes encore plus nombreux?

Il traverse la pièce pour aller ébouriffer les cheveux de James. Le petit lui sourit et tend les bras vers lui. Jonathan le soulève et l'assoit par terre à côté de lui avant d'attraper un jouet. Eshan explique qui nous sommes à Imogène.

— Donc, vous les connaissez? demande Jonathan d'un ton dégagé. Et moi, est-ce que vous savez qui je suis?

— Tu es Jonathan, répond Gray.

Une expression joyeuse illumine Jonathan à ces mots. Il se tourne vers Hedda.

— Tu as entendu? J'avais raison! Je suis bien Jonathan! déclare-t-il avant de me regarder. On s'est parlé dans la salle souterraine de la grande maison. Tu m'as dit mon nom à ce moment-là.

C'est la vérité. J'ignore comment il s'est retrouvé ici, mais je n'ai pas l'intention de poser la question. Hedda prend alors un air grave. Delia l'a mise au courant. Évidemment... J'avais déjà remarqué ses cicatrices auparavant. Mais cette situation me rend malade. J'aurais préféré que Delia se taise. Jonathan du Conseil paraît tel qu'il aurait été sans l'influence de Janis. Tel qu'il est. Pourquoi le priver de cette deuxième chance?

— Jonathan, lance Hedda. Cette femme là-bas prétend qu'on peut se souvenir si on le veut, mais que dans ce cas, il est possible qu'on... qu'on t'apprécie un peu moins.

Jonathan fait sauter James sur ses genoux.

— En fait, dis-je, j'ai promis à Jonathan qu'il ne retrouverait plus la mémoire. Il me l'a fait jurer. Et je compte bien tenir parole.

Je me tourne vers lui et ajoute :

— Tu as jeté ton livre parce que tu voulais t'en débarrasser. Et tu as eu raison. Je ne t'obligerai pas à te souvenir.

Je risque même de m'en prendre à quiconque se risquant à essayer.

Jonathan plisse le front.

— Mais d'autres se souviendront de moi.

— Oui. C'est vrai.

Je vois Hedda mettre la main dans son dos pour toucher ses cicatrices. Son geste me fait mal pour Jonathan.

— En tout cas, Imogène et moi, on a décidé d'oublier. On en a parlé avant, et je crois qu'on va s'en tenir à ça, déclare Eshan.

Je souris à Imogène. «Un nouveau départ.» C'est ce qu'elle a dit aux Archives.

— Très bien, déclare Hedda. Alors, personne ne prendra le Souvenir, dans ce cas. Nous lirons nos livres si nous les avons, et nous recommencerons à partir de ces informations. Laissons le passé où il est.

Je regarde Jonathan du Conseil jouer avec James.

« Laissons le passé où il est. » Cette phrase m'a tourné dans la tête tout le reste de la journée, même après avoir ramené un petit Joshua perdu et en pleurs à Pratim et Jemma, aidé des gens à se souvenir ou non, découvert et incinéré les morts. Elle m'a paru encore plus vraie lorsque nous avons reconduit Mère rue de la Fauconnerie — et qu'elle est partie chercher le couteau dans les plants de tomates. Quand nous avons arraché les arbres de l'Oubli, replanté les jardins, reformé le Conseil, organisé les toutes premières élections depuis le premier Oubli, et fait tomber le mur. Mais le passé ne disparaît jamais totalement. Il se tapit dans l'ombre en attendant son heure.

Le plus souvent, il me rattrape sous forme de cauchemars. Je me réveille en sueur et en criant. Je rêve que je suis ligotée et incapable d'empêcher ce qui arrive à Gray, à mon père ou à Anna. Genivie prend soin de moi quand elle est là. Mais elle passe le plus clair de son temps chez Anson et Lydia, à présent. Elle aime jouer les grandes sœurs et ne plus devoir s'occuper tout le temps de notre mère. Je suis contente pour elle. Lydia l'aide à écrire un nouveau genre de livre sans aucune vérité à l'intérieur. Ou des vérités qui ne valent que pour soi. Mère semble s'être habituée au lit vide de Genivie. Mais pas à moi. Elle doit encore associer mon visage à celui d'Anson, mon nom à celui de sa sœur, et les deux à la douleur qui la hante.

Je vois le passé et le présent se mêler chez ceux qui portent toujours leurs livres « juste au cas où », dans les contusions qui apparaissent régulièrement sur le visage de Jonathan et chaque fois que j'aide tante Gretchen à séparer les livres des morts de ceux des vivants aux Archives. Nous manipulons ces derniers avec la permission de leurs propriétaires, et ceux des morts sans réserve. Notre seul but est de réunir les familles et d'identifier ceux qui ont été Perdus. De construire notre histoire. Gretchen vient parfois avec Liliya et moi chez Anson, ce qui gomme un peu le côté bizarre de la situation. Mais peu importe la force de notre volonté ou la bonté de nos intentions, douze années ne se rattrapent pas comme ça.

Rose ne sent pas que le temps a passé. C'est facile, pour elle. Je l'ai trouvée dans la pièce cachée des Archives à contempler les aiguilles juste après avoir injecté le Souvenir à Anson et Gray.

— Je n'ai pas besoin de me souvenir, avait-elle murmuré en me voyant. J'ai pris cette décision il y a très longtemps.

— Mais nous avons besoin que vous vous souveniez, Rose, lui avais-je répondu. Que vous sachiez qui vous êtes vraiment. Vous étiez médecin. Et vous aviez probablement beaucoup de connaissances.

Là-dessus, Rose s'était assise à côté de moi, avait attrapé

un tube rempli de Souvenir, soulevé sa blouse non teinte, et enfoncé l'aiguille d'un coup sec dans sa cuisse.

— Je faisais comme ça, je crois, avait-elle commenté.

C'est là que j'ai rencontré la femme des images de la pièce blanche. Une femme à qui Liliya ressemble beaucoup, et qui justifie parfaitement le « grand-maman » qu'Anson lui avait lancé pour la saluer de derrière les étagères, juste après son injection.

Gray et moi franchissons la nouvelle ouverture dans le mur et empruntons le sentier à travers les fougères, ce qui devait être la route, jadis. Nous grimpons la colline, descendons la gorge et contournons le bassin jusqu'à la porte cachée. Rose n'a pas arrêté de travailler depuis qu'elle a retrouvé la mémoire. Pour apprendre à nos médecins à soigner des malformations et à fabriquer ainsi qu'à administrer des médicaments pouvant guérir des maux allant de la migraine à la stérilité. Jin et elle nous racontent la Terre tandis qu'elle extrait l'antidote des plantes violettes grâce aux carnets de Janis, aux souvenirs de Gray et au matériel du laboratoire. Ses journées sont tellement remplies que je redoutais qu'elle soit trop fatiguée pour arpenter le terrain de la montagne, mais il n'en est rien. Elle est la mère du père de mon père, une médecin née sur Terre, et elle s'appelle Zuri. Elle reste Rose pour moi.

— Quel âge avez-vous, je lui demande tandis qu'elle ouvre la petite porte qui camoufle les carrés avec les chiffres lumineux.

— Ma chérie, me dit-elle de cette façon très « terrienne »,

j'ai cent quarante-huit ans.

— C'est normal?

— C'est parfaitement ridicule.

— Quel âge avait Janis?

— Elle était née à bord du *Centauri*. Elle devait avoir dans les cent vingt ans.

Je lui dicte le code. Gray l'aide ensuite à franchir les rochers et à entrer dans la grotte. Diverses émotions traversent le visage de mon arrière-grand-mère tandis qu'elle s'avance dans la grotte au mur effondré. Une fois dans la salle blanche, elle s'assoit à la table courbée et me montre comment faire surgir des lettres de lumière pour écrire des mots et donner des instructions à la machine.

Elle nous indique également l'emplacement d'un générateur alimenté par la cascade à l'extérieur. Elle nous explique ce qu'est une caméra, comment capturer le temps, et que le soleil de la Terre se lève tous les jours à chaque éveil et qu'il se couche à chaque repos. Ça semble incroyablement rapide. Rose éclate de rire lorsque je dis qu'on ne peut pas moissonner la Terre en un jour. Elle nous montre des images d'hydrogène métallique à partir duquel les élus originels ont fabriqué nos tables et nos portes.

— Ta porte d'entrée permettrait d'alimenter en énergie toute une planète pendant une année.

Elle s'assombrit lorsqu'elle voit apparaître des mots sur le carré lumineux nommé écran. Un symbole et un point vert clignotent.

— Qui a fait ça? demande-t-elle en basculant en arrière

sur sa chaise. J'imagine qu'on ne le saura jamais.

Gray se penche en avant, attentif.

— Qu'est-ce que c'est? demande-t-il.

— Le signal. Il est activé, répond Rose.

— Quelqu'un l'a envoyé?

Gray vient se poster à mes côtés.

— Oui. Il y a… cent huit ans.

— Je ne comprends pas, fais-je.

— Moi non plus.

— Y a-t-il une réponse au signal? intervient Gray.

Rose vérifie.

— Aucune. Soit ça ne fonctionne pas, soit…

Soit la Terre ne répond pas. Je me demande si elle existe toujours, tout à coup.

Rose secoue la tête.

— Une part de moi voudrait dire que Canaan est un incroyable échec. Mais d'un autre côté, nous sommes là, à reconstruire et à chercher à communiquer avec une planète qu'aucun de vous n'a jamais vue.

Je croise le regard de Gray. C'est à ce moment-là que nous nous décidons, je crois.

— Combien de temps il leur faudrait pour arriver? l'interroge Gray. En admettant qu'ils viennent.

— Aujourd'hui? Je l'ignore. Tout dépendrait de l'évolution de la technologie. Mais à l'époque, il aurait fallu quatre ans et demi, à peu près.

Trente-neuf mille milliards de kilomètres…

Il va falloir que nous soumettions la question au vote.

Rose paraît mécontente. Je la comprends. La dernière fois que Canaan a voté à ce sujet, la situation a viré au bain de sang.

Mais cette fois-ci, tout s'est déroulé dans la paix et le scrutin a été presque unanime. Rose est retournée dans la montagne pour éteindre le signal.

Nos préparatifs ont pris le reste des jours de lumière et la moitié des jours sombres. Nash a beaucoup sollicité Gray afin qu'il l'aide à remplacer les fenêtres avant l'obscurité et la pluie. Et pour former quelqu'un, c'est-à-dire Jonathan. Nash et Hedda m'ont pardonnée. Delia pas encore, mais elle y arrivera. Peut-être.

J'épingle mes tresses, accroche le bracelet de Sergei autour de ma cheville et je ramasse mon nouveau sac. La pièce est vide du côté de Genivie. Pas seulement à cause de son absence, mais parce qu'elle a emporté beaucoup d'affaires chez Anson. Je la contemple une dernière fois avant de filer par la porte et de m'avancer doucement dans le couloir pour ne pas réveiller Liliya et Mère.

Mais je les trouve assises à la table de la salle à manger avec Genivie.

— Où étais-tu passée, Liliya? dis-je pour éviter l'interrogatoire qui m'attend.

Genivie me fait les gros yeux.

— Elle était avec Jonathan, bien sûr. Dis-moi, tu pensais vraiment pouvoir t'en aller sans nous dire au revoir? Ce que tu peux être naïve, Nadia, lance-t-elle avant de poursuivre sur un ton plus enfantin : pourquoi tu pars?

— J'aurai bientôt une maison pour toi, intervient Liliya.

Je la crois sur parole. Liliya est en charge du logement, à présent. Mère se contente d'observer ses mains en fronçant les sourcils. Rose lui a donné des tisanes pour l'apaiser. Je choisis bien mes mots avant de répondre à Liliya :

— Nous nous installerons sûrement chez Jin à notre retour. Quelqu'un devra veiller sur lui, tôt ou tard. Tu pourras passer voir comment il va?

Je sais que Liliya prendra soin de lui.

— Pourquoi tu pars? insiste Genivie.

Je réfléchis.

Parce que cette cité est trop petite, parce qu'il y a forcément autre chose qui vaille la peine de se battre, parce j'ose le faire.

— Parce que j'ai horreur de ne pas comprendre.

— C'est tout à fait toi, ça, dit Genivie, légèrement énervée.

Je les embrasse. Mère va jeter un coup d'œil dans la rue avant que je sorte

— Tu n'es pas comme la première, me dit-elle.

— Non, Mère. Je reviendrai.

Gray m'attend près du mur avec un sac visiblement plus lourd que le mien. Il me tend la main en souriant, puis nous quittons la cité. Nous ne nous rendons pas dans la montagne; nous la contournons. Le soleil levé depuis quelques jours est bas dans le ciel violet. Les prairies d'herbage et de fougères se couvrent de feuillages jaunes. Les grillons chantent et la roche exposée miroite de bleu et d'argent. Les Terriens trouveraient cette roche inestimable. Elle est beaucoup mieux là où elle est, à mon avis.

Nous laissons Canaan derrière nous et traversons une forêt de fougères tellement ancienne que les troncs font penser à des murs aux angles arrondis. Nous gravissons une pente douce durant un long moment. À peine en haut, Gray se tourne pour me faire signe de le rejoindre.

Je vais me planter à côté de lui et regarde le paysage. Une plaine s'étire en contrebas. Quelque chose brille au milieu. Nous nous élançons dans sa direction à travers la prairie en soulevant de petits nuages de papillons sur notre passage. Gray attend de se retrouver tout près avant de reconnaître cet engin.

— C'est un vaisseau, déclare-t-il, incrédule.

Il a raison. Exactement comme ceux que nous avons vus dans la salle blanche. Sauf que la nature semble l'avoir intégré. La vigne qui a poussé sur le métal le dissimule presque entièrement. L'arrière penche et lui donne l'air d'un flanc de montagne. Il est immense. Beaucoup plus grand que ce que j'aurais cru. Nous testons les fenêtres et les portes sans trouver d'accès. Gray ne peut s'empêcher de rire lorsque nous apercevons le nom *Centauri* sur le côté.

— Laissons-le là où il est. Il fait partie de cet endroit, désormais.

Nous traversons la plaine et gravissons une nouvelle colline couverte de mousse épaisse et de troncs bas. Sidérée, je respire à fond, une fois au sommet. J'ignorais que l'inconnu était si beau. Gray se tourne vers moi et me sourit.

— On court?

REMERCIEMENTS

Ce livre existe parce que j'ai la chance d'être entourée d'une légion de soutiens : Genetta Adair, Susan Eaddy, Amy Eytchison, Rae Ann Parker, Ruta Sepetys, Howard Shirley, Angelika Stegmann, Courtney Stevens, Kristin Tubb, Jessica Young, et plein d'autres. Vous m'avez tous dit que je pouvais le faire. Et vous êtes tous tellement intelligents que j'ai été bien obligée de vous croire. Merci d'avoir su que je pouvais y arriver.

Tout mon amour et mes remerciements vont à :

Mon groupe de critique littéraire. Ça fait dix ans que nous nous côtoyons. Quelle aventure depuis toutes ces années!

Margaret Peterson Haddix qui m'a toujours donné de bons conseils aux bons moments. Merci, chère amie.

SCBWI Midsouth, ma tribu.

Lisa Sandell, la plus patiente et la plus perspicace des éditrices et la plus fidèle des amies. Tu nous aimes moi et mes mots, mais je ne sais pas si nous le méritons. Merci pour ton exigence.

Kelly Sonnack, le meilleur agent dont un auteur puisse rêver. J'ai tellement, tellement de chance.

La magnifique équipe de Scholastic : Ellie Berger, David Levithan, Rebekah Wallin, Elizabeth Parisi, Bess Braswell, Lauren Festa, Caitlin Friedman, Saraciea Fennell, Tracy van Straaten, Lizette Serrano, Emily Heddleson, Antonio Gonzalez, Michelle Campbell, Christine Reedy, Leslie Garych, Lori Benton, Olivia Valcarce, et tous les visages croisés au cours de dédicaces, salons du livre, clubs de lecture, qui promeuvent si activement mon travail.

Christopher, Stephen, Elizabeth, je vous aime.

Et toi, Philip. Tu n'as peut-être pas mis ces mots par écrit, mais tu as permis à ce livre d'exister. Chaque jour. Page après page. Tu es, tout simplement, le meilleur.

L'AUTEURE

Dans une vie antérieure, Sharon Cameron a été professeure de piano, maman à plein temps, généalogiste, présidente d'une troupe de théâtre et coordinatrice de la Society of Children's Book Writers and Illustrators (Société des auteurs et illustrateurs pour la jeunesse). Aujourd'hui, elle vit à Nashville (Tennessee) avec sa famille et se consacre pleinement à l'écriture. *La Cité de l'Oubli* est son quatrième roman.